好新闻的样子

中国新闻奖作品赏析

朱建华 郑良中 著

人民日报出版社
北京

图书在版编目（CIP）数据

好新闻的样子：中国新闻奖作品赏析 / 朱建华，郑良中著． — 北京：人民日报出版社，2021.4
ISBN 978-7-5115-6974-5

Ⅰ.①好… Ⅱ.①朱… ②郑… Ⅲ.①新闻－作品集－中国－当代 ②新闻－文学评论－中国－当代 ③新闻写作 Ⅳ.① I253 ② I207.5 ③ G212.2

中国版本图书馆 CIP 数据核字（2021）第 049122 号

书　　　名：	好新闻的样子——中国新闻奖作品赏析 HAO XINWEN DE YANGZI ZHONGGUO XINWENJIANG ZUOPIN SHANGXI
著　　　者：	朱建华　郑良中
出 版 人：	刘华新
责任编辑：	梁雪云　蒋菊平
版式设计：	九章文化
出版发行：	人民日报出版社
社　　　址：	北京金台西路2号
邮政编码：	100733
发行热线：	(010) 65369509　65369527　65369846　65369512
邮购热线：	(010) 65369530　65363527
编辑热线：	(010) 65369526　65369528
网　　　址：	www.peopledailypress.com
经　　　销：	新华书店
印　　　刷：	大厂回族自治县彩虹印刷有限公司
法律顾问：	北京科宇律师事务所　010-83622312
开　　　本：	710mm×1000mm　1/16
字　　　数：	423千字
印　　　张：	27.5
版次印次：	2021年4月第1版　2025年1月第9次印刷
书　　　号：	ISBN 978-7-5115-6974-5
定　　　价：	68.00元

序

梁 衡

蓦然回首，昨天的新闻已成一部峥嵘岁月的记录史。在庆祝中国共产党成立100周年之际，长江日报社的新闻工作者以《好新闻的样子——中国新闻奖作品赏析》这本书来为党的生日献礼，并借此研讨新闻业务。

宣传工作历来是全党工作的一个重要组成部分。武汉解放前夕，党中央即抽调东北局、中原局的同志到武汉筹备办报。1949年5月23日，毛泽东同志亲笔题写报头的《长江日报》创刊号就出现在刚刚解放7天的武汉街头，这是中国共产党在武汉这座大城市创办的第一份党委机关报。

从中共中央中南局机关报到中共武汉市委机关报，《长江日报》传承了党报的优良传统，与时俱进，与人民同在。滚滚长江东逝水，70余年来报纸见证了英雄城市武汉的解放、成长及新中国辉煌的发展。

新闻奖是新闻业务水平的重要标尺。国家级的新闻作品奖，先后经历了"全国好新闻奖"和"中国新闻奖"两个阶段。全国好新闻奖一共评选了十届，于1989年停办。中国新闻奖的创办始于1989年开展的"现场短新闻奖"评选，共进行了三届。在此基础上，1990年中国记协确定了中国新闻奖的定位——全国综合性年度优秀新闻作品的最高奖。1991年6月30日，中国记协发出了《关于开展1990年度"中国新闻奖"评选工作的通知》和《"中国新闻奖"评选办法》，启动了首届中国新闻奖评选工作。中国新闻奖正式诞生。

无论是全国好新闻奖还是中国新闻奖，《长江日报》都从来没有缺席。《划破雨幕的闪光——记武汉百万军民奋力抗灾的精神风貌》《格里希从严治厂纪事》《港十五码头服务员态度蛮横粗野　市长清晨出访备尝旅客之苦》《同志，您能做到文明骑车吗?——街头自行车纵横观》《钢铁"国家队"》《武钢近7万人不再吃"钢铁饭"》《"守口如瓶"二十年》《"周易应用研究所"值得研究》《大屋陈乡"鸭官司"发人深思》《140万双袜子的命运》……这些获奖作品站在武汉看全国,如时代的年轮,记录着一个国家和民族的发展历程。

中国特色社会主义进入新时代,《长江日报》近年来更是佳作频出。十八届中央政治局审议通过"八项规定"后,作为一个地方党报,迅速独家推出《7常委参观〈复兴之路〉出行不封路》,鲜明地传递出新一届中央领导集体的政治新风,此稿件后来高票获评中国新闻奖一等奖。2013年3月,习近平就任国家主席后首次出访俄罗斯,在访俄演讲中提及援华抗战的苏联飞行大队长英勇牺牲的事迹。这触发了《长江日报》的《武汉上空的鹰——寻访苏联空军志愿队烈士》跨国报道。《长江日报》后来做的另一次跨国报道《重走中俄万里茶道》也源于这次演讲。《武汉上空的鹰——寻访苏联空军志愿队烈士》后获中国新闻奖一等奖。

长江日报这支新闻队伍政治强、业务精。从1982年第一次获得全国好新闻奖到2020年,本书出版前——最近一次的中国新闻奖,已经绵延38年,历经几代人,真可谓长江后浪推前浪,新人辈出事业旺。

新闻舆论工作既是政治性很强的业务工作,又是业务性很强的政治工作。什么是好新闻,很难有一个如数学公式一样的统一标准。但不管怎样,每年由中国记协评选出来的中国新闻奖的获奖作品,为我们认识和了解好新闻提供了鲜活的样本。《好新闻的样子——中国新闻奖作品赏析》是一本特色鲜明的著述,它以长江日报报业集团的编辑记者获中国新闻奖的作品为研究对象,沿着中国新闻奖的评选轨迹,为全面认识新闻工作、探讨新时代的新闻业务,提供了独特的视角和翔实的方法,既有案例又有评析,既有理论又有实践,相信会给每一位新闻同人带来启发。

大江东去,青史永存。谨以此书献给党的百年、长江日报72周年,让我们携手同心,再创未来。

第一辑　主题宣传创新与突破

003	**主题宣传要善于讲故事**
006	**阅读+**：试错机会是最好的创业政策（获第二十九届中国新闻奖通讯三等奖）
010	**市长几句话引出一篇好新闻**
012	**阅读+**：武汉为困难户开辟六百空调纳凉点（获第十四届中国新闻奖消息三等奖）
014	**工作报道不能停在工作层面**
016	**阅读+**：一批游戏机室"游戏"学生（获第十一届中国新闻奖消息三等奖）
018	**为城市发展"敲边鼓"**
025	**阅读+**：车站、码头问事处直通电话何时装？（获第三届中国新闻奖言论二等奖）
027	**同题竞争要出彩**
032	**阅读+**：钢铁"国家队"（获首届中国新闻奖通讯二等奖）

第二辑　新闻发现与价值提升

039　　新闻发现：线索是基、事实是本、价值是魂
044　　**阅读+**：96家院士工作站被摘牌（获第三十届中国新闻奖消息三等奖）

046　　从公共信息中独家发现"金矿"
056　　**阅读+**：7常委参观《复兴之路》出行不封路（获第二十三届中国新闻奖消息一等奖）

058　　负面新闻成纠正工作的正面报道
068　　**阅读+**：簰洲湾溃口"淹"出7000多人（获第十届中国新闻奖消息二等奖）

069　　直指国企改革体制问题
081　　**阅读+**：140万双袜子的命运（获第八届中国新闻奖通讯一等奖）

084　　市场规则与形式主义的一次交火
090　　**阅读+**：大屋陈乡"鸭官司"发人深思（获第七届中国新闻奖消息二等奖）

第三辑　典型人物挖掘与报道

095　　一个民族家庭两代人的传奇
098　　**阅读+**：孩子，武汉有你们的家（获第二十一届中国新闻奖通讯三等奖）

103　　带着感情带着爱走近"小处方医生"
106　　**阅读+**：上医之境（获第二十届中国新闻奖通讯三等奖）

111　　从惯性思维中走出来
114　　**阅读+**：一纸"托孤协议"诠释执法新境界（获第十七届中国新闻奖通讯三等奖）

119　　让典型如针尖般锐利
122　　**阅读+**：为世界通信业划"跑道"（获第十三届中国新闻奖通讯三等奖）

| 125 | 落实"规定动作"抓出好新闻 |
| 127 | **阅读+**：王氏兄弟的曲线人生（获第十一届中国新闻奖通讯三等奖） |

| 129 | 字字句句中都能读出爱 |
| 131 | **阅读+**：爱的最高境界（获第六届中国新闻奖通讯二等奖） |

第四辑　重点生产、目标生产、团队生产

| 139 | 市民大讲堂：一个分享出彩人生的舞台 |
| 147 | **阅读+**：工厂倒了，良心不能倒（本文为第二十六届中国新闻奖新闻名专栏"市民大讲堂"上半年代表作） |

| 150 | 跨国寻访采访到两位日本前首相 |
| 152 | **阅读+**：百面日本旌旗见证：战后十年民间反省侵略（本文为第二十六届中国新闻奖国际传播三等奖作品《赴日寻访祈愿旌旗》系列报道代表作之一） |

| 154 | 从一个人到一个英雄群体 |
| 156 | **阅读+**：牺牲背后是生命守望（本文为第二十五届中国新闻奖连续报道三等奖《牺牲背后是生命守望——来自长江救援志愿队的报告》代表作之一） |

| 161 | 纪念的应是一个个活生生的人 |
| 173 | **阅读+**：75年来他们只留下一串名字（本文为第二十四届中国新闻奖国际传播一等奖《武汉上空的鹰——寻访苏联空军志愿队烈士》系列报道代表作之一） |

| 178 | 城市平民英雄感动中国 |
| 180 | **阅读+**：方俊明28年后获见义勇为称号（本文为第二十四届中国新闻奖连续报道二等奖《当午为救落水顽童致高位截瘫　方俊明28年后获见义勇为称号》代表作之一） |

| 183 | 电影《集结号》中的人物原型 |
| 185 | **阅读+**：一次跨越时空的特殊寻找（获第十七届中国新闻奖通讯三等奖） |

第五辑　报道现象不局限于现象

191　**推出首篇报道前下乡 11 次**
193　阅读 +：留守儿童第一校名额堪比"专家号"（获第二十三届中国新闻奖通讯三等奖）

197　**将"学术腐败"推向年度热门**
202　阅读 +：武大专家：我国买卖论文成"产业"（获第二十届中国新闻奖消息三等奖）

205　**饭桌闲聊中抓出好新闻**
210　阅读 +：3000 小考生"妖魔化"妈妈（获第十六届中国新闻奖消息二等奖）

211　**手握铁的事实"攻政策"**
213　阅读 +：不能再走"先污染再治理"路子（获第十六届中国新闻奖通讯三等奖）

218　**花开全国的"挽救行动"**
221　阅读 +：陶教授破解上网成瘾难题（获第十五届中国新闻奖消息二等奖）

第六辑　增强新闻报道的问题感

225　**"刺刀见红"撕开"大处方"的口子**
236　阅读 +：看个"咳嗽"要掏 1065 元（获第十三届中国新闻奖消息一等奖）

238　**舆论监督报道的操作艺术**
242　阅读 +：三番议政结酸果　人大代表扫厕所（获第十二届中国新闻奖消息三等奖）

244　**"反迷信"的报道"第一枪"很响亮**
253　阅读 +："周易应用研究所"值得研究（获第六届中国新闻奖消息二等奖）

第七辑　影像更有生命力

257	**抓到"奇景中的奇景"**
260	**阅读+**：武汉上空定格奇景（获第二十九届中国新闻奖新闻摄影三等奖）
262	**一切故事都是时间的故事**
267	**阅读+**：思念的幸福（获第二十九届中国新闻奖国际传播三等奖）
	流水线上的爱情（获第二十三届中国新闻奖国际传播三等奖）
270	**不能马马虎虎应付了事**
274	**阅读+**：74名嫌疑人被押解回国（获第二十七届中国新闻奖新闻摄影三等奖）
	倔老汉三告镇政府（获第十五届中国新闻奖新闻摄影三等奖）
277	**最好的纪念是给人希望**
279	**阅读+**：新希望——玉树地震一周年祭（获第二十二届中国新闻奖新闻摄影二等奖）
280	**记者成了新闻事件参与者**
285	**阅读+**：偶遇抢劫　本报记者举机拍照退匪（获第二十一届中国新闻奖新闻摄影三等奖）
287	**拍出最能反映新闻本质的瞬间**
292	**阅读+**：武广高铁3小时"飞"广州（获第二十届中国新闻奖新闻摄影三等奖）
294	**那双眼睛让人过目难忘**
306	**阅读+**：她走了，目光依然明亮（获第十五届中国新闻奖新闻摄影一等奖）

第八辑　一个记者能够走多远

311 　像热爱生命一样热爱摄影

318 　阅读+：活着：0 岁,1 岁,6 岁……（获第二十五届中国新闻奖新闻摄影三等奖）

　　　　百岁老人的穿越（获第二十四届中国新闻奖国际传播三等奖）

　　　　拉提琴的僧尼们（获第二十三届中国新闻奖新闻摄影三等奖）

　　　　黑色村庄（获第十四届中国新闻奖新闻摄影三等奖）

　　　　"大陆首富"牟其中被判无期徒刑（获第十一届中国新闻奖新闻摄影三等奖）

　　　　"传销客"梦碎江城（获第九届中国新闻奖新闻摄影二等奖）

325 　善于讲故事的"民间外交家"

328 　阅读+：想把《曾侯乙编钟》唱成"神剧"（获第二十三届中国新闻奖国际传播三等奖）

332 　人的一生都在与惰性较劲

341 　阅读+：报业集团化运作创新：打造价值链、品牌链、产业链（获第十四届中国新闻奖新闻论文一等奖）

349 　消息获一等奖后通讯又获奖

355 　阅读+："守口如瓶"二十年（获第五届中国新闻奖通讯三等奖）

357 　"我对武钢此项改革研究久矣"

369 　阅读+：武钢近 7 万人不再吃"钢铁饭"（获第四届中国新闻奖消息一等奖）

第九辑　答好媒体融合"必答题"

373 　见人见事见细节的互动设计

377 　阅读+：72 个红手印，究竟为了留住谁？（获第三十届中国新闻奖创意互动二等奖）

378	"东方之星"事件全球传播最广的照片
389	阅读+：夕阳之下，一如你从未离开（获第二十六届中国新闻奖新闻摄影二等奖）

390	对一些突出问题进行曝光
394	阅读+：治庸问责　武汉风暴（获第二十二届中国新闻奖网络专题三等奖）

395	全景式手法报道典型人物
397	阅读+：暴走妈妈　割肝救子（获第二十届中国新闻奖网络专题二等奖）

第十辑　学习永远在路上

401	内容生产应把握好四种关系——对一篇获奖作品的回顾与思考
406	阅读+：华中科大18名本科生变专科生（获第二十九届中国新闻奖消息三等奖）

408	新闻创优要善于打"首字牌"——几篇获奖报道带来的启示
414	阅读+：水果湖派出所全国首创"拦截奖"（获第二十五届中国新闻奖消息三等奖）
	餐饮行业最低工资上浮30%（获第二十二届中国新闻奖消息三等奖）
	8个全国首创开出医改好方子（获第二十一届中国新闻奖消息三等奖）

418	参评中国新闻奖应把握的基本原则——基于内容生产的角度
425	阅读+：第三十届《中国新闻奖评选办法》节选

427	后　记

第一辑

主题宣传创新与突破

主题宣传做得好亦可以获奖。《试错机会是最好的创业政策》《武汉为困难户开辟六百空调纳凉点》《一批游戏机室"游戏"学生》《车站、码头问事处直通电话何时装?》《钢铁"国家队"》等获奖作品,是主题宣传的创新与突破。

主题宣传要善于讲故事

（一）

在第二十九届中国新闻奖评选中，获评三等奖的通讯《试错机会是最好的创业政策》，是长江日报报业集团历届获中国新闻奖通讯类作品中比较特别的一篇。

做好主题宣传类报道是党委机关报的职责与使命所在。《试错机会是最好的创业政策》是一篇主题宣传类报道，也是一篇反映武汉营商环境的代表作。

这篇稿件从获评武汉新闻奖、湖北新闻奖一等奖再到斩获中国新闻奖，说明主题宣传类报道做得好也可以获奖，但要善于讲故事才行。

"好的营商环境就像阳光、水和空气，须臾不能缺少。"好的营商环境就是生产力、竞争力。不断打造营商环境新高地，不断为市场活力充分迸发创造良好环境，就能为中国经济高质量发展开辟光明前景。[①] 作为武汉市委机关报，《长江日报》刊发了大量体现和反映武汉营商环境的报道。

《试错机会是最好的创业政策》一稿用不到 2000 字的篇幅，讲了这样一个故事：一群年轻人在实验室内研发出"双离线二维码"——这是一种公交移动支付技术。在上公交车试用时，遇到了难题。在多个城市碰壁后，他们从外地来到武汉，意外受到了热情接待，获得了一个梦寐以求的试错机会。这一试，全国最大的公共交通互联网运营商诞生了，其推出的电子公交卡已服务 70 个城市。[②]

[①] 吴秋余：《好的营商环境就是生产力》，《人民日报》2019 年 10 月 22 日。
[②] 贺亮：《试错机会是最好的创业政策》，《长江日报》2018 年 6 月 12 日。

<u>新闻要用事实说话</u>。<u>主题宣传类报道也要讲好故事</u>。《试错机会是最好的创业政策》讲述的故事，不正是武汉良好的营商环境的体现吗？ 2018 年 6 月 12 日，29 位国内知名民营企业家来武汉共话招商引资，当天，《长江日报》在头版浓墨重彩包装推出此稿，让一切尽在不言中，这是最高明的宣传，也是最艺术的宣传。

（二）

　　作为体现和反映营商环境的报道，与其他营商环境稿件不同的是，这篇稿件不单是在讲故事，其最大的亮点是用典型事例提炼出了"试错机会是最好的创业政策"的观点，从而让报道有了魂。

　　原文并没有"试错机会是最好的创业政策"的表述。能根据内容提炼出"试错机会是最好的创业政策"的观点，显示出采编人员高超的文字驾驭能力。

　　2019 年 10 月 24 日，《长江日报》头版头条刊发的《开放场景是实打实的营商环境》背后有《试错机会是最好的创业政策》的影子。这篇稿件也在试图通过典型事例提炼出一个鲜明的观点，但《开放场景是实打实的营商环境》一稿在新闻奖评选的道路上未能走得更远。

　　《试错机会是最好的创业政策》参评中国新闻奖时，其价值和意义在初评评语中得到了体现：<u>作品主题重大，有强烈的现实针对性</u>。此稿生动说明了宽容失败、勇于提供试错机会对创业创新创造是多么宝贵。该公司以超快速度崛起，有力印证了"发展是第一要务，人才是第一资源，创新是第一动力"论述的科学性，也证明当下需要更加有力地优化营商环境，才能不断培育新动能，把推动高质量发展落到实处。①

　　《试错机会是最好的创业政策》从广义上而言属于经济新闻。对如何写好经济新闻，记者贺亮总结道："<u>经济新闻的采写在保证专业性的同时还应通俗易懂</u>"。在当前的经济环境下，更要求经济新闻记者能有效处理专业化与通俗

---

① 《〈试错机会是最好的创业政策〉中国新闻奖参评作品推荐表》，中国记协网 2019 年 6 月 23 日。

化之间的矛盾。这要求一方面要判断受众目标，另一方面要提升采写记者的综合技能和整体素质。①

（三）

此稿线索来源于会议。在杭州召开的一次交通产业会议上，贺亮偶然获悉全国最大的公共交通互联网运营商——小码联城公司诞生于武汉，其推出的基于"双离线二维码"技术的电子公交卡，已服务70座城市，市场占比全国第一。进一步了解发现，这是一个来自杭州的创业团队。

武汉并非互联网产业高地，该团队为什么选择武汉？线索来源于会议，但没有操作成一般的会议报道。作者敏锐地意识到该事件的新闻价值，在采访写作上下足了功夫：历时两个月，多方联系采访该公司忙于在各城市拓展市场的核心成员、武汉公交集团及相关管理部门、支付宝公司等，最终还原了小码联城团队的创业故事。可以说，最终获中国新闻奖是对作者的执着与投入的回报。

之前，贺亮与同事们推出的有影响的报道有《85后兄弟三度割皮接力救父》《工厂倒闭拍得163万　良心厂长寻185名职工来领钱》等。

记者做久了，新闻敏感难免就会降低。第二十九届中国新闻奖揭晓后，作者贺亮在长江日报"周五课堂"上分享时连说了4个"恐慌"："恐慌对这个世界失去好奇心；恐慌自己陷入琐碎；恐慌职业习惯带来的不以为然和麻木；恐慌经验带来的束缚。"作为新闻人，他希望自己能"时刻保持狗一样灵敏的新闻嗅觉"。

（四）

从写作上而言，《试错机会是最好的创业政策》没有什么华丽的语言，用最朴实的文字讲透了一个故事。文中提到的有名有姓的具体人就有4人：小码联城首席执行官卢祖传，小码联城副总裁、分管产品技术的孟伟，武汉公

---

① 贺亮：《浅析经济新闻采写的专业化与通俗化》，《传播力研究》2019年第17期。

交集团信息中心负责人肖英,小码联城副总裁、城市公交业务负责人李志宏。这从侧面体现了作者前期的投入。

此稿优点很多,但也有一些值得商榷之处。比如,副标题过长,虽然准确、全面,但少了文字的简洁与美感,且双行的副标题,让通讯的味道变淡了。另外,正文三个部分,前两个部分都是600多字,后一个部分只有300字,在布局上显得有点失衡。稿件第二部分"没手机信号也能0.27秒内扫码上车",如果能有记者现场体验或来自市民对比、感受,会增强现场感、可读性和说服力,此外稿件中的时间要素比较含糊。

从中国新闻奖审核的角度而言,文中"全球首创""全国最大""世界领先""率先在全国试点"等表述,有一面之词之嫌。"老总签发单"微信公众号在评议参评第三十届中国新闻奖的自荐作品《全国首单村集体合作社收入保险文登赔付》时"挑刺":作品所报道的一家财产保险公司声称是国内同类型保险的"首单",缺乏权威依据,也许是该公司出于经营宣传需要而自我定性的"首单"。媒体做出报道前,须对此从权威部门得到求证。新闻报道中的每一句都要有出处,要经得起推敲和公众评议。这种"挑刺"对新闻采编人员是一种提醒。

试错机会是最好的创业政策

没有城市愿试用他们的技术,武汉敞开热情怀抱
"小码联城"研制出全球首款电子公交卡畅行70城市

一群年轻人在实验室内研发出全球首创的"双离线二维码",这是一种公交移动支付技术。在上公交车试用时,遇到了难题。在多个城市碰壁后,他们从外地来到武汉,意外受到了热情接待,获得了一个梦寐以求的试错机会。

这一试,全国最大的公共交通互联网运营商诞生了,其推出的电子公交卡已服务70个城市。

世界领先的技术在武汉走出实验室

2016年年初,一帮从阿里巴巴、高德等互联网企业离职的人员组建了小码联城创始团队。他们的梦想是,人们乘坐公交车、地铁时,不用付现金,也不用掏公交卡,掏出手机移动支付就行了。

小码联城首席执行官卢祖传说,市民的乘车行为、乘车习惯,可以生成大数据,帮助城市公交精准运营,哪些线路哪些时段乘客最多,哪些站点上车的乘客最密集,可以迅速反馈给调度中心,由其及时做出调配。

"在线二维码支付技术更先进,但它需要稳定的信号,而公交车上信号不稳定,验证速度慢,乘客没法快速上车。"小码联城副总裁、分管产品技术的孟伟说,技术团队开始思考,能不能让二维码在没有信号的条件下也能完成支付?

几个月后,全球首款"双离线二维码"在小码联城的实验室内诞生,但只能搞极小规模的内部测试,急需找到大规模应用场景。

"世界领先的技术,难以走出实验室。"卢祖传说,当时大家苦恼极了,验证这项技术,需要投资在公交车上安装专门设备,新技术会不会影响乘客快速上车?没谁能打包票。

小码联城团队先后找了近10个城市,没有哪个城市敢尝鲜,他们希望选一条公交线路进行试用,但均被婉言谢绝。

2016年5月,他们来到武汉,抱着一线希望提出请求,没想到获得意外支持:武汉市迅速组织国资、网信、公交等部门"会诊",结论是"虽然没有先例,但是技术具有可行性,值得一试"。

此时,小码联城还只是一个创新团队,连公司都没成立。他们和武汉公交集团、支付宝组建了一个新团队,武汉公交集团拥有交通信息化技术经验,大家共同对公交车进行移动支付改造。

没手机信号也能0.27秒内扫码上车

2016年10月,在武汉公交集团的支持下,小码联城与支付宝发布了全球首款基于"双离线二维码"的电子公交卡。乘客在无手机信号和 Wi-Fi 信号的条件下，也能在 0.27 秒内就通过扫码验证上车，公交移动支付成功实现。

一个月后，武汉公交集团率先在全国试点手机扫码支付乘车，567 路、402 路两条公交线上的 59 台公交车成为尝鲜者。

有了武汉这个样板，小码联城到全国其他城市进行测试时顺利多了，"武汉进行测试的消息传出后，很多城市都来参观，主动邀请团队前去洽谈。"卢祖传说。

2017 年 5 月，武汉小码联城科技有限公司注册落户。一个月后，武汉在公交车上大规模普及电子公交卡，迅速成为全国公交移动支付的标杆城市。

目前，武汉 430 多条公交线路的 8600 余辆公交车以及轮渡、BRT 线路实现了移动支付全覆盖，超过 450 万个用户在支付宝内领取了武汉电子公交卡，全城日均扫码乘车达 45 万人次，单天最高超过 102 万笔，创下全国最高纪录。

武汉公交集团信息中心负责人肖英说，今年 1 月，在小码联城的协助下，武汉"智慧公交 APP"也实现了扫码乘车及商业运营。

去年，武汉依据大数据，新增、调整、延伸线路 111 条，将公交服务延伸至新城区、新增居民点。

武汉公交集团利用大数据建立安全事故管理系统后，对故事多发点进行分析，精准识别安全管理中的关键人物、关键环节等，精准管控使得公交车月均违章数降低了 40.3%，交通事故发生率也在逐步下降。

公司扎根武汉 4 个月拿到 2 亿元融资

小码联城从武汉出发，陆续进驻了天津、石家庄、郑州、呼和浩特、西安等全国 70 个城市，与当地公交、地铁企业开展合作，成为全国最大的公共交通互联网运营商。高速发展的势头，赢得投资人的青睐，公司在武汉成立仅 4 个月，就获蚂蚁金服 2 亿元天使轮融资。

小码联城副总裁、城市公交业务负责人李志宏说："公共交通实行移动互联网化有着强烈需求，小码联城服务的城市今年预计超过 100 个，我们的愿景是服务7亿个用户,也就是占全球人口1/10、超过一半的中国人。"

小码联城还想让交通大数据产生更大价值,反哺城市。李志宏说:"通过公交数据,能知道哪个商圈在某个时段的具体人群,就可以针对性地为消费者提供精准定制商业服务,这是未来最大的想象空间。将来,市民可以从'坐'公交、坐地铁,变成'逛'公交、'逛'地铁。"

(作者:贺亮;编辑:唐志平、苏晓红;原载2018年6月12日《长江日报》;获第二十九届中国新闻奖通讯三等奖)

市长几句话引出一篇好新闻

在第十四届（2003年度）中国新闻奖评选中，获三等奖的消息《武汉为困难户开辟六百空调纳凉点》是比较特别的一篇：把工作报道写活了，而且还写出了现场感。看惯了"八股文"般的工作报道，这篇报道能把工作报道写得很鲜活，实属难能可贵。

整个采编过程并不复杂：2003年武汉逢酷暑，市政府召集各职能部门，研究应对之策，出台保水保电等近10条措施。讨论中，时任市长李宪生有几句话引起长江日报记者的关注。市长要求民政部门研究一下，能不能在社区开辟一些纳凉的地方，解决家里没有空调的一些困难群众的避暑难题，"在武汉绝不允许热死人"。当晚，与会记者即追踪纳凉点的准备进展，以便做到心中有数。编辑部接到记者和部门汇报后及时策划。次日，长江日报5位记者分头走访三镇最早一批开启的纳凉点，写成具有现场感和纵深感的独家新闻。[①]

从这篇稿件的采编过程中可得知，其出炉经历了几个环节：一是信息来自市政府召集各职能部门研究高温的应对之策的专题会上；二是记者敏锐地捕捉到了要为市民开辟纳凉点的信息；三是编辑部对部门反馈的信息及时进行了策划；四是记者次日到武汉三镇进行了实地探访；五是结合记者探访与政府的应对之策及时推出了消息。

与诸多报道政府出台惠民政策多停留在干瘪瘪的发布层面相比，《武汉为困难户开辟六百空调纳凉点》一稿从主标题上而言，虽然也是报道政府出台

---

① 王南方：《论党政领导机关新闻资源开发》，《新闻前哨》2010年第7期。

的惠民政策，但在写作上突破了简单的信息发布，因为稿件里面有鲜活的现场，写作上亦有创新之处。

第一，鲜活地呈现现场。稿件开头，摒弃了传统的消息导语高度概括新闻事实的写法，而是从一位纳凉老人写起："昨日下午2时，北湖街居委会群干易静找到了陈桃婆婆。81岁的孤老坐在一家开着空调的小商店门口，'借凉意'避暑。听说接她去纳凉点，老人眼泪涌出来。"接着另起一段："她租住的铁皮房，热浪灼得人眼睛生疼。"寥寥数语，让人感到热浪扑面而来。通过一位老人"借凉意"避暑引出了报道主题，显示了武汉为困难户开辟空调纳凉点的必要性。

第二，报道做到了点面结合。与一些报道惠民政策的工作性报道或高度概括、或抽象、或笼统相比，这篇稿件的优点是做到了由点到面，内容扎实。比如，第三段着重写了晚11时市政府督查室核实的面上情况。第四段着重写了中南路街莲溪寺社区点上的情况。第五段让点上的情况更加具体、丰富，局负责人"有困难尽管说"的表态恰到好处，具体而言，反映了我们的社会特色，深化了主题。[①]

第三，写作上场景切换自如。直到第六段，稿件才用了几十个字把武汉为困难户开辟空调纳凉点的缘由交代了一下："武汉连续8天预报当日最高气温达40℃。前日，市长办公会敲定：高温期间，三镇广辟纳凉点，供市民尤其困难群体避暑。"后面又用三段文字，对开辟纳凉点的情况做了介绍。写作上场景自如切换，体现出超强的文字驾驭能力。

第四，突破了领导活动报道固有格式。在这篇报道里，作为市长的李宪生似乎成了"配角"，篇幅不长，仅一段话，算是点了下名字，没有"强调""要求""指出"之类的表述。其他副市长连名字都没有点，一句"其他几位副市长也到三镇分头查看"简单带过。这是对新闻传播规律的尊重。如果这篇稿件写成了领导活动报道的程序稿，恐怕很难获评中国新闻奖。

第五，文字高度简洁。作为对武汉一项重要惠民政策的报道，写成一篇

[①] 李栋：《方寸之间的宽与深》，出自《湖北新闻奖作品选评2003—2006》，长江出版社2007年版。

一两千字的通讯也不意外。能想象这篇稿件全文不足 600 字吗，而且正文还有现场、面上的情况、点上的情况，真是做到了言简意赅！

第六，做到了党性与人民性的统一。党性和人民性的关系，是意识形态领域的重大原则问题。① 习近平总书记强调，**党和政府主办的媒体是党和政府的宣传阵地，必须姓党**。这篇报道，做到了党性与人民性的高度统一。

此稿带来的启示是：即便是工作报道也可以不那么"八股文"，关键在于愿不愿、能不能。这既与媒体的追求有关，也与社会风气和上级领导的胸怀、态度等有关。

酷暑无情政府有情　三万市民喜得清凉

武汉为困难户开辟六百空调纳凉点

昨日下午 2 时，北湖街居委会群干易静找到了陈桃婆婆。81 岁的孤老坐在一家开着空调的小商店门口，"借凉意"避暑。听说接她去纳凉点，老人眼泪涌出来。

她租住的铁皮房，热浪灼得人眼睛生疼。

据昨晚 11 时市政府督查室核实的情况：昨日，武汉 7 个中心城区街道、社区、企业和单位，腾出会议室、活动室、礼堂、舞厅，打开空调，备上茶水、饮料，开辟 600 多个纳凉点，免费接纳约 3 万名市民。其中，多数人家收入较低，家里没空调。

中南路街莲溪寺社区办公条件差，没有可供群众纳凉的地方。7 月 31 日晚，辖区单位湖北省畜牧局腾出 100 多平方米老干部活动中心，派人值班服务，请社区 30 多名特困户前来享受空调的清凉。

---

① 《习近平总书记为什么说"党性和人民性是一致的、统一的"？》，出自《马克思主义新闻观百问百答》，学习出版社 2019 年版。

局负责人下班前将自己的联系方式留给社区群干,"有困难尽管说"。

武汉连续8天预报当日最高气温达40℃。前日,市长办公会敲定:高温期间,三镇广辟纳凉点,供市民尤其困难群体避暑。

提出这个主意的是市长李宪生。昨晚,他到江汉、汉阳、武昌的6个社区查看,这些社区都设了纳凉点。不少市民不约而同地说到一种感受:"长这么大,第一次见到政府为居民找空调。"

其他几位副市长也到三镇分头查看。

据了解,从7月31日起,武汉883个社区,都在调查没空调的户数,寻找辖区可提供的纳凉地点。这件事仍在继续中。

有些老人体弱,不适应空调,民政部门逐一送去电扇、人丹、清凉油和其他降温物资。

昨日,市政府提出要求:卫生防疫部门对纳凉点进行消毒,避免疾病传染。

(作者:王南方、李俊、李晓萌、柳春雨、李咏;编辑:陆永初、李栋;原载2003年8月2日《长江日报》;获第十四届中国新闻奖消息三等奖)

工作报道不能停在工作层面

党报等媒体每天刊发的诸多报道,有很多是关于某个方面工作的报道。对有追求的媒体和有追求的记者而言,工作报道切莫仅停留在工作层面。

有一段时间,青少年沉迷于网游的现象比较突出,政府部门也会对游戏机室进行检查。如何报道政府部门对游戏机室的检查?单看,这是工作,且是很常规的工作,但这背后不仅关乎青少年健康成长,还涉及很多家庭的幸福生活,应该重视,应该重点报道。

对社会关切的问题,媒体应该有所作为。获第十一届中国新闻奖的《一批游戏机室"游戏"学生》一稿,刊发在《长江日报》头版,今天重读仍颇有味道。

从这篇稿件看,记者对一个由来已久的社会问题,动了脑筋、下了功夫;以最新由头切入,让报道有了时效性;深入现场,让报道有了细节;直面问题,让报道有了监督的锐度。

单从稿件看,似乎是篇工作报道:检查人员突击检查一批游戏机室。但报道的主题没有停留在工作层面。如果停留在工作层面,那主题就不是《一批游戏机室"游戏"学生》,而可能是"突击检查"了。

报道首先由一个突击检查的画面切入:本应该坐在教室里的时间,一名中学生却坐在游戏机室打游戏。第二段进而切入检查人员的检查发现:酣战的6名游戏者中有2名中学生。

接下来,报道就此问题做了延伸,列举了之前检查发现的典型问题:执法人员曾从一家游戏机室里,发现20名玩家中,17名是未成年人,最小的11岁。这再次说明了问题的严重性。

第四段、第五段又切入这次检查：包吃包住包赊账，还可代家长签字。可谓是到了唯利是图、利令智昏的地步，让人气愤。

第六段、第七段、第八段各有侧重，既回顾了过去的整治效果，也直面了当前严重反弹带来的问题。

第九段以市委副书记的表态结尾，既传递了党委政府的声音，也回应了社会关切。这种写法比单纯地写领导强调、指出、要求等，更直观，效果也更好。

这篇消息全文不到600字，非常简洁，逻辑架构亦十分清晰，新闻现场、背景材料之间的切换和使用灵活自如，文风朴实，显示出作者、编辑高超的文字驾驭能力。

报人，其实也是匠人。这篇稿件的标题也意味十足。《一批游戏机室"游戏"学生》的标题，尤其是"游戏"二字与《长江日报》之前获中国新闻奖的稿件《武钢近7万人不再吃"钢铁饭"》《"周易应用研究所"值得研究》等，在标题上有异曲同工之妙。

新闻不能急就章，需要积累，需要下功夫。从这篇稿件对一些背景材料的使用看，作者是下了功夫的。具体如第三段、第六段、第七段、第八段，虽不是这次检查的情况，但与报道主题息息相关，增强了报道的厚度和力度，也让"根治"变得更加迫切。

《一批游戏机室"游戏"学生》在《长江日报》刊发当天，时任中共中央政治局常委、国务院副总理李岚清作出批示："对这类有害青少年身心健康的场所，要依法狠狠取缔、打击。"时任湖北省省长的蒋祝平也随后作了批示。①

对这一问题，《长江日报》持续跟踪，发表了近30篇关于游戏机市场现状与整治的报道。以武汉市为重点，湖北省开始了扫荡"电子海洛因"的全面整治。后来，武汉在全国率先推出网吧管理规定，为国内城市的同类执法积累了经验。

有人认为，《一批游戏机室"游戏"学生》是一篇"揭露侵害普通民众利

---

① 《直击时弊　立报风骨》，《长江日报》2009年5月23日。

益"的社会新闻。①

把工作报道变成具有问题意识的、社会关切的、可传播的、能够推动问题解决的报道,这是高级的宣传,也是新时代的新闻工作者应该努力的方向。

从今天中国新闻奖审核的角度而言,文中有些信息过于模糊,其实可以明确。如文中提到的"检查人员",是什么单位的什么检查人员,全文都没有提及。

包吃包住包赊账　还可代家长签字

一批游戏机室"游戏"学生

已是下午2时45分,解放中学16岁的初三学生小斌,仍端坐在一间狭小的暗屋里,沉湎于电脑游戏《星际争霸》中。这个时间,他本应坐在教室里。

昨天,检查人员突击解放大道1117号,在这家没有招牌、没有执照、拥塞着20台电脑游戏机的门面里,从酣战的6名游戏者中就发现了2名中学生。

游戏机室本来除假期外严禁向未成年人开放,但江城越来越多的游戏机室"玩"过了界限。执法人员曾从一家游戏机室里,发现20名玩家中,17名是未成年人,最小的11岁。

检查人员还在解放大道发现一家名为"龙腾电脑"的游戏机室墙上贴着这样的收费标准:"包夜10元,晚12时至次日8时。"

他们发现,一些游戏机室老板为了勾引学生花钱,先只收一元钱让你玩上瘾,没钱包赊;有的游戏机室开有包房,包吃、包住、包睡;有的还代学生以家长的名义在学校与家长的联系单上签字,包骗。

据悉,1997年,我市曾大力整治电子游戏机室,最终只留下了149家。

---

① 宫京成:《从十年来中国新闻奖获奖作品看社会新闻的精品策略》,《新闻知识》2008年第11期。

3年过去，形势严重反弹。有关方面粗略统计，不仅电子游戏机室又发展到400多家，还出现了大批以"网吧"为名，实际玩电脑游戏的无证场所。

我市规定学校门口200米以内不得开设游戏机室，但市教委发现违规设置的游戏机室比比皆是。

据市公安局治安处人士介绍，今年一季度我市发生的几起未成年人恶性罪案，都与孩子为了搞钱玩游戏机有关。

昨日，市委副书记程康彦强调，要本着对社会、青少年健康成长负责的态度，尽快弄清情况，拿出根治良方。

（作者：王南方、潘红柳、纵兆云；编辑：陆永初、邱长寿、朱汉华；原载2000年4月27日《长江日报》；获第十一届中国新闻奖消息三等奖）

为城市发展"敲边鼓"

(一)

消息、通讯、评论是新闻最常见的三种文体。在中国新闻奖评选中，长江日报报业集团作品在消息、通讯上多有斩获，并都拿过一等奖，尤其是消息，先后3次斩获一等奖，评论迄今唯一获中国新闻奖的作品是《车站、码头问事处直通电话何时装？》。这篇评论在第三届（1992年度）中国新闻奖评选中斩获二等奖[1]，作者是时任长江日报社副总编辑陈修诚。

在中国新闻奖前身的全国好新闻奖评选中，《长江日报》言论作品曾3次获奖，一次是《老当"易"壮》在第四届全国好新闻奖评选中受奖[2]；一次是《划清一条界限》在第七届全国好新闻奖评选中获三等奖[3]；一次是《用生产力标准衡量改革开放中有争议的人物》在第十届全国好新闻奖评选中奖二等奖[4]。黄克智曾任长江日报社评论部主任。汪义群是长江日报评论员及杂文编辑，以写新闻评论为主，兼写杂文。有人评价："汪义群的杂文，辛辣、隽永、深刻，不失之为一种较完美的艺术品，同时，由于作者直面现实，作品往往给人以入木三分的淋漓尽致之感。"不幸的是，汪义群于1992年因病去世，年仅43岁。[5]

第三届中国新闻奖共评出获奖作品154件，其中一等奖作品18件，二等奖作品52件。在这届评选中唯一的言论一等奖是《人民日报》刊发的《千万

---

[1] 中国记协公布的获奖篇目中题目为《开放务实谈之一》。
[2] 作者：刘定才；编辑：陈修诚。
[3] 作者：汪义群、黄克智。
[4] 作者：汪义群、陈修诚。
[5] 吴营洲：《当代杂文三十年·杂文界的"巾帼女杰"》，东方资讯2018年8月27日。

不可忽视农业》①。获二等奖的言论一共有 5 件，其他 4 件为《解放军报》刊发的《发扬优良传统保持老红军本色》、《人民日报》刊发的《论企业改革与工人阶级》、《法制日报》刊发的《市场经济就是法制经济》和《天津日报》刊发的《一切从实际出发》。与其他获奖作品相比，尤其是一、二等奖作品相比，《车站、码头问事处直通电话何时装？》虽然也事关改革开放，但所谈论的事则要小得多，这也正是这篇评论的特色。这或是这篇评论能摘取中国新闻奖的原因之一。

陈修诚是武汉著名报人。他 1934 年生于安徽无为；1949 年 8 月年仅 15 岁时就投身刘邓大军，成为中国人民解放军第二野战军陈（赓）、谢（富治）兵团司令部机要处的一名"红小鬼"；1955 年从第三野战军司令部机要处转业，成为南京土产公司的一名物价员；1956 年，考入复旦大学新闻系，1961 年毕业后，先后在湖北日报、长江日报从事新闻采编工作；1983—1994 年任长江日报社副总编辑，1987 年成为全国新闻界首批、武汉市新闻界第一个获得"高级编辑"正高职称的新闻从业者。他曾任武汉市人大常委会委员、市人大科教文卫委员会委员。②

2019 年，曾任中国青年报社副社长的谢湘在接受一次访谈时也谈到了陈修诚等人对自己的影响。1982 年 2 月大学毕业前夕，谢湘在工作意愿栏里毫不犹豫地写下了几个大字："希望到中国青年报社工作。"最终如愿以偿，实现了人生第二个梦想。谢湘说："20 世纪 60 年代，自己住在武汉市洞庭街洞庭村那幢有着两个门洞三层楼高的长江日报宿舍。房屋虽然简易，却是报人的天地。我家的左邻是首届范长江新闻奖获得者、中国青年报著名记者郭梅尼，右舍是长江日报分管评论部的副老总、毕业于复旦大学新闻系的陈修诚。在他们的影响下，做一名优秀记者成了我的'初心'。为此，我甚至放弃了到中宣部、团中央等机关单位工作的机会。"③

---

① 作者为何加正，后来曾担任人民日报社网络中心主任、人民网总裁、人民网发展有限公司董事长。
② 余坦坦：《武汉著名报人陈修诚》，《武汉文史资料》2005 年第 5 期。
③ 邱乾谋等：《高考改变中国 高考受益人 改革推动者》，《北京考试报》2019 年 6 月 12 日。

（二）

陈修诚做过长江日报社评论部负责人，担任副总编辑后又分管评论部，长期从事言论、评论创作和编辑工作。

2019年《长江日报》创刊70周年之际，编辑部推出了一组"时代先声从《长江日报》传出"的回顾与总结：历史一次次地证明，那些如春雷震响一般的报道、言论、思想，最终都指向了社会前进的方向。《长江日报》以70年的报人传统，以始终年轻的锐气，在一次次时代变迁中，唱响了来自未来的声音。这组报道中提及的一篇稿件与陈修诚密切相关。

批判"四人帮"，是批它的极"左"，还是批它的极"右"？这个现在看来毫无悬念的问题，放在1978年，却是一项对新闻人勇气和判断力的重大考验。1978年4月3日，《长江日报》刊发社论《适时地把运动的重点转移到大批判上来》，文章一针见血地指出极"左"是"四人帮"路线和思想体系最主要的表现形式，这篇评论的作者正是评论部负责人陈修诚。随后，陈修诚继续追击，邀空军雷达学院教授何善昌等执笔《论极"左"思潮》，在1978年5月26日的《长江日报》上以整版篇幅刊出。文章以罕见的胆魄与力度和尽可能深广的历史视野，对林彪、"四人帮"的极"左"路线作了全面、系统和深刻的揭露与批判，从根本上触及了自20世纪50年代后期以来就一直弥漫于党内、国内并居于主导地位的"左"倾思潮。文章的发表，无异于在新闻界和理论界引爆了一枚重磅炸弹，既对当时正在歧路彷徨的人们起到振聋发聩的警醒作用，也冒犯了一些权威人物的传统观念。陈修诚为此也承担了极大的压力和风险。好在随后开展的"实践是检验真理的唯一标准"大讨论，党的十一届三中全会胜利召开，特别是1979年9月党的十一届四中全会明确提出林彪、"四人帮"的路线是极"左"的，从而实现了思想战线上的拨乱反正，这也给了陈修诚和他的战友们以公正的评价。对这一番所为，陈修诚谓之"提前半拍"。他说："提前半拍，准确地开好第一腔，领风气之先，言人之未言，只要是用马列主义立场、观点研究新事物、回答新问题，就是符合党性原则和求实精神的，本质上是与党中央保持一致的。"①

按年龄推算，陈修诚执笔写作"开放务实谈"系列评论时已经58岁了。作为一名资深新闻工作者、副总编辑，到了这个年龄，还带头写评论，也可以看出他的执着与认真。"开放务实谈"系列评论第一篇《车站、码头问事处直通电话何时装？》所反映的问题，其实之前已经以读者来信的方式在报上刊发过，有关部门却置若罔闻，使群众的呼声如石沉大海，杳无回音。陈修诚在得悉这一事情后，深感相比于武汉改革开放的诸多大事而言，这两处电话问题虽然是件"皮毛小事"，但就是这些所谓"皮毛小事"关乎广大人民群众的切身利益，关乎武汉市的城市形象，甚至关乎武汉的改革开放大局。于是他将此事作为系列评论"开放务实谈"专栏开篇讨论的话题，进行剖析。文章发表后，引起社会反响，有很多读者打来电话表示同感，时任武汉市常务副市长的王守海很快召集有关部门开会，一些涉及部门利益而扯皮拉筋的事很快得到处理，车站、码头电话问题也就迎刃而解。

"开放务实谈"专栏一共刊发了14篇文章，都由陈修诚撰写。其他内容也多如《车站、码头问事处直通电话何时装？》一样，都是聚焦具体问题，而且多是小问题，这是该栏目的鲜明特色。

（三）

为什么要在头版开设这样一个栏目？1992年春天，邓小平视察南方，发表有关改革开放的一系列重要讲话。《深圳特区报》连续发表了"八论"，及时传达了小平同志南方谈话的一些重要精神。已经失去了《深圳特区报》的机遇②，不能再走《深圳特区报》的路子，但还是要抓住改革开放这个大题目做文章。于是，《长江日报》在头版开设了"开放务实谈"的专栏。此专栏，不作传达式、释式、应景式的议论，少谈主义，突出了务实。③

20世纪90年代以前，报纸新闻评论处于一枝独秀的霸主地位，重要的

---

① 《时代先声从〈长江日报〉传出》，《长江日报》2019年5月24日。
② 小平南方视察，首站在武汉，首次在汉发表南方谈话，但无人传达，报界不知。
③ 陈修诚：《大题目不妨做小、做实》，出自《长江日报国家新闻奖33件》，武汉出版社2002年版。

报纸社论，广播、电视、期刊一般必须无条件予以转载，而广播、电视、期刊的新闻评论不仅数量少，而且质量低，多是散兵游勇，处于新闻评论轻量级的水平。20 世纪 90 年代后这种一统天下的局面被渐渐分化。① 长期以来，无论是"社论"还是"评论员文章"等评论写作已经陷入了套路：具体事件或社会问题甚至一些典故通常被当作阐述理论的素材，因之也被称为"由头"或"引子"。于是，评来议去，评论的主体却游离于材料的本源，起初由它端，最终却回到了某一既定的理论概念上兜圈圈，结果却在重复一些人们司空见惯的大道理，缺乏新意。

《长江日报》"开放务实谈"专栏与众不同的特色和鲜明的风格，很快在新闻界引起了关注，新华社主办的《中国记者》杂志专门刊文推介：《长江日报》的"开放务实谈"系列评论，一反"坐而论道""隔靴搔痒"的官样文章架势，而是把笔触紧紧扣住与开放息息相关的实际典型问题，通过评论力促问题的解决。这种"务实"的评论，是新闻评论中出现的值得注意的"新品种"。从写作特色上看，"开放务实谈"系列评论有三点值得咀嚼：每一议题皆为当务之急；结合市情力陈开放之策；短小精悍，亦庄亦谐。② 周国光也以《宏观着眼　微观着笔——长江日报"开放务实谈"系列小言论》为题在《新闻前哨》上撰文，对这一专栏作了独到分析与热情肯定。

1997 年 9 月 1 日，《长江日报》在二版偏头位置开设了一个新的言论栏目"陈修诚专栏"，每周一刊出。此专栏推出后，受到广大读者关注，作者经常收到读者的来信和电话，或谈读后感，或出主意、拟选题，或提供点评线索，或反映效果，或与作者商榷某个问题。这个专栏受众关注高，缘于作者在创作实践中刻意追求"五个一点"："口子小一点，文章短一点，面宽一点，问题实一点，思想放开一点。"③ 这是对"开放务实谈"专栏特色的延续和发扬。

对《车站、码头问事处直通电话何时装？》能获评中国新闻奖，时任中国记协国内部主任阮观荣的文章或许给出了答案："有的同志认为，抓重大题

---

① 蒋祖：《九十年代中国新闻评论的现状与前瞻》，《新闻出版交流》1995 年第 6 期。
② 亦实：《着眼于解决实际问题》，《中国记者》1992 年第 12 期。
③ 陈升钧：《一个务实唯实的评论新品种》，《新闻前哨》1998 年第 5 期。

材报道，那是中央新闻单位的事，地方新闻单位不沾边。这种看法有一定道理，但不全面——地方新闻单位抓重大题材的新闻也是有机会、有作为的。如《深圳特区报》的通讯《东方风来满眼春——邓小平同志在深圳纪实》、上海电视台专门节目《来自浦东的报道》、《长江日报》的言论《开放务实谈之一》等，这些重大题材的报道，都获得了一等奖、二等奖。"①

2018年是我国改革开放40周年。以《车站、码头问事处直通电话何时装？》为代表的"开放务实谈"专栏，是长江日报关于改革开放报道的重要文章。回头看"开放务实谈"专栏，已是耄耋之年的陈修诚感慨颇多。

"实践问题，并不比思想问题次要。"陈修诚说，"整天讲这个主义、那个主义，而把改革开放的实事撂在一边，那就是空谈。相反，一个个具体的实践问题，能不能得到解决，关系到改革开放的进程。马克思在《哥达纲领批判》中强调，一个实际行动胜过一打纲领。通过解决一个个可见的实在问题，才能把改革开放推向深入。"陈修诚对《车站、码头问事处直通电话何时装？》的写作过程记忆犹新。他说，有的同志认为，抓改革开放，就是要抓大事、抓大问题。实际上，许多大问题的解决，是靠一个个小问题的解决来推动的；有些小问题是普遍性的，解决了一个就抓住了要害。改革开放的最终目的，是为了人民。只要是和人民利益密切相关的事情，哪怕再小，也要当成大事来抓。抓住这两点，正是武汉对外开放一步步深化的重要经验。②

（四）

评论被视为报纸的灵魂和旗帜。今天，全媒体不断发展，出现了全程媒体、全息媒体、全员媒体、全效媒体，信息无处不在、无所不及、无人不用，导致舆论生态、媒体格局、传播方式发生深刻变化，新闻舆论工作面临新的挑战。提高新闻舆论工作有效性，创新评论选题与写作应是方向之一。如何在观点正确的前提下，既能"围绕中心、服务大局"又能"团结人民、鼓舞

---

① 阮观荣：《中国新闻奖的导向作用》，出自《中国新闻奖作品选（1992年）》，新华出版社1994年版。
② 华智超：《把对外开放的小事当大事来抓》，《长江日报》2018年11月26日。

士气"，是移动互联网时代党报评论面临的挑战。

在评论作者队伍建设上，人民日报、新华社的做法也许值得借鉴。写评论是评论员的事，但不局限于评论员，党报每名记者、编辑都应该写得了评论。人民日报、新华社的很多记者，既会写消息、通讯，也写得了评论。比如，2020年武汉全民核酸检测结果公布后，人民日报湖北分社记者田豆豆撰写的《武汉全民检测让全国"放心"》，6月2日在"人民日报评论"微信公众号上以"人民锐见"推送，3天后又在《人民日报》5版以"人民时评"刊发，刊发时的题目为《武汉全民检测结果增添信心》。新华社湖北分社青年记者梁建强，2020年以来撰写的"新华时评"就有《爱武汉、挺湖北要见更多行动》《健康证明别再"一码归一码"》等多篇。

获中国新闻奖的评论不少都出自评论员之手，但也有一些评论是记者撰写的。山西日报记者张临山，报道领域为山西省宏观经济和工业经济，领衔采写的通讯《别了，白家庄矿》获第二十七届中国新闻奖一等奖。一年后，在第二十八届中国新闻奖评选中，他撰写的评论《不要让耀眼数字迷了眼睛》斩获二等奖。在第二十九届中国新闻奖评选中，获评论三等奖的《留心比留迹更重要》一稿的作者赵风，原本是一名社会新闻记者，后在报社特稿部工作多年。赵风到基层乡镇采访时，听到不少基层干部抱怨：整天忙得头昏脑涨，却得不到基层群众的认可。2018年年底，赵风注意到中央政治局在2018年11月26日集体学习时，习近平总书记明确对重"迹"不重"绩"，留"迹"不留"心"的形式主义问题提出了严厉批评。总书记的讲话对赵风来说犹如一把钥匙、一道阳光，打开了一年以来盘桓在心里的问题症结，让其有拨云见日之感。结合一年来的所思所想，赵风很快就确定了《留心比留迹更重要》的评论主题，并一气呵成，完成了文章的写作。①

《长江日报》的评论是有底蕴和特色的。《长江日报》创始人之一的熊复非常重视言论。他认为，言论是报纸的灵魂，并亲自抓言论，亲自写社论、写文章，还组织华中局政策研究室、武汉市委的同志写社评，写工作通讯等。

---

① 赵风：《新闻评论要扎根群众生活》，《城市党报研究》2019年第10期。

1950年8月30日,《长江日报》推出署名"马铁丁"的"思想杂谈"专栏。马铁丁的杂文紧跟时局、思想犀利、文章精悍,笔锋或泼辣或朴实或飞扬,在广大读者尤其是青年中产生了空前热烈的反响。①2008年,《长江日报》较早在全国党报中开设评论版"长江评论",每日一期,站在时代前沿,发出时代强音。高质量的评论成为报纸扩大影响力的利器,更是有两名评论员的文章同一天被《学习时报》转载,在业界享有"长江派"之誉。②

一代人有一代人的长征,一代人有一代人的担当。期待长江日报的评论在中国新闻奖这个大舞台上能再次绽放。

车站、码头问事处直通电话何时装?

篇头语 对外开放是篇需要一议再议的大文章,可做务虚谈,亦可做务实谈,作者想从后面做文章,也许失之琐细,却是从实想来的一些事,有些落笔处似是务实,又似务虚,四不像,但也是实实在在的问题,好在务实务虚不是楚河汉界,没有那么绝对,四不像就四不像,只好将就,不怕读者见笑了。

武汉对外开放值得骄傲的一个优势,就是承接东西、贯通南北的中国腹地的交通枢纽,武汉对外开放值得骄傲的大型交通设施有两项,一个是新建成的汉口火车站,一个是新建成的武汉港客运码头。

这两大工程在武汉对外开放中日益发挥着巨大作用,它们的英姿雄貌也美化了武汉的形象。

美中不足的是,偌大个火车站,偌大个客运码头,它们的问事处竟然没

---

① 汪甦:《创办〈长江日报〉是他一生浓重一笔》,《长江日报》2019年5月21日。
② 洪玉华:《〈长江日报〉:新闻立报引领舆论场》,《中国新闻出版报》2014年1月15日。

有一部对外（市内）的直通电话。有关单位着急，市民们着急，可自从这两项工程建成并营业以来，电话问题至今仍悬在那里。

相比武汉改革开放的诸多大事，这两处电话问题也许是太具体了。然而，具体虽具体，却关系到武汉的形象，关系到市民的切身利益，关系到武汉改革开放的大事。试想有700万人口的大武汉，每天有多少单位要为海内外宾客送往迎来，有多少市民和过往旅客要乘车乘船南行北往、西去东来，有多少人在急于打听：某次列车某号轮船几时到汉？去某地有哪次车、哪班船由汉出发？今日有票卖吗？某班某次会晚点吗？等等。对难以计数的电话问询者，两个问事处等于设在天上，任你呼天，天不应，怎不急杀人也！

汉口火车站和大轮码头两个问事处何以未安装市内直通电话（每处该安的恐怕是若干部），责任在甲方还是在乙方，在施工单位还是在设计单位，或在其他方面？原因是要查清的，教训也是要吸取的，然而眼前最急需的是有关领导和部门出面协调，拿出办法，及时解决。现在常说改革开放时不我待，这两处电话连着改革开放的大业，连接着千万旅客，不同样是时不我待？倘若连这样两个具体问题都解决不了，还何谈什么真抓实干？

（又：近年来武汉开设了程控电话多少万门，是大喜事，不过，原已经安装的电话，因线路或电话机问题，有不少是"带病"作业，好好坏坏，三天打鱼两天晒网，要适应对外开放的需要，也有待解决。）

（作者：陈修诚；原载1992年7月27日《长江日报》；获第三届中国新闻奖言论二等奖）

同题竞争要出彩

（一）

我国官方最高新闻作品奖，主要经历了全国好新闻奖和中国新闻奖两个阶段。

全国好新闻奖（1980—1989）的评选由全国新闻学会领导，中国新闻奖（1990年度至今）的评选由中华全国新闻工作者协会（简称"中国记协"）负责。全国好新闻奖的获奖作品早年只有"受奖"与"受表扬"之分，后来才有特别奖和一、二、三等奖之分。

中国记协还在1990年、1991年、1992年举办过三届现场短新闻奖的评选，后来由于中国新闻奖的创立，把现场短新闻奖的评选纳入中国新闻奖，使其成为我国综合性年度优秀新闻作品最高奖的组成部分。[①]

在全国好新闻奖阶段，《长江日报》《武汉晚报》累计有20件作品获奖。《长江日报》通讯《同志，您能做到文明骑车吗？——街头自行车纵横观》在第八届全国好新闻奖评选中获一等奖，《长江日报》专栏"社会中来"在第十届全国好新闻奖评选中获一等奖。

一年一度的中国新闻奖是全国优秀新闻作品年度最高奖。中国记协主办的首届（1990年度）中国新闻奖1991年12月10日在北京揭晓，153件佳作[②]获奖。[③]

[①] 阮观荣：《新闻奖的前奏曲：现场短新闻奖》，《青年记者》2008年第7期。
[②] 其中荣誉奖1件、一等奖17件、二等奖49件、三等奖86件。
[③] 《首届中国新闻奖　范长江新闻奖在京揭晓》，《新闻通讯》1991年第12期。

首届中国新闻奖 153 件获奖作品中，就包括获二等奖的《长江日报》通讯《钢铁"国家队"》。

（二）

通讯在首届中国新闻奖获奖作品中占比较高。除《人民呼唤焦裕禄》获荣誉奖外，还分别评出通讯一、二、三等奖 3 件、12 件、20 件。

首届中国新闻奖评选呈现出来的一大特点是参评的消息少、通讯多且篇幅长。各地向中国新闻奖评选办公室选送的消息只有 84 篇，而选送的通讯有 133 篇。

在参评首届中国新闻奖的 84 篇文字消息中，超过 700 字的有 20 篇，其中最长的达 2500 字；在送选的 133 篇通讯中，超过 3000 字的有 20 篇，其中，超过 5000 字的有 11 篇，最长的一篇达 25000 字。①

按照中国记协 1991 年 6 月 30 日公布的首届中国新闻奖评选办法：提倡短而精的作品；文字消息在 600 字以内，通讯作品在 2000 字以内，评选时适当从优。

首届中国新闻奖复评委员在阅评了全部参评稿件以后，向各新闻单位的总编辑、台长并同行们发出呼吁：多发短消息，减少长通讯。呼吁书指出，消息较少，质量较差；通讯偏多，长风甚烈，照这种状况发展下去，势必影响宣传效果，不可能造就出好的新闻队伍，也难以完成我们在社会主义现代化建设事业中所应承担的任务。②

消息不短且少，通讯偏长且多，这一情况在后来的中国新闻奖评选中仍不同程度存在。按照中国记协公布的《中国新闻奖评选办法（2019 年度）》：通讯与深度报道类作品中，通讯、新闻特写、新闻综述等不超过 3000 字，分析性报道、解释性报道、调查性报道不超过 4000 字。③

---

① 叶祖兴：《下大力气抓好"本报消息"》，《新闻与写作》1992 年第 1 期。
②《首届"中国新闻奖"复评委员发出呼吁多发短消息 减少长通讯》，《新闻通讯》1991 年第 11 期。
③《中国新闻奖评选办法（2019 年度）》，中国记协网 2019 年 2 月 12 日。

按上述标准来看，《钢铁"国家队"》2800多字的篇幅，也仍合乎规矩，不算短，但至少也不算特别长。

（三）

《钢铁"国家队"》一稿之所以能斩获中国新闻奖，今天重读仍有一些启示和值得借鉴之处。

第一，主题宣传做得好也可以获大奖。主题宣传是命题作文，号称规定动作，要想做好主题报道，既易且难。易在主题思想明确，难在新闻亮点难寻。①

党报的性质和地位决定了党报必须承担主题宣传的任务。主题宣传不出新闻？主题宣传难以获奖？其实也不尽然。《钢铁"国家队"》一稿就属于一篇具有宣传性质的主题报道，不仅获奖了，还获了中国新闻奖。这说明，主题宣传能否获大奖，关键在于能否做得好。

换个角度看，这篇稿件也可以归入工作性报道的范畴。所谓工作性报道，通常是指涉及中心工作、会议和领导活动的报道。② 党报上有大量关于方方面面的工作性报道，但很多工作性报道仅仅停留在面上，即报道做了什么，缺乏用新闻的视角进行总结提炼。有人总结，目前工作性报道令人乏味、没有新意，在现成的工作总结、领导讲话上，用"抄材料"的方式制作新闻。

《钢铁"国家队"》一稿获奖说明，即便是主题报道或工作性报道，也可以大有所为，并非只能照搬材料。

第二，同题竞争要做到出彩。1990年春，武钢走质量效益型的道路受到国家有关部门肯定，同时进入采访的新闻单位，从中央到地方，连同长江日报在内，共有10余家。同题竞争要做到出彩，才有可能在新闻奖评选中走得更远。

首届中国新闻奖评选中，武钢走质量效益型道路同主题报道，除《长江

---

① 贾旭丰等：《如何做好主题报道》，《北方传媒研究》2018年第1期。
② 刘业林：《如何写好工作性报道》，《当代劳模》2002年第12期。

日报》的通讯获奖外，湖北人民广播电台1990年2月21日播发的广播消息《武钢走质量效益型企业发展道路》获三等奖。

《长江日报》刊发的通讯能获奖，源于钢铁"国家队"立意比较高。

武钢全面推行质量管理的材料有厚厚的几大本，在已有素材上做些补充采访，拿出几篇反映武钢"工作经验"、人物"精神风貌"的报道不成问题。然而，国家有关部门明确称："武钢的做法和经验有全国意义。"如果不能把握这个"全国意义"，纵使文字再漂亮，也只能是平庸之作。通讯《钢铁"国家队"》的标题一语双关，既是这个大型钢铁企业的形象概括，又是对他们在改革开放历史条件下顾全大局、维护国家利益钢铁般意志的揭示。①

作为这组报道的领衔者，熊伟认为：《钢铁"国家队"》能获中国新闻奖，在于不是平面地反映武钢，而是站在治理经济环境、整顿经济秩序的大背景下透视武钢；我们所报道的，正是时代所需要的。②

第三，采访有大量投入。见报稿件虽然不到3000字，但采访团队在采访时有大量投入。

熊伟与杨泓总结："我们的采访对象从决策层、调研室、质管部门到生产、计划、财务、劳资等部门。我们与他们进行了长时间的交谈，我们不是简单地'抄材料'而是进行思想碰撞，用智者的钥匙开释我们的疑虑，一些东西便在那些曾经让我们头疼枯燥的数字背后跃然纸上。后来闪现在《钢铁'国家队'》一文中的思想火花，就是这样碰撞出来的。"这也再次说明，做好扎实的采访是产生新闻精品的基础。

第四，注重报道的思想性。"新闻是跑出来的"，这指的是身体层面，但好新闻仅靠跑还不够，还要注重思想的投入。采访团队意识到，只有在深广的大背景下展示武钢作为中国产业支柱的风采，才能取胜。于是，他们把视线从材料堆中荡开，投向大型企业运行的大环境、大背景，寻找和挖掘"武钢的全国意义何在"这个焦点。

---

① 熊伟等：《重要的思想投入》，出自《长江日报国家新闻奖33件》，武汉出版社2002年版。
② 熊伟：《几则获奖新闻背后的小故事》，出自《品读长江日报》，武汉出版社2009年版。

《钢铁"国家队"》一稿站位高的背后，正是注重思想上投入的体现。对此，熊伟与杨泓总结到，"思想投入"意味着三点：一是记者一定要有思想的积淀，要善于用辩证的历史的眼光，从历史与现实、宏观与微观的交汇点上透视事物，把握本质；二是要善于利用各种信息资源，报道经济情况的记者对经济以外的各种社会现象要了然于胸，并由此及彼地找出其内在联系；三是要把采访过程作为思想开掘的过程，作为吸收和消化的过程。

第五，逻辑清晰，写作过硬，文风朴实。稿件主标题《钢铁"国家队"》意味丰富，也颇有通讯的味道。正文的三个小标题"冲向'奥运会'""合同如军令""'关键场次'显身手"与主标题浑然一体，展示了钢铁"国家队"的所作所为。

全文提到的数据和事例有几十个，但运用恰当，通篇没有什么大话，也没有文件式语言，增强了宣传效果。

文中说武钢如何靠过紧日子保国家利益，举的两个例子很直观，与大众也比较贴近：国家本来已对集团购买品种作了限制，武钢还要在限制上加限制，连10元一个的计算器都限购；干部出差坐软卧，在国家规定的职务标准上又加一条：必须年满50岁。

第六，副总编辑带队采访。这似乎不应该成为说道的内容。新闻战线开展"走基层、转作风、改文风"，不应仅局限于一线的记者、编辑，也理应包括社长、总编辑、副总编辑等。

面对如何报道武钢走质量效益型道路的新闻大比拼，时任长江日报社副总编辑熊伟受编委会委派，率领七八员战将，春节刚过便一头扎进武钢招待所，大家白天散出去采访，晚上回招待所进行思想碰撞，从立意到措辞反复推敲，仅200多字的开头就写了十余遍。副总编辑带队采访，也有利于在新闻大战中胜出。

第七，团队作战。作为武钢走质量效益型道路报道的领衔者，熊伟1982年统筹的《划破雨幕的闪光》在第四届全国好新闻奖评选中"受表扬"。这篇通讯，被认为有时代感，且大气磅礴，情景交融，在全国好新闻奖评选中获奖，也开了《长江日报》通讯获国家级新闻奖的先河。《钢铁"国家队"》稿件的另一位作者杨泓,代表性的新闻作品《港十五码头服务员蛮横粗野 市长清晨出访备尝旅客之苦》曾在第七届全国好新闻奖评选中获消息二等奖。

新闻大战中,组建高水平的报道团队,也有利于出新闻精品。时任《中国记者》杂志总编辑徐民和在点评《长江日报》获奖作品时总结道:《长江日报》的文化中有一种看重新闻业务的文化、提倡钻研新闻业务的风气,这种风气大概和报社的传统有关。正是这种传统的传承,使得《长江日报》在全国的新闻奖评选中屡屡中元。① 新闻每天都是新的。看重新闻业务的文化、提倡钻研新闻业务的风气,今天也应得到传承和弘扬。

从中国新闻奖后来实行的作品审核角度而言,稿件中有个地方值得注意:"每天,有近 400 个车皮的钢材辐射出去……"中的"辐射"一词感觉不够准确。"辐射"是指从中心向各个方面沿着直线伸展出去。

钢铁"国家队"
——看武钢怎样走质量效益型道路(之一)

武钢的经济效益之好容易使人飘飘然。别的指标不说,仅利税一项,年增 1 亿元以上的锐势就保持了 6 年。而这个公司的决策者异常冷静。他们不时对干部和职工念叨:国家投资 65 亿元装备武钢,包括引进一米七先进设备,花了血本,并且给了扩权让利的优惠政策,否则武钢有天大的本事也施展不开。

这不是自谦自贬。深知国家"养兵"之苦,武钢就有了尽"国家队"本分的压力、动力,便义无反顾地把企业绑在国家利益的战车上,在体现社会主义方向的"质量效益型"道路上驰骋。

---

① 徐民和:《大报风范》,出自《长江日报国家级新闻奖 33 件》,武汉出版社 2002 年版。

冲向"奥运会"

"以质量求生存"是一种清醒的企业意识，而武钢人超越了这种意识。

看看国内的钢材市场，真是个"货俏卖得母猪肉"，武钢的残次品都十分抢手。在毫无生存之忧的"气候"下，这个"钢铁巨人"瞄准自己选择的新高度，忘我而艰难地攀登质量之峰：1988年以前按国内标准攻"合格率"，这以后就一步一个脚印地向国际标准、国际先进标准、国外实物标准挺进。

当1988年的"质量月"到来时，武钢一米七产品90％以上达到国际标准，在国家质量奖评比中拿了好几枚金、银牌。有关方面评价很高，武钢决策层却在"对照检查"，不乏自责之意。

他们已经得到了这样的信息：同样是达到"国际标准"的钢材，沿海开放地带的一些用户宁愿花外汇买国外的，而不愿用武钢的，并非人家"崇洋"，进口钢材的使用性能就是优于国货。达到"国际标准"固然不简单，但发达国家的钢铁企业只把它作为一种"商务标准"，除此之外他们还"内控"着更高水平的实物标准，对外秘而不宣，以便在激烈的市场竞争中保持优势。

"我们落后了！"人，不怕落后，就怕没有奋起直追的志气。公司派出数十名技术干部，南下北上，跑了百余家用户，对进口钢材从外观到内在性能直至包装逐一解剖，带回了详细的数据。就在这年"质量月"，武钢把奋进的目标定在了赶超国外实物标准的基点上。技术部门拿出了13种钢材的实物标准，也来它个"内控"：凡达不到这个标准的钢材，内部考核不算"及格"。

武钢决策者的这种赶超、竞争意识，是随着"一米七"作用的发挥而不断增强的。他们接待了一批又一批倾慕这个"洋玩意"的参观者，同时自我提醒："一米七"摆在武钢不是为了好看，应当生产第一流的产品，代表国家的质量水平。公司一位"笔杆子"把这层意思形象化了：武钢要尽"国家队"之责，立足于冲向"奥运会"，到国际竞技场上比高低。

质量标准超高，工作难度就得超常。几年来武钢在消化掌握一米七技术的基础上开发新技术、新设备、新工艺197项，其中47项达到当代国际水平。只说高牌号硅钢的连铸和一次冷轧，就突破了引进专利的局限，为外国专家所惊叹。

现在，武钢按国外实物标准生产的钢材已占总量的11%以上。这些优质钢材源源外运，正在为我国一些制造业提供赶超国际先进水平的基础。船舶制造厂愿意用外汇购买武钢的船用钢铁。铁道部门用武钢供给的一种耐大气腐蚀钢制造车辆，延长寿命两倍以上，因此称之为"车辆生产史上的一次革命"。

合同如军令

通往武钢的铁路线格外繁忙。每天，有近400个车皮的钢材辐射出去，又有满载原、燃料的货车呼啸而来。在这大进大出中却有那么一点不协调：武钢运出的平价钢材100%达到计划要求，而物资部门拨过来的平价煤、矿，往往只占计划的八成。

既然计划原、燃料只兑现八成，武钢也可以只完成八成的计划任务，何况计划中有20%的产品亏本。可是，武钢宁可买议价原、燃料，高进低出，也要严格执行国家合同。

武钢把合同视为军令。一批批高出平价2倍、3倍的议价煤、矿喂进了高炉、平炉，这都是用超产的、可以用来议价自销的俏货，包括计划内2%允许自销的那点儿钢材串换来的，平进平出。一手按平价每吨260元交付国家计划生铁合同，一手按议价每吨700多元买进生铁生产国家计划钢材。去年武钢为此整整"消化"了4个亿。

明明是吃亏的事，武钢却定出制度来干。公司按月召开合同执行情况分析会，各部门、各车间、各班组都得按"军令"衔接、组织生产，形成了执行合同的保证体系。

一次，车皮断档，眼看一份钢材合同要延误。"不能影响人家企业均衡生产！"工人们果断地将可改水运的数万吨水渣从车皮上卸下来装上汽车，运到工业港后又卸下汽车再装上船，腾出车皮运钢材。这边流了一身汗，那边按期交货。

对一时付不出钱的用户，武钢虽然深为所困，也以国家计划为重。他们说:"拖欠货款已造成恶性循环,你不发钢材,人家不能完成国家生产任务,不更加剧恶性循环?"武钢用一车车优质钢材换来了越来越重的拖欠包袱,又背着"包袱"完成国家计划。1983年到1988年,用户拖欠货款由1亿元增到4亿元,武钢合同执行率一直是100%;去年资金那么紧张,用户拖欠款达6亿元,武钢合同执行率仍达99%以上。

解决资金困难的办法不是没有。把计划内钢材或者用串换原料的自销钢材抠一点来自销,就是大笔的钱。去年4月15日国家对自销钢材实行限价,有的企业就靠打"时间差"抢在限期前高价卖钢材,赚了"效益"。武钢若这么办,一次至少赚进3亿元。这种事武钢不干。

1989年武钢作出那么大牺牲,仍创利税18亿元。这个武汉市最大的利税大户为执行国家计划合同一掷千金不吝惜,对自己却一分一分地抠。国家本来已对集团购买品种作了限制,武钢还要在限制上加限制,连上10元一个的计算器都限购。干部出差坐软卧,在国家规定的职务标准上又加一条:必须年满50岁以上。他们就是这样靠过紧日子来保国家利益的。

"关键场次"显身手

或许是考虑到武钢"承受能力"强,国家有关部门不时把一些计划外的特急任务交给武钢。如此一来,这支"国家队"就不能不在一个又一个"关键场次"出场。

水电部30万千瓦发电机组急需高牌号硅钢;冶金部地方钢铁厂技术改造急需大型材……武钢有求必应,吃亏也干。煤炭工业急需的2万吨耐磨钢板,因为比价不合理,其他钢厂不愿干,武钢干了,生产2万吨赔进去200万元。

去年3月,国家外经委急需5000吨45公斤/米钢轨支援坦赞铁路的修复。承接这一任务不仅影响武钢整个的均衡生产,而且这个钢种在20世纪60年代便停炼,轧制设备早已报废,连当年生产这种钢材的工人都已退休,多难!武钢各部门有关人员为此走路都小跑起来:计划部立即重新排产;生产部紧急调度;一炼钢厂技术科几天之内拿出技术方案、培训工人,经常只上白班的技术人员改成"三班倒"日夜守在炉前,直到29炉58罐全部炼出;

大型厂也重新制作轧制设备……武钢工人流汗了，用户却笑了。

这样的特殊需要太多太多。武钢销售部几乎每天都要接到用户更改合同的电话，每一次更改都会给计划、技术、生产出难题，甚至影响收入。可1988年武钢应用户要求变更合同3000多次，1989年与用户签合同3万余份，变更1.3万多份！

用户们真心诚意地评价：武钢这支"国家队"不仅打出了水平，也打出了风格。有些用户看到武钢太吃亏、看到市场上有一些钢材纷纷提价，主动到国家物价部门、到武钢要求提高武钢产品价格。对这个"有利"因素，武钢决策者们没有去争取。他们把住一条：不能见利忘义。

在武钢，并不是只有最高决策层才算这个"效益账"。一位极普通的武钢人，计划部计划科50多岁的老王同志这样说："企业都这样办，国家经济就理顺了。"

（作者：熊伟、杨泓、吴保真；原载1990年2月28日《长江日报》；获首届中国新闻奖通讯二等奖）

第二辑

新闻发现与价值提升

没有发现就没有新闻，新闻发现让新闻更有魅力，移动互联网时代亦是如此。新闻生产是一项集体协作的劳动，如果说，新闻发现靠的是个体，价值提升则更多的是靠集体。

新闻发现：线索是基、事实是本、价值是魂

曾任长江日报报业集团（长江日报社）党委书记、董事长、社长的潘堂林在其著作《怎样发现新闻》中总结道：新闻发现是新闻工作者政治水平、业务素质的综合反映和集中体现；新闻竞争说到底是新闻发现的较量；新闻工作者最需要的是发现，新闻实践中难度最大的是发现，日常新闻业务琢磨最多的是发现。

《长江日报》刊发的文字消息《96家院士工作站被摘牌》在2019年度湖北新闻奖评选中获评一等奖，并由湖北省记协报送参评第三十届中国新闻奖。回顾这篇稿件的采写经过，结合潘堂林的新闻发现论，创作团队的感悟是——新闻发现：线索是基、事实是本、价值是魂。

（一）

新闻工作者谈论一个新闻选题，往往首先是从线索开始的。没有线索一切都无从谈起。这有点类似"巧妇难为无米之炊"。独家报道往往也是从线索开始的。

2019年6月11日，新华社播发报道——近日，中共中央办公厅、国务院办公厅印发《关于进一步弘扬科学家精神加强作风和学风建设的意见》（简称《意见》）。

《意见》的信息量很大。其中明确：每名未退休院士受聘的院士工作站不超过1个、退休院士不超过3个，院士在每个工作站全职工作时间每年不少于3个月。

正是《意见》中的这条规矩，为团队操作院士专家工作站报道提供了政

策层面的依据。作为党的新闻舆论工作者，结合工作情况，及时学习领会中央精神，是很重要的。

传统的报业时代，新闻工作者多是通过会议或战线获取线索。移动互联网时代，扩展了新闻工作者获得线索的途径和方式。

院士专家工作站的线索，最初来自自媒体和朋友圈。网上有人曝光中国工程院某位院士建了八九十个院士工作站。这引起了团队的关注。

这位院士还曾给武汉的企业站过台，他的八九十个院士工作站中有的就是在武汉。因为前面中办、国办已经发文了，团队获悉这方面的情况后，就开始着手操作这一选题。

在长江日报编辑部一周采编工作例会上，这一选题得以顺利通过，被认为有价值，要求应尽快操作。一切似乎都在朝着好的方向发展。

（二）

线索终归只是线索，不等于新闻事实，新闻工作者需要做的就是如何把值得操作的新闻线索转化为新闻事实。这是根本。

有的线索，一开始认为是好线索，但一旦深入，又被否决，因为没有新闻事实支撑。

从新闻线索到新闻事实的过程，是深入的过程，同时也是一个充满乐趣的探究过程。

这位被曝建了八九十个院士工作站的院士，到底建了多少个院士工作站？没有捷径能获知，团队就采用最原始的方式——网上查询，依据新闻报道和相关单位官方网站信息，每查出一个，就列出一个。

根据检索得到的统计结果是，他当选院士一年多，就累计建了89个院士工作站！这是一个十分惊人的数据。

2019年7月24日，《长江日报》在要闻版头条刊发了《一院士不到两年建89个院士工作站》的报道。

这是媒体第一次披露一个院士如此大规模地建设院士工作站。"一院士不到两年建89个院士工作站"，后来被媒体频频提及和引用。

《一院士不到两年建89个院士工作站》一稿获评长江日报2019年度新闻二等奖，但参评湖北新闻奖的作品是《96家院士工作站被摘牌》。

这两篇稿件之间有何关联呢？从某种程度上而言，《96家院士工作站被摘牌》是对《一院士不到两年建89个院士工作站》一稿的追踪。

移动互联网时代，稿件刊发才是传播的真正开始。《一院士不到两年建89个院士工作站》稿件刊发后，团队便十分关注这89家院士工作站的命运以及这位院士的有关情况。

2019年12月，团队一次在网上搜索时发现，湖北省科协网站上发布过注销企业院士专家工作站的公告。这让团队很兴奋，便开始操作湖北省注销院士专家工作站的报道。

事也凑巧，因当时湖北省委主要领导刚会见2019年湖北省新当选的院士，长江日报编辑部从政治上考量，决定对湖北摘牌院士站的报道推迟一下再刊发为宜。这给了团队比较充裕的操作时间。

另一个巧合是，湖北省科协2019年12月20日在其官方网站上发布了《关于注销湖北柳树沟矿业股份有限公司院士专家工作站的公告》，这为报道提供了最新的由头。

2019年12月22日，《长江日报》重磅推出了一组院士专家工作站的组合报道，具体有消息、通讯、评论。其中《96家院士工作站被摘牌》的消息与评论一起在头版刊发。这说明编辑部对这一选题的重视与认同。

值得说的是，这次在采访上的突破，给整组报道增色不少，尤其是对中科院院士曹文宣和张俐娜的采访，让整组报道变得厚重、有力。

记者的每一次采访，都是一次积累。具体采访曹文宣和张俐娜的记者，其实与两位院士联系不多，只因为2019年的两次采访（其中一次还是"挑土"），与两位院士建立了联系，关键时刻让院士发声了。

湖北不是全国院士专家工作站最多的省份，但一年96家院士工作站被摘牌的力度，在全国是最大的。这一新闻事实具有显著性。

曾担任中国新闻奖评委的中国社科院新闻与传播研究所编辑室主任钱莲生在一篇文章中写道："发现力"是判断好新闻的首要因子；新闻发现的最高

境界是"无中生有",中国新闻奖应该鼓励这种高难度的"发现"。①《96家院士工作站被摘牌》就属于这方面的例子。

作为市属媒体,长江日报此次报道的《96家院士工作站被摘牌》是全省的事。湖北一年96家院士工作站被摘牌的消息,是长江日报独家披露的。

这是新闻发现而非官方信息发布。这一发现,不是对网上信息的搬运或发布,是新闻线索的发现,更是对新闻事实的发现,这背后体现的同样是新闻工作者的"四力"。

(三)

媒体不同于自媒体的区别之一是,媒体要履行社会责任,注重新闻传播的价值,而自媒体更看重的是流量。

新闻价值是新闻的灵魂。好的新闻作品,仅有意思不行,还要有意义。

曾任人民日报社副总编辑的许正中在一次"推进媒体融合发展 构建全媒体传播格局"的演讲中表示:不能"自说自话""自娱自乐",更不能"自以为是",而要了解、亲近目标受众,把"重要的"做成"需要的",把"有意义"做得"有意思",这样才能用优质内容强信心、聚民心、暖人心、筑同心,形成思想舆论的强大引领力,营造意识形态的清朗空间。②

从新闻发现的角度而言,仅有新闻线索发现、新闻事实发现还不够,还需要有新闻价值发现,要让有意思的事变得有意义才行。

对一篇新闻作品而言,线索是基、事实为本、价值为魂。事实要通过新闻报道呈现出来,而价值则不然。

很多时候,价值蕴藏在新闻报道中,不需要刻意说出来、写出来。好的新闻作品,要能让人一眼就看到其价值。

中国记协国内部主任殷陆君认为:好新闻在选题方面要兼具新闻价值和

---

① 钱莲生:《中国新闻奖评选若干问题的理性释诉——兼论中国新闻奖改革的方位》,《新闻战线》2017年第21期。

② 许正中:《把"重要的"做成"需要的",把"有意义"做得"有意思"》,人民网2019年10月29日。

社会价值。所谓新闻价值，是指既要充分考量新闻事件的时效性、重要性、新奇性，又要考虑采用切入视角的独创性、特殊性甚至唯一性；所谓社会价值则强调新闻在记录反映时代、增进主流价值共识、促进社会问题解决、提供社会治理对策方面产生的重要影响。①

《96家院士工作站被摘牌》参评中国新闻奖时，参评作品推荐表中这样总结和概括其价值："这是一篇体现坚决做到'两个维护'、反映党中央决策部署落地生根的典型报道，体现了鲜明的政治方向、舆论导向和价值取向。"

社会影响也能体现一篇作品的新闻价值。《96家院士工作站被摘牌》在《长江日报》首发之后，中央和地方媒体的广泛转载、跟进、评论，直观地体现了这篇报道的价值。

其中，人民日报客户端刊发"人民锐评"，新华社发了内参，央视做了跟进报道。《科技日报》在头版刊发了《让院士工作站回归本真》的评论。

湖北省内的《湖北日报》、《楚天都市报》、湖北经视等也都刊发了评论。湖北省外的《新京报》、红星新闻等也多次关注。

这篇报道的社会影响并不局限于媒体的转载、跟进、评论，其更重要的价值在于推进国家层面从制度上进一步规范院士专家工作站的建设。

例如，科技部印发了《关于进一步做好院士工作站规范管理工作的补充通知》（国科办监〔2020〕32号），中国科协为贯彻落实中央领导同志指示印发了《关于进一步做好科协系统院士工作站规范管理工作的通知》（科协企函〔2020〕32号）。

湖北此举也在全国形成了良好示范效应，这也是新闻价值的一部分。例如，湖北省科协明确2020年要进一步规范院士专家工作站建设。2020年以来，广西、甘肃、广东分别撤销了33家、95家、278家院士工作站。2020年5月，浙江明确"开展院士专家工作站规范工作是当前一项重要任务"。

操作一个新闻选题的时候，如果能在线索阶段就意识到其价值当然好，

---

① 殷陆君：《精研细品求大道——新时代如何竞争中国新闻奖》，出自《大有之路》，宁波出版社2020年6月版。

即便不能，其实也不要紧，在挖掘新闻事实以及后续报道中，仍有机会给新闻铸魂。

为什么很多稿件，只能称之为稿件，而不能称之为作品？一个重要原因是没有价值。新闻有了价值也就有了魂，才能完成从稿件向作品的转变。

凡是过往，皆为序章。新闻，每天都是新的。很多时候，我们不缺好的线索，缺的是对把新闻线索转化为新闻事实的执着以及对新闻价值的挖掘。

湖北一年 4 次 "出手"

96 家院士工作站被摘牌

12 月 20 日，湖北省科协在其官方网站上发布公告，注销湖北柳树沟矿业股份有限公司院士专家工作站。这是湖北今年注销的第 96 家院士专家工作站。

湖北省科协主管全省院士专家工作站，今年已 4 次公布院士专家工作站注销或撤销名单，第一次有 61 家，第二次有 33 家，第三次和第四次均为 1 家。按照《湖北省院士专家工作站管理办法》规定，连续两次考核不合格的工作站，予以摘牌。

院士专家工作站是一项服务经济社会发展、服务企业技术创新的开创性工作，在我国已有 16 年历史。近年来，多地建站速度不断刷新，建站数量不断攀升。2016 年湖北全省有院士专家工作站 402 家，到 2017 年 8 月已增至 504 家。截至去年，全国院士专家工作站已有近 5000 家。

去年，湖北浩华生物技术有限公司院士专家工作站获评"全国模范院士专家工作站"。今年 11 月 4 日，湖北省科协在官方网站上发布公告注销了该工作站。长江日报记者联系到该公司负责人胡群兵，他表示已知工作站被注销一事。据了解，该站注销系"合作院士说自己精力不够，主动要求取消合作"。

湖北省科协向被摘牌的院士专家工作站所在的地市州科协发出"红头文件"，要求及时回收工作站批准文件、工作站牌匾，"建站企业不得再利用工作站及协议专家的影响开展宣传或从事其他活动"。

长江日报今年7月曾披露,一位院士不到两年建了89家院士专家工作站。按照中共中央办公厅、国务院办公厅文件要求,每名未退休院士受聘的院士工作站不超过1家、退休院士不超过3家,院士在每家工作站全职工作时间每年不少于3个月。

科协系统在加强院士专家工作站管理的同时,中国科学院、中国工程院今年均发出通知,要求院士严格规范参与院士专家工作站建设。12月3日,中国工程院院长李晓红与新当选的院士交流时,希望院士们"不为虚名所扰,不被功利所惑,一定要像爱护眼睛一样,爱护我们的院士形象"。

"该撤!"中国科学院院士曹文宣对湖北加强院士专家工作站管理表示支持,"一些院士工作站打着院士名号申请经费,其实是徒有虚名。"中国科学院院士张俐娜认为,规范管理院士专家工作站,该撤销的要撤销,批准新建站也要慎重,要用制度来规范。

(作者:朱建华、陈洁;编辑:郑良中;原载2019年12月22日《长江日报》;获第三十届中国新闻奖消息三等奖)

从公共信息中独家发现"金矿"

（一）

消息是新闻家族中的"始祖"，写好消息是记者的基本功，很长一段时间，消息也是各种新闻奖中竞争最为激烈的种类，但消息要获奖，尤其是获中国新闻奖一等奖并不是一件容易的事。

中国新闻奖自设立以来，每年评出的文字消息（通讯社、报纸）一等奖不超过3件，有时甚至仅有1件，现在通常稳定在2件。在第二十三届（2012年度）中国新闻奖评选中，《7常委参观〈复兴之路〉出行不封路》一稿问鼎文字消息一等奖，这也是《长江日报》时隔近20年再次斩获文字消息一等奖，上一次是《武钢近7万人不再吃"钢铁饭"》一文在第四届（1993年度）中国新闻奖评选中斩获文字消息一等奖。

第二十三届中国新闻奖一共评出文字消息一等奖2件，《7常委参观〈复兴之路〉出行不封路》排名第一，另一件获一等奖的文字消息是《河南日报》刊发的《火车站见证兰考经济变迁》。

《7常委参观〈复兴之路〉出行不封路》一文获奖，标志着《长江日报》在文字消息精品创作上达到了一个顶峰。迄今为止，《长江日报》是全国城市党报中仅有的先后两次获中国新闻奖文字消息一等奖的媒体。

曾任中国记协书记处书记的李存厚，参与中国新闻奖的工作前后整整10个年头。他说：主题重大不等于贴标签，而是通过事实说话，寓事于理，达到折射出重大主题的目的。说到主题重大，大家自然会想到重大事件和重大活动，对地方媒体来讲，这类报道地方竞争不过中央媒体，因为材料信息的占有及报道的立意，中央媒体享有得天独厚的优势，地方媒体即使参评也只能当分母，除非独家另辟蹊径首发的有可能获奖，但是评委会对报道领导同志的作品，在选择及获奖比例上是掌握得相当严格的。①

《7常委参观〈复兴之路〉出行不封路》无疑就属于地方媒体独家另辟蹊径首发报道领导同志的作品。《长江日报》作为地方媒体，报道中央领导同志，这是非常"大胆"的。从武汉新闻奖一等奖、湖北新闻奖一等奖到最后摘取中国新闻奖一等奖，应该感谢一路走来各位评委对此稿的青睐和肯定。

中国记协国内部的王志羚在第二十三届中国新闻奖获奖作品特点综述中评价《7常委参观〈复兴之路〉出行不封路》一稿时说：在中央"八项规定"出台第二天刊出，以650字的篇幅简洁生动反映了新一届中央领导集体的政治新气象，报道刊发后反响热烈，读者普遍称赞"清风扑面"。这则消息从内容到语言，从刊发的时间节点到版面编排，都凸显了文风的改进，折射出党风作风的变化。

（二）

中国新闻奖是新闻采编的业务导向，一等奖作品更是导向中的导向。学习和研究中国新闻奖获奖作品，有必要准确理解和认识中国新闻奖。

方延明是南京大学新闻传播学院教授，也是第二十三届中国新闻奖评委。他认为：中国新闻奖的获奖作品，是对中国问题的中国媒体解读，是一种媒体内容与传播形式的完美呈现，是传播内容和社会效果的有机统一。②

如何从中国新闻奖评选的角度判断新闻作品的优劣呢？第二十八届中国新闻奖评委、中国传媒大学教授王宇认为，标准主要来自两个方面：一个是具有中国特色，就是新闻作品要坚持马克思主义新闻观，坚持新闻宣传与报道的统一，坚持围绕中心服务大局；另一个是职业素养高，作者既能敏感发现新闻并能采用独特角度和形式予以呈现，又能客观真实地表达新闻事实、

---

① 李存厚：《中国新闻奖获奖作品及存在问题看评奖规则的新变化》，《新闻爱好者》2012年第8期（上半月）。

② 方延明：《什么样的作品、怎样才能获得中国新闻奖》，《中国记者》2013年第12期。

传递观点，作品具有较强的现实影响力。①

按照中国新闻奖评委给出的评选标准，《7常委参观〈复兴之路〉出行不封路》一稿能够获一等奖有其道理。

这篇稿件获奖后，在新闻传媒界、新闻学术界以及主管部门中间引起了很大关注。

党的十八大闭幕之后，中国政坛出现了一些新气象，但人们只是隐约感受到这股新风。真正让大家耳目一新、看到事实的，是《7常委参观〈复兴之路〉出行不封路》这篇新闻报道。

对此，有人说，此稿一出，新闻界为之震惊：这条在京发生的重大时政新闻，竟然不是新华社、人民日报、中央电视台等媒体首发，而是被远在京外的长江日报抢发。地方报抢到"中央级"大新闻。②

时任中国记协党组书记、常务副主席翟惠生则评价：《7常委参观〈复兴之路〉出行不封路》一稿是长江日报首发的。消息不长，但因为抓得准、抓得好、抓得及时，受到了评委的一致肯定。这就是最高层次的典型宣传。③

多位中国新闻奖评委还从不同角度对《7常委参观〈复兴之路〉出行不封路》一稿进行了褒奖。

反映重大题材的新闻，并不一定都要宏大叙事，一些从群众最关注的角度切入的新闻作品，也可以而且应该成为优秀新闻作品。对新闻作品而言，不是说有了重大题材，有了群众关注的问题，写出来就是好作品，还需要艺术地表现才能切实达到信息传递的目的——事实信息和隐藏其中的观念信息。

时任江苏省记协主席、第二十三届中国新闻奖评委周世康评价：《7常委参观〈复兴之路〉出行不封路》这篇稿子得票高，获得文字消息一等奖。这篇稿子600多字，没有一句套话。④他特别提到该文在写作上的优点：新闻主体用的是欧阳淞在武汉市委党校讲话的内容，口述的语言也比较生动。消息

---

① 王宇：《中国新闻奖获奖广播作品漫谈》，《现代视听》2019年第4期。
② 滕敦斋：《职业敏感显"眼力"》，《青年记者》2019年第5期（下）。
③ 翟惠生：《发掘正能量，实现有效传播》，《新闻战线》2013年第11期。
④ 周世康：《主流新闻舆论实践前沿的报告》，《传媒观察》2014年第2期。

的结尾,用了欧阳淞的一句话:"事实上,十八大闭幕以来中国政坛呈现的不少新气象,已持续成为社会关注的热点。"这句话是整个新闻的一个大背景。

复旦大学新闻学院教授、第二十三届中国新闻奖评委黄芝晓特意以《7常委参观〈复兴之路〉出行不封路》一稿举例说:题材很大,但在650字的不长篇幅中,有100余字平实地描述了总书记从中南海到国家博物馆一路上沿途没有清道的细节。这样表述,突破了关于中央领导同志活动的新闻稿传统采编思路,传播效果远比习惯性的概述表达强多了。由于细节具体地体现了群众的关注,因而更能满足群众的关注,也更能增强新闻传播力与感染力。①

(三)

关于《7常委参观〈复兴之路〉出行不封路》一稿的成功之处和带来的经验、启示,新闻传媒界和新闻学术界多位人士撰文进行了分析总结,摘录部分如下:

> 1.《7常委参观〈复兴之路〉出行不封路》一稿反映了新一届中央领导集体的政治新气象,刊发及时,与中央精神吻合,以排名第一获得了第二十三届中国新闻奖一等奖。②
>
> 2.有没有新闻敏感,写出来的报道可能就有着天壤之别,《7常委参观〈复兴之路〉出行不封路》一稿是在领导人重大出行活动中捕捉到的好新闻。③
>
> 3.《7常委参观〈复兴之路〉出行不封路》一稿是一个剑走偏锋的例证。这则新闻若按定式思维的传统模式进行报道,则无外乎中央领导如何聚精会神地观看展览,对哪些展览图片印象深刻,发表了哪些感慨等内容。记者在这篇稿件里并没有拘泥于庸常的报道方式,而将"新闻场"从展览现场转移到参观展览的途中,以报道中央领导参观展览迟到为新闻点,

---

① 黄芝晓:《直面群众关注的问题》,《新闻战线》2013年第11期。
② 赵之泓:《"互联网+"背景下媒体人应具有的四种思维》,《新闻与写作》2017年第6期。
③ 闫加吉:《从重大活动中发现好新闻》,《军事记者》2014年第5期。

传递出政治局 7 常委出行"不封路、不清场",跟随社会车辆与民同行的政治新气象,为推进落实"八项规定"创造了良好的舆论氛围。①

4.《7 常委参观〈复兴之路〉出行不封路》一稿是敏锐把握时代脉搏、巧妙展现时代气象的新闻作品。作为地方媒体,面对重大政治主题的新闻素材,长江日报的主动作为或许可以给我们提供一些借鉴,那就是要具备良好的政治素养,稳步踏准时代的节点。②

5.《7 常委参观〈复兴之路〉出行不封路》一稿是会上抓到的"活鱼",如果说到新闻发生的地方报道新闻需要记者"腿长""腿勤"的话,那么,到可以发掘新闻的地方找新闻则更需要记者"动脑""脑勤"。我们常说,新闻"要抢",有时新闻也是"要养"的,这里更需要媒体加强新闻报道的组织策划。③

6.《7 常委参观〈复兴之路〉出行不封路》一稿做到了以小见大,从小处落笔,从大处着眼,小切口,大主题,反映时代精神,弘扬社会主义核心价值观,传递社会正能量。④

7.《7 常委参观〈复兴之路〉出行不封路》一稿虽然是专家在武汉披露的这一消息,但这也是地方媒体直接报道中央政治新风。⑤

8. 这篇消息在全国率先发声,迅速及时地传递了新一届党中央领导集体清新的政治风气,犹如清风扑面,令人耳目一新,体现了党报的舆论引导力,得到了读者和新闻界的广泛好评,堪称一篇传递正能量的精心之作。这篇报道有三点经验值得学习和借鉴:一是见微知著,新闻嗅觉灵敏;二是化旧为新,强化新闻时效;三是深化主题,提升新闻影响力。⑥

9. 从中国新闻奖特别奖、一等奖等获奖作品来看,无一不奉新闻规

---

① 赵凤兰:《打开记者发现力的"金钥匙"》,《军事记者》2015 年第 2 期。
② 张同太等:《打造优秀的新闻作品需要不断超越和创新》,《新闻战线》2017 年第 2 期(上)。
③ 赵振宇:《到一线　循规律　出佳作》,《武汉宣传》2014 年第 4 期。
④ 伊秀丽:《从获奖作品看传统媒体的突围——第八届中国新闻奖高端研讨会文字作品组情况简述》,《青年记者》2014 年第 3 期(上)。
⑤ 王其恒等:《二次发掘新闻背后的价值》,《新闻前哨》2017 年第 1 期。
⑥ 彭建钢:《清风扑面,先声夺魁》,《青年记者》2014 年第 9 期(下)。

律为圭臬。看看《7常委参观〈复兴之路〉出行不封路》的新闻是如何按新闻规律来写的：第一，真实性；第二，时效性；第三，新闻价值；第四，客观性。①

10.《7常委参观〈复兴之路〉出行不封路》一稿荣获消息一等奖，首先是新闻嗅觉灵敏，发现能力非凡。参加辅导报告的还有多家新闻媒体的记者，甚至在京的新闻媒体中，会有一些人早就知道或听说过"7常委参观《复兴之路》出行不封路"之事，为什么没有人写此新闻呢？在京发生的一条新闻价值很高的时政新闻，竟然被京外的长江日报记者抢发，其新闻敏感和发现力在此就一见高下。②

11.这是一篇带着问题写作的典范，因为，党的十八大之后，新的中央领导集体亮相，体现出什么样的新风，是社会普遍关心的问题。③

12.抓好稿，写好稿，出好稿，作为一名新闻工作者，需要具备较强的政治敏锐性。《7常委参观〈复兴之路〉出行不封路》一稿刊发时，中央"八项规定"恰巧推出，使这一"不封路"独家报道更显其重大的政治背景。④

13.什么是好的时政报道？个人认为，必须是有细节的报道。只有某某领导人强调、某某领导人指出的时政报道，是很难吸引受众的。受众希望在时政报道中看到鲜活的场景、生动的细节。其实，无论是报社考评，还是中国新闻奖评选，如今都坚持这样的好稿标准。《7常委参观〈复兴之路〉出行不封路》这篇报道其可贵之处在于，抓住了当天新华社通稿中忽略的细节，并利用中共中央党史研究室主任做辅导报告这一机会，独家披露了这一细节。⑤

14.会议有综合性、专业性及大小规模之分，但通常都是信息交汇的

---

① 余加亮：《优秀新闻作品来自"三板斧"》，《新闻战线》2016年第12期（下）。
② 刘保全：《从辅导报告中听出的一篇新闻精品》，《新闻爱好者》2013年第11期。
③ 李思飏：《打造新闻精品须树立"三种意识"》，《青年记者》2014年第3期（中）。
④ 杨燕萍：《讲有温度的故事，做有温度的记者》，《新闻战线》2015年第11期。
⑤ 翟慎良：《从三组关系谈时政报道创新》，《传媒观察》2016年第10期。

场所、观点碰撞的平台，任何会议，只要记者在场并处处留心，都有可能获得新闻线索，甚至能产生重大的独家新闻。《7常委参观〈复兴之路〉出行不封路》此类涉及党中央领导人并发生在北京的消息，通常由新华社、人民日报、中央电视台等中央媒体报道，一般轮不到地方媒体，但由于中央领导的低调行事及其他一些原因，此事竟然被中央媒体忽略了。若非欧阳淞的说者无心、听者有意，这条新闻恐怕会被封存更长时间。①

上述观点都有一定道理。《中国新闻年鉴·2013》对长江日报全国独家首发《7常委参观〈复兴之路〉出行不封路》的报道的评价更具意味：**领舆论之先，突破地方媒体局限，拓展报道边界。**

（四）

必须说明的是，在第二十三届（2012年度）中国新闻奖的获奖作品中，关于领导人参观《复兴之路》的报道一共有两件，另一件是中央电视台刊播的电视消息《习近平在参观〈复兴之路〉展览时强调　承前启后　继往开来　继续朝着中华民族伟大复兴目标奋勇前进》获特别奖。当年一共评出特别奖三件，另两件分别为《人民日报》刊发的《转变，中国道路的历史性跨越——从十六大到十八大（上）》和新华社播发的《"三西"扶贫记》。

长江日报与中央电视台获奖作品都是以中央政治局7位常委参观《复兴之路》为消息源，但是采用了不同的细节和展示角度。央视是客观描述了新一届中央领导集体参观展览的过程和情景，阐释了新一届中央领导集体的执政思路和发展理念；长江日报则是捕捉到7位常委出行"不封路、不清场"这一细节的亮点，反映了新一届党中央集体良好的亲民作风。两篇新闻报道虽出于同一消息来源和事件，但是从不同角度出发，客观、真实地向受众呈现了不同的传播效果。②

---

① 辜晓进：《新闻线索七大来源探析》，《新闻与写作》2014年第12期。
② 黄卫星等：《新闻的局部真实与整体真实》，《采写编》2014年第4期。

也有观点认为，对中央媒体而言，及时、准确报道习近平在参观《复兴之路》展览时的讲话精神最为重要，即便也知晓了"7常委参观《复兴之路》出行不封路"一事，可能也不会做报道，毕竟相对于"不封路"，更应该传递和报道的是习近平在参观《复兴之路》展览时的讲话精神。

重读《7常委参观〈复兴之路〉出行不封路》一稿，最令人敬佩的有两点：一是非凡的新闻发现能力；二是过人的胆识和勇气。

如果不了解此文详细的采编经过，是很难理解这两点的。关于这篇稿件的采编经过，新华出版社出版的《中国新闻奖作品选（2012年度·第二十三届）》一书中也有收录，但都不够详细。

郑萌是这篇稿件的发稿人，也是亲历者。她在2013年第12期的《中国记者》杂志"第二十三届中国新闻奖获奖探秘"专栏上发表了《胸怀全局才能发现价值——从获奖作品看〈长江日报〉何以四届八摘中国新闻奖》一稿，文中对《7常委参观〈复兴之路〉出行不封路》一稿的采编经过有较为详细的介绍，摘录如下：

2012年11月8日至14日，党的十八大在京召开。之后，全国媒体迅速展开了学习宣传贯彻落实十八大精神的报道。

当年12月3日，武汉市举办为期3天的"全市学习贯彻十八大精神专题研讨班"活动，市属新闻媒体均派出骨干记者、拿出较大版面规模连续报道。那时作为长江日报党政新闻部主任，我每天安排五六名记者听会，自己也基本上天天去会场。

第二天下午，研讨班临时安排了一项内容，请十八大报告起草组成员、中央宣讲团成员、中共中央党史研究室主任欧阳淞作辅导报告。

就在前一天，欧阳淞调研了武汉市的百步亭社区，与基层干部群众交流学习十八大精神的体会和感受，媒体已作报道；当天上午，欧阳淞在省里作十八大精神辅导报告。

也就是说，4日下午的报告，是欧阳淞在武汉期间的第三次宣讲活动、第二场辅导报告。因此，大多数媒体记者根据经验预判，这场报告会只是一次重复，不会有多大新闻价值。两天来的大体量报道让记者们有些疲劳了，于是当天中午，我带着其他记者返回报社整理上午的稿子，仅留下记者瞿凌云盯下午的报告会。其他媒体大都作了类似"兵力部署"。

然而几乎没人想到的是，就在这场已讲过几遍、看似新闻价值已被"榨干"的报告会上，隐藏着一条重要新闻线索。

在众多媒体和记者都比较松懈的时候，作为会议代表听会的长江日报社总编辑陈光却保持了一贯的专注和新闻敏感。欧阳淞讲到，11月29日习近平等7常委参观《复兴之路》展览时，比预计的时间晚了一些，原因是沿途没封路，和社会车辆一起走的。这个颇有意味的情节触动了陈光，他意识到其中可能蕴藏着重要的政治信息和极大的新闻价值，开始思考如何将之转化为新闻。

5日，全国各媒体将"中央政治局出台八项规定"的消息作为头条新闻刊发，产生了广泛的社会关注，其中"不清场、不封路"的规定尤其引人注目。

"八项规定"激活了欧阳淞报告会上的线索。当天，在讨论市里"头脑风暴"收官报道时，陈光提出了前一天欧阳淞作辅导报告时披露的"7常委参观《复兴之路》展览出行不封路"的事情，认为中央领导身体力行"八项规定"走在了前面，体现出改进作风的决心和注重行动的务实举措，要求迅速采访、进一步核实，"值得好好做一做"。

我领到任务马上找来瞿凌云，研究怎样做好这个报道。报社党政记者有个好习惯，会议、采访等均用录音笔录音。瞿凌云在欧阳淞的讲话录音中找到了"不封路"那一段，认真听了几遍后转化成文字资料备用。随后，瞿凌云和报社驻京记者柯立，又对报道中涉及的内容进行补充采访，多方核实，并反复学习了"八项规定"的内容。稿件涉及重大政治主题，涉及中央最高层领导，如何把握，必须慎之又慎。最终，反复斟酌、推敲成稿。

6日，《长江日报》刊发《7常委参观〈复兴之路〉出行不封路》的新闻，紧扣"八项规定"，传递出新一届中央领导集体倡导政治新气象的重要信号。这篇仅650字的消息"一石激起千层浪",国内外舆论反响强烈。

2018年2月,由中国新闻文化促进会主办的"学习贯彻党的十九大精神 创新融合打造新型主流媒体"专题研讨会暨中国新闻文化促进会第六届理事会第三次会议在国家会议中心举行。一个月后,《传媒》杂志刊发了长江日报报业集团董事长陈光在这次会议上的发言,里面有段话与《7常委参观〈复兴之路〉出行不封路》一稿有关:

> 《长江日报》的报道《7常委参观〈复兴之路〉出行不封路》获得了中国新闻奖一等奖。曾有不少媒体同行问我,你们一家地方媒体怎么会推出这样的报道?是不是得到了有关部门的授意?其实,这完全是我们从中央十八大精神宣讲团在湖北的报告会上捕捉到的新闻线索。宣讲团成员欧阳淞同志是中央党史研究室主任,他在宣讲中脱稿讲到了自己工作中遇到的一个细节。党的十八大闭幕不久,他们在国家博物馆迎接中央领导来参观《复兴之路》展览。按照原来惯例,领导同志出发后5分钟应该到达现场,这次20分钟才到。他们一了解,这次中央领导出行没有封路,而是跟社会车辆一起过来的。后来,中央公布了"八项规定",我们感到欧阳淞同志讲的细节传递了一个重要信号,马上对他又进行了深入采访。这篇报道在海内外引起很大反响,主要有三个原因:一是中央推出"八项规定"以后,社会上普遍存在一种观望的态度,在这篇报道中传递了中央的决心和以上率下的作风;二是这件事发生在习近平总书记提出"中国梦"的现场,具有新闻上的显著性;三是这件事不是中央刻意宣布的,而是媒体不经意间披露的,也反映了中央务实的精神。

(五)

《7常委参观〈复兴之路〉出行不封路》一稿最大的魅力在于新闻发现,**新闻发现让新闻更有魅力**,这在这篇报道上得到了淋漓尽致的体现。郑萌也谈到，这篇稿件成功的关键，在于敏锐的新闻发现——在众多媒体都参与的公开活动公共信息中，发现了别人没有发现的"金矿"。①

回顾《7常委参观〈复兴之路〉出行不封路》一稿的采编经过，有三个节点：一是首先要在场，这是基本，不去现场仅靠通稿或材料是不会有"活鱼"的；二是去了现场要能听得进去，不能"人在曹营心在汉"，要能从庞杂的信息中捕捉到与众不同的有独特传播价值的内容，比如，"7常委参观《复兴之路》出行不封路"这样的猛料，这十分重要；三是要关注中央的重大决策部署，具体到这篇稿件，在中央公布"八项规定"后能迅速激活已有的新闻素材，并作出准确研判，按新闻规律操作到位，这是关键。换句话说，这是对政治素养、理论修养、全局意识和掌握运用新闻传播规律的能力的检验，要做到"举重若轻"必须"心中有数"。

郑萌以《7常委参观〈复兴之路〉出行不封路》的报道为例，总结了好新闻养成于"三种习惯"：坚持全局意识，站得高才能看得远；坚持作为意识，主动追求才能抓住机遇；坚持精品意识，精益求精才能经得起检验。

作为地方媒体，报道《7常委参观〈复兴之路〉出行不封路》是存在风险的，万一事实有偏差，或造成不良舆论影响，后果都会很严重。但《长江日报》不仅及时刊发了这篇报道，还在头版报眼导读，显示出媒体的担当精神和过人的胆识、勇气和智慧。

中共中央党史研究室主任披露

7常委参观《复兴之路》出行不封路

中共中央总书记习近平带领6位政治局常委和书记处同志，从中南海出

---

① 郑萌：《地方媒体重大政治主题也能发声》，出自《第八届中国新闻奖高端研讨会获奖研讨集》，新华出版社2014年版。

发到国家博物馆参观《复兴之路》展览，沿途不封路，而是跟着社会车辆过来的。4日，在我市市委会议中心的全市学习贯彻十八大精神研讨班上，十八大报告起草组成员、中央宣讲团成员、中共中央党史研究室主任欧阳淞在作辅导报告时，披露了这一细节。

巧的是，就在4日当天，中央政治局审议通过了改进工作作风密切联系群众的"八项规定"，出行不封路不清场，是其中重要一项。昨日，经媒体发布，这"八项规定"受到广泛关注和好评。

欧阳淞讲述，11月29日，习近平和中央政治局常委李克强、张德江、俞正声、刘云山、王岐山、张高丽等一起到国家博物馆参观《复兴之路》展览。作为这一展览主办单位的负责人之一，他当天上午在展览现场静候参观团队到来。

等待中，欧阳淞等接到中央办公厅电话，称习总书记已从中南海出发。

从中南海到国家博物馆，欧阳淞说按感觉，车队大约只要5分钟就到了，可当天10分钟过去了，也没看到车队到达。

后来问了原因，原来一路上，习近平等一行的车队是随着社会车辆一起走的，沿途没有清道。

欧阳淞介绍，通常情况下，在北京行车如果清道封路，一般要留两股道，其中一股道让车队走，另一股道站着维持秩序的警察，"一旦清道封路，交通会变得较拥挤"。

"这虽是一次具体安排，一个小细节，但反映了新一届党中央集体良好的亲民作风"，欧阳淞4日评价说。事实上，十八大闭幕以来中国政坛呈现的不少新气象，已持续成为社会关注的热点。

（作者：瞿凌云；编辑：郑萌；原载2012年12月6日《长江日报》；获第二十三届中国新闻奖消息一等奖）

负面新闻成纠正工作的正面报道

（一）

在长江日报报业集团获中国新闻奖的作品中，文字消息累计有 10 多件，除先后获得一等奖的《武钢近 7 万人不再吃"钢铁饭"》（第四届）、《看个"咳嗽"要掏 1065 元》（第十三届）、《7 常委参观〈复兴之路〉出行不封路》（第二十三届）外，在第十届（1999 年度）中国新闻奖评选中获二等奖的《簰洲湾溃口"淹"出 7000 多人》是消息采写中比较具代表性的一件。

2011 年，人民出版社出版了一套 5 卷本的"中国百年新闻经典"丛书，分为消息、评论、通讯、摄影、漫画，遴选了 1900—2011 年 110 多年间的中国近现代的具有代表性的作品。在《中国百年新闻经典〈消息卷〉》[①]收录的 75 件作品中，《簰洲湾溃口"淹"出 7000 多人》是湖北新闻界唯一入选的消息作品。点评介绍：这篇稿件发掘于一个几乎被"淹没"在会议中的新闻线索。[②]在中国知网查询到 15 篇论文提及《簰洲湾溃口"淹"出 7000 多人》，其中有 8 篇都把该文作为会议新闻报道的典型案例予以论述。部分观点摘录如下：

1. 在新闻业界，长期以来改进会议报道的呼声从未间断，但收效甚微。有时候，新闻就惊天动地或悄无声息地发生了，而我们记者还在百

---

① 2016 年又出版了修订版，入选篇目有调整，消息卷增加了第二十三届中国新闻奖文字消息一等奖获奖作品《火车站见证兰考经济变迁》。

② 雷祖兵：《簰洲湾溃口"淹"出 7000 多人》，出自《中国百年新闻经典〈消息卷〉》，人民出版社 2016 年版。

无聊赖地等待会议程序的完成。其实，对媒体来说，会议是最大的信息"供应商"，会议是集中信息、经验、智慧、决策、部署的重要场所。可以说，当前和今后会议仍然是中国政治、经济生活的重要表达方式之一，总结表彰、新闻发布、产品推介、经验交流等都离不开会议，对有新闻敏感的记者来说，会议成为最大的"信息供应商"，会里埋藏着巨大的富矿，有待你去发掘。有时候在会场上挖不到好新闻，依然可以沙里淘金，从会议材料、公众关注的话题、会议插话、即兴发言等方面寻找线索，会后对有价值的新闻线索着力追踪，仍可挖到"黄金"。《簰洲湾溃口"淹"出7000多人》就是这方面的典型例子。①

2.《簰洲湾溃口"淹"出7000多人》一文是从会议中捕捉到的一条"鲜活鱼"，能获中国新闻奖，主要在于它有如下几个特点：新闻主题切中时弊，惊异式标题引人注目，戏剧性导语使人欲罢不能，戛然而止的"豹尾"强劲有力。②

3. 以会议新闻为例，作为记者，遇到会议抓材料无可厚非，甚至可以说有必要，但关键是拿到材料后要挖掘其中的精华，有价值的才拿来用，没价值的要坚决舍弃。另外，记者还要关注领导的即兴讲话。抓住那些闪光点，挖掘那些有价值的信息，去掉过多的强调、要求之类的官话套话。这样写出来的新闻稿件紧凑而不冗长、简单而不繁杂，才会引起受众的兴趣。《簰洲湾溃口"淹"出7000多人》等都是以突出时政新闻的新闻性而取胜的代表作。③

4.《簰洲湾溃口"淹"出7000多人》是善于利用会议材料发现新闻线索的典范。这篇报道发人深省，对推动统计制度的改革以及今后防止"数字腐败"起到了重要的舆论监督作用。④

5. 会议是富矿，是十分重要的新闻源。考察中国新闻奖作品，有不

---

① 邱凌婧：《关于改进新闻会议报道的几点看法》，《大众文艺》2013年第14期。
② 刘保全：《从会议中捕捉到一条"鲜活鱼"》，《新闻实践》2000年第10期。
③ 刘保全：《时政新闻如何创新出佳作》，《新闻爱好者》2013年第1期。
④ 裴培：《"跑会"记者怎样写出好新闻》，《新闻传播》2011年第8期。

少是会议报道的创新之作,或是巧选角度,对会议作出独特而富有新意的报道,或是从会上捕获新闻线索,然后采写成稿,或是对会场内外的"衍生新闻"进行报道。揭露"数字腐败"的新闻佳作《簰洲湾溃口"淹"出7000多人》,其线索是长江日报记者从几乎被"淹没"在会议中的材料里发现的。①

6. 会议报道是我国新闻媒体的重要报道内容。采写会议新闻看似简单,其实要把会议新闻写好、写活、写得精彩也并非一件轻而易举的事,搞好会议报道,转变思维方式很重要,不拘一格是关键。这就要求采编人员要有创新思维,不仅要针对会议新闻的特殊性选准会议信息,报道好会议新闻,还要运用其立体、多向、动态的新闻思维来搞好会议报道。动态思维是用联系的、运动的、发展的、全面的思维去分析问题、解决问题的思维模式。《簰洲湾溃口"淹"出7000多人》就是记者运用动态思维,从会议中捕捉到的一条"鲜活鱼"。这篇会议新闻的选材和角度都十分新颖、独特,具有很深远的意义。同时记者运用联系、开放和发展的思维,把会议中领导的一句批评语展开来,通过深入采访,获取深层次、背后的问题,挖掘出了"数字腐败"这个根源所在。记者摒弃落后僵化的传统思维模式,运用动态思维创作出了一篇鲜活的精品佳作。②

(二)

此外,还有人从以下角度对这篇报道进行了论述。

第一,从新闻发现的角度。没有发现就没有新闻,一位老新闻工作者说:"新闻记者的第一技能不是写作而是发现。"发现乃新闻之母。何谓发现?发现即所见与众不同,对生活的观察独具慧眼。新华社原总编辑南振中认为:"发现"是一种力量,记者的生命力其实就是发现力。许多优秀新闻作品大

---

① 滕敦斋:《火光闪现咋捕捉》,《青年记者》2019 年第 30 期。
② 言靖:《论"中国新闻奖"会议新闻的创新思维》,《新闻界》2010 年第 3 期。

都始于记者的发现。《簰洲湾溃口"淹"出 7000 多人》一稿，就是记者从会议中"淘"出来的好新闻。报道具有强烈的震撼力和警示作用。如果记者没有发现，这条好新闻也许就"淹没"在会海中。由此可见，没有发现就没有新闻。新闻竞争说到底就是发现的竞争。因此，提高记者的新闻发现力就显得尤为重要。①

叶同春以《簰洲湾溃口"淹"出 7000 多人》等中国新闻奖获奖作品为例总结，要想发现有较高价值的新闻，除了专业素养外，采访态度和采访作风起着重要作用。即不论会议大小，不论与会者分量轻重，不论发言是否重要，都得全神贯注地认真观察、仔细聆听，始终保持高度敏感，尽一切可能从与会者的言谈中发现有重要新闻价值的线索。只有这样，才能发现会海中闪现的灵光。②

第二，从新闻价值的角度。宫京成认为，中国新闻奖是我国新闻界的最高新闻作品奖项，其获奖作品体现着我国新闻传播的主流价值观，也展现着主流媒体新闻采编的高水准。《簰洲湾溃口"淹"出 7000 多人》等作品以小见大，提出了社会之困、民众之难。③蒋剑翔认为，找新闻犹如打井，你找准了水源，就要坚持挖下去，挖得越深，水就越大、越清。在会议中，"采水点"很多，你若逮准一个，深挖下去，必有意想不到的收获。《簰洲湾溃口"淹"出 7000 多人》用典型的虚报数字的事实，从一个侧面揭示出"数字腐败"的根源。④

第三，从新闻标题的角度。刘保全认为，《簰洲湾溃口"淹"出 7000 多人》的标题活用动词，标出了悬念、惊奇和诧异，是具有很强感染力和吸引力的好标题。⑤赵红茹认为，《簰洲湾溃口"淹"出 7000 多人》这则消息，看此标题，悬念陡升，正常情况下洪水使堤坝溃口，应该是"淹"死多少人，但这则标

---

① 艾国华、舒福英：《试论记者的新闻发现力》，《新闻天地》2002 年第 8 期。
② 叶同春：《从"会海"中抓"大鱼"》，《新闻爱好者》2011 年第 21 期。
③ 宫京成：《从十年来中国新闻奖获奖作品看社会新闻的精品策略》，《新闻知识》2008 年第 11 期。
④ 蒋剑翔：《让会议新闻出新出彩（二）》，《新闻与写作》2011 年第 12 期。
⑤ 刘保全：《新闻作品的感染力从何而来》，《新闻爱好者》2013 年第 1 期。

题则是"淹"出 7000 多人，人们不禁惊讶，堤坝溃口怎么会"淹"出 7000 多人？只看标题，就耐人寻味，发人深思，让读者欲罢不能了。①

第四，从其他的角度。孙昊认为，在新闻报道中，一个新闻事件往往能够引发与之关联的其他新闻事件，这些事件也许已经存在，也许即将发生，其新闻价值由前者引发或提升，被称为新闻的"多个落点"。有时，当我们循着新闻事件"第一落点"，去追踪新闻的第二落点、第三落点……经常能挖掘出深层次、不易被发现的问题，找到蕴藏着重大新闻价值的线索，写出精彩的好新闻。《簰洲湾溃口"淹"出 7000 多人》系列报道②，充分体现了记者捕捉新闻"多个落点"的能力。会议报道是许多记者的常规工作，要想从会议中捉到"活鱼"，关键在于记者要练就一双"新闻眼"，这样，新闻的"多个落点"就不会轻易在眼前错过。③钟瑜认为，《簰洲湾溃口"淹"出 7000 多人》是充分开发利用新闻资源的典范。在湖北省九届人大二次会议上，记者偶然获得一个信息：簰洲湾因溃口暴露出统计人口注水的情况。记者认识到这是一个蕴含极大资源的信息，于是三下簰洲湾深入采访，又到省计生委、公安厅、统计局核实数字，写成此稿。之后，连发 5 篇追踪报道，在社会上引起了极其强烈的反响。长江日报对这一新闻资源的充分利用，为新闻传播实践留下了一个成功的范例。从这一意义上来说，在适度开发中充分利用新闻资源，容易成就记者，成就精品，也容易成就媒体。④

（三）

时光回溯到 1998 年夏天的长江大洪水。

俯瞰中国的地理版图，流经三楚大地的千里长江到了湖北咸宁地区的嘉鱼县境内时，突然拐了一道大弯，远远望去，就像上帝的大拇指倏地伸进了

---

① 赵红茹：《把握受众心理，提高消息标题"抓人"力》，《新闻传播》2015 年第 13 期。
② 后续刊发了《中堡村为何多出 220 人？》《注水数字是如何产生的？》《统计"注水"非治不可》《"数字腐败"祸患是灾难性的》。
③ 孙昊：《浅谈如何抓住新闻的"多个落点"》，《新闻传播》2011 年第 6 期。
④ 钟瑜：《因"时"造精品》，《科技咨询导报》2007 年第 6 期。

长江腹心。从明清两朝治水以来，就流传着这样的说法："簰洲湾，弯三弯，武汉水落三尺三。"由此可见，作为武汉市的一道自然屏障，簰洲湾的地理位置显得尤其重要。簰洲湾是1998年大洪水中第一个被长江溃口淹没的集镇，簰洲湾和它的数万名群众的美丽家园被淹没在一片烟水苍茫的汪洋中。①

簰洲湾溃口后，有一个小女孩被洪水冲到一棵大树上，双手紧抱大树整整9小时后获救。这一画面被央视报道后，给全国观众留下深刻的记忆。这个小女孩的名字叫江珊。洪灾过后第四天，抱树获救的江珊和姐姐江黎，与闻讯刚从汉口汉正街打工赶回的爸爸江其新簇拥而泣，全家8口人，仅剩3人。多次获得社会帮助的江珊大学毕业后成为湖北襄阳铁路公安处的一名警察。②这是后话。

《长江日报》1999年2月27日（农历正月十二）在头版倒头条位置刊发的《簰洲湾溃口"淹"出7000多人》就与1998年长江大洪水有关，但报道披露和反映的是另外一件事：簰洲湾溃口"淹"出7000多人，江珊是被洪水"淹"出来的没上人口统计年报的7000多簰洲湾人之一；统计"注水"现象必须整治。

对《簰洲湾溃口"淹"出7000多人》一稿的采写经过，潘堂林在《怎样发现新闻》一书中有较为详细的记录——《簰洲湾溃口"淹"出7000多人——从消息删文中找出再生点》。③

这实际上是从会议报道被要求删除的信息中抓出的一篇好新闻，其诞生过程对一个编辑部或新闻采编团队如何抓内容生产是有启示和借鉴意义的。

（四）

《簰洲湾溃口"淹"出7000多人》一稿的线索到底是怎么来的？确实出自会议，而且还出自省委书记之口。

---

① 徐剑：《嘉鱼县簰洲湾溃口前后》，《湖北文史资料》1998年11月15日。
② 汪甦等：《19年前洪水中抱树获救女孩当警察，救她的战士去年仍在抗洪》，《武汉晚报》2017年8月1日。
③ 潘堂林：《怎样发现新闻》，湖北人民出版社2007年版。

1999年湖北省两会，是1998年长江大洪水之后湖北召开的一次全省性高层次会议，时任湖北省委书记贾志杰在参加武汉团讨论时，在列举统计数字弄虚作假的事例时特别说道：大洪水把一些数据水分冲了出来，有个溃后的地方，洪水"冲出"了上万人口。

长江日报青年记者柯立作为驻会记者，当晚写出会议消息《贾志杰殷勤寄语武汉发展》，稿中如实记录了批评数据造假的内容。但稿件送审时，"大洪水冲出上万人"的内容被两会新闻中心的把关人删掉了。因为1998年的簰洲湾溃口曾是一段时间内湖北媒体中的"新闻禁区"。①

感谢柯立如实记录了省委书记批评数据造假的内容。尽管有关内容被两会新闻中心的把关人删掉了，但记者如实记录了，如果没有她的如实记录，会不会还有后面的故事，就很难说了。

潘堂林是新闻大家，有超强的新闻发现能力。1999年1月31日晚，作为值班总编辑，潘堂林看到柯立稿中"大洪水冲出上万人"就问事情发生在哪里。会议新闻次日正常在报纸上刊发，但这个事让潘堂林有些难以释怀。

多数情况下，新闻单位的负责人都会"守纪律""讲规矩"，对审稿时被删的内容，不会想着说再怎么报道出来，也不会在"新闻禁区"中做报道。

但潘堂林认为：省委书记批评的"人口数据水分"与大堤溃口不是一回事。以省委书记怒斥统计注水现象为切入点，将负面新闻题材转变成纠正工作的正面报道，不应简单地把它归入原有的"新闻禁区"。

习近平总书记强调，"党的新闻舆论工作坚持党性原则，最根本的是坚持党对新闻舆论工作的领导。党和政府主办的媒体是党和政府的宣传阵地，必须姓党。党的新闻舆论媒体的所有工作，都要体现党的意志、反映党的主张，维护党中央权威、维护党的团结，做到爱党、护党、为党；都要增强看齐意识，在思想上政治上行动上同党中央保持高度一致"②。

在党的十九大报告中，习近平总书记强调，坚持正确舆论导向，高度重视

---

① 潘堂林：《簰洲湾溃口"淹"出7000多人》，出自《怎样发现新闻》，湖北人民出版社2007年版。
② 习近平：《习近平谈治国理政（第二卷）》，外文出版社2017年版。

传播手段建设和创新，提高新闻舆论传播力、引导力、影响力、公信力。传播力、引导力、影响力、公信力，归根结底都属于媒体的综合传播效果，四者无法绝对分开，但又有不同的内涵和指向，在信息或新闻的传播中也各有侧重。传播力，通常从到达率和接受度两个维度来考察。到达率是指信息传播能够到达和覆盖的范围，接受度是指受众对送达或覆盖到自己的信息的认可度。①

习近平总书记指出，新闻学作为一门学科，与政治的关系很密切，但不是说新闻可以等同于政治，不是说为了政治需要可以不要它的真实性，在实际工作中，既要强调新闻工作的党性，又不可忽略新闻自身的规律性。②移动互联网时代，传播才是内容与用户交互的开始，把传播力放在引导力、影响力、公信力之前，意义重大，这也符合新闻传播规律。

媒体负责人"守纪律""讲规矩"是坚持党性的体现，也是政治家办报的要求。但媒体毕竟是媒体，媒体作为专业的传播机构，到底专业在哪里？移动互联网时代，人人都是传播者，作为专业传播机构的不可替代性，又体现在哪里？有一批懂新闻、传播和宣传的从业者，应该是其专业和不可替代性的原因之一。中国特色社会主义进入新时代，如何正确处理和把握宣传、传播、新闻、融合、创新之间的关系，是媒体和媒体人面临的新问题。

把一个负面新闻题材变成了纠正工作的正面报道，这是对新闻舆论工作的高超认识和高水平把握！回过头来再来看《簰洲湾溃口"淹"出7000多人》一稿，恐怕就不单单是一篇从会议新闻中挖出的经典报道了，这应该也是一篇对新闻舆论工作认识和实践的经典报道！

《武汉晚报》获第十二届（2001年度）中国新闻奖文字消息三等奖的《三番议政结酸果　人大代表扫厕所》与《簰洲湾溃口"淹"出7000多人》一稿有一些相同的地方——转化。《三番议政结酸果　人大代表扫厕所》其实是一篇具有舆论监督性质的报道，但武汉晚报在操作中，千方百计把区环卫局的"负面新闻"转化为市人大的"正面报道"。当时，潘堂林从武汉晚报社

---

① 《如何理解和把握新闻舆论的传播力、引导力、影响力、公信力？》，出自《马克思主义新闻观百问百答》，学习出版社2019年版。

② 农涛：《习近平新闻思想形成的实践基础》，《学习时报》2018年8月10日。

总编辑升任武汉晚报社社长不久。在《怎样发现新闻》一书中，潘堂林对此案例也有论述，并提出了一个值得思考的问题：好线索和好新闻之间的路程有多远？怎样缩短它们之间的距离？这是需要新闻工作者用毕生心血去求解的难题。①

（五）

"一分部署，九分落实。""落实"二字，频频出现于习近平总书记的讲话、文章中，"崇尚实干、狠抓落实是我反复强调的。如果不沉下心来抓落实，再好的目标，再好的蓝图，也只是镜中花、水中月。"②新闻工作又何尝不是这样呢？好线索、好选题、好策划，如果不能落实到位，一切都枉然。媒体这方面的教训还少吗？

接待荆州日报同行时，潘堂林与长江日报社政文部青年记者雷祖兵闲聊，说到了"大洪水冲出上万人"线索，认为可能是拿新闻大奖的料，并讲了新闻操作想法，雷祖兵表示"很有兴趣试试"。

"采写好新闻""采写与众不同的新闻"是长江报人的优良传统。雷祖兵参加过 1998 年的抗洪报道。1998 年抗洪期间，中外记者云集荆江分洪区，等待着开闸泄洪时刻的出现，关键时刻时任总理朱镕基莅临，宣布暂时不分洪，记者们散去，雷祖兵选择继续留守，从人性关怀的角度写出《等待分洪的日子》的长篇通讯。

在长江日报从事党政新闻报道期间，雷祖兵主要负责联系省委省政府、市委市政府、省市人大政协及省市群团组织。③作为市属媒体，报道省内发生的事件以及到省直单位采访，长江日报没有优势。

见报稿件不足 600 字，但雷祖兵围绕核心新闻事实做了大量采访：三下

---

① 潘堂林：《人大代表议政结"酸"果》，出自《怎样发现新闻》，湖北人民出版社 2007 年版。
② 刘少华：《习近平治国理政关键词：一分部署　九分落实》，《人民日报（海外版）》2017 年 6 月 22 日。
③ 雷祖兵：《簰洲湾溃口"淹"出 7000 多人》，出自《中国百年新闻经典〈消息卷〉》，人民出版社 2016 年版。

簰洲湾深入采访，到省计生委、公安厅、统计局核实簰洲湾"注水"人口准确数据，后到北京采访国家统计局政策法规司司长，完成了一系列报道。

稿件标题吸引人，尤其是"淹"字的使用很传神，与获奖稿件《武钢近7万人不再吃"钢铁饭"》《看个"咳嗽"要掏1065元》的标题有异曲同工之妙。导语从小女孩江珊切入，增强了报道的可读性和贴近性。正文"淹"出7000多人的核心事实部分，一方面通过省计生委办公室主任之口讲出"注水"情况，另一方面公布大水退后挨家挨户统计出来的总人口数，既真实可信，又在对比中强化了报道指向。对省委书记讲话内容的活用，增加了报道分量，也让报道主题更加鲜明。

用今天的标准看，从时效性而言，这篇报道存在不足，毕竟省两会上谈及"大洪水冲出上万人"的事，发生在1月29日，而稿件刊发是在2月27日，前后相隔近一个月。背后可能既有春节放假的因素，也有大量调查核实采访确实存在难度的因素，但瑕不掩瑜，再次重读仍是一篇经典报道。

2009年，《长江日报》创刊60周年之际推出了一份纪念特刊，其中有一个篇章叫"直击时弊"，代表作之一就是这篇《簰洲湾溃口"淹"出7000多人》。文章说，"直击时弊"延续着长江日报的立报风骨。[①]对《簰洲湾溃口"淹"出7000多人》一稿，文章有如下介绍：

> 报道以簰洲湾溃口后，统计人口"注水"作假、虚报数字的典型事实，从一个侧面揭示出"数字腐败"的根源。对推动统计制度的改革和今后防止"数字腐败"，起到了重要的舆论监督作用。
>
> 报道发表后，中央人民广播电台、中央电视台、中国青年报、中国改革报、报刊文摘、文摘报、南方周末、深圳商报等多家媒体相继转播、转载此新闻，并由此引发评论，引起强烈社会反响。新华社则以内参形式将本报反映内容呈送中央领导，引起中央高层关注。该报道对推动我国统计制度的改革，防止"数字腐败"产生深远影响。

---

① 《直击时弊　立报风骨》，《长江日报》2009年5月23日。

簿洲湾溃口"淹"出 7000 多人
贾志杰严肃指出：统计"注水"现象必须整治

6 岁小女孩江珊在湍急的洪水中坚持 9 小时等待救援的传奇经历，使她成为簿洲湾溃口后新闻媒体中的"名角"。这个小姑娘另有一段"经历"不太被人知晓——她是被洪水"淹"出来的没上人口统计年报的 7000 多簿洲湾人之一。

今年 1 月 29 日省九届人大二次会议的一次分组讨论会谈及统计工作中的"注水"现象时，省委书记贾志杰针对簿洲湾洪水"淹"出几千人口的怪事，严肃地说："有的干部报假数字、虚数字，搞浮夸，这种风气要不得，必须整治！"

簿洲湾包括嘉鱼县的簿洲镇、合镇乡，其人口统计数字中的"水分"，在去年 8 月 1 日溃口后不几天就浮出了水面。省计生委办公室主任肖自学前天向记者介绍了当时的情景：灾后省里曾派出两个督办组，到簿洲湾落实救灾物资发放——给每位灾民每日救济 0.5 公斤粮、1 元 7 角钱等。他所在的督办组接到很多灾民投诉，救灾钱粮没如数领到手，怀疑村干部搞了鬼。一位村干部向督办组吐"苦水"：他们没有截留救灾粮款，是以前上报的人口数字有假。有一个村民组本来有 250 人，因为原上报的是 190 人，上面救灾按 190 人核发，到了村里自然不能使每位灾民足额享受救灾粮款。督办组发现其他很多村都有类似情况。统计年报中很少见到"计划外生育"数，小江珊家却有姊妹 5 个。

大水退后，簿洲镇、合镇乡向外公布其挨家挨户统计出来的总人口数为 64096 人。此数字与灾前的人口统计年报数 57048 人相比，竟有 7000 多人的惊人差异。

（作者：雷祖兵；编辑：杨泓；原载 1999 年 2 月 27 日《长江日报》；获第十届中国新闻奖消息二等奖）

直指国企改革体制问题

（一）

1997年是极不平凡的一年。"回望一道走过的1997，我们共同经历了多少大事：万众送小平的啜泣犹在耳边低回；香港回归夜的焰火还在眼前闪耀；党的十五大响鼓重捶声震寰宇；三峡世纪梦牵动亿人的心……"这是《南方周末》当年新年献词中的一段话。

第八届（1997年度）中国新闻奖评选结果揭晓时，新闻通稿中说，这一年也是新闻工作者大显身手、新闻作品获得大丰收的一年。

在这届中国新闻奖评选中，斩获通讯一等奖的作品《140万双袜子的命运》，是《长江日报》首次获得中国新闻奖通讯一等奖，也是长江日报报业集团迄今唯一获得中国新闻奖通讯一等奖的作品。

在这届评选中，获通讯一等奖的另一篇稿件是《解放军报》1997年7月1日刊发的《神圣的时刻——中英防务事务交接仪式写真》。

经济新闻的魅力在于主题思想的深刻性和针对性。新华社播发第八届中国新闻奖揭晓的通稿时，专门拎出此稿作为获奖通讯代表作向全国推介。一家地方党报的经济工作类通讯获得如此待遇，在中国新闻奖评选史上并不多见。①

我们已走过万水千山，仍要不断跋山涉水。思想再解放，改革再深入，就是对艰辛探索的最好庆祝。②2018年是改革开放40周年，《长江日报》刊

---

① 潘堂林：《两火车皮袜子十年不卖为哪般》，出自《怎样发现新闻》，湖北人民出版社2007年版。
② 长江日报评论员：《回望是为了奋进》，《长江日报》2018年11月26日。

发了一组"回望是为奋进"的报道，通过其曾刊发的在历史进程中的一些重大报道的回顾，纪念改革开放40周年，《140万双袜子的命运》是其中一篇。

多少年过去了，每当人们说起《140万双袜子的命运》一稿，说者、听者都会有种言犹未尽的感觉。《140万双袜子的命运》一稿的出炉过程和见报后的故事，虽不能说是长江日报报业集团获中国新闻奖作品中最有故事的，但一定是最耐人寻味的。

当然，这篇稿件本身也极具价值，要不然也不会斩获中国新闻奖一等奖了。

对一个有价值的新闻线索，既要看得准，也要抓得住，还要写得好才行。看得准，才能抓得住，抓得住才能写得好。重读这篇稿件，我也一直在问自己：如果今天遇到类似的选题，是不是研究透了，能不能驾驭得了，又能不能操作得好？

（二）

线索是选题的基础，没有线索，选题也就无从谈起。

《140万双袜子的命运》一稿的线索是怎么来的？一开始为何会被枪毙？最后又是如何"起死回生"的呢？

1993年进入长江日报之前，余兰生是武汉音乐学院的学报编辑，从事音乐文化研究，进入长江日报后先做了3年政文记者，后在市场部做记者。

余兰生先后3次撰文谈《140万双袜子的命运》一稿的出炉经过，一篇是1998年的《智力合作结硕果——〈140万双袜子的命运〉采写札记》，一篇是2002年的《病理标本与舆论场》，一篇是2018年的《没有解密期的秘密——〈140万双袜子的命运〉的采写故事》。

潘堂林在《怎样发现新闻》一书中"我所经历的大奖发现"部分讲的第一个案例就是《140万双袜子的命运》的采编经过——《两火车皮袜子十年不卖为哪般——从枪毙的线索中抓出金奖》。

通过这些文章，可以梳理出《140万双袜子的命运》一稿经历了怎样的"命运"。

线　索　武汉袜厂是20世纪50年代建立的国企,曾是中南地区最大袜厂,1997年6月由武汉市纺织局下放到汉阳区管理。

140万双袜子的问题,就是在交接过程中出现的。因市、区意见不一,交接过程中出现困难。武汉袜厂的仓库里积存着两火车皮袜子。它们中,最长的沉睡了10年。面对众多商家的订单,工厂长年不肯"吐货"。商家开价越来越低,袜子一天天在贬值。

参与交接工作的汉阳区委宣传部新闻科科长刘麟祥,就把这事告诉了长江日报记者余兰生。

刘麟祥是长江日报的资深通讯员,参与了这篇稿件的采访和写作,但在稿件见报前,他要求删掉自己的名字,因为区里在追查谁把这事捅到了媒体。余兰生把刘麟祥称为"深喉"。余兰生曾总结:应该说,没有"线人","140万双袜子"的信息再搁置10年记者也很难知晓。①

通讯员的作用不容忽视。现代新闻业的竞争,第一个竞争点在于竞争新闻线索。长江日报报业集团获中国新闻奖的不少作品,都有通讯员的功劳,他们或提供了线索,或参与了采访,或为采访提供了支持。

移动互联网时代,如何建立与通讯员之间的有效连接,如何更好地发挥通讯员在内容生产中的作用,成为新考题。

"枪　毙"　最初,140万双袜子的线索被枪毙了。这让余兰生有些懊恼。对线索被枪毙,不能简单地下结论。

记者讲这个事的时候,有没有把这个事情讲清楚?报道的角度和指向,是不是明确了?这个事情背后折射出来的问题,是否弄透彻了?报道一旦刊发,可能产生的影响和后果,是不是评估了?如果都议透了,可能也就没有了后面的故事。

潘堂林认为:生活中不少事物初一接触矛盾重重,不少新闻线索因理不出头绪而没能做大。办报生活中常有这样的情况:摆情况,谈线索,议选题,说了半天没个头绪。说没有新闻,不对;说新闻是什么,那三这五又没个准

---

① 余兰生:《智力合作结硕果》,《新闻前哨》1998年第3期。

头；说不搞可惜；说搞吧，道不出所以然来。这种情况是发现思维不到家的突出表现——处在新闻材料包围中"站不起来"。就这个线索，初一听，此事涉及市、区利益之争，弄不好会陷入矛盾之中，国企亏损也不是什么新选题，事情庞杂，从何切入做新闻没解决之前，往往会被停下来，有的甚至会被枪毙，这在日常采编中并不少见。①

起死回生 余兰生有一个习惯，凡经济问题要用政治眼光来看一看，凡政治问题也要用经济眼光来看一看。袜子的问题，与其说是一个经济问题，倒不如说是一个体制问题。②这确实是一个好习惯。

《140万双袜子的命运》最终能够刊发，既得益于记者余兰生对线索被枪毙的"不甘心"，也得益于作为分管副总编辑的潘堂林后来到余兰生所在的部门参加一周选题例会时经过碰撞、互动，最终化腐朽为神奇——回避资产争议，避开采访对象之间的利益之争，国有企业可以任凭资产贬值，长期无人问津，140万双袜子背后揭示的是国有企业体制、机制病态运行的一个"病理标本"。

在报社召开的"袜子报道"专题会上，大家对和袜子有关的一系列问题进行研究，理顺这层逻辑关系后，余兰生开始重新写稿。③

参与这个选题研究的还有长江日报评论员刘洪波，长江日报三位资深报人曾伟光、黄克智、陈军以及部门负责人徐占峰。④

刊　发 余兰生的稿件写好后，在刊发前还经历了五件事。这五件事对成就一篇新闻精品，具有启示和借鉴意义。

第一，"借脑"。请武汉大学伍新木、李光等经济学家对这个"病理标本"进行诊断。这样做的最大好处是，通过专家，尤其是大牌的经济学家，可以知道稿件背后所反映的问题是不是与中央精神合拍。通过"借脑"也可

---

① 潘堂林：《两火车皮袜子十年不卖为哪般》，出自《怎样发现新闻》，湖北人民出版社 2007 年版。
② 余兰生：《智力合作结硕果》，《新闻前哨》1998 年第 3 期。
③ 陶常宁：《国企"袜子问题"根源在产权　改革不能回避深层次问题》，《长江日报》2018 年 11 月 26 日。
④ 余兰生：《病理标本与舆论场》，出自《长江日报国家新闻奖 33 件》，武汉出版社 2002 年版。

以让报道更加专业，提升报道的层次与质量。一方面对外向专家请教，一方面报社内部召开专门的会议研讨，体现了编辑部对这一选题的格外重视。好的作品是众人智慧的结晶。余兰生自己也总结：这篇稿件是智力合作结出的硕果。

第二，字斟句酌进行审校，消灭技术性差错。这是冲击中国新闻奖的基础性工作。稿件如果有差错，轻则影响获奖等级，重则会被取消参评资格。对有竞争力的稿件，要精心打磨，务求做到"零差错"。

第三，取了一个有意味的标题。消息要有"消息味"，通讯要有"通讯味"，这个味，首先就体现在标题上。现状是，一些消息稿件的标题看起来像通讯，而一些通讯稿件的标题又搞得像消息。这是一种错位，这种错位在一些获奖稿件中也存在。这篇稿件的最初标题是《140万双袜子该不该卖？》，余兰生并不满意，直到有一天听贝多芬的《命运》交响曲，他心中的结，一下解了，于是就有了《140万双袜子的命运》这样一个耐人寻味的标题——袜子的命运就是国企的命运，国企的命运就是国家的命运。可袜子为啥被锁在了仓库呢？这把锁不是铁锁，而是生了锈的"体制"。

第四，等待版面好位置。稿件由潘堂林签发到总编室后等待头版头条有位置时突出刊发，没有头条宁可往后推。这来源于稿件系独家报道，记者与通讯员之间的默契配合。现在做报道，很多时候担心一旦晚发，可能会被其他媒体抢发。这篇稿件，从记者得知线索到稿件发表，前后差不多近一个半月的时间。用一个半月的时间精心打磨一篇稿件，值！

第五，用小言论提升报道主题。见报稿件在通讯中不算长，只有1200多字，但反响很大。同时配发的200多字的"编后"，让报道主题更加明确，并在两天后推出了《国企改革的一个深层次课题——"140万双袜子的命运"采访备忘录》的后续报道。中国新闻奖的获奖作品中，采取类似"编者按"或"编后"的小言论提升报道主题的，仅中国新闻奖文字消息一等奖获奖作品就有第十八届中国新闻奖获奖作品《跟城里人一样享受政府公共服务》[①]，

---

① 原载2007年9月15日《大众日报》。

第二十届中国新闻奖获奖作品《短短一个月"拒资"十亿元》①，第二十二届中国新闻奖获奖作品《就业局长"潜伏"打工探扬州用工》②，第二十四届中国新闻奖获奖作品《利益面前，干部退一步》③。

"假新闻" 移动互联网时代，我们常说发布才是传播的真正开始，传统的报业时代，又何尝不是这样呢，只不过，那时的发布叫"见报"。

与线索被枪毙相比值得一提的是，《140万双袜子的命运》稿件见报的当天，武汉袜厂的厂长说这是"假新闻"，还扬言要告余兰生，让他"遗臭万年"。

所幸，余兰生采访扎实，留有证据，稿件中所述事实均有出处。面对威胁，他说："如果觉得稿件不实，可以到法院起诉我。"对厂长所称记者违背他同意才能发稿的承诺，余兰生的回答很大气："遵守了对你的承诺，我就违背了媒体对公众讲真话的承诺，我宁可负你一人，也不能负天下读者。"

3个月后，这位厂长却感谢起记者和报社了：报道出来以后，买家盈门，这140万双袜子中好的袜子，全部盘活了，10年没有卖的袜子终于全部卖出去了，厂里也有了一笔活钱，仓库也腾出来可以外租，企业慢慢上了正轨。④20多年后，余兰生解密了这段往事，这也让《140万双袜子的命运》一稿更加充满了故事性。

反 响 "假新闻"一说只能算是这篇稿件经历的又一个风波。《140万双袜子的命运》刊发后，一石激起千层浪。《经济日报》在一版发表《百万双袜子提出的课题》评论，中央电视台3个摄制组来到武汉，"经济半小时"做了30分钟的节目《沉默的袜子》，还有"焦点访谈""新闻调查"等栏目。一个月内，全国至少50家媒体转载此文。

20多年后采访余兰生的长江日报陶常宁感慨道：《140万双袜子的命运》之所以受到关注，不仅因为它是一篇获得中国新闻奖的作品，更重要的原因在于这篇报道直击当时国企存在的问题。

---

① 原载2009年12月4日《解放日报》。
② 原载2011年3月8日《扬州日报》。
③ 原载2013年8月19日《解放日报》。
④ 余兰生：《没有解密期的秘密》，《长江报人》2018年第10期。

这篇报道反映了当时国企普遍存在的问题，"袜子问题"其实是当时国企病的一个"病理标本"，直指国企改革的体制问题、所有制问题，因此引发社会关注，引起读者共鸣。稿件见报后不久，相关部门出台了一个"授权国企厂长处置积压产品"的政策，对国企的积压产品，厂长有了处置权。

1997年9月12日至18日，中国共产党第十五次全国代表大会在北京召开。这篇报道提出的问题，在十五大上有了巨大回音：进行所有制改革，推进国企股份制改革，让国企建立现代企业制度，真正以"企业身份"进入市场。这也是这篇报道最后能获评中国新闻奖一等奖的重要原因。

（三）

和其他获中国新闻奖一等奖的作品一样，《140万双袜子的命运》一文同样成了很多新闻论文中举例时被频频提及的一个案例。的确，这篇稿件也确实有很多值得说道之处。

第一，从报道主题而言。地方新闻单位的记者，常常无缘亲自报道重大历史性事件，这是个局限，但这并不等于他们不能写出反映重大主题的精品。因为小事件中也可以反映大主题，关键在于记者有没有一双善于发现的"慧眼"。《140万双袜子的命运》的通讯以小见大，于细微处见整体，触及了国企改革所要解决的一个重大问题。①

作为人类认识世界的表现，深度报道在主题的开掘上存在着由浅而深的三个层面：一是写物质变迁，二是写制度变迁，三是写观念上的变迁。《140万双袜子的命运》属于报道制度变迁。袜子问题主要不是个人素质问题，而是现有企业的管理体制导致140万双袜子长期被积压。②

对《140万双袜子的命运》的报道，记者没有简单从该企业账面上、一些经济指标上做文章，而是从140万双袜子"睡"了10年的命运切入，解剖了一些国有企业领导不讲资本营运和效益，只讲产值的积弊，揭示了他们对

---

① 李磊明：《小题也可大做》，《中国记者》2000年第3期。
② 郑妍楠等：《如何提炼新闻中的深度报道思想》，《科技传播》2018年第15期。

国家利益无动于衷、工作不负责任、对个人利益贪求增长、生态资源的严重浪费与患得患失的内在精神世界。①

第二，从报道角度选取而言。经济新闻是以报道人类社会最新经济活动和最新自然经济现象为内容的新闻。然而，在众多的经济新闻中，可读性强的、读者满意的经济新闻不多。"横看成岭侧成峰"。角度，是事物的一个侧面，一个事物有许多侧面。同一个客观事实，可以从不同的角度去报道。角度不同，所体现的思想、说明的问题也就有所不同。《140万双袜子的命运》是一篇视角独特、发人深思的通讯精品。国企改革的重要内容，是转变经营机制。这方面的报道很多，通讯也很多，但多数是从正面切入，而本文作者没有采用惯常运用的批评报道的写法，登高一呼，振聋发聩；也没有发动组织全方位的大讨论，而是采用通讯体裁变换角度，给读者讲述一个司空见惯却又发人深思的故事。这样做，既有利于问题的解决，又合乎情理，因为140万双袜子积压，既有责任人也没有特定明确的责任人，是国企改革中的一个共性问题。②

经济生活中存在一些用平常眼光看不到的、容易被忽视的微小事物，即经济生活中的盲点、冰点、冷门题材，其实这是一座丰富的新闻宝库，如果记者发掘了其中一些看上去虽然细微，却反映着普遍性的社会问题的题材，并找到它们与经济大趋势的联系，就有可能写出精品来。《140万双袜子的命运》是记者从武汉袜厂找到的"冰点"题材。这样的题材在一些平庸的记者眼中也许根本就不存在新闻价值，但是这位记者"小题大做"，文章发表之后，引起了很大反响，"冰点"变成了"热点"。③

《140万双袜子的命运》是一篇巧选侧面、视角独特的好报道，说明国企进行体制和机制改革的必要。这种以小见大、由此及彼、以微观见宏观、以具体见整体的报道角度，使这篇通讯的写法一反通常，避免了从正面切入，

---

① 张坤：《记者的道德伦理视野》，《青年记者》1999年第5期。
② 刘保全：《经济新闻如何才能出精品》，《新闻爱好者》2009年第3期（上半月）。
③ 朱颖：《写出特色　写出活力　写出深度》，《声屏世界》2000年第7期。

成为一篇视角精巧、匠心独运的优秀之作。①

《140万双袜子的命运》的通讯，作者将主题"点睛"为国企改革中的所有制问题，并围绕这一主题重新组织、取舍材料，构思成文。由此可见，只有对种种社会现象或事物重新思考，才能写出"人人心中有，个个笔下无"的好新闻，新闻主题才能常写常新。②

第三，从事件典型性而言。从内容上看《140万双袜子的命运》报道的是微观对象，与一般的"一厂一店"式报道并没有什么区别，所不同的是，报道反映的是具有"事件"特点的新闻事实，是一些有头有尾的情节化故事，具有晚报新闻的新颖性、可读性和贴近性，易于被受众所关注的同时，与晚报经济新闻相比，这些事件能够集中体现时代变迁和经济规律，具有市场行情、物价变化等晚报式报道所不可能具备的"以小见大"功能。③

中国新闻奖的获奖作品，不少篇目源于不为人所注目的凡人琐事！这可真是费尽脑汁无觅处，豁然开朗竟在随手间。一双袜子，是人们常不愿提及的小事。140万双袜子，这个量就不是小事了，这140万双袜子的命运，就产生了新闻线索中的质变，发人深思。④

反常性与典型性（重大性）往往是内在统一的，因为典型性而使反常性具有重要意义，并体现主流报纸的价值观和新闻作品的差异。《140万双袜子的命运》体现了新闻的反常性，提高了事实的典型度，催化了受众的阅读体验效果：旧体制使我们所追求的经济指标可能只是一个自欺欺人的"泡沫值"；在这个"泡沫值"的掩盖下，国有资产其实正在"安乐死"；旧体制已成为国有企业的根本病源，深化改革到了十分迫切的阶段；消除一切影响企业发展的体制性障碍，不仅仅是建立成熟的市场经济体制的外在要求，也是国企生存和发展的内在要求。⑤

---

① 陈金松：《创新，新闻精品写作之母（上）》，《当代传播》2000年第2期。
② 霍铮：《把创新贯穿于新闻宣传的各个环节》，《山西财经大学学报》2006年第10期。
③ 梁均贵等：《事件性经济新闻的发现和发掘》，《新闻前哨》1999年第11期。
④ 侯彦谦：《量变·质变·新闻奖》，《青年记者》1999年第5期。
⑤ 胡思勇：《核心价值的回归》，《新闻前哨》2005年第4期。

在"嬉戏中做成别人严肃认真地做的事，这是最高的智慧。"严肃地批评，初起会有振聋发聩的效果，但时间久了，难免让人觉得老生常谈。这样，不但达不到想要的效果，反而让人心生麻木甚至厌倦。这个时候，如果来个反其道而行之，用诙谐的手法表现严肃的话题，结果还真不赖。《140万双袜子的命运》这篇通讯说的事，起初会让人哑然失笑，但是人们马上会读出其中的沉重。①

第四，从记者能力角度而言。媒体之前已从不同侧面对国企的种种弊端进行了许多报道。《140万双袜子的命运》报道的另辟蹊径，从国企的财务制度入手，从中可以看到，记者对所报道领域的相关业务懂行熟悉，并着力对所报道的新闻事实的内涵进行深入挖掘，精心提炼，找出新"卖点"，有助于迅速、准确、客观、公正地报道新闻事实，从而更好地履行自己的角色义务和责任。②

记者的职责是从社会事件、社会现象和社会问题中发现具有新闻价值的事实，向大众传播具有公众兴趣点的信息，而不是传播各个领域的专业知识本身。一个跑国有企业的经济记者，不必是学经济的专业出身，只要他广泛涉猎哲学、经济学、社会学、管理学的知识，即可看出国企里成功的管理高招或有违常理的败笔，进而写出经济新闻的精品来。《140万双袜子的命运》的通讯，是长江日报反映国企经营和管理不适应市场竞争的稿子，作者却是学中文的。这篇新闻稿所涉及的经济专业知识并不艰深，而是探究经济领域一些违背"生活常理"的现象。对这一现象作经济的分析，请一般的经济专家即可解答。③

财经类新闻从业人员应该养成以经济学家的眼光和思维进行思考的习惯，必须熟悉"以案释法"的"翻译"手段，即通过具体个案，深入浅出地揭示经济事实背后的规律与原理，提炼出经济现象之中的内涵与意义。《140万双袜子的命运》的报道经过编辑部反复讨论，才将主题提高到国企改革的

---

① 吴敏：《对立统一的哲学命题对冲击力的意义》，《视听界》2003年第1期。
② 梁颖峰：《新闻敏感新探》，《广西大学学报（哲学社会科学版）》2001年第1期。
③ 何志武：《是培养行业专家，还是培养新闻记者？》，《现代传播》2002年第5期。

难点上来。①

(四)

有人认为,《140万双袜子的命运》一稿获中国新闻奖一等奖,之所以成功,原因就在于记者敏锐的新闻敏感。② 的确,做记者需要新闻敏感,但在余兰生三次撰文谈过此稿采编经历的文章中,均没从"新闻敏感"的角度做总结。当然,作为记者余兰生能从这个线索中感受到不同寻常并抓住不放,这一点也是值得很多记者学习的。

很多时候,记者报的线索一旦被枪毙,可能就再无重见天日的机会了,而一旦被枪毙的线索被其他媒体采用并重磅推出时,才恍然大悟,并懊悔不已,但已是追悔莫及。

这篇报道的成功,不得不提的一个人就是潘堂林。

潘堂林的新闻职业生涯从乡村通讯员起步,大学毕业后被分配到长江日报社工作,历任工财部、要闻部副主任和北京记者站站长、政文部主任,1993年5月任长江日报社副总编辑,1999年调任武汉晚报社总编辑,2001年9月任武汉晚报社社长,后来还担任过长江日报报业集团党委书记、董事长、社长和中共武汉市委宣传部副部长。

他的著作《怎样发现新闻》曾风靡一时,初版首印8000册,次年重印3000册,书店里很快脱销,他常常为不能满足求购者的心愿而抱歉。

选题研究是一个编辑部最常见的业务工作。独家选题的操作水平是一个编辑部整体新闻生产能力的集中反映。潘堂林是《140万双袜子的命运》这篇报道的参与者和决策者,又长期在媒体工作,他在《怎样发现新闻》这本书中对这篇报道的回顾和总结切中肯綮,今天读来仍令人深思:

从某种意义上讲,一个编辑部就是一所编辑记者的培训学校。

---

① 裴毅然:《近年来财经新闻存在问题之分析》,《新闻实践》2003年第3期。
② 王刚、项锐:《从新闻发现到新闻敏感》,《湖北社会科学》2005年第7期。

新闻生产以集体劳动为特征。报纸上刊发的作品，虽署名是记者某某某，但生产这篇作品的劳动者往往不只是署名作者。

假如一个记者所发作品完全是他个人独立生产，体现的只是他个人的政治业务水平，与他所在部门、报社毫无关系，表明他所在的部门、报社的业务运行没有形成良性循环，不说是"无效编辑部"，至少是一个业务研究空气不浓、学习培训功能不强的地方。

假如在一个庞大的编辑部里，总编辑、副总编辑、部门主任在新闻生产中只是一个个按部就班"派活"、走过场签发稿件版样的角色，不能在研究新闻选题过程中激发所管记者的创造热情、"点化"新闻思路，不能给他们署名的作品输入智慧，那么，这样的"新闻官"不说是"不称职"，至少也是低水平的。

新闻实践中有记者把不太称职的新闻部主任戏称为"发主任"。记者写出稿件送给这样的部主任审签，部主任不能给作品提供增加新闻价值、提升稿件质量的高一级劳动，只会按常规在稿签上签"发"或"不发"。

有效率的编辑部，报刊上刊发的作品不仅体现署名作者的创造性劳动，也蕴含着部门主任、总编辑的智慧劳动。新闻竞争不是记者的单打独斗，而是编辑部整体能力水平的综合考量。

一张报纸的竞争力体现在整个编辑部的信息加工标准、方式和手段上。加工能力俱优的编辑部，经常会在不拥有独家信息的情况下，加工出独家、原创、别具一格的重大新闻。在模仿复制没商量的竞争时代，不被克隆、复制的编辑部整体的加工能力——这种能力产出的直指人心的文字，这些文字洋溢出以深厚人文底蕴为依托的报纸风格，这些风格承载的新闻精神和灵魂，任何媒体和个人也难快速克隆复制。

我们常说，历史不能假设。这篇斩获中国新闻奖一等奖的作品，很多地方也不能假设。比如，线索在部门被枪毙后，记者自己选择了放弃；再比如，即便选择了争取，如没有遇到像潘堂林这样的新闻大家，又会是什么样的结果呢？

重读《140万双袜子的命运》这篇报道，至少可以看到那个时候，记者与副总编在新闻业务上的探究之风、副总编深入采访部门研究选题之风是比较浓烈的。

今天的情况与20多年前相比，又有了很大的变化。长江日报报业集团的新闻生产重任现在主要有几个院承担，由原来数个部门重组而成的院，涉及的领域、战线比较宽泛，这对新闻负责人的业务能力提出了更高要求。

主任和记者不一样，如果说一个好记者半靠天赋、半靠勤奋，那么一个好主任的首要条件是要善于管理，善于协调各方关系，最重要的是要有良好的判断力。

媒体人郑良中曾直言：主任在媒体内部起到"腰杆子的作用"。判断力就是对重要性有超强的敏感性。当今时代信息泛滥，判断力远胜于知识力，特别在边界模糊的问题上，尤其需要具有敏锐的判断力。一个有判断力、有见识的主任，他将直接主导小到一则新闻、大到一张报纸部分版块的价值观。①这些观点，今日读来，并未过时。

阅读+

武汉袜厂仓库里积存着两火车皮袜子。它们中，最长的沉睡了10年。面对众多商家的订单，工厂长年不肯"吐货"。商家开价越来越低，袜子在一天天贬值。请看——

140万双袜子的命运

家有一筐苹果，会过日子的人往往会把现出一点烂眼的择出来，把烂眼削尽后吃掉，以免烂眼扩大，丢得更多。俗话叫作"救一点算一点"。

发生在武汉袜厂的故事，却违背了这个"过日子"的常理。

武汉袜厂是20世纪50年代建起的国有企业，曾是中南地区最大的袜厂。

---

① 郑良中：《主任最重要的素质为判断力》，出自《记者圈》，南京大学出版社2010年版。

这家工厂今年6月由市纺织局下放到汉阳区管理，交接过程中出现一道难题：堆在仓库里的140万双袜子究竟算多少钱？

上个星期，记者在武汉袜厂仓库里看到，近800平方米的大仓库里，1万箱袜子堆积如山，上面布满灰尘。

据今年6月"产成品入库月报表"记载，这批积存袜子中，1991年以前的占60%，1991年到1993年的占30%，1993年以后的占10%。

报表上的货号c4-004，反映的是1986年生产的一批麻料袜子，现存3300双，在仓库里一睡10年。仓库保管员对记者说，这种袜子压在底下，现在变成什么样都无法知道，可以肯定地说，已卖不了"原来的那个价了"。

所谓"原来的那个价"，指的是"产成品"资金账户上记的那个价。它是当初生产这些袜子时按直接材料、直接人工、制造费用等计算出来的成本价。这些袜子按其入库时的价格，总价值238万元。这个数进入企业的"产成品"资金账户，曾作为各年的生产业绩。

仓库里的袜子是从1987年开始积压的，起初只有几十万双，到1992年达到100多万双，企业经营陷入困境。这期间厂长换了两任。有商家找上门来，要求买"处理的袜子"，厂决策层犯难：企业虽有处理积压品的权利，但把这批袜子按市场价处理掉，上级考核企业法人代表经营业绩的重要指标——利润就会大受影响，降多少就表现为当年企业经营亏多少。如果降价20%销售，账面上的238万元产成品实现的销售仅为190.4万，硬亏47.6万元。不降价，销不动，东西在，账面上的238万元"产成品"资金账户，年年照算。

140万双袜子继续在仓库里沉睡。1995年，这批"袜子"转到现任厂长的手中。这任厂长也"头疼"：去年年初，厂里处理了一笔童袜，救活了几万元死钱，账面上却"亏损9万元"。还是按老皇历办好："新官不理旧账"。

此后，不断有客商来到袜厂。但商家的要价越来越低，工厂也感到越卖越亏。常常是到仓库来看的多，买卖做成的少。去年10月，吉林一位客商到厂里，要把这140万双袜子全部吃进，商家开价0.5元一双。账面上的238万元，连100万元也不值了。工厂担心与"原来的那个价"差得太大，生意最终没做成。

目前厂里已亏损400多万元。140万双袜子仍"安睡"在仓库里。作为日用消耗品,越存越贬值。放长了,尼龙袜容易缩水,弹力袜鲜艳度变差,白色棉纱袜发黄。去年10月,技术监督部门找上门来,反映袜厂一批袜子出现色差。一查,发现是产品积存时间太长所致。

仓库里袜子一天天贬值,袜子的仓储维护费却在增加,单银行利息一年要付十几万元;仓库如果租出去,一平方米最少5元钱,一年也是5万元。如今的仓库,少有人去。为了对付老鼠,厂里春夏秋冬四季更换鼠药。据介绍,老鼠经常把纸箱咬破,工人还得把咬破的纸箱子换掉。这些年来,这堆袜子曾被转移过4次,每次用工不下300人,要拖80多卡车,费时个把星期。

这140万双袜子啊!

编　后:对工业企业来说,产品积压并不是一件稀奇事。无论什么经济体制,无论什么运转机制,也无论企业经营多么精细,在瞬息万变的市场竞争中,都可能出现一定时间、程度不等的产品积压。企业只有灵活地处理产品积压,才能在竞争中立于不败之地。武汉袜厂140万双袜子的命运,反映出我们国有企业的经营和管理不适应市场竞争的诸多侧面。本报推出这一报道,以期引发社会各界对深化企业改革,对企业资本营运,对企业管理等问题的深层次思考。

请您注意续篇——《〈140万双袜子的命运〉采访备忘录》。

(作者:余兰生;编辑:潘堂林、徐占峰;原载1997年7月30日《长江日报》;获第八届中国新闻奖通讯一等奖)

市场规则与形式主义的一次交火

（一）

在第七届（1996年度）中国新闻奖评选中，《大屋陈乡"鸭官司"发人深思》获评文字消息二等奖。

先说主标题。《大屋陈乡"鸭官司"发人深思》不像个消息，"消息味"不足，读者很难通过主标题直观地感知其核心新闻事实，如果把"迎接现场会迎出麻烦　随口打招呼打进法庭"的引题与主标题放在一起看，大概才能推测出讲了什么事。

长江日报报业集团获中国新闻奖的消息作品中，《武钢近7万人不再吃"钢铁饭"》《看个"咳嗽"要掏1065元》《簰洲湾溃口"淹"出7000多人》等都是非常经典的消息标题。这几个标题，不仅简洁，也准确概括了新闻事实，而且比较灵动，似匠心神韵之笔。

再说时效性。《大屋陈乡"鸭官司"发人深思》一稿的时效性不是那么强。消息作品的要求之一是时效性强，尤其是主题重大作品，对时效性的要求更高。例如，在第十四届（2003年度）中国新闻奖获评文字消息一等奖的《湖北日报》作品《三峡大坝昨下闸蓄水》，是报纸作品时效性的一次创新：消息以9个电头报道三峡区间8个有代表性的地点蓄水首日不同时段的现场，仿佛一台摄像机随着坝前水位抬升跟踪拍摄江水"倒灌"200公里的情景，场面宏大，现场感强，忠实地记录了新闻事实发生、发展过程，定格了发生在千古峡江中的"平静的消失"和"伟大的升腾"。①

---

① 《〈三峡大坝昨下闸蓄水〉中国新闻奖申报资料实录》，中华新闻传媒网2007年8月17日。

法庭开庭审理"鸭官司"一事的时间是1996年1月24日,《大屋陈乡"鸭官司"发人深思》一稿刊发的时间是1996年2月10日,稿件刊发距离事情发生,相隔了半个月。

对时效性不足的问题,从记者陈炳章的分享中可略知一二:"本来,这篇报道原打算等待'鸭官司'终审裁决后再写的。由于说不清楚的原因,案子一拖再拖,久悬难决。报社领导指示:先把事件推出来。"① 这种"先把事件推出来"未尝不是一种策略,以避免可能出现的不确定性,比如,被其他媒体抢发了。

虽有标题不足、时效性不强的缺点,但《大屋陈乡"鸭官司"发人深思》一稿仍具有较大的新闻价值,要不然也不会获评中国新闻奖二等奖了。

(二)

好新闻,不光要有意思,还要有意义。 只有意思,没有意义,只能是一个趣闻;只有意义,没有意思,意味着缺乏新闻性和可传播性。"鸭官司"首先是一个有意思的事。

曾任湖北日报传媒集团总编辑的宋汉炎在《新闻前哨》杂志"中外新闻佳作赏析"栏目专门撰文评析《大屋陈乡"鸭官司"发人深思》:

> 这写的是一个关于鸭的现代轻喜剧,读后令人捧腹、叫人难忘、发人深省。说它是喜剧,因为它通篇是真实而又离奇的故事。先看导语,本来是官告民拖欠周转金,却当庭引发了民诉官赔偿损失费;接下来再看,反诉的案由是官要民推迟售鸭以供参观,事实是鸭被迟售,参观者压根儿就没来;如果那天早点通知取消参观,上午卖鸭也可能没事,可乡里再无人记得这小事一桩,鸭农白等到中午才开始运鸭,几十只鸭子在途中热死;更糟的是,按乡里"招呼"等到6月9日参观之后售鸭,本来只推迟6天,谁知6月9日恰逢鸭业公司设备故障停止收购……正

---

① 陈炳章:《深入调查 客观反映》,《写作》1998年第4期。

是这一连串的意外、蹊跷，使得这个鸭子的故事枝枝蔓蔓，曲曲折折，偶然性纷呈，谐趣横生。

仅有意思还不足以体现这篇稿件的新闻价值。正如潘堂林在《怎样发现新闻》一书中所言：这一"案中案"初一听，"民告官"，老题材，经济纠纷，公说公有理，婆说婆有理。作为乡村法庭说理的经济纠纷案，有报道价值，按法庭结论发条消息没什么问题。①

老题材中有没有认识到的新鲜角度和主题思想呢？潘堂林在与农村新闻部讨论这一选题时，大家一起琢磨案情、梳理新闻素材，最终认为"鸭官司"的背后是"市场经济规则与形式主义起冲突"——老主题中蕴含着新鲜而重大的主题。

宋汉炎也认为：深入一层看，这场冲突，本质上是正在建立的社会主义市场经济体制与过时的、陈旧的计划经济体制及其观念之间的冲突。②

由单纯的谐趣横生的官司，到背后是"市场经济规则与形式主义起冲突"，这是新闻报道从有意思到有意义的一次跨越。有了这一认识，报道也就不是单纯地就事论事！有了这一认识，报道也就有了魂！新闻有了魂，价值也就实现了倍增！从有意思到有意义，虽然只是一个字的变化，但可以赋予新闻报道截然不同的价值。

比如，这篇《大屋陈乡"鸭官司"发人深思》，如果单纯从一件官司来看，新闻性一般，即便作为民告官的官司，可以体现农民法律意识的觉醒，但其新闻价值仍然没有被发掘出来。

从"市场经济规则与形式主义起冲突"的角度来看待和认识这起官司，是一次了不起的新闻价值发现！

通常谈新闻发现，侧重于对新闻事实的发现，新闻事实的发现当然重要，这是新闻传播的第一步，但相比之下，新闻价值的发现，会让新闻事实变得

---

① 潘堂林：《"肥鸭不卖"勾起"肥猪满圈"》，出自《怎样发现新闻》，湖北人民出版社2007年版。
② 宋汉炎：《鸭的喜剧》，《新闻前哨》1999年第11期。

更有意义。

采写《大屋陈乡"鸭官司"发人深思》一稿的记者陈炳章总结报道经验时说："新闻作品是客观事实的反映，写新闻不能仅看表象，就事论事，唯有勤动脑子，多方分析，努力发掘事物的本质，才能写出一定价值的新闻作品。"①

《政府法制》杂志曾刊文评价这场官司：从法律上讲，只是利益之争；但从社会意义上讲，是市场原则与形式主义的一次小交火。它留给人们的思考远没结束。②

在《大屋陈乡"鸭官司"发人深思》一文刊发3个月后，法院进行了判决，长江日报在报道判决结果时，标题颇有意味：《一个招呼赔了7794元》。

与追踪报道同时刊发在《长江日报》头版的还有评论员刘洪波撰写的《市场原则与形式主义的小交火》。在头版头条加边框刊发的这篇评论，指出了"鸭官司"何以发人深思，追踪报道在版面上显得倒像是一篇配稿。

在第七届中国新闻奖评选时，《大屋陈乡"鸭官司"发人深思》一稿获评文字消息二等奖，可以说是对其新闻价值的高度认可："鸭官司"揭露了形式主义的危害。这一典型的"市场原则与形式主义交火"的事件，对行政部门搞"花架子"、瞎指挥，具有强烈的警醒作用。③中国人民大学新闻学院研究员刘保全评价说，《大屋陈乡"鸭官司"发人深思》是从社会热点中发现新闻的典型例子。④

（三）

重读《大屋陈乡"鸭官司"发人深思》此文，记者陈炳章的表现，亦有可圈可点之处。

第一，认真对待通讯员报料。无产阶级党报的群众路线，肇始于马克思

---

① 陈炳章：《努力发掘事件的本质》，出自《长江日报国家新闻奖33件》，武汉出版社2002年版。
② 王边：《发人深思的"鸭官司"》，《政府法制》1996年第9期。
③《直击时弊　立报风骨》，《长江日报》2009年5月23日。
④ 刘保全：《怎样发现新闻》，《新闻三昧》2009年第9期。

和恩格斯的群众观点和"人民报刊"思想。中国共产党根据马克思主义群众观点，在长期革命斗争中创造了"一切为了群众，一切依靠群众，从群众中来到群众中去"的群众路线，作为实现党的各项任务的根本工作路线。党的十八大以来，习近平总书记把党的群众路线创造性运用到党的新闻舆论工作之中，进一步丰富和发展了党报群众路线。他强调，党性和人民性从来都是一致的、统一的，坚持党性就是坚持人民性，坚持人民性就是坚持党性，没有脱离人民性的党性，也没有脱离党性的人民性，要把党的理论和路线方针政策变成人民群众的自觉行动，及时把人民群众创造的经验和面临的实际情况反映出来。①《大屋陈乡"鸭官司"发人深思》一稿的线索来自通讯员。记者与通讯员之间不单纯是合作关系，依靠通讯员、用好通讯员，是党报走好群众路线的体现。

第二，脚底板功夫过硬。选题定下次日，陈炳章便驱车赶到大屋陈乡采访，在几口大堰边的一间破旧棚屋前，40岁出头的养鸭人何有启诉说了他状告乡政府的原因。根据何有启介绍的情况，陈炳章先后采访了30多个与此事有关的单位的干部和群众。被采访者所谈及的情况，包括时间、地点、在场人员和事实内容，与何有启的介绍相似。

第三，注意平衡，做到客观准确。这是舆论监督报道必须遵从的原则，内容上要注意避免"一边倒"，要给双方说话的机会。通过一系列的深入采访，何有启状告乡政府这一事件的全部情况包括每一个细节和人证已经到手，似乎可以着手写文章了。但陈炳章还是坚持找事件的另一方即乡政府了解事情的全过程。尽管遇到了阻力，没能获得什么材料，但后来费了许多周折，通过受理此案的法庭，看到了第一次开庭审理时的详细记录和双方当事人签字画押的调查材料。见报稿件中有乡党委副书记的回应。

第四，稿件写作准确把握事实。真实性是新闻的生命。新闻报道中，做到事件真实需要四点：一是新闻报道中的事实要素必须准确；二是新闻报道

---

① 《中国共产党的党报群众路线是如何形成和发展的？》，出自《马克思主义新闻观百问百答》，学习出版社2019年版。

中引用的各种材料必须真实准确;三是新闻报道描述的事实环境、过程、人物的语言行为等细节必须真实;四是新闻报道中涉及的人物心理活动、思想认识必须是当事人亲述。① 陈炳章在写稿时就认识到:这是个未结案的案子,搞不好会惹出一些麻烦。因而在写作中必须准确把握事实,客观反映事实,不带任何观点,更不能感情用事,一定要做到让别人"抓不到辫子""揪不住尾巴"。写稿时,陈炳章完全用有证有据的事实"说话",以原、被告的"口"说话,做到绝对不"添油"、不"加醋"。某当事人看了报道后也说:"全是事实,没话说。"② 此稿在《长江日报》刊发后,在社会上引起强烈反响。《中国青年报》《羊城晚报》《北京晚报》等多家报纸或转载该报道,或根据该报道提供的情况和报道思路作了跟踪报道。

第五,数字背后有依据。 比如第三段,通过华中农大畜牧兽医学院一位教授提供的辩护资料,从科学层面解释了为何鸭子的出售时机被延误后造成1.4万多元的损失。

第六,结尾留下悬念。 悬念,是指读者对新闻事件发展和人物命运产生的紧张心情。这种心理活动叫作悬念,又叫关子、扣子。这种结尾方式,是在结尾处给读者设下"疑问",然后很快给予释疑,或设下疑问,引导读者自己去思考,自己去找答案。这一"正在审理中"留下的悬念,必然会吸引读者继续关注新闻的后续报道——悬念式结尾。③ 这一结尾也尽可能弥补了因时效性不足带来的缺憾。总的来说,这是一篇从新闻事实到新闻价值发现的代表性作品。

---

① 《新闻报道中,对事实真实的要求是什么?》,出自《马克思主义新闻观百问百答》,学习出版社2019年版。

② 陈炳章:《深入调查 客观反映》,《写作》1998年第4期。

③ 刘保全:《消息结尾的写法》,《新闻知识》2002年第4期。

迎接现场会迎出麻烦
随口打招呼打进法庭

大屋陈乡"鸭官司"发人深思

元月24日，江夏区五里界法庭开庭审理大屋陈乡政府状告乡鸭场承包人何有启逾期不归还周转金一案，被告何有启则当庭反诉乡领导为迎接现场会，延误成鸭出售时机，造成1.4万余元损失。法庭受理了何有启的反诉。

据何有启的反诉状称，1994年6月7日，他与乡政府签订承包乡肉鸭场的合同。1995年4月12日，何有启售完一批肉鸭后，又一次购回肉鸭苗1257只，到5月30日，这批肉鸭已饲养49天，平均只重3.5公斤，是销售的最佳时段。这天上午，何有启专程赶到区肉鸭联合公司，签订了一次出售肉鸭1200只的合同，定于6月3日由公司派车到鸭场装运。何有启称，乡政府领导人为迎接区发展多种经营现场会，于5月31日上午及6月7日下午两次打招呼：肉鸭推迟到6月9日等会议代表参观之后再卖。而6月9日后，恰逢肉鸭公司设备检修停止收购，以致错失卖鸭时机，直到6月25日才全部售完，共损失1.4万多元。何有启向法庭提出：乡政府应赔偿这笔损失。

何有启的委托代理人用华中农大畜牧兽医学院一位教授提供的资料为其辩护：商品肉鸭的饲养期为45天，体重增长极限为50天。进入40天后，一只鸭每天消耗饲料0.3～0.4公斤，而重量不再增加。如此测算下来，乡领导人的一个招呼使何有启仅饲料成本就多付出14147元。

乡党委副书记邹建国作为乡政府法人代表的代理人出庭，对何有启提出的控告表示不能接受。他申辩说：让何有启延长一周出售肉鸭，是随口打的招呼，并非强制。他说，打这样的招呼，也是为了给全乡增光添彩。

何有启说他不敢不听乡里的招呼。据肉鸭联合公司提供的情况，5月31日，何有启专程赶到设在纸坊的肉鸭公司，请公司取消6月3日的购鸭合同，说是区里在大屋陈乡开现场会，要看他养的鸭子。

6月9日，区现场会如期召开。这天已过11时30分，何有启仍不见参观人影，赶到乡政府打听，才得知现场会参观点有变更。何有启在诉状中还要求乡政府，对没将现场会参观的变更及时通知他的行为负责。因为那天他等到中午才租用3台拖拉机将470只肉鸭送到肉鸭公司，因正午气温高，途中热死30只大肥鸭。乡政府当时认了28只死鸭的损失，价值900多元，有邹建国当时签的白条为据。

这一"随口打招呼"引出的"官司"目前正在审理中。

（作者：陈炳章、易楚钧；编辑：潘堂林、陈华芳；原载1996年2月10日《长江日报》；获第七届中国新闻奖消息二等奖）

第三辑
典型人物挖掘与报道

精神高地，坐标之城。武汉"道德群星"背后，媒体发挥了重要的推动作用。这些获奖的人物报道，有的系独家报道，有的系深入再挖掘，有的系同题报道。

一个民族家庭两代人的传奇

在第二十一届（2010年度）中国新闻奖评选中，《长江日报》的通讯《孩子，武汉有你们的家——一个汉藏家庭与藏族学生的32年不了情》获评三等奖。这是一篇典型的人物报道。通讯以武汉大学退休教师杨昌林及藏族妻子次仁德吉32年如一日，为藏族在汉大学生无私奉献的感人事迹和他们家两代人的传奇故事为主线，折射了民族团结、民族融合的时代主题，彰显了超越民族、超越地域的人间真情，讴歌了生命不息、奉献不止的大爱情怀。有人总结，这篇通讯有几点值得学习和借鉴：一是发现线索，凸显典型；二是纵深掘材，撷取精华；三是标题精湛，过目难忘；四是抢抓典型，先声夺人。①

只因为报道的对象是武汉大学退休教师，有人就把这篇报道归结到教育新闻的范畴，并从教育新闻的角度进行了分析和点评。

有人指出：教育领域的活动周期长，规律性强，很少有大起大落的变化，也缺乏惊心动魄的情节，教育活动这种内在的平静性使得教育新闻报道偏于静态。报道对象的这种"先天不足"，使得许多教育报道的视野狭窄。这就需要，从大处着眼，从教育事实与时代精神的契合点中寻找选题，而通讯《孩子，武汉有你们的家——一个汉藏家庭与藏族学生的32年不了情》就是这方面的典型例子，报道通过一个民族家庭两代人的传奇故事，折射了民族团结、民族融合的时代主题。其实，援藏过的高校教师几十年如一日地关心内地藏族学生，事实已经存在了多年，如果脱离了当年的大背景，报道可能就成了成绩总结或是好人好事录。2010年，党中央、国务院先后召开西藏、新疆工

---

① 彭建钢：《抢抓"典型"先声夺人》，《青年记者》2012年第3期。

作座谈会，加上新疆"七五事件"、西藏"三一四事件"后，中央领导对民族团结、民族融合、民族进步典型宣传，提出了新的更高的要求。记者能够敏感地将普通的教育现象与民族团结、民族融合这个时代大命题联系起来，体现其应有的新闻价值。①

还有人以《孩子，武汉有你们的家——一个汉藏家庭与藏族学生的32年不了情》为例总结道：教育新闻既需要从社会的视角看教育，多关注社会性的教育题材；还需要善于从社会角度报道专业性教育话题，努力挖掘教育题材的"专业性"，在"社会化"的过程中避免"去教育化""肤浅化"和"庸俗化"，满足读者对教育新闻的"专业性"需求，从而实现教育新闻专业性和社会性的融合。②

但实际情况是，采写这篇稿件的记者出自党政新闻部，而非跑教育口的记者。如果从民族团结的角度看这篇报道，就不是单纯的教育新闻报道了，而是一篇时政报道。这篇报道的线索是怎么来的呢？"武汉大学有位退休老师，年轻时主动援藏，娶了位藏族妻子，年老后又把一双儿女送到西藏，现在还不断帮助在汉读书的西藏学生。"从长江日报社法律事务室夏飞文处，时任党政部主任胡宗新了解到这条新闻线索，感觉人物典型，值得挖掘，立即带着民宗（民族宗教）口战线记者车莉前往采访。③国庆节期间，几位记者进行了广泛而深入的采访，经精心打磨的稿件于10月8日在《长江日报》头版突出刊发，同时还配发了评论和照片。报道一经刊发，就引起了广泛关注，社会反响强烈。这也说明，有些新闻不同的部门、不同的记者都可以采写，不是说与校园有关的报道都是教育新闻，非要跑教育口的记者去采写。

《孩子，武汉有你们的家——一个汉藏家庭与藏族学生的32年不了情》正文三个部分逻辑上也比较清晰，第一部分侧重32年的总体情况，第二部分侧重故事和细节，第三部分侧重传承和延续。

---

① 李毅荣：《教育新闻报道的选题创新路径》，《东南传播》2012年第8期。
② 李志强：《教育新闻的改进和拓展》，《新闻战线》2015年第5期（上）。
③ 胡宗新：《本报一篇独家人物特稿感动武大师生》，《长江报人》2010年版。

细节描写是通讯报道中的重要元素，也是通讯报道中描写人物性格、事件发展、社会环境和自然景物的最小组成单元。在通讯中，恰如其分的细节描写，可以深化主题，增强作品的感染力、可读性和真实性，它是通讯中最丰富的表情符号。有人认为，细节描写是这篇稿件的特色之一。比如，文中写了这样一个细节：

> 武汉大学九区 2 栋 1 门 301 室，建筑面积 79 平方米，杨昌林的家。
> 简朴房间里最打眼的装饰，是客厅墙上的一幅藏式挂毯。
> 五屉柜的油漆剥落了，穿衣柜的镜子也有些磨花……杨昌林家里唯一赶过的"时髦"，是 1987 年就早早安装了电话——有了电话，和孩子们联系起来方便。
> 电话 24 小时随时可能响起，每一次铃声都牵动着阿爸阿妈的心。

从以上的细节我们可以看出，通过对杨昌林家里简朴家具的描写，让每月退休金仅 2000 多元的杨昌林和他的家人在艰苦条件下，32 年里无私帮助藏族学生的形象跃然纸上，他的精神境界令人佩服。正是因为这个细节，读者被杨昌林一家人奉献不止，超越民族、超越地域的大爱情怀深深地打动，难以忘怀。①

还有人把这篇报道归为民生新闻。从话语方式上，可将新闻话语分为颂扬式话语与批评性话语。民生新闻对社会主义核心价值观的呈现主要采用颂扬式话语，歌颂普通民众所具有的精神特质与崇高品格，并与社会主义核心价值观的特定内涵相联系进行话语阐释。《孩子，武汉有你们的家——一个汉藏家庭与藏族学生的 32 年不了情》赞扬了超越民族和地域的人间大爱。与其他新闻传播范式不同，民生新闻将平民百姓作为发出颂扬式话语的最为重要的话语主体，通过"百姓讲、百姓说、百姓评"的方式，表达百姓对践行社会主义核心

---

① 张彤：《细节描写——通讯中最丰富的表情符号》，《改革与开放》2012 年第 10 期。

价值观的由衷赞叹和高度景仰，更易引发民众的热烈反响和情感共鸣，更有利于社会主义核心价值观对于民众的精神引领与价值内化。①

孩子，武汉有你们的家
——一个汉藏家庭与藏族学生的 32 年不了情

国庆期间，武汉地区高校藏族学生集体联欢。74 岁的武汉大学退休教师杨昌林忙得不亦乐乎——依照惯例，老人请刚入学的藏族新生吃"迎新饭"。

"孩子，记住，我的家就是你们在武汉的家。"老人不断叮嘱。这句话，他说了 32 年。

坚守 32 载，为藏族学生筑起一个"武汉的家"

武汉大学九区 2 栋 1 门 301 室，建筑面积 79 平方米，杨昌林的家。

简朴房间里最打眼的装饰，是客厅墙上的一幅藏式挂毯。对面墙上，一条哈达围绕着遗像，像中妇女冲着挂毯上的布达拉宫微笑。她就是杨昌林的藏族妻子次仁德吉。

翻开封皮发皱、纸页泛黄的日记本，时光回溯到 1965 年 8 月 12 日："到西藏扎根，干一辈子⋯⋯"那年，29 岁的杨昌林从武汉体院毕业，"抢"到了去西藏工作的指标。

到西藏昌都地区干了一年多，杨昌林又申请前往"西藏的西藏"——全藏海拔最高、环境最恶劣的阿里地区工作。艰苦岁月里，这个汉族小伙子和他的翻译、藏族女孩次仁德吉相爱了。1969 年 3 月，两人将单人床换成双人床，完成了简单的婚礼。

---

① 李朗、欧阳宏生：《民生新闻中的社会主义核心价值观表征——兼评"中国新闻奖"部分获奖作品》，《新闻战线》2014 年第 7 期。

1976年，杨昌林突发高原性心脏病，野战医院紧急抢救，将他从死亡线拉了回来，转院北京，地委领导向他下达"命令"："不许再回西藏！"

带着对雪域高原的无尽牵挂，1978年他和妻子调入武汉大学工作。

在西藏干一辈子的誓言没有实现，杨昌林满腹遗憾。令他和妻子欣慰的是，很快在武汉找到了一条可以情牵西藏的纽带。

1978年，湖北金融高等专科学校的10多名西藏新生不适应武汉湿热的气候，全身长满疙瘩，又疼又痒。杨昌林夫妇听说后找到学校，帮孩子们寻医问药。一传十、十传百，武汉高校的藏族学生都知道，武汉大学有两位像阿爸、阿妈一样亲的教师夫妇。

刚调回武汉，杨昌林一家四口挤住10多平方米的单间宿舍，后搬家两次，分别增加到50、70多平方米。

家始终不大，但在藏族孩子们心里，是一个温暖而坚实的怀抱。32年来，每年藏族新生入学，就被分批接到德吉阿妈家吃"迎新饭"；周末、节日，藏族学生们常以学校为单位，轮流来阿妈家吃糌粑、喝酥油茶。

一张大桌子支开，几乎将小客厅占满。"有一次来了30多个孩子，大家只能把饺子放在纸上，再搁到地上，一锅锅地不停煮。有人不小心，一屁股坐到了饺子上。"聊起这些，老人的声音透着开心。

杨昌林夫妇育有一女一子，分别毕业于武汉大学国际经济贸易和涉外会计专业。毕业后，姐弟俩像父亲当年一样，主动放弃内地工作机会，先后去了西藏。儿子杨红兵1992年进藏，至今仍留在父母当年工作的阿里地区。5日，通过长途电话，已担任阿里地区商务局局长的杨红兵回忆起童年："家里的伙食就数藏族学生们来的时候最好，我和姐姐的主要任务就是到邻居家借板凳。"

有啥困难，阿爸阿妈在你身边

五屉柜的油漆剥落了，穿衣柜的镜子也有些磨花——这些都是调回武汉那年买的。杨昌林家里唯一赶过的"时髦"，是1987年就早早安装了电话——有了电话，和孩子们联系起来方便。

电话 24 小时随时可能响起，每一次铃声都牵动阿爸阿妈的心。

"没事，孩子，阿爸阿妈在你身边。"尼玛次仁，西藏日喀则地区萨嘎县检察院检察长，至今还清楚记得当年德吉阿妈这句温暖的话语。尼玛次仁 1992 年在汉读书时曾因肺脓疡住院。德吉阿妈闻讯赶到他的病床前。大伙当年轮流看护他的值班表珍藏至今：从入院到出院 13 天的值班名单里，11 天都有德吉阿妈的名字。

今年中秋节前，刚返校的华中科技大学三年级学生次仁多布杰，代表在汉藏族大学生，给武昌火车站的售票阿姨送去洁白的哈达，阿姨回赠味美的月饼。

其实，为解决购票难题操心最多的当数杨昌林。但在藏族孩子们的心目中，有事就找武大的阿爸阿妈，已习惯到无须言谢。

青藏铁路通车后，首发广州、路过武汉、终到拉萨的 T264 次列车隔日一班，一票难求。寒暑假前，武汉藏族学生不得不在期末考试最紧张的时候，提前 15 天到售票窗口彻夜排队。

次仁多布杰找到杨昌林。老人陪孩子开证明、写申请，汇报省援藏办，跑省教育厅，找铁道部，终于解决了这一难题。从去年起，在汉高校藏族学生只需放假前统计好需求，就可有序购票。

2008 年年初，受雪灾影响，南方地区交通大面积瘫痪。已回到湖南老家花垣县准备与姐姐团圆的杨昌林坐不住了，"肯定有很多孩子回不了西藏，我得回去看看！"县长途汽车客运站停运，老人花高价租了辆面包车，在结冰打滑的路上连夜"爬行"到吉首。从吉首挤上到怀化的火车，又在怀化火车站冻了一天一夜，终于搭上回汉的火车。

两天两夜不曾合眼，70 多岁的老人回到家中只休息了 6 小时，天一亮就赶往 10 多公里外的武泰闸农副产品批发市场买年货——批发市场排骨每公斤比学校超市便宜 3 元多，老人每月退休金仅 2000 余元。回程在武大门前下公共汽车，扛着 40 多公斤菜，老人在结冰的路面上走一段歇一段，平时只需 10 多分钟的路程，花了半小时。进了家门后衣服内外全湿——内衣是汗湿的，外衣是被雪水泥水浸湿的。

从藏历年三十到藏历初七，老人足足忙了 8 天，将滞留武汉的藏族学生分批接到家中团年。

阿爸阿妈会老，"武汉的家"不会散

今年教师节前，一笔来自西藏的 1000 元汇款寄到杨昌林家，汇款人南木珍。自 2000 年从华中师范大学毕业回藏工作后，10 年不间断，每年教师节她都给武汉的"阿爸阿妈"寄钱。

6 日，南木珍在电话中回忆起第一次见到德吉的情景，宛若昨日。1996 年南木珍考入华中师范大学。初次见面，德吉就说："这儿以后就是你的家了，我就是你的亲人。"听说南木珍胃不太好，德吉约她去医院做胃镜检查。做完胃镜，德吉从怀里拿出一袋捂得严严实实的牛奶塞给她。"拿着温热的牛奶，我忍不住流下了眼泪。虽然已回到西藏，虽然阿妈不在了，可武汉的那个家，我永远牵挂。"

2002 年，德吉查出罹患直肠癌。完成第一次大手术出院回家后，大批藏族学生赶来探望。德吉硬撑着身子，张罗着做酥油茶，结果晕倒在厨房。

2005 年 2 月 25 日，德吉安详离世。弥留之际留下嘱托：我走了，"家"不能散。

出殡那天，300 多名藏族学生胸戴白花，齐聚武昌殡仪馆，同唱《青藏高原》为阿妈送行。遵照德吉的遗愿，她的骨灰一半留在武汉，一半撒到了西藏故乡。

2006 年，德吉逝世一周年，武汉高校藏族学生自发主办"德吉杯"足球赛，球赛到今年已举办五届。

藏族学生巴桑卓玛为德吉编织了一件毛衣，德吉生前一直珍藏。去年，西藏举办"大时代的物证"征集活动，这件毛衣获得一等奖及 5000 元奖金，杨昌林当即将奖金捐赠给了西藏青少年发展基金会。

德吉走了，藏族孩子"武汉的家"还在。

陈琳曾是杨昌林女儿杨红梅在西藏的汉族同事，1995 年调到武汉后，成了德吉家的常客。"耳闻目睹，时常流泪，这些年来积累起来的感动不能用言语表达。"陈琳说。

如今，74岁的杨昌林体力渐不如前，陈琳参与到他的爱心接力中。今年国庆节期间，藏族孩子们高兴地听到，"杨老师爱心工作电话"，增加了陈琳老师的手机号。

（作者：胡宗新、李晓萌、车莉；编辑：刘立民；原载2010年10月8日《长江日报》；获第二十一届中国新闻奖通讯三等奖）

带着感情带着爱走近"小处方医生"

王争艳是经过武汉晚报等媒体报道后，从武汉走向全国的一位先进典型。2011年9月20日晚，由中宣部、中央文明办等部门联合评选的第三届全国道德模范名单在京揭晓，共评选出54位全国道德模范，王争艳是其中之一。被群众亲切称为"小处方医生"的汉口医院副主任医师王争艳，是武汉市民"海选"出来的"百姓心目中的好医生"。她多年来一直坚持以廉价的小处方行医，深受群众好评。

王争艳是2009年武汉晚报联合武汉市卫生局开展"我心目中的好医生"评选活动中发现的一位典型。当年的8月27日，评选办公室接到多名患者推荐汉口医院金桥社区卫生服务中心王争艳医生的材料。经核实，大家除了众口一词地对王争艳的医德与人品盛赞外，还提供了一个更为重要的线索：王争艳有个绰号，叫"青霉素"医生。这一"特殊昵称"有两层含义：一是青霉素很便宜，8角钱一支，老百姓负担得起；二是"青霉素"医生，更多的是反映王争艳行医廉洁，因为8角钱一支的青霉素肯定没有回扣。这背后折射的，不正是老百姓最关心的"看病难""看病贵"这一焦点问题吗？对这一线索，时任武汉晚报社总编辑林霓涛明确要求医卫部"重点盯、重点策划、及时出手"。虽然王争艳的线索是通过"我心目中的好医生"评选活动中发现的，但武汉晚报为了报道好这一典型，也下足了功夫，真正地把好线索转化为了好报道。时任总编辑林霓涛要求记者"带着感情、带着爱走近王争艳"。武汉晚报的田巧萍、鲁珊两名女记者于是当起了王争艳的"实习医生"，与王争艳跟班出诊达一个星期，泡在社区里，泡在平民百姓中，走访的患者和家属多达数十个，获得了第一手真实而鲜活的材料。① 谢东星"不请自来"等在王争艳家门口，希望能从多方面了解她的生活。后来，王争艳回忆起来还忍不住赞叹："我当时真不愿意接受采访，如果不是他那样敬业，我不会让他进家门。"②

在第二十届（2009年度）中国新闻奖评选中获通讯三等奖的《上医之境》，刊发于2009年12月23日。此时，距离"百姓心目中的好医生"的评选揭晓有3个月——9月25日，经过36000多名市民无记名投票，王争艳从20000多名医生中当选"武汉市人民满意的好医生"。而武汉晚报在2009年12月23日、24日连续推出3个整版的系列报道《上医之境》，可以说一开始就是奔着推出一位典型人物去的。此后，武汉晚报又持续报道达20余天，将好医生王争艳这一"老百姓拍手称好"的典型推向了全省、全国。

对王争艳为何能成为典型人物，有人总结：当时处于建设和谐社会时期，民生问题越来越受到重视，医疗体制改革不断深入，医德医风建设也日益受到关注的社会。党需要在医疗体制改革潮流中能够以高尚的医德医风立于潮头、树立起医生良好社会形象的代表性人物。而老百姓呼唤的是真正为民着想、救病解困、医德高尚的好医生，更深层次的诉求则是期望像遇上王争艳医生一样能"看得上病"。其实简单地说，在"大处方"和医疗领域中的红包、回扣等让民怨沸腾的背景下，这位"小处方"医生的走红——从医25年，平均单张处方不超过80元，且"从来没有拿过患者的红包，没有拿过药品回扣"，更代表了社会的一种期待和呼唤，期待和呼唤能有更多像王争艳一样的好医生，期待和呼唤自己也能遇到像王争艳一样的好医生。

《上医之境》刊发的时间节点选择的是王争艳从社区医生岗位上退休之际。2009年12月22日，是王争艳最后一天上班，而稿件正文的四个部分，第一部分"最后一天"写的就是她退休之前最后一天出诊。其他三个部分的小标题依次为"上医之境""大爱无疆""一件制服"。由于记者前期做了大量

---

① 熊金超等：《大爱之笔　为时代精神"塑像"》，《新闻前哨》2010年第3期。
②《"发现"王争艳》，《武汉晚报》2011年9月18日。

的采访，《上医之境》在呈现上让读者看到了一个敬业而又清贫的好医生。

华中师范大学刘九洲教授认为，《上医之境》是一篇平民化报道的优秀通讯。所谓平民化，是相对精英化而言的。现实状况是，我们正在告别威权时代。那种对精英的敬仰和对权力的畏惧正被平民化的价值取向消解。基于此，我们所期望的英雄主义主要不是表现在惊天动地的豪言壮举中，而是更多地体现于平民的日常言行中。《上医之境》中的王争艳，她十几年如一日地在社区医院工作，把病人当亲人、宅心仁厚、医德高尚，的确达到上医的境界。这位广泛受到人们尊重与爱戴的好医生，得到一顶英雄的桂冠，实至名归。①

从报道产生的良好社会反响来看，《上医之境》这篇通讯无疑是非常成功的，但也有人撰文指出，它在文本写作上存在一些瑕疵，主要体现在提炼主题和细节描写上：首先，作品缺少对典型人物精神内核的发掘；其次，作品缺少生动的细节。记者在写作时要抓取人物身上最闪光的东西，提炼出与时代脉搏共振的主题，才能写出优秀的作品。②

从中国新闻奖审核的角度看，《上医之境》个别语句值得商榷，如直接引语的使用，"王争艳笑道，我不是为病人着想，我本来就是他们中的一分子"。对新闻作品出现的直接引语和间接引用混乱，连续担任多届中国新闻奖审核委员会主任的中国社会科学院新闻与传播研究所所长唐绪军撰文指出：直接引语和间接引语两者之间最大的区别是，直接引语必须以双引号标示，以表明所引的话是采访对象的原话，而不是作者的概括或整理；间接引语则不用双引号标示，是作者对采访对象或者其他人所说的话的复述。并特别举例：

【原文摘录】杜江南说，我想当警察的愿望没有实现，当兵的愿望一定要实现，希望你能支持我。女孩看他去意已决，也没再多说什么。

【审核意见】这一段人称混乱。如要用间接引语，可改为：杜江南说，他想当警察的愿望没有实现，当兵的愿望一定要实现、希望女孩能支持

---

① 刘九洲：《当代典型人物通讯新特点》，《新闻前哨》2010年第7期。
② 雷红英：《重大而不深刻的主题　真实而欠生动的细节——评第二十届中国新闻奖获奖作品〈上医之境〉》，《新闻知识》2011年第1期。

他。女孩看他去意已决,也没再多说什么。如要用直接引语,可改为:杜江南说:"我想当警察的愿望没有实现,当兵的愿望一定要实现,希望你能支持我。"女孩看他去意已决,也没再多说什么。①

但是从第三十届中国新闻奖评选结果看,某件获一等奖的作品其实也存在这个问题,背后可能与最新的评审标准放宽有关,也可能与一些政务报道多如此表述有关。

好医生王争艳,从医 25 年,平均单张处方不超过 80 元——

上医之境

昨日,武汉市汉口医院医生王争艳在社区医生岗位上正式退休。

9 月 25 日,经过 36000 多名市民无记名投票,她从 20000 多名医生中当选"武汉市人民满意的好医生"。

最后一天

2009 年 12 月 22 日清晨。王争艳起床,简单的早餐后,骑着自行车出门。

天蒙蒙亮,已有病人在汉口金桥社区卫生中心外等候,王争艳裹着一身寒气到达。55 岁的王争艳头发花白,脚上是一双已不多见的翻毛皮鞋。她在那件旧旧的黑色棉衣上罩上白大褂,习惯性地摸了一下装备:左上口袋里的小电筒,左下口袋里的棉签,右下口袋里的听诊器。一天开始。王争艳说话语速快,音量大,常伴手势,这是长期在嘈杂诊室里工作养成的。不过,她有个习惯——从不打断病人讲述,始终微笑着注视对方。接下来,她用双手为病人做检查。

---

① 唐绪军:《大处着眼 小处入手 为中国新闻奖评选当好参谋》,《新闻战线》2015 年第 21 期。

这是一双关节粗大、皮肤粗糙的手，多年来，这双手已像一台精密仪器，可以在病人就诊的几分钟里，基本锁定病源。

不敢喝水，以免如厕。一直到中午12点半，病人稀少，她才敢在微波炉里热一下中饭——那是家里头天晚上吃剩的饭菜。没有午休，王争艳始终待在诊室，重复着上午的繁杂。

没有下班时间，最后一个病人离开，王争艳才能善后：收好一天的病历资料，脱下白大褂，检查一下小灵通是否通畅——她的小灵通号码就贴在诊室里。

冬日的太阳已落下，很冷，王争艳走出大门，深呼吸。这是医生王争艳重复了25年的普通一天。这是医生王争艳的最后一天。从这一天起，她正式退休，25年的医生生涯，在岁月的流逝中画上句号。

9月25日，她成为30名"江城好医生"中的一名。这是她医生生涯中最后一个荣誉，也是她最看重的一个荣誉——她视之为老百姓为她送别的歌声。

上医之境

1984年，30岁的王争艳从同济医科大学本科毕业。前30年，她随南下军医的父亲和在医院做护士的母亲在洪湖市长大。少年时最清晰的记忆来自母亲。这位在手术室工作的护士是O型血，常常一边工作，一边挽袖子为手术台上的病人献血。23岁考上大学，途中因严重的肺结核休学。这段病人生涯，为王争艳的人生规划完成最后一笔：不为良相，即为良医。

30岁的王争艳在武汉市汉口医院（原汉口铁路医院）开始了医生生涯。做了11年的内科住院医师后，在医院下设的四个门诊站点担任全科医生，最后成为一名社区医生。

一代名医裘法祖，曾给王争艳上过大课。裘老仙逝时，王争艳自觉没资格以弟子名义送行。但是，25年后，王争艳依然能背出裘老师在大课上说的一段话："先看病人，再看片子，最后看检查报告，是为上医；同时看片子和报告，是为中医；只看报告，提笔开药，是为下医。"

王争艳自认是个合格的学生。她对每个病人都严格地执行教科书所教

"视、触、叩、听"原则。因此,她自信地说,病人走进诊室10分钟,她心里就有谱了。黄陂农民刘耀东深有体会。他因持续消瘦四处求医,做过上千元的检查仍无果。王争艳用双手为他"摸"10分钟,问:"您是不是得过血吸虫病?"刘耀东惊讶:"几十年前的事,您怎么晓得?"——谜底揭晓。

患者王荣华患有世界罕见的"亚急性脊髓联合变性",理论上应长期住院。但王荣华穷得连医保中自己支付的部分都拿不出来,王妻说,丈夫将不死于病,就死于钱。王争艳的方案是,抢救一缓过劲就回家,她来根据病情调整药物,王妻拿处方去药店买药。这一方案,已维持一个罕见疾病患者的生命10余年。王妻说,没有王大夫,就没有我丈夫的命,我这个家就完了。

王争艳曾不好意思地说,做医生,对治病是有瘾的。不久前,有个甲流病人就诊,久治不愈。王争艳观察后说,可能合并支原体感染,要抽血。久病之人怒气一触即发:久治不愈,又不能出门,不来医院。王争艳说,你不来,我亲自到家里替你抽,你不愿付费,我出钱替你付,血一定要抽。检查结果出来——支原体阳性,需要疗程治疗。

大爱无疆

能治好病,是合格的医生;能花最少的钱治好病,才是好医生。25年来,王争艳只有这么一个心得。

50岁的王爹爹是高血压病人,在顶级大医院领到了每月800元的处方单——超过他每月退休金的一半。王争艳为他调整处方,每月只需80元药费。王争艳说,没有诀窍,任何一种病,都有可开可不开的药,都有高中低价位的药物,就看医生一支笔。

王争艳从医25年,平均单张处方不超过80元,至今还常开两毛钱的处方。她解释,阿托品,调节心率,就只两毛钱。

有病友如此推荐王争艳参评"好医生":她时刻为病人着想,是个干干净净的医生。

王争艳笑道,我不是为病人着想,我本来就是他们中的一分子。王争艳所在的医院,服务辖区内多是经济能力不高的居民。王争艳本人,现在每月收入2000元左右，丈夫是车工，每月扣除三金的净收入约600元。一家三口18年来住的房子不足50平方米，读大学的儿子，至今还睡在阁楼上。洪湖市老家的老人到汉，一家三口要挤儿子的阁楼，把床让给老人。

王争艳说，我是怎么过日子，我的病人就是怎么过日子；高一点贵一点的药，我下不了手。25年来，最初的不忍逐渐成为习惯，她的处方，就像海绵里的水，越挤越干。她的生活，也形成了习惯，一分钱一角钱都会攒起来放在小盒子里留着买菜用。一家人很少上餐馆，家里的电视还是17英寸的老古董。

然而，今年3月，几个同事突然上门，逼着借钱给她，要她到隔壁新区买房，房子都替她看好了——此时金融危机，房价便宜。王争艳最后招架不住，借款36万元，买下一套46万元的一楼住房。"逼着借钱"的同事只有一句解释，这么好的医生，不该住这样的房子。

王争艳不觉得苦。她先后待过4个门诊站点，每到一处，既有老病人辗转追随，又有新病人聚少成多。她说，医生怎么样，其实同行和老百姓心里明镜似的，只看人家说不说，怎么说。

因为病人经济条件普遍较差，王争艳有替人垫钱的习惯。几块钱的挂号费，十几块钱的药费，她常垫，但是多年来，保持着一个纪录：垫出去的钱，从来没有不回来的。一个农民工在工地摔伤，连缝合带药费30元，病人只有20元，王争艳垫了10元钱，木讷的民工连个谢字也没有。第二天，一瘸一拐的病人却捏着10元钱回来了。

王争艳常说，她只是尽医生的职责，病人回报的却是更加的良善和信任，他们的爱更大。此次评选"江城好医生"，可以上网和电话投票，但很多人，搭着公汽，辗转半个江城，来投她一票。

一件制服

王争艳的母校同济医科大学，是全国有名的医科学府。她的79级同学们，大都比她小10岁，如今正是各大医院的顶梁柱。与她一同分到汉口医院的3名同学，一名高飞，一名南下，一名已是科主任；只有她，越做越"沉"，起初是本院住院医师，后来到门诊站点，最后做了一名社区医生。

汉口医院的负责人说，没有办法，王争艳就是一剂药，放她到哪里，哪里的门诊就能"活"。她到金桥社区3个月，这个门诊就扭亏为盈。"处方廉价，何能盈利？"局外人不解。内行解释，说俗一点，就是薄利多销。

2009年，王争艳第一次参加了同学聚会，这是79级同学入学30年纪念。10年、20年纪念时，她没去。她的同学大都住着高档小区，开着名牌小车，而她，连件像样的衣服都没有，她不好意思。30年聚会时，有同学出妙招，每人发一件制服，大家穿着同样的衣服去参加，她答应了。

回来时，她带回一本30年纪念相册和一件制服。相册上，当初的青涩少年，而今神态各异，但制服是统一的。儿子笑，不如都穿白大褂去好了。她正色道，白大褂是对病人穿的，制服是对同学穿的，要是年年碰头，都穿同一件制服，她还是愿意经常去与同学、同行、同道们相会。

（作者：谢东星、田巧萍、鲁珊、彭学明、袁英红、李京；编辑：林霓涛；原载2009年12月23日《武汉晚报》；获第二十届中国新闻奖通讯三等奖）

从惯性思维中走出来

在第十七届（2006年度）中国新闻奖评选中获评三等奖的通讯《一纸"托孤协议"诠释执法新境界——记执法为民的武汉民警刘继平》，也是一篇典型的人物报道。

典型人物报道可以分为两种：一种是经过媒体报道，引发社会关注，成为典型人物；一种是人物本身已经成为典型，媒体的强化报道是为了进一步宣传典型。前一种，首发媒体具有优势，后一种，媒体想要出彩并获奖比较难。

武汉晚报对刘继平进行了长期跟踪，做了大量报道。2002年6月22日，武汉晚报记者以《一纸催人泪下的协议书 嫌犯向派出所副所长移交女儿监护权》率先报道了"武汉水上公安分局王家巷派出所副所长刘继平，与被捕的毒贩龚文君签下托孤协议，帮助她抚养年仅14岁的女儿露露一直到上大学"一事。警察与重犯亲属结下不解之缘，稀奇而令人肃然起敬。如何让这一典型人物形象更真实、更感人？武汉晚报编辑部制订的报道计划中要求记者近距离熟悉、了解刘继平，走进他的内心深处。4年来，记者一直跟踪报道这份协议的履行情况，从露露14岁到18岁，从读初中到上大学，见证了刘继平不计得失的绵绵爱心和各方人士的爱心接力。2006年9月6日，刘继平进京面会与他接力资助露露的歌星孙悦，武汉晚报记者同车赴京；刘、孙两人在酒店内交谈，记者守候在门边，将人物双方最纯真最朴实的语言、举动与神态都带到了读者面前。经过记者4年贴身采访，《本报记者4年全程见证爱心长征 警察刘继平千金一诺抚育重犯之女》等报道深深感染了读者。刘继平的事迹经《武汉晚报》报道后,全国各大门户网站、电视台纷纷刊播他的事迹。①2006年9月,《武汉晚报》推出刘继平报道的当天,时任中共中央政治局委员、湖北省委书记俞正声便在报纸上作了批示,要求予以关注。不久后,俞正声与时任湖北省委副书记杨松在观看全省公安系统"卫士之声"文艺晚会演出前专门接见了刘继平,并亲切称赞:"你是我们学习的榜样。"②在这样的情况下,《长江日报》对刘继平的报道还如何出彩,难度不小。

现在再看,《长江日报》2006年12月对刘继平的报道仍很有章法。报道分为上下两篇,上篇《一纸"托孤协议"诠释执法新境界》侧重围绕公众所熟知的情况展开,下篇《一片靓丽江滩记录平安新篇章》则回归到了对刘继平作为民警本身的报道。上下两篇报道形成了一个有机组合,有利于读者全面认识刘继平。《一纸"托孤协议"诠释执法新境界》就写作之言也有一些特点。

第一,提炼出了"托孤协议"这个关键词。有一段时间,媒体在报道人物或事件时比较喜欢给人物或事件"贴标签",通过"贴标签"用几个字提炼出适合传播的点。《一纸"托孤协议"诠释执法新境界》就有这样的特点,并且直接在导语中点出来。

第二,整个思路和架构比较清晰。通讯的篇幅一般都比较长,如果写作时整篇稿件的架构不清晰,不仅难以出彩不说,也会给读者带来阅读障碍。《一纸"托孤协议"诠释执法新境界》不到3000字的篇幅,正文分为三个部分,每个部分的主题比较集中。第一部分是对"托孤协议"一事来龙去脉的还原;第二部分主要讲刘继平与露露之间相处的故事,包括中间的一些小波折;第三部分回归到现实,刘继平兑现了4年前的诺言,通过露露母亲态度的转变和其观点,升华了报道主题。文中3个小标题对应的情节相对独立,都可以

---

① 谢麦祥等:《讲求新闻真实 提升舆论引导力》,《新闻战线》2007年第4期。
② 熊金超等:《大爱之笔 为时代精神"塑像"》,《新闻前哨》2010年第3期。

独立成篇，同时又具有内在逻辑的关联性，从整体上避免了全篇作品结构间的相互脱节。①

第三，写作上文本较为平实。典型人物的报道，写作时文本一定要平实，忌大话、空话和套话，否则人物不感人，也难以立起来。《一纸"托孤协议"诠释执法新境界》在写作上注重讲故事，做到了见人见事，细节的刻画和对话等直接引语的使用增强了报道的感染力。其中也写了刘继平在抚养露露时曾经出现过的动摇——那一刻，他想到了放弃，想像人们劝他的那样"每月给生活费"算了。这一句绝非多余，相反，让人物现象更加饱满。

第四，细节刻画和用词很生动。"'警察只晓得抓人，还会管我女儿？'龚文君不相信，挑衅地说：'那我们就签个协议。'"这段中的"挑衅"很生动也很形象，也折射出龚文君当时内心的一些想法，或是不相信警察能做到，或是担心女儿而想出的激将法。再如，文尾最后一句"握着这张存折，露露泪流满面"中的"握"不仅形象，也如电影结尾处一幅定格的画面。

对《一纸"托孤协议"诠释执法新境界》获评中国新闻奖，有人总结：执政为民不仅仅是一种理念，更应该是一种实际行动；维护社会安定不只是要打击罪犯，更应该保护那些弱势群体。《长江日报》的这篇通讯正是体现了这种社会价值追求——从刘继平帮助犯罪人员后代这件看似平凡的事件中，读到了一个重要的时代主题：**我们的执法理念应该从"严打""连坐"的惯性思维中走出来，使犯罪人员"刑罚相当"，又能够使他们的亲人特别是其无辜的子女们免受牵连，这是这篇通讯最宝贵的价值所在。**②

---

① 张萱：《论新时期通讯写作的流变特征》，《东方论坛》2015年第2期。
②《〈一纸"托孤协议"诠释执法新境界〉作品评析》，挂云帆网2020年4月27日。

一纸"托孤协议"诠释执法新境界
——记执法为民的武汉民警刘继平（上）

11月23日，感恩节，远在北京读大学的露露，给市公安局水上分局王家巷派出所副所长刘继平发来短信："感谢叔叔，谢谢你让我平安长大！"

寥寥数语，让刘继平脸上绽放出幸福的笑容。他的眼前不由浮现出4年前露露瘦小的身影，还有那份重若千斤的"托孤协议"。

"破了一个案子，抓住一个嫌犯，却让一个品学兼优的孩子半途而废，甚至流落街头，那不是我们执法的宗旨。"

2002年6月6日下午，汉口宝丰路一处私房内，刘继平和同事正执行紧急任务：抓捕30多岁的吸毒女龚文君，她是多起麻醉抢劫案的重大嫌犯。

这是一名警察职业生涯中再普通不过的一次抓捕行动。刘继平怎么也没想到，正是这次行动，改变了他以后的生活。

抓捕很顺利，龚文君和她的5名涉案亲属全部被抓。

任务完成，刘继平正要离开，视线突然被牵引住：一片狼藉的房屋一角，一个十三四岁的女孩蜷缩一团，面前摆放着书本。

刘继平走过去，递给孩子30元钱："警察叔叔找你妈妈问些事，你先吃饭、上学，然后到外婆家去。"

这女孩是龚文君14岁的女儿露露。

6月9日，刘继平带着民警再次到龚文君租住房搜查。一进门，他愣住了：露露一个人无力地斜靠在床上，拿着书本，喃喃地背英语单词。

在刘继平追问下，露露道出：20元钱交了学校的资料费，两天上学来回坐车用了4.8元，吃饭用了4元，还剩1.2元，要留着明天上学用，已经三餐没吃东西了。

翻开露露的成绩册，读初中二年级的她成绩优秀，还是"三好学生"。

参警 17 年,刘继平疾恶如仇,参与破获各类刑事案件 500 余起,抓获各类嫌犯不下 1000 人,早已练就了一副"铁石心肠"。

可是说起那一刻的感受,他的眼睛湿润了:"破了一个案子,抓住一个嫌犯,却让一个品学兼优的孩子半途而废,甚至流落街头,那不是我们执法的宗旨。"

"跟叔叔走!"刘继平领着露露来到派出所,当晚将她送到亲戚家。

两天后,刘继平再次带人搜查龚文君另一处出租屋,推门看到的一幕令他心如刀绞:露露一个人待在屋里,动作"机械",神情恍惚。

"是啊,龚文君吸毒 10 年,亲友全都避之不及。"刘继平顿时明白了。

他再次把露露带回派出所。此时,还被关押在所里的龚文君为女儿无人管哭得死去活来,几次欲寻短见。

露露怎么办?刘继平想到了社区和民政学校,但他感觉孩子的心理承受力已到临界点,无法等待"按程序走"。在和教导员商量后,他决定:"我来管这个孩子。"

"警察只晓得抓人,还会管我女儿?"龚文君不相信,挑衅地说:"那我们就签个协议。"

刘继平二话没说,拿起笔写下协议并签字:刘继平负责抚养露露,到她能独立生活为止。

"抚养不只是管吃管穿,而是要让她成为一个身心健康、有责任感、有爱心的人,我才算尽到了职责。"

"露露,在你成长过程中,有很多人关心你,但是也有人对你不友好,你怎么看?"

"叔叔,到现在为止,我没恨过一个人。"

今年 9 月,在送露露去北京上学的火车上,看着她阳光般明亮的笑容,刘继平长长舒了口气。

"抚养露露不只是管吃管穿,而是要让她成为一个身心健康、有责任感、有爱心的人,我才算尽到了职责。"4 年多来,刘继平为此付出心血。

露露从小没有父亲，母亲吸毒成瘾10年。她跟着母亲到处颠簸，幼小的心灵埋下了阴影。

"托孤协议"签订当晚，刘继平带露露"回家"。一路上，他无论聊什么话题，露露都一脸漠然。

随后几天，露露仍无动于衷。刘继平心里清楚，自己一下子抓了她6个亲人，一个十几岁的孩子如何能够体谅他的良苦用心。

第7天傍晚，刘继平像往常一样到公交车站接露露。学校下午6时放学，刘继平一直等到8时多，原来是临时加了课。下车看到刘继平的身影，露露眼里有了感动。

当时，33岁的刘继平刚离婚不久，年幼的儿子由前妻抚养。当年7月，为了让露露有一个稳定的环境，刘继平将露露送到一个爱心家庭抚养，可不到两个月，因爱心家庭的主妇工作调动，露露再次被送回刘继平身边，情绪有些低落。

看着伢被"送来送去"，刘继平莫名难受。打那以后，他为露露租了一处房子，接来露露的外婆帮忙照顾她的生活。

一年后，露露考进一所重点高中，学业日益紧张。然而就在这个时候，进入青春期的露露有了早恋苗头，学习注意力不集中，成绩下降。

刘继平翻书、上网查资料，进家长培训学校取经，四处求索教育孩子的门道。

一个冬天的晚上，老师打电话反映露露"又不在状态"。正在打吊针的刘继平，喊护士拔掉针头，冒着大雪，赶去找露露谈心。谈了一两个钟头，孩子却无动于衷。回家时，已经深夜了，刘继平还未吃晚饭。

那一刻，他想到了放弃，想像人们劝他的那样"每月给生活费"算了。但是最终，他又像所有为孩子的成长烦恼的家长一样，继续想办法。

刘继平带露露到武汉大学、华中科技大学感受学习氛围，给她讲古今中外人士逆境中成才的故事，为她买回《简·爱》《青少年养成60个好习惯》等书籍励志……

让他感到欣慰的是，露露不久就过了那个坎，逐渐长成一个身心健康、坚强自立的阳光少女。

今年暑期，在刘继平的鼓励下，露露参加了本报与中百仓储联办的"勤工俭学"活动，还被评为优秀学员。

"正是有了像刘所长这样的警察，这个世界才变得美丽。"

露露考上大学了！今年8月5日，刘继平领着露露，拿着大学录取通知书，到监狱给露露的母亲龚文君报喜。母女俩抱头痛哭，刘继平在一旁潸然泪下。

刘继平清晰记得：当年签协议的刹那，龚文君没有半点感激，而是冷冷地望着他，缓缓将协议揣进怀里，念叨着"我到死都带着它"。

在龚文君被判无期徒刑进入监狱后，刘继平开始与她通信，告诉她露露的生活情况。

龚文君的一封封来信，让刘继平感受到她内心的转变：

"4年来，若没有刘所长抚养我的女儿，她极有可能辍学流落街头，从而改变人生轨迹，在社会上又会上演一个悲剧……"

"刘所长不仅挽救了我的生命，也挽救了我女儿，这是我现在不恨警察的真正原因……"

"正是有了像刘所长这样的警察，这个世界才变得美丽，人民也会在一种宁静与祥和的环境下生活……"

去年7月，龚文君将劳改期间挣的155元零用钱捐给了希望工程，并决定每年如此。她在写给刘继平的信中说："希望天下所有和我女儿一样需要关爱的孩子，能得到更多人的关心。"

由于表现良好，龚文君于去年获得了减刑的奖励。

与此同时，刘继平的故事感动着另外一个特殊的人。

2005年6月，著名歌星孙悦知道了露露的事，主动与刘继平联系，表示要接露露到北京上学。此时露露即将进入高三毕业班，为了不影响她学习，刘继平决定这事等等再说。

孙悦说："好，好，报考北京的大学，我负责她的学费。"

刘继平帮露露填报了北京工业大学，专业是孙悦挑的。7月，露露如愿收到了录取通知书，并收到了孙悦汇来的第一年的学费。

露露要去北京读书了，刘继平给她准备了几大包衣物用品，把家里的电脑也装箱带上。他交给露露一个存折，告诉她："叔叔虽然工资不高，但这4年多都是用自己省下的钱来兑现承诺的。一些好心人寄来的这2000多元钱，叔叔一直给你存着。"

握着这张存折，露露泪流满面。

（作者：王志新、黄师师、潘峰、刘胜斌；编辑：郑萌、柯青；原载2006年12月7日《长江日报》；获第十七届中国新闻奖通讯三等奖）

让典型如针尖般锐利

在第十三届（2002年度）中国新闻奖评选中，《长江日报》的通讯《为世界通信业划"跑道"——记武汉邮科院余少华博士》获评三等奖。这是一篇典型的人物报道，其最大的特点在于写出了时代高度与价值深度。

2020年9月登录中国工程院网站，上面对余少华的介绍是：长期从事光纤通信与网络技术研究，信息与通信网络技术专家，2015年当选中国工程院院士，在SDH传输网的互联网化、利用已覆盖全球的SDH网解决互联网的覆盖与提速问题、城域分组环网传送多种业务等国际热点问题上做出了开拓性贡献，现任中国信息通信科技集团有限公司总工程师（2018—　），光纤通信技术和网络国家重点实验室主任（2008—　），中国通信学会副理事长（2016—　），国家863计划网络与通信主题专家组成员（2012—　），网络强国战略综合研究顾问组成员（2016—　），国家集成电路产业发展咨询委员会成员（2018—　）。

科学很多时候都是艰涩的，对科学家的报道要出彩，通常不是一件容易的事。2002年4月，媒体对武汉邮科院余少华博士的报道，也是一次"规定工作"。当年，余少华获全国五一劳动奖章，被湖北列入媒体重点报道对象，并要求同日推出。去北京参加颁奖前，余少华集中接受了媒体采访。集中采访的时间仅半天，参加集中采访的媒体既有中央媒体也有湖北省直媒体和武汉市主要媒体，涉及电视、电台和报纸。电视、电台要录像、录音，留给记者真正采访的时间很短，长江日报记者与余少华前后面对面采访的时间仅有1小时。

仅1小时的采访，而且还是与其他媒体一起集中采访的，后来不仅写出了

2000字的通讯，而且还斩获了中国新闻奖。《为世界通信业划"跑道"——记武汉邮科院余少华博士》对媒体人有四点启示。

第一，角度选择。这是写好人物报道，尤其是典型人物报道的基础。余少华毕业于武汉大学，后来在武汉邮科院获得博士学位，并留院工作，创办了高科技公司"烽火网络"。按照常规，搞一个"定评"式的人物通讯，"全景式"地报道他求学、科研、创业的事迹也未尝不可。但是，当记者了解到他在国际电信联盟上提出三项标准（标准意味着技术专利），而且通过在国际电信联盟专业会议上的交锋，他提出的两项标准得到批准，就决定只报道他提出三项标准。这一角度的选择，避免了典型人物报道的面面俱到，这也正如记者后来总结的"让典型如针尖般锐利"。

第二，主题提炼。提炼主题，是写好典型人物报道的关键。"为世界通信业划'跑道'"，既是稿件的标题，其实也是报道的主题。这一主题的提炼，让整个报道既有时代高度又有价值深度。用今天的话说，这背后是"四个自信"的生动体现。余少华博士的电信标准到底有何意义？享有"中国光纤之父"之称的赵梓森院士在通讯题记中道出其开创之功："过去是别人划跑道，我们跟在后面跑。当你有可能超越时，跑道会突然拐弯。现在完全倒过来了。"点评简要而精辟，一个价值坐标在读者了解余少华的事迹之前，已经树立。本来，文章标题还拟用《为世界通信业立标杆》，因为赵梓森院士评论入木三分，记者决定用"划'跑道'"，从采写拟定到编辑，再到总编辑，标题从无异议。今天来看，"划'跑道'"比"立标杆"显然要生动形象得多。

第三，活用材料。为完成典型人物的报道，媒体花上十天半个月甚至更长的时间进行全方面的采访和稿件打磨，比较常见。面对一个大众比较生涩的领域，1小时面对面的采访，是很难支撑通讯写作的。这就需要记者占用更多的资料才行。为此，采写《为世界通信业划"跑道"——记武汉邮科院余少华博士》的记者做了大量的资料收集工作和必要的外围采访：在武汉邮科院工会，记者从一些行业报纸中收集到他提出标准、在国际电信联盟专家组会议上与欧美代表磋商的零碎报道。记者在互联网上搜索到有关电信技术和规则的大量信息，理解了"国际电联""国际电联标准"等名词和概念。记者还采访了武汉邮科院工会领导及余少华的学生，对余少华的经历作了必要的了解，作为理解和采访余少华本人的基础。……采访完成后，记者在写作过程中，又认真研究收集到的有关余少华的材料，并在网上搜索到了大量有关余少华和电信标准的信息，与记者采访所得相互印证、相互补充。这一切，使记者理解了报道余少华的意义，完整地勾勒出余少华作为"先进生产力"代表的有血有肉的形象。①

第四，谋篇布局。 谋篇布局直接关乎文本的成败。正文的3个小标题"不再只是沉默，在国际电联会议上，很少发言的中国人这次'有话要说'""标准的背后是巨大的经济利益，对于第一次为世界通信业制定标准的中国人而言，面对的不仅仅是技术挑战""新的标准被世界接受通过，意味着又有人要享受'胜者通吃'的滋味，不过这一次轮到了中国"，小标题逻辑清晰，既是总揽事实的"纲"，也是事实的"价值说明书"，做到提纲挈领。在写作上，开头从"18日，美国安捷伦公司的代表飞抵武汉，会见武汉邮科院余少华博士"切入，不仅增强了通讯的时效性，也与最后一部分"而按照与安捷伦达成的协议，仅一种芯片技术提成一项，4年内烽火网络公司可坐在家里分得600万美元"形成了呼应。此外，稿件放在"从电报开始算起、电信技术和电信行业已有160多年的历史，但一直没有中国人提出的技术标准"的背景下写作，增强了整个报道的历史纵深感。

总体上而言，这是一篇比较有特色的典型人物报道，从国家利益和全球竞争的角度出发，立意上着眼于大事和大势，而对人物本身是如何进行科研攻关的，正文仅用了"他订下了近乎苛刻的工作和学习计划，通宵达旦查阅资料。在约半年时间里，他看过的资料用一辆小货车也拉不完"寥寥数语一笔带过，但这不影响让人物立起来。总之，参评中国新闻奖，需要这种体现时代高度和价值深度的作品。

---

① 杨于泽等：《让典型如针尖般锐利》，《新闻三昧》2004年第5期。

为世界通信业划"跑道"
——记武汉邮科院余少华博士

"过去是别人划跑道,我们跟在后面跑。当你有可能超越时,跑道会突然拐弯。现在完全倒过来了。"——赵梓森院士

18日,美国安捷伦公司的代表飞抵武汉,会见武汉邮科院余少华博士。

虽然这只是一次常规的商务活动,但它记录下不同寻常的一刻,曾经一言九鼎的西方人,这次不得不按着中国人说的去做。因为该领域标准是中国人定的。

从电报出现到今天的160多年间,第一次为全球通信业制定标准的中国人就是40岁的余少华博士。

而在短短的4年间,余少华已代表中国政府提出了3项国际电联标准,其中两项被正式批准、一项将于今年7月通过。

不再只是沉默,在国际电联会议上,很少发言的中国人这次"有话要说"

互联网的突飞猛进,使传统电信网受到严峻挑战。IP电话成本只有普通电话的1/20。传统电信网呈现出被互联网替代的趋势。

正是在这样的背景下,国际电信联盟数据网和开放系统通信组会议于1998年9月在北京召开。也正是在这个会上,余少华提出了IPoverSDH的提案,即因特网在光纤网上运行的技术。

这个提案解决了在传统电信网上传输互联网业务的技术问题,从而使电信网起死回生,而互联网也不必另起炉灶铺设网络。

提交这个提案时,余少华只有36岁。从电报开始算起、电信技术和电信行业已有160多年的历史,但一直没有中国人提出的技术标准。在国际电联会议上,中国人很少发言。

为抓住国际电联会议在中国召开这次机遇,原邮电部曾向全国征集提案以便向大会提出。在几十个方案中，只有余少华这个被选中。

正式受命起草中国提案时，余少华深知其中的艰难：一是我国在相关技术领域内研究水平十分落后；二是获国际电联标准的批复，原则上要得到189个成员的一致通过。

但余少华还是暗下决心：在别人划定的"跑道"里，中国通信产业不可能超越那些领跑者，只是做跟随者。一定要改变这种状况。

他定下了近乎苛刻的工作和学习计划，通宵达旦查阅资料。在约半年时间里，他看过的资料用一辆小货车也拉不完。

标准的背后是巨大的经济利益，对第一次为世界通信业制定标准的中国人而言，面对的不仅仅是技术挑战

IPoverSDH作为一个重要的标准建议，被这次北京会议接受。随即又被送给国际电联189个成员及大批工业组织、厂商征求意见。

即便如此，余少华仍然感到任重道远：标准的背后其实是巨大的经济利益，发达国家和跨国公司都盯得很紧。

果然，世界各地给余少华发来的质疑电子邮件有几百件，有的组织还提出反对。余少华凭借深厚学力一一拆招。中国政府也通过各种渠道，表达了支持IPoverSDH的严正立场。

2000年3月在日内瓦举行的会议上，余少华作为报告人主持会议。会上，当有的国家已了解到中国的研究比他们还超前，就以他们"正在做"为由，反对国际电联进行相关的讨论。

在接下来的整整11天里，余少华全天候开展工作，白天全力以赴参与各种技术问题的讨论，晚上则与有异议的代表进行个别沟通。他制定的战术是：用事实说话、有理有据、不厌其烦地论证技术难题，一个一个地做工作，一个一个地说服。

终于，他以过人的智慧、深厚的积累和对技术的全面掌握，控制了局面。大家提完200多个疑问，最后心服口服。

当年3月31日，余少华提交的IPoverSDH提案被正式批准为国际电联标准。

这意味着全球通信业的各路人马,第一次要在中国人划定的"跑道"上比赛。

这次会议还有一个收获:余少华提出的另一个标准建议即以太网在光纤网上运行的技术,被国际电联正式确定。去年,这项提案又获得国际电联的正式批准。

接下来,余少华乘势而上,于今年3月提出了城域网多业务环方案,这个方案很快又将成为中国人制定的第三个国际电联标准。

新的标准被世界接受通过,意味着又有人要享受"胜者通吃"的滋味,不过这一次轮到了中国

加入世贸组织后,国际上有种说法,中国正在变成制造业的世界工厂。但同时还有这样一种说法:一流企业定标准,二流企业做市场,三流企业做产品,四流企业搞生产。

中国提案成为国际电联标准后,武汉邮科院组建了烽火网络公司,余少华出任总经理。

每一个技术标准之下都隐含两三个实现的方法和步骤,提出标准的人可以抢先申请专利,从而取得技术制高点的控制权。

就余少华代表中国提出的3个国际标准,武汉邮科院已申报了15项专利,其中在美国申报3项,在韩国申报1项。

中西方在合作中戏剧性地交换了角色。为了开发相关芯片,位于美国硅谷的安捷伦公司,主动找到制定标准并拥有专利的武汉邮科院,签署合作协议。

目前,两种芯片已开发成功,将由安捷伦公司推向全球。而按照与安捷伦达成的协议,仅一种芯片技术提成一项,4年内烽火网络公司可坐在家里分得600万美元。

中国企业开始坐享跨国公司的市场利润。"胜者通吃"是人们揭示的这一现代社会的严酷现实,只不过这次享受"通吃"滋味的是中国人,是余少华领导的烽火网络公司。

(作者:杨于泽、郑良中;编辑:陈光;原载2002年4月22日《长江日报》;获第十三届中国新闻奖通讯三等奖)

落实"规定动作"抓出好新闻

在第十一届（2000年度）中国新闻奖评选中，《武汉晚报》的通讯《王氏兄弟的曲线人生》获评三等奖。这是一篇人物通讯，与很多人物通讯不同的是，这篇稿件所报道的对象具有很强的对比性——10年前，哥哥拥有百万家产，弟弟是贫困下岗工人；如今弟弟成了4000万资产的大公司老总，哥哥倒过来为弟弟"打工"。报道虽不是直接弘扬主旋律、传播正能量，但鲜明的反差令人深思，报道取得了一般正面宣传难以达到的效果。

关于这篇稿件的出炉经过，潘堂林在《怎样发现新闻》一书中有详细记述。总体而言，《王氏兄弟的曲线人生》有三个鲜明特点：第一，这是一篇在落实"富而思进，富而思源"宣传报道要求背景下抓出的好新闻；第二，找到了富裕后不思进取的典型人物，更具戏剧性的是，哥哥与弟弟兄弟俩之间的鲜明对比；第三，报道具有很强的思辨性，如报道中所言——"风流汉正街，淘尽风流人物。王氏兄弟的人生曲线，诠释着贫与富、沉与浮的千古哲理""富，有时会成为人生沉重的包袱。富了，也是人生的一大难关"，这紧扣了当时的报道主题和要求。

新闻发现既包括线索发现，也包括事实发现和价值发现。《王氏兄弟的曲线人生》一稿也再次体现了新闻发现的魅力，而这个发现是编辑部共同努力完成的：首先，总编辑开会传达精神布置任务时，启发大家碰撞报道选题；其次，王仁昌和王仁忠兄弟俩的经历在会上迅速被"激活"，两人的经历组合起来，是难得的沉浮对比照；再次，编辑部及时进行策划和部署落实，找到了难得的发稿时间由头，同时大员上阵，迅速采访，3天成稿；最后，在头版头条刊发，同时配发《富是人生一难关》的评论，让报道指向更明确。

与一般的新闻发现不同,《王氏兄弟的曲线人生》从某种程度上说是媒体重新构建起来的一个新闻事实——单纯报道兄弟两人中的任何一人,效果都不如把兄弟两人放在一起报道要好。

通讯的正文通常有三四个小标题,但《王氏兄弟的曲线人生》没有采取这种呈现方式。这篇稿件很简洁,虽然是通讯,但篇幅不长,初稿 2200 多字,见报时删减到 1200 多字,删了近一半,但删后也并未影响报道效果,相反,让整个内容更加紧凑。潘堂林在《怎样发现新闻》一书中还提到了一个细节:王氏兄弟当晚被请到报社,等着看最后定稿。一般人可能不太喜欢自己的这种经历被媒体报道,但王氏兄弟还是坦诚地面对了采访,可能与记者是"老朋友"有一定关系。

如果从中国新闻奖审核的角度而言,《王氏兄弟的曲线人生》在文字表述上有几个地方需要注意:一是第一段导语中"哥哥今年 58,弟弟 48"存在数量单位缺失,数字后面应该加上"岁";二是正文中"近期的目标是,把年产不足 8 万平方米提高到年产 30 至 50 万平方米"的表述,根据文意"30"应该是"30 万";三是"4000 万资产"的表述中,"万"字后面应该加上"元"。

有经验的媒体人,尤其是有经验的媒体负责人,对什么样的新闻能拿奖,从选题开始就能做出一个八九不离十的判断。《王氏兄弟的曲线人生》这篇稿件一开始就是按照好新闻的标准和要求在操作,事后在当年省市新闻奖评选中一路绿灯高票获评一等奖到最后获评中国新闻奖,也说明前期的判断是准确的。

媒体在宣传报道方面承担的"规定动作"并不少,但在落实"规定动作"的过程中抓出好新闻的并不多。对《王氏兄弟的曲线人生》的获奖,潘堂林认为:新闻发现在这一"规定动作"演变成"自选动作"的过程中显示出神奇的力量。这一发现是"头脑风暴"的结果,是集体智慧综合作用的结晶。

风流汉正街，淘尽风流人物。10年前，哥哥拥有百万家产，弟弟是贫困下岗工人；如今弟弟成了4000万资产的大公司老总，哥哥倒过来为弟弟"打工"。请看——

王氏兄弟的曲线人生

汉正街走出两兄弟：一个是发表小说《风流巨贾》、一时轰动三镇名噪全国的个体户王仁昌；一个是发明曲线木地板、走上人民大会堂讲坛的"再就业明星"王仁忠。哥哥今年58，弟弟48。

哥哥王仁昌10年前拥有百万家产时，弟弟王仁忠还是一名下岗工人；如今弟弟成了4000万资产的大公司老总，哥哥却倒过来为弟弟"打工"。

风流汉正街，淘尽风流人物。王氏兄弟的人生曲线，诠释着贫与富、沉与浮的千古哲理。

今天是江泽民总书记在武汉为王仁忠曲线地板签名一周年的日子。记者昨日来到地处汉口西北角的武汉连城实业股份有限公司，探访全国再就业明星、公司总经理王仁忠。他的办公室布置得极其简单，满墙挂着各种荣誉证和中央首长接见的照片，桌上柜子里摆着奖杯。办公室对面新盖的大车间里，一派热气腾腾的景象。

王仁忠欣喜地说："去年5月28日，江总书记视察武汉劳动力市场时，亲切接见我，欣然在我发明的专利产品——曲线木地板上签名。我们已把这一天定为厂庆纪念日。"

采访不断被打进来的电话打断。桌上有一叠新近收到的传真，有来自美国ABA国际联营集团的，有罗马尼亚布拉索夫林业公司的，还有日本的、加拿大的。

"要把曲线地板打到国外去，"王仁忠充满信心，"近期的目标是，把年产不足8万平方米提高到年产30至50万平方米。抓住西部大开发的机遇，同内蒙古、贵州、云南等地谋求广泛合作，在已有30多个城市销售点的基础上搞好网状辐射,让产品走进千家万户。"

和王仁忠交谈时,在这里任"副总经理"的哥哥王仁昌驱车回厂。这位曾发表《风流巨贾》的作家谈到弟弟的事业,羡慕不已。弟弟成功了,因他时时想到自己曾经是个下岗职工,因他有不断进取的精神境界。一次为设计专用设备不小心切断了一个手指头,他仍不放下手里的活。王仁忠伸出右手,右手的食指明显短一截。办公室的一位干部此时插话说:"王总为研制曲线地板,为设计专用设备,所作的笔记和设计图纸足有20多公斤重。"

言谈间,王仁昌的话题转向了自己辉煌后的"沉沦":回忆那段时光是痛苦的,但在老朋友面前是"不吐不快"。1998年《风流巨贾》出版后,第二年改编成8集电视剧《汉正街》,一时声名大振,生意上也十分红火,办了两个市场、一家公司。在一片叫好声中,我陶醉了,晕头转向了。每天忙碌的不再是写作,不再是生意,而是倒在床头,倚在灯下,昏睡在全国各地寄来的信件的溢美之词中……和妻子分了手,与云南一女子同居了4年。

富,有时会成为人生沉重的包袱。富了,也是人生的一大难关。

王仁忠说他哥哥当时是"耽于安逸",没过好"富关"。

曾经腰缠万贯的王仁昌不几年陷入窘境,仅靠几个门面的租金和卖文章度日。一阵心灰意冷之中,又鬼使神差地和人做了一趟"水货"买卖。

按说,历经坎坷又是50多岁的人,不会有这样的大起大落,但现实就是这样严酷:败家好似浪打沙,一眨眼的工夫百万富翁就变成穷光蛋。

王仁昌长叹了一口气:"唉,跌下去再往上爬的滋味不好受哇。这两年在弟弟的企业里混得还可以。我正在重握笔杆,业余时间以弟弟的创业为原型,赶写20集电视剧《曲线人生》。"

王仁忠用他发明的曲线地板谱写了曲径通天的五彩路,王仁昌从《风流巨贾》到《曲线人生》,正刻画着人生的命运谱。

(作者:王安平、胡长青;编辑:张胜林;原载2000年5月28日《武汉晚报》;获第十一届中国新闻奖通讯三等奖)

字字句句中都能读出爱

1995年12月6日,《武汉晚报》刊发通讯《爱的最高境界》,讲述了时任武昌区信访办副主任吴天祥一心为民的感人事迹,引发强烈反响。后来,吴天祥事迹报告会在人民大会堂举行,中组部、中宣部授予他"全国优秀基层干部的榜样""全国优秀共产党员"称号。2007年,首届全国道德模范评选表彰活动中,吴天祥荣膺"全国助人为乐模范"。①

媒体推出的典型人物时隔多年仍是一面旗帜,吴天祥是其中之一。2019年,吴天祥当选100位新中国成立以来感动中国人物。这也说明,《武汉晚报》推出的这一典型抓得好、抓得准、抓得牢。新华社2019年播发的报道中这样介绍吴天祥:他几十年如一日践行党的宗旨,为群众做好事、办实事。2008年退休至今,坚持每天早上7点到区政府信访接待室接待来访群众。自掏20余万元设立慈善基金,每年拿出工资的80%捐助困难群众,先后照顾过26位孤寡老人、6名孤儿,结下300多个"穷亲戚"。在他的感召下,湖北省成立了1万多个"吴天祥小组",10万多名小组成员常年活跃在街道、社区。荣获"全国优秀共产党员""全国劳动模范""全国道德模范""全国学雷锋先进个人"等荣誉称号。

《爱的最高境界》并不是媒体第一次报道吴天祥。这篇报道的结尾处介绍——武汉市委副书记李岩去年专门作出批示,号召全市信访干部向吴天祥同志学习。批示中指出:"关心人民群众的冷暖、安危,切实为老百姓办点好事、实事,人民群众是不会忘记的。"与市领导的批示相比,《武汉晚报》的

---

① 夏琼:《幸甚至哉,星汉灿烂!》,《武汉晚报》2014年11月22日。

报道其实还滞后了,但武汉晚报做出了高度、做出了影响。

在武汉晚报之前,其他媒体对吴天祥这个"老模范""老典型"也有零星的报道,但都停留在"就事论事"、简单编发的层面上。而武汉晚报则考虑得更深远:透过吴天祥做的一桩桩"小事"折射出的,不正是一名"在信访工作的岗位上忠于职守,执着地为民排忧解难,用自己无私的奉献,认真实践党的全心全意为人民服务的宗旨"的党的基层好干部形象吗?党的干部形象,不正是百姓关注的"热点""焦点"吗?武汉晚报有责任宣传好这种可贵的品质与精神,让它发扬光大。正是这种立意,催生了获得第六届中国新闻奖二等奖的通讯作品《爱的最高境界》。而报道一经推出,便在社会上引起强烈反响,轰动一时。

这篇稿件的成功之处也在于记者做了扎实的采访。武汉晚报编辑部决定对吴天祥进行重点报道时,对负责采访的记者提出的唯一要求就是"下到基层,与吴天祥一起工作、一起生活"。记者在近1个月时间内,骑着自行车,与吴天祥一起走街串巷、排污水、通烟道、修房顶、调解矛盾、资助困难户,记者怀着感动采访,带着同样深深的对老百姓的感情写稿,从记的满满的吴天祥数百件事例中精选了4件最感人的故事,虽可谓"百里挑一",但字字句句中都能读出爱———一种对人民群众的真挚的、深厚的爱!

吴天祥的事迹能引发强烈反响,也在于体现了我们党"执政为民"的理念:党需要千千万万心中装着百姓、能够架起党和政府与百姓大众间"连心桥"的好干部。在人民大众的眼中,吴天祥几十年如一日,坚持为党排忧、为民解难,这样好的基层干部,老百姓盼望越多越好![①]

《爱的最高境界》获奖也是武汉晚报办报实践中坚持"以精神文明建设宣传为主"不动摇的结果。精神文明建设的外延很广,内涵很深,舞台相当广阔。政治、经济、文化、科技、教育、体育等,包括人们的价值取向、伦理道德、思想观念、经济行为和人际关系等,这些都属于精神文明建设范畴。武汉晚报在抓精神文明建设的典型方面做了大量努力,《爱的最高境界》展示

---

① 熊金超等:《大爱之笔 为时代精神"塑像"》,《新闻前哨》2010年第3期。

了基层党员干部的榜样吴天祥的先进事迹,努力做到"用高尚的精神塑造人,用优秀的作品鼓舞人"①。

《爱的最高境界》是中央、省、市新闻媒体宣传基层党员干部的榜样——吴天祥的精心策划之作。《爱的最高境界》获奖,也是武汉晚报精心策划的结果。1995年以来,武汉晚报建立了总编辑、部主任、编辑记者之间的"三级策划"机制:每一个季度都要唱"重头戏"。凡重大主题报道都要经过周密策划,有计划、有章法地组织实施。深入群众发现活生生的先进典型,站在时代高度使主题出新等,为武汉晚报抓精品积累了经验。②

单从稿件看,武汉晚报对报道吴天祥下了功夫。一是提炼了一个有高度的主题。"爱的最高境界"没有简单停留在零星的报道层面,而是注重挖掘提炼其精神,这是人物报道最难的地方。二是采访和写作上下了功夫。正文四个部分,每个部分都有生动、翔实的事例,因为有事例支持,让人物形象跃然纸上,其中直接引语的使用,增强了报道的感染力。三是编辑部重视,具体体现之一是稿件在头版头条刊发。

道德的最大秘密就是爱。爱意味着利他和奉献。正如孔繁森同志所说:一个共产党员对人民的爱是——

爱的最高境界

吴天祥,男,61岁,现任武昌区信访办副主任。1963年入伍,服役期间曾荣获团、师、军、军区的学雷锋标兵。1969年转业到武昌区后,年年是先进工作者、优秀共产党员。1993年获全国学雷锋先进个人称号。

---

① 武汉晚报编委会:《坚持"三破四立"在竞争中壮大自己》,《新闻前哨》1998年第1期。
② 武汉晚报编委会:《精品:新闻实践的永恒追求》,《新闻战线》1996年第11期。

他时时把群众的疾苦放在心上,以群众高兴不高兴、满不满意、赞成不赞成,作为想问题、办事情的出发点和归宿。

"为群众办事,嘴要甜,心更要热"

信访办是个"清水衙门",被戏称"一无权,二无钱,办事全凭一张嘴巴甜"。

吴天祥的观点是:"为群众办事,嘴要甜,心更要热。"虽然无权无钱,但只要"嘴甜心热",还是可以为群众办好事、办实事的。

去年4月,武昌工程营几十户居民的下水管道被建筑施工破坏,粪便倒流到3楼,楼上楼下一片狼藉。

苦不堪言的居民,情急之下,借来一辆汽车,准备到区政府去上访。

吴天祥闻讯立即骑车赶到现场,眼前的情景让他揪心:"连下脚的地方都难找,这些天叫群众怎么过?"

蹚着粪水,老吴挨家挨户上门查看:"大家受苦了,是我们工作没做好,我代表区政府向你们道歉!"

一番话,说得众人消了气。接着老吴立即协调、督促有关部门动手解决问题。一连3天,他泡在现场同工人一起在粪水中抢修。

管道修好了,溢出的粪便却无人处理。

"不能再让群众受苦了!"趁五一节放假,老吴借来两只粪桶自己干了起来。住户们感动得又是端茶又是递烟,老吴一一谢绝,硬是在一上午连挑40桶,把溢出的粪便全部清理走了。

看着汗流浃背的老吴,住户心里涌动着热潮。他们联名致信市委领导,称"从吴天祥身上看到真正的公仆形象"。

"帮群众排忧解难,四处'钻营',碰几鼻子灰算不得嘛事"

武昌自由路有位军属太婆刘春梅,祖传的私房解放前就租给一户姓杨的人家。刘太婆同女儿、外孙挤住一间7平方米的小屋,女婿在湛江服役,每次探亲只能独自睡地铺。

刘太婆不忍老看着难得见面的小夫妻不能团圆，收回房子去打官司，法院的判决执行不了，一拖就是4年。

吴天祥接待了刘太婆的上访，心里很清楚，这是个难题：刘太婆的要求合理合法，但总不能把杨家三代6口人往露天地里赶呀！

一阵子，老吴成了区房地局的常客。找局长、副局长磨，他想若弄套"特困房"指标，问题便可迎刃而解。区房地局实在为难："这两家都没登记过，排不上号。"

不行，老吴又去找分管副区长批条子："刘太婆的女婿为国戍边，这事不能不管。"

但区房地局手头确无现房，要等，至少得一年多。

"这哪成？"顶着炎炎烈日，老吴过江去市房地局磨，来回折腾五六次，总算缠到一个两室一厅的"特困房"指标。

谁知，这指标两家都不要：刘太婆坚持要收回自己的房子；杨家则称太远，且要花2万元买房，坚决不干。

又卡了壳。老吴心想，只有在附近找户愿卖房的人，腾出房子给杨家这一家了。

没有半句怨言，老吴利用晚上在司门口一带串街走巷，花了一个多月，踏访20余户人家，终于在新河街找到一户姓秦的人家，撮成一桩三好合一好的事。

搬家时，老吴自掏150元租汽车，又请来熟人，帮忙搬了秦家又去杨家。

从要指标到促成连环套式的搬家，老吴简直削尖了脑袋到处钻。人所共知，社会上该有多少人为自己或为儿女搞房子打尽算盘，可吴天祥这是在为非亲非故的人办事啊！

老吴的女儿曾求过他把自家的房子换好点，他不置可否，带着女儿连看4家住房困难户，从此女儿不再提这桩事了。

11月8日下午，记者请老吴带路看看喜得安居房的刘太婆。一进门，刘太婆急切地迎上来："吴主任，您家来得好，隔壁厨房的烟子总往我屋直吹，快帮忙解决一下。"

没有一句客套和感激的话，新的要求却脱口而出，这似乎正真实地写照出群众对吴天祥的无比信赖。

"有时候，一个帮助会改变一个人、一个家庭的命运"

老吴每天接待上访者总在20人次左右。他说："有时，一个帮助会改变一个人、一个家庭的命运。"

这话不假。武昌区口腔医院的汤盛就是因老吴的热心帮助，改变了终生命运。

1993年春，小汤第一次走进信访接待室。当时的他是个劳改释放人员，与妻子小周离婚，带着幼子与母亲同住，生活拮据，他为申请个体行医执照受阻上访。

那天正赶上老吴领了工资，得知小汤的窘境，老吴悄悄掏出50元钱，塞到小汤手中。

交谈中，老吴对小汤1982年因流氓斗殴罪被判刑两年的问题产生疑义，当晚便骑车把判决书拿到武汉大学，找法学教授马克昌咨询。马教授也认为小汤的问题不足以构成犯罪。

找律师、跑法院、上市人大，老吴多方联系，奔波大半年，终于在年底为小汤争取到公正结果：市中级法院宣布小汤无罪，恢复名誉和公职。

见小汤平反的事跑出点头绪，老吴又萌生帮助小汤与小周破镜重圆的念头："这两人感情上没大冲突，又有个孩子，主要是生活磨难多了，该为这家人抚平创伤。"

正值三伏天，老吴不顾路远去找小周做工作，一连跑了3次，终于劝得小周松了口。趁热打铁，老吴又到汉口小周父母家长谈两次。

几乎在办成平反的同时，老吴领着小汤和小周去办了复婚手续。

11月9日，小汤忆起这段终生难忘的经历，从心底里发出感叹："就算是自家人，也难得有这份韧劲和热情啊！"

人们说：他为群众办事，倾注了全部心血。而"巧劲"和"深情"，则增加了他的工作能量

问题到了信访办，多半是难啃的"硬骨头"，权力和能量有限，吴天祥就向社会求援。

今年8月，三轮车夫蒋承急帮两个青年抬玻璃，不料对方失手，玻璃把小蒋的4个脚趾砸断，两青年见状悄悄溜走。

蒋父投告无门，找到信访办，老吴帮着查寻几天，唯一的线索是听说这两青年当时要去某大学。老吴找到某大学，但这无头案实在难查。

最后，老吴请来电视台和报社记者，通过舆论呼吁，终于找出了这两个青年，使三轮车夫得到赔偿。

一个人做点好事并不难，难的是一辈子做好事。

用献血的营养费给孤寡老人买收音机，4次跳进江中救人，对素不相识的人解囊相助……在武昌区工作近30年，这样的事吴天祥做得太多太多，人们早就数不清了。

许多被老吴帮助过的人想感谢他，竟无一人如愿。

一个正在服刑的父亲，得知自己无娘的儿女受到老吴的关怀，给儿子写信："我会安心改造的，若知恩人的方向，我要跪着磕个响头。"

曾任过武昌区副区长的全国工商联执委、省人大常委会委员郑隆辉，一提起吴天祥就感慨不已。这位老人反复念叨着："这样的好干部太难得，他把全部的心思都用在群众身上了！"

市委副书记李岩去年专门作出批示，号召全市信访干部向吴天祥同志学习。批示中指出："关心人民群众的冷暖、安危，切实为老百姓办点好事、实事，人民群众是不会忘记的。"

（作者：林倪涛、裴大中；编辑：何健刚；原载1995年12月6日《武汉晚报》；获第六届中国新闻奖通讯二等奖）

第四辑

重点生产、目标生产、团队生产

从全面生产向重点生产转变、自发生产向目标生产转变、个体生产向团队生产转变,是媒体内容生产方式的一次变革,多篇获奖报道具有"三个转变"的特征。

市民大讲堂：一个分享出彩人生的舞台

（一）

2016年11月2日，第二十六届（2015年度）中国新闻奖评选结果揭晓，长江日报"市民大讲堂"是10个新闻名专栏之一。这届评出的其他9个新闻名专栏为：经济日报"视点"、中国纪检监察报"广安观潮"、南昌日报"啄木鸟行动"、中国国际广播电台"In Ba Ku Ba Gida"（有你就有家）、天津广播电视台"百姓故事"、中央电视台"新闻联播"、江苏广播电视总台"网罗天下"、中国互联网新闻中心"世相"、大众网"独立调查"。①

此前，长江日报"社会中来"专栏曾在1988年举行的第十届全国好新闻奖评选中获一等奖。长江日报"市民大讲堂"此次获评中国新闻奖新闻名专栏，既是长江日报也是长江日报报业集团自中国新闻奖设立后首次斩获中国新闻奖新闻名专栏。

中国新闻奖的奖项类别设置是一个不断根据时代发展完善的过程。首届中国新闻奖设立的13个评选项目分别是——报纸和通讯社的消息、言论、通讯、报纸版面、新闻摄影，广播和电视的消息、评论、专题、新闻节目编排。2005年，"中国新闻名专栏"纳入中国新闻奖评选，中央人民广播电台"新闻和报纸摘要"、中央电视台"新闻联播"、人民日报"人民论坛"、新华社"新华视点"、河南人民广播电台"政府在线"等栏目赢得首届中国新闻奖新闻名专栏荣誉。② "中国新闻名专栏"首次纳入中国新闻奖评选，其实已是中国新

---

① 《第二十六届中国新闻奖、第十四届长江韬奋奖评选揭晓》，中国记协网2016年11月2日。
② 《〈中国新闻奖评选面对面〉专栏第4期》，中国记协网2015年5月6日。

闻名专栏的第四次评选。这次获中国新闻名专栏的10家新闻单位中中央新闻单位有6家,地方媒体有4家;报纸系统有4家,电视台有2家,电台有3家,还有1家是通讯社。① 首届获奖名专栏尤其是几家央媒的名专栏,至今仍是品牌栏目,有很高的知名度和影响力,有的还不止一次获得中国新闻奖。比如,"新闻和报纸摘要"在第二十七届中国新闻奖中再次斩获中国新闻名专栏,"新闻联播"在第二十九届中国新闻奖评选中再次斩获中国新闻名专栏。

20世纪90年代以来,各种媒体纷纷办起了焦点透视或热点访谈类专栏。社会转型带来许多新问题,读者遇到了不少新困惑,需要得到解释,而焦点、热点类专栏满足了读者的这种需求,所以得到广泛认可。1999年冬,在成功评选了两届中央主要新闻单位名专栏之后,中国记协又举办了"首届中国新闻名专栏"评选活动,共评出人民日报"人民论坛"、中央电视台"焦点访谈"、中央人民广播电台"新闻纵横"等48个名专栏。首次评出的48个名专栏中,焦点透视或热点访谈类专栏的栏目占了25个。② 当时,中国新闻名专栏每两年评选一次,是中国记协主办的全国性优秀新闻专栏最高奖,评选的目的是为了鼓励新闻媒体努力促进新闻报道创新,提高新闻宣传质量。

2001年8月,第二届中国新闻名专栏评选揭晓,从80个参评专栏中评选出人民日报"今日谈"、中央电视台"实话实说"等38个专栏为中国新闻名专栏。③ 2003年8月,第三届中国新闻名专栏评选揭晓,从全国各地推荐的78个优秀新闻专栏中评选出中国新闻名专栏38个,如光明日报"光明论坛"等。④ 从中国新闻名专栏纳入第十五届(2004年度)中国新闻奖评选开始,每届中国新闻奖评出的新闻名专栏数量相对保持了稳定,设奖数量每年有10个,在获奖等级上等同于一等奖。中国记协在评选规则上也充分兼顾了不同类型的媒体,以避免新闻名专栏过于集中于某一类型的媒体:10个新闻名专

---

① 赵振宇:《加强策划是创造名牌专栏的一个法宝——入选第十五届中国新闻奖的十个名专栏》,《新闻与写作》2005年第11期。
② 魏永刚:《"方寸之地"要"精耕"》,《新闻战线》2000年第2期。
③《第二届中国新闻名专栏奖揭晓三十八个新闻专栏获奖》,《新闻导刊》2001年第4期。
④《第三届中国新闻名专栏评选揭晓》,《光明日报》2003年9月1日。

栏中，中央媒体和地方媒体各占 50%；报纸通讯社类和广播电视类专栏各占 40%，网络媒体专栏占 20%。① 从评选结果看，个别年份有波动，如第十九届中国新闻奖评出 11 个新闻名专栏，第二十一届为 9 个，第二十三届为 8 个，第二十四届为 7 个。这种波动可能与当年参评专栏的作品质量有关。

中国新闻奖新闻名专栏的评选要求，这些年变化不大，以 2019 年度《中国新闻奖评选办法》为例：新闻名专栏要求是报纸、通讯社、广播电台、电视台和新闻网站刊播有共同特征（同类主题、同类题材、同类体裁）的新闻报道的板块（单元）；已连续刊播一年以上（不含一年），年度内刊播不少于 48 周，每周不少于一次；报纸专栏应有固定的名称，位置相对固定和独立，不含专刊和专版；广播、电视专栏应有固定名称、标识；网络专栏应在固定页面有固定名称和链接位置；作者（主创人员）超过 7 人按"集体"申报。②

（二）

长江日报"市民大讲堂"为什么能够摘取中国新闻奖新闻名专栏？

第一，对中央精神创造性地落地。"市民大讲堂"的口号是"分享精彩人生"，这句话其实是有出处的。2013 年 3 月 17 日，十二届全国人大一次会议将举行闭幕会，习近平在发表讲话时指出，实现中国梦必须凝聚中国力量。"生活在我们伟大祖国和伟大时代的中国人民，共同享有人生出彩的机会，共同享有梦想成真的机会，共同享有同祖国和时代一起成长与进步的机会。"新一届政府组成落地，全国人民无不寄予无限期待，刚刚当选国家主席的习近平同志此番讲话，更让人备受鼓舞、备感振奋，"共同享受人生出彩的机会"，这既是一种庄严的承诺，更是广大民众久远而朴实的梦想。③ "市民大讲堂"的定位和口号，实际上均出自习近平同志提出的"人民共同享有人生出彩的机会"。

---

① 《第二十三届中国新闻奖评选细则》，中国记协网 2013 年 9 月 3 日。
② 《中国新闻奖评选办法》，中国记协网 2019 年 2 月 12 日。
③ 范子军：《习近平提"人民共同享有人生出彩的机会"鼓舞人心》，人民网 2013 年 3 月 17 日。

第二，从活动到专栏，联动有特色。《长江日报》是中共武汉市委机关报，是全市舆论主阵地，而线下活动举办地武汉市民之家是全国最大的政务航母、武汉城市地标，两者联动使平台独具特色。双方一起联办，打破传统新闻专栏单纯采写的模式，"市民大讲堂"的采编过程，与线下组织举办的"市民大讲堂"活动融为一体，使专栏在线上与线下形成有效互动。

第三，变"向市民讲"为"由市民讲"。让普通人上讲台，当主角，既给普通人出彩机会，又使活动亲切、平实、可感、可信，让身边人激励身边人。这与社会上多见的专家、学者、名人等"讲给别人听"大不同。突出分享人生精彩，聚焦社会主义核心价值观，传递"有梦想、有机会、有奋斗"的正能量，而非一般性地讲述市民故事、悲欢生活。①

第一个登上"市民大讲堂"的是武汉市民曾凡荣。骨科医师曾凡荣原在武汉化工二厂医务室工作，企业破产后与爱人一道陷入下岗失业的困境，提前退休回家。困境中她没有消沉，而是以积极的态度面对生活，积极参加社会公益、爱心慈善活动，先后荣获首届"武汉慈善奖""武汉慈善优秀工作者"等荣誉称号，她的家庭也被授予"武汉市文明家庭"称号。2013年4月，她在关山街创建了以自己名字命名的"曾凡荣爱心工作室"，专门开展爱心慈善活动。曾凡荣分享的主题是"幸福快乐的窍门"。现场，曾凡荣向大家展示她的遗体捐献证书，全场掌声雷动。武汉二中高一学生易思琪听完曾凡荣的分享说："生活也许会将我们击倒，真正的勇士却能再次站起，用自己的双手托起自己和他人的生活。也许快乐的窍门就是如此。"② 到2019年年底，"市民大讲堂"活动已累计举行了270多期，长江日报上"市民大讲堂"专栏也刊发了270多期，登上"市民大讲堂"的很多嘉宾都是像曾凡荣一样的普通市民。

第四，传播上体现了融合。正如"市民大讲堂"专栏主创之一的余坦坦所言："市民大讲堂"的成功，固然有吃透中央精神、紧扣时代脉搏、持之以恒、主题定位精准、形式内容接地气等诸多因素，但各种媒介联合发力，诸

---

① 《市民大讲堂》，中国记协网2016年8月29日。
② 王兴华等：《市民大讲堂迎首位市民主讲》，《长江日报》2013年11月3日。

兵种协同作战，使之形成众星捧月之势，则是它迅速"蹿红"的得力推手和关键支撑。

以第 167 期主讲人、武汉市民称为"岔巴子"的著名喜剧表演艺术家田克兢分享其艺术人生的故事为例：前一天，长江日报报业集团旗下媒体刊发预告；当天，长江日报移动端平台进行直播；次日，长江日报在"市民大讲堂"专栏推出详细图文报道，集团各媒体转载推送。可以说，几乎每一期"市民大讲堂"都是一次融媒体实践。① "市民大讲堂"每期活动录制成视频，在长江网上播出。"市民大讲堂"还开设多种征集主讲市民和听众的网络渠道，利用 PC 端、微博和微信公众号开展与活动相关的信息发布和宣传工作，构建了由活动向平台延伸的媒体融合生态圈。

第五，培育和践行社会主义核心价值观。习近平总书记强调：宣传思想工作就是要巩固马克思主义在意识形态领域的指导地位，巩固全党全国人民团结奋斗的共同思想基础。要胸怀大局、把握大势、着眼大事，找准工作切入点和着力点，做到因势而谋、应势而动、顺势而为。② 新时代坚持"两个巩固"，就必须坚持用习近平新时代中国特色社会主义思想教育广大群众，引导人民群众深刻认识党和国家新时代的目标任务、基本方略和政策措施，把个人的理想信念融入实现中华民族伟大复兴中国梦的奋斗之中，大力培育社会主义核心价值观。③ "市民大讲堂"专栏创设之初，社会主义核心价值观刚刚提出不久，长江日报编辑部审时度势，顺势而为，致力于将之打造成一个弘扬社会主义核心价值观的媒体平台。随着活动和专栏报道的持续与深入，尤其是随着党和国家一系列大政方针的出台，随着以习近平同志为核心的党中央一系列治党治国新理念的提出与贯彻落实，报社领导明确作为市委机关报主办的一个有巨大影响力的社会活动和知名栏目，"市民大讲堂"更应该牢牢抓住培育和践行社会主义核心价值观这个根本不放松，并且持之以恒，始

---

① 余坦坦：《"市民大讲堂"的融媒体实践探索》，《青年记者》2017 年第 10 期。
② 郭俊奎：《巩固马克思主义在意识形态领域指导地位》，人民网 2013 年 8 月 22 日。
③ 宋联江等：《坚持思想工作"两个巩固"的根本任务》，《解放军报》2018 年 10 月 5 日。

终不渝。①"市民大讲堂"活动及专栏,通过身边人激励身边人,推动社会形成"有梦想,有机会,有奋斗,一切美好的东西都能够创造出来"的社会风尚,这是对社会主义核心价值观的培育和践行。"市民大讲堂"定位—目标—开展—传播的立体推进过程,也是逐步聚集用户、构筑文化的过程。②

(三)

新闻专栏是新闻媒体的一个重要组成部分,它从一个侧面反映出媒体的队伍素质和策划水准。有中国新闻奖评委直言,新闻名专栏的评选"竞争最为激烈"。"市民大讲堂"作为中国新闻奖设立后长江日报报业集团斩获的首个新闻名专栏,也说明要获评中国新闻名专栏确实不易:一方面周期长,至少开办1年以上;另一方面投入大,从活动组织策划到全媒体报道传播,需要一帮人参与。高峰时,《长江日报》的版面上一天印有各种题花的专栏有10个之多,但很多都昙花一现,像"市民大讲堂"这样开办后能坚持并斩获中国新闻奖的太少了。

在第三十五届(2017年度)湖北新闻奖评选中,"早安武汉"获网络专栏一等奖。这是湖北媒体界第一个移动端的网络专栏一等奖,当年被湖北省记协推荐参评中国新闻奖,推荐理由是这样写的:"读者在哪里,受众在哪里,宣传报道的触角就要伸向哪里,宣传思想工作的着力点和落脚点就要放在哪里。"长江日报"早安武汉"移动端新闻资讯专栏,积极创新传播形式与手段,每天通过"两微一端"进行分发传播,不仅内容丰富、信息量大、形式多样,且整个栏目集新闻性、互动性、服务性等于一体,"早起侠""最佳留言""我要上封面为武汉代言""微话题"等特色互动活动具有鲜明的网络特色,获得社会各界的广泛肯定与好评,在全国地方媒体同类专栏中的代表具有很强的示范性。但遗憾的是,未能通过中央网信办组织的初评,也自然未能进入中国新闻奖定评。

---

① 余坦坦:《给普通人展示风采的舞台》,《青年记者》2016年12月刊(上)。
② 张梦:《以"用户思维"锻造城市发展中的媒体力量》,《传媒》2018年2月刊(下)。

有人多年前就指出，在这个媒体发展一日千里的时代，要想在瞬间抓住受众的注意力，并长期在其心目中占有一席之地，媒体仅仅提供信息已不再能满足受众的需求。打造风格独特、个性鲜明的专栏，在传播方式上走个性化之路，才是媒介发展乃至立足的根本。为此，这就需要：个性化解读，在"深"字上下功夫；个性化贴近，在"情"字上下功夫；个性化讲述，在"绝"字上下功夫；个性化参与，在"联"字上下功夫；个性监督，在"新"字上下功夫。①

专栏，仅仅是报刊上的一块块"方寸之地"，在广播电视中也不过是一段段"瞬间时光"，但它对活跃报纸版面，丰富广播电视节目内容举足轻重。②近年评出的中国新闻名专栏又有什么特点呢？有人对第二十七届中国新闻奖评出的四家报纸的名专栏进行了总结：

"人民眼"：人民日报记者深度调查版——强调问题导向，突出实地调查，新闻报道的"重武器"；

"长安观察"：北京日报新闻时事评论版——唱响主旋律、传递正能量的舆论高地；

"之江观察"：浙江日报新闻时评版——引领热点舆论，解析新潮流，传播党媒声音；

"逐梦他乡重庆人"：重庆日报新闻人物通版——他乡逐梦传奇故事，刻画出重庆人自强不息泼辣耿直的精神群像。③

移动互联网时代，也是一个碎片化的时代，新闻专栏又该何去何从？第二十九届中国新闻奖揭晓后，《中国记者》杂志邀请来自新闻传媒界和新闻学术界的几位代表一起，就新闻名专栏的话题进行了一次圆桌研讨，嘉宾的发言都很有见地，为今天如何打造新闻名专栏提供了参考：

---

① 杨宏：《专栏创优与媒体的个性化生存》，《中国广播》2006年第12期。
② 魏永刚：《"方寸之地"要"精耕"》，《新闻战线》2000年第2期。
③ 陈青豹、吴昊：《论2017新闻名专栏是怎样炼成的》，《新闻研究导刊》2018年第1期。

栏目好比超市里的货架。一旦长期办下来，办出影响，办出品牌，就会形成固定的预期。栏目降低了搜索成本，栏目积淀成品牌效应，栏目给具体的新闻资讯增加了传播意义上的权重。碎片化的时代，会带来大量的信息泡沫，受众需要路标，需要提示器，栏目就是信息路标。一家媒体做出一条好新闻并不难，难的是稳健地以一定的频次做出高质量的新闻产品。实现这个目标，不妨通过办好一个新闻栏目开始。

新媒体的出现为传统媒体提供了转型机会。传统新闻栏目应该在新技术的支持下靠近新媒体，从而带动整个栏目的资源整合。比如说，可以充分利用当前流行的微博、微信和抖音等互动社交娱乐平台来构建起专门的用于获取新闻线索和传播新闻内容的"微平台"，提升新闻栏目品牌的竞争力。坚持不变的应该是新闻栏目集中编采力量打造的高质量精品报道。比如，获奖的新华社的"新华调查"栏目就是以高水准的调查类作品为主打。

所谓"变"即面对互联网发展的大格局，传播载体、渠道、手段和创作理念需要变。媒体运营方式、参与社会治理的方式要变。所谓"不变"就是坚持正确的政治方向、舆论导向、价值取向和工作志向，注重作品的新闻价值和传播实效不能变。

想把一个栏目"立"起来，一是要真正做到"突发事件不失声，热点话题不失语"。即使不是热点，也要努力挖掘平静水面下的那股清泉，说出受众的"心中好"，射中那个"靶心"。"新华调查"作为一个创建近15年的传统栏目，从选题策划开始，就鼓励记者在采访过程中拍摄小视频；强化后方编辑制作和加工，努力为文字稿赋能，取得了较好效果。

今天，短视频主导的浮表化、碎片化的信息传播对传统的电视栏目、广播栏目、报纸栏目都产生了相当大的影响，但这并不等于说传统新闻栏目的精神价值和深度在今天就失去了意义。越是碎片化时代，越需要通过新闻栏目为代表的专业新闻力量来凝练一些时代核心命题、提炼一些信息关键词，以此对喧嚣和浮躁的碎片化信息进行头条式的梳理和提升。

2019年，长江财经传媒研究院提出开设"防非轻骑兵"的策划动议，其实是瞄准了中国新闻名专栏的，但每周不少于一次、年度内刊播不少于48周的要求，以及后来一些不可抗拒的因素，"防非轻骑兵"距离中国新闻名专栏还有很长的路要走。

徐家尧登市民大讲堂深情讲述

工厂倒了，良心不能倒

7日下午，被誉为"良心厂长"的徐家尧，做客第59期"市民大讲堂"，讲述自己201天苦苦寻找失散19年的185名职工的故事。

分钱给职工，一个不能少

2014年6月，江夏区第一服装厂依据政策进行了改制，企业厂房和土地经过对外公开拍卖，拍得163万元。作为去年2月才接任"留守厂长"的徐家尧决定，找到当年在册的185名职工，让每个人都拿到应得的钱。

但该厂已倒闭19年，原职工分散四方，很多人杳无音信，要把这些钱如数发到他们手中，不是一件容易的事。

怎么找到185名失散的职工，徐家尧召集大家商量对策时，有人建议说在报纸上登个公告就行了，能按时回来的职工就发钱，不回来的就视为放弃。徐家尧认为这样做不公平，他说："厂子虽然倒了，但我们的良心不能倒，这是职工的血汗钱，185名职工一个也不能少。"

登广告发传单，努力寻找

2014年7月8日，从这天开始，徐家尧就踏上了苦寻之路。如何才能找到所有职工，徐家尧想办法，连续几晚都没有睡好觉。妻子建议他先通过媒体帮忙寻找。于是，他自己拿出1000元在江夏区电视台连续登了10

天的寻找老职工的公告。同时，他又打印了50多份寻人广告单，利用晚上时间走街串巷在显眼处张贴。当时，正值盛夏，每天回到家汗水湿透了全身，本来不支持他接这个苦差事的妻子怕他累坏了身体，也开始帮他四处贴公告。

几天后，许多接到信息的老职工纷纷赶来登记。由于没有办公地点，大家只有到徐家尧自办的服装店里登记，虽然影响做生意，但这些老同事找到了，徐家尧内心感到非常欣慰。

被误解受委屈，但不放弃

抛家舍业和辛苦对徐家尧来说，他早有心理准备，但让他感到最难受的是被误解。2014年8月，徐家尧得知失散职工左冬荣住在纸坊街青龙水库附近的消息后，立即放下手里的活，赶到了青龙水库。他挨家逐户地询问，终于打听到左冬荣住在5楼，当他气喘吁吁敲开门时，却被左冬荣拒之门外，他竟然被当成了"骗子"。几天后，左冬荣在电视里看到公告，才知道自己误会了徐厂长，并上门解释道歉。

去年8月12日，风雨交加，徐家尧的妻子郑兰芳骑着电动车，帮他去江夏中心百货寻找失散职工杨燕。超市员工告诉她，杨燕现在新中百超市上班，当她赶过去后，得知杨燕当天休息。按照超市经理提供的电话，她与杨燕取得了联系，两人约好在江夏区体育馆见面。当妻子赶到体育馆，杨燕却始终没露面，打电话也不接。半小时后，杨燕打来电话："我不是杨燕，你们这些骗子我见得多了，现在哪有这么多好人？"直到下午3时，妻子才回到家吃饭，全身衣服都湿透了，委屈得大哭一场。

有20多名职工远赴广东、广西、四川、浙江等10多个省市打工，要找到他们如同大海捞针，徐家尧不得不向警方求助。在江夏区纸坊派出所民警黄继明的帮助下，费尽周折找到了一些职工。

直到今年1月25日，最后一名职工付爱珍终于找到，发完最后一份工龄买断补偿金，徐家尧终于松了一口气。至此，他的寻找持续了201天。

【互动】

老书记给徐厂长点赞

现场一位 70 多岁的老人从主持人手里要话筒,他自称是江夏区第一服装厂的老书记,被徐厂长的事迹深深打动。老人时髦地说:"徐厂长辛苦了,我代表全体职工给徐厂长点个'赞'!"

外单位请徐厂长打理善款

现场观众被徐家尧的诚信打动。江夏区卫生防疫站一名唐姓负责人找到徐家尧说:"你是一个值得依赖的好人,以后我们单位职工捐的'善款'都交给你来打理。另外,你那些下岗老同事中,如有生活困难的,我们可以每年免费为他们体检。"

(本文为第二十六届中国新闻奖新闻名专栏"市民大讲堂"上半年代表作;原载 2015 年 2 月 9 日《长江日报》;作者:余坦坦、罗斌、王兴华、周虹。"市民大讲堂"专栏主创:刘洪波、叶昌金、杨文平、余坦坦、罗斌、王作晖、王兴华、刘斌、钱辉、李梅、山婵媛)

跨国寻访采访到两位日本前首相

在第二十六届（2015年度）中国新闻奖评选中，《长江日报》系列报道《赴日寻访祈愿旌旗》获国际传播三等奖。这是《长江日报》继《武汉上空的鹰——寻访苏联空军志愿队烈士》后，又一跨国寻访报道斩获中国新闻奖。《长江日报》讲中国故事力作频出，也再次说明地方媒体参与国家叙事大有可为。

2015年是纪念世界反法西斯战争暨中国人民抗日战争胜利70周年，《赴日寻访祈愿旌旗》是《长江日报》年度重大主题报道之一。报道的线索源于武汉一位藏家收藏有107面旌旗，旌旗上用日文写满了和平祈愿文字并有签名。这些旌旗由日本各地数百个组织赠送给中华全国总工会等，赠送时间主要在1954年至1955年。

有感该题材对认识中日关系历史、增进两国人民传统友谊所具有的重大历史和现实意义，编辑部遂进行精心筹划。线索转化为报道的背后，体现出编辑部强大的新闻策划能力。系列报道启动之时，正值日本安倍政府"修宪"，这组报道从60年前的日本祈愿旌旗入手，编辑部3次派记者赴日寻访仍然在世的签名者。

记者克服重重困难，最终寻访到当年旌旗签名者本田宣义、矢作政义和关谷兴雄及赠旗活动见证者、组织者杉浦正男和比留间长一等人士，获得大量第一手材料，用一个个感人的新闻故事记录下他们因战争受到的巨大伤害，以及他们对和平的呼声，以最翔实的历史与现实素材，警醒日本民间的反省永远不应被遗忘。从2015年8月19日起，《长江日报》用近20个版面，约3万字，近50幅图片的篇幅，对一个个跨越了60年的祈愿和平故事进行大篇幅报道。

对日本两位前首相的采访是报道的一大突破。2015年11月17日，日本前首相村山富市在日本大分家中接受长江日报记者采访。他手抚祈愿旌旗实物连声感叹"非常难得"，并高度称赞"长江日报此举符合两国人民维护日中和平局面的主流民意。"2016年4月3日，日本前首相鸠山由纪夫在东京接受长江日报记者采访，评价长江日报赴日寻访祈愿旌旗报道活动"非常有意义"，深刻发掘出了日本民间蕴藏的广泛而强烈的反战和平民意，有力推动了日中关系的改善，并且帮助日本人民正确地认识了历史。

在日本举行落地活动进一步扩大了报道的国际影响。2015年11月25日，长江日报在日本东京举办"赴日寻访祈愿旌旗"活动演讲会和旌旗展览，日本国会议员浜田和幸、前首相田中角荣之子田中京、前首相鸠山由纪夫秘书长芳贺大辅等日本政要及工会组织、社会名流出席，积极肯定了这组报道对中日关系的重要意义。

《长江日报》这一系列报道在中日两国均引起反响。中国各大网站转载了《长江日报》报道，新华社《瞭望东方周刊》对这一事件作了专题报道，日本《关西华文时报》以整版篇幅对祈愿旌旗历史及其寻访作了报道，并约定与《长江日报》联手寻访赠旗签名者。日本主流媒体《产经新闻》《读卖新闻》、日本联合通讯社等媒体进行了现场采访。①

作为一家城市党报，长江日报深耕本土，但不局限于一域，而是放眼全国乃至全球，积极讲述中国故事，让世界认识、理解中国价值。如果某个新闻难以发现，本身就说明其中有着特别意涵，得有独具慧眼的记者来开发。这就是说，发现人家没有注意到的新闻，做成的独家报道往往也是深度报道。"日本祈愿旌旗"和"武汉上空的鹰"等重大独家报道，时代价值深刻，都是上好的深度报道。②《中国新闻出版广电报》刊文评价：长江日报在讲述"中国故事"方面不断开展重大活动，推出精品力作，为城市媒体突破自身局限、讲好中国故事探索出一条新路径。③

---

① 梅明蕾、李皖:《地方媒体参与国家叙事大有可为》,《新闻前哨》2016年第1期。
② 李建华:《战略聚焦深度报道》,《新闻战线》2016年第3期（上）。
③ 李子木:《〈长江日报〉把中国故事讲到世界舞台》,《中国新闻出版广电报》2015年12月16日。

这组系列报道的 3 篇代表作，除首篇《百面日本旌旗见证：战后十年民间反省侵略》外，另两篇分别为《两位日本老人回忆 60 年前签名经过 "这是中日两国人民合作完成的友好旌旗"》《"不能止步于历史，更应着眼于今天" 日本友人希望祈愿旌旗到更多地区展出》。

总体而言，这组报道具有四个显著特点：一是以特殊视角彰显抗战胜利 70 周年主题；二是真实反映了战后 10 年日本民间反省战争、珍视和平、祈愿中日友好的意愿；三是报道具有深刻的现实意义；四是记者三度赴日寻访获得众多成果。①

百面日本旌旗见证：战后十年民间反省侵略

102 岁日本老人亲证赠旗中国活动　寄望不忘历史

"8·15"前夕，日本千叶县南本町。102 岁的杉浦正男老人抚摸着一面老旧的旌旗，对长江日报记者表示，旌旗表达了战后十年日本民间对那场侵略战争的反省，这些不该被忘记。

杉浦正男手拿的旌旗来自武汉。今年春节刚过，武汉一位收藏家致电长江日报，说收藏到一批日本民间赠予中国的祈愿旌旗。长江日报记者查看了这批旌旗。旌旗共计 107 面，旗上手书"再军备反对""战争绝对反对""誓平和友好"等日文，落款时间 1954 年、1955 年，每面旌旗上都有签名。

8 月，长江日报记者前往日本，寻访当年的签名者。7 日，记者辗转寻访到杉浦正男时，老人意外又激动。他告诉记者，在日本侵略中国期间他曾因反战系狱数年，战后担任日本"全国印刷出版产业劳动组织总联合会"负责人。

回忆当年赠旗情景，杉浦正男说，1954 年至 1956 年，日本民间先后有数百名代表前往中国赠送旌旗，谴责日本侵华战争，盼望中日两国尽快建交，

---

① 《赴日寻访祈愿旌旗》中国新闻奖参评作品推荐表。

还有更多旌旗直接从日本寄往中国。他说，那时距日本战败 10 年左右，人们对那场侵略战争感受真切，"旌旗上签名的人，很多都是我的朋友。他们跟我一样，认为日本发动侵华战争是一件非常愚蠢的事情"。

长江日报记者初步查验，这批旌旗上有数千个签名，其中有产业工人、家庭主妇、中小学师生，也有工会组织、社会团体。签名者来自东京、大阪、神户、名古屋、横滨、京都、北海道等日本 10 多个地区，涉及铁路、水运、钢铁、百货、银行等不同行业。

新中国第一个访日代表团负责人李德全的外孙罗悠真向记者证实，以前姥姥说过旌旗的事。此次发现的旌旗中，有 5 面题有"赠李德全女史"。

（本文为第二十六届中国新闻奖国际传播三等奖作品《赴日寻访祈愿旌旗》系列报道代表作之一；原载 2015 年 8 月 19 日《长江日报》；作者：蒋太旭、欧阳春艳。本系列报道主创：欧阳春艳、蒋太旭、余熙、彭年、李皖、刘敏、胡维琼）

从一个人到一个英雄群体

在第二十五届（2014年度）中国新闻奖评选中，获评三等奖的连续报道《牺牲背后是生命守望——来自长江救援志愿队的报告》与前一届获奖的《当年为救落水顽童致高位截瘫　方俊明28年后获见义勇为称号》有一些相似的地方，比如，都属于人物报道，都属于连续报道，都属于体现社会主义核心价值观的题材，都体现出了较高的报道组织策划水平。

《牺牲背后是生命守望——来自长江救援志愿队的报告》是这组报道的开篇，具体刊发日期是2014年11月19日，距长江救援志愿队队员陈忠贵牺牲已有20余天。陈忠贵是10月25日晚在长江中救人失踪的，《长江日报》在27日刊发了题为《64岁老人两入江水救人后失踪》的组合报道，篇幅有2000多字。10月27日，同城的《楚天都市报》针对此事刊发了题为《3青年长江汉口段游泳遇险　64岁老人两度下水救人被冲走》的报道，报道有近2000字，但没有提陈忠贵的另一个身份——长江救援志愿队队员。

长江日报为什么能从一个人的牺牲挖掘到一个英雄群体？这不是偶然。2013年5月，长江日报发起组建长江救援志愿队，同时诚邀游泳好手、爱心企业加盟。当时发起组建长江救援志愿队的直接动因是"过去这一周，依江而生的武汉被两位江上失踪的母亲所牵动"。当年5月23日，《长江日报》头版头条"全城搜救"报道的是一位母亲横渡长江失踪、女儿千里返汉发微博求助的事。

回顾这组报道可以发现，最先刊发的《64岁老人两入江水救人后失踪》报道，其实还停留在救人失踪层面，与《楚天都市报》的报道相比没有特别之处。而《牺牲背后是生命守望——来自长江救援志愿队的报告》的连续报道，从开篇就有了一个质的飞越——从报道一个人到报道一个英雄群体，而提炼出的"生命守望"的报道主题，也让报道有了魂。有人评价，这种由"点"到"面"，即由"个体"到"群体"的细致周密的追踪采访，使得报道既有广度又有深度，长江救援志愿队的草根英雄群像越来越丰满地映现在人们眼前，以往鲜为人知的许多队员生死营救的故事一个个浮出水面。①

质的飞跃的背后，是深入采访的结果，也是编辑部整体策划的结果：长江救人英雄陈忠贵牺牲后，《长江日报》第一时间推出相应报道，深入采访后，记者了解到英雄背后有一个群体——长江救援志愿队。编辑部对这一独家发现高度重视，组成报道组深入挖掘这一英雄群体的点点滴滴，记者耗时两周时间，实地走访三镇两江四岸各个常规值守点，先后采访上百名志愿队队员，英雄群体的事迹一件件还原。随着报道展开，报道组寻访到多名获救者，采访了志愿队队员家属、政府部门相关人员和普通市民，从 2014 年 11 月中旬至 12 月下旬，形成密集报道，发稿 60 多篇，英雄群体形象鲜明确立。②

在长江日报的持续报道下，长江救援志愿队从武汉走向了全国，成为重大典型。人民日报、中央电视台、《中国青年报》等在《长江日报》首篇报道刊发后，迅速跟进报道。2015 年 3 月，中共中央宣传部授予长江救援志愿队"时代楷模"称号。2015 年 4 月，武汉市首次评选功勋模范市民，长江救援志愿队作为唯一的群体代表，获评"模范市民群体"称号。

而武汉、北京多所高校邀请长江救援志愿队进校与青年志愿者交流是这组连续报道的重要组成部分，这些高校有北京大学、清华大学、中国人民大学、华中科技大学、华中师范大学和华中农业大学等。此外，长江救援志愿队规模也在不断扩大，队伍数量从 22 支增加到 31 支。

《牺牲背后是生命守望——来自长江救援志愿队的报告》参评中国新闻奖时，填报的推荐理由有四点：一是报道紧扣社会主义核心价值观主题，展现"以生命为志愿"的精神高度和价值崇高性；二是报道具有鲜明的时代性，一

---

① 彭建钢：《"生命守望"感天地　时代慧眼识群英》，《新闻前哨》2016 年第 4 期。
②《牺牲背后是生命守望——来自长江救援志愿队的报告》中国新闻奖参评作品推荐表。

群平凡市民有组织地担当社会责任,使人感受到身边的伟大;三是通过许许多多生动的细节,讲述一群普通市民在大江上自愿救人危难的当代壮举,直击人心,是具有传播性的中国故事;四是从采访一个英雄人物事迹到独家发现一个英雄群体,并不断推进报道,体现良好的新闻发现能力和扎实的新闻工作作风。

仅就新闻价值和社会影响而言,《牺牲背后是生命守望——来自长江救援志愿队的报告》的获奖等级其实可以更高一些,最后仅获评中国新闻奖三等奖,也再次为操作好新闻时要格外注意文本规范提了个醒。仅以开篇报道为例就存在一些需要注意的地方,如"10月的一个上午""8月一天晚上"中的"的"要么都用要么都不用,"一个"和"一天"也存在不一致的问题。

牺牲背后是生命守望
——来自长江救援志愿队的报告

> 本人在报名时意识到志愿参与的救援行动本身潜在的风险:包括人身伤害、物质和经济损失、工作受误,并且可能得不到合理的赔偿。
>
> ——"报名须知"第五条

10月25日晚,3名在长江中遇险的外地青年被多名武汉市民合力救起,参与施救的陈忠贵却魂归大江。

当时,人们并不知道这些施救者有一个共同的身份:长江救援志愿队队员。

如果不是陈忠贵的牺牲,大部分武汉人并不知道有这样一群人:他们义务守望在长江汉水边,今年已从汹涌波涛中救起200多人

当天,与64岁的陈忠贵一起施救的,还有6人。

王家巷码头临近两江交汇口,岸边水流较缓,趸船间密密麻麻布满水葫

芦，离岸 10 米外，则水流汹涌。

来汉打工没几个月的 3 名汉川青年，晚饭后在此游泳，被水葫芦缠住，卷进激流。陈忠贵等 3 人下水，4 人在岸上配合，将他们救起。一团顺江疾冲下来的水葫芦将陈忠贵兜头盖住……

4 天后，陈忠贵的遗体在 15 公里外的天兴洲被找到。

陈忠贵的牺牲，引起了人们对长江救援志愿队的注意。4 年来，自发组织在一起的这百余人的群体，一直义务守望在三镇的两江四岸。仅今年，他们已从汹涌波涛中救起 200 多人。

随着记者采访陈忠贵事迹的不断深入，一个个江中救人的故事浮出水面——

10 月的一个上午，一名女子在龙王庙观景台跳江。正在值守的魏霈建跳下水，从激流中把她救起。经胸外按压恢复了意识后，这名女子突然又顺着台阶滚入江中。魏师傅赶紧再次下水，把她拖上来。

8 月一天晚上，长江突然涨水。队员张仁锰在晴川桥下救起一名溺水男子。此时，其妻仍带着孩子在江边玩水，对老公遭遇险情浑然不知。

7 月上旬，一名男童独自在大堤口江边玩耍，踩上青苔后坠入江中，在此值守的吴晓君潜入江底将其救起。第二天，一名老人领着一对双胞胎来岸边答谢，其中一个正是前一天被救的男童。

没有强制性的要求，也没有任何报酬，这群冬泳爱好者用彼此的约定，把渡江时看见险情、施以援手的人性本能，变成了江边轮值、守望生命的共同责任

救援志愿队队员来自武汉 22 支冬泳队，平时游泳的地方，就是他们的值守点。

陈忠贵是王家巷冬泳队队员。他牺牲的王家巷，就是他的值守点。

长江汉江交汇，在武汉形成两江四岸 350 公里岸线。江水湍急，特别是夏秋汛期，水流最急时达到每秒 6 米。每年三镇溺亡事故，多则百余人，少则数十人。

冬泳队员们都是游泳好手，大多数都有在江中"拉人一把"的经历。

"组建一支队伍，比较专业地开展救援"，2009年，圣士长游冬泳队队长俞关荣在悠游网发帖倡议。

帖子引起一片响应。2010年3月，18支冬泳队队长齐聚一堂，酝酿成立长江救援志愿队。

章程草案确立，投票表决。商议到"报名须知"第五条，大家沉默了一会儿，最后全票通过。

这一条是："本人在报名时意识到志愿参与的救援行动本身潜在的风险：包括人身伤害、物质和经济损失、工作受误，并且可能得不到合理的赔偿。"

一张张"水上救援队报名表"分送到18支冬泳队。拿着表，队员们不约而同留意到了"报名须知"第五条，笑称是"生死状"。笑归笑，发下的128张表，最终收回了114张。

俞关荣以全票被推举为长江救援志愿队队长。这是各冬泳队每队代表2名、一人一票投出来的。

消息传出，又有4支冬泳队加入。这22支冬泳队，覆盖了三镇各处亲水点：长江最上游有平湖门队，最下游有钢城建五队；汉江最上游有古田队，最下游有龙王庙队。

今年5月，志愿队推出区域值守制度。在长江王家巷码头、汉阳门、大堤口、建五码头、二桥江滩、龙王庙和汉江崇仁路、古田，整个夏天，每天都有志愿队员分时段轮流值守这8个游泳人群密集区域。值守的任务，除了救援，还包括提醒戏水者离开危险水域。

救援志愿队中，有的人靠打工谋生活，有的人是身家千万的私营业主……社会身份迥异、家庭境况不同，从没有影响到彼此对约定的一致坚守

陈忠贵中年下岗，婚姻破裂。牺牲后，为他送行的除了队员们，还有与他相依为命的儿子。

志愿队中有像陈忠贵这样的工人，还有干部、银行职员、教师、公务员、出租车司机、私企老板……他们中最小的41岁，最大的70岁。

志愿队队员们虽然相互间见过面，但是如果不是来自同一支冬泳队，多数叫不上名字。大家日常联系靠各队 QQ 群、微信群、论坛。

志愿队排班,总体上由各冬泳队队长掌握,根据各人空闲安排;一旦安排了就必须到岗;分 7 至 9 时、15 至 17 时、18 至 21 时三班,一点一班保证至少 2 名队员。

青山区李宇飞是一家高新材料研发公司的总经理,北上广来回飞、国际电话打不停,但脱下西装穿上泳裤,就和其他队员一样。

不愿意透露姓名的袁师傅,在大堤口值守,平时经营一家汽配店,身家上千万。

李世平是出租车司机,值守月亮湾。

张仁锰是汉口一家企业的管理人员。今年 8 月初,他曾目睹一对中年夫妻的失声哭号:其 17 岁的独子,参军前一天游泳溺亡。此后连续三个星期,张仁锰每天延长值守时间,在 1 公里长的江堤上,扛着游泳圈、救生绳,一晚上走几十个来回。

"不管是下岗职工还是千万富翁,穿上泳衣就是长江救援志愿者",志愿队队长俞关荣说。俞队长本人,是武汉最大一家翻译公司的总监。

陈忠贵是救援志愿队的第一个牺牲者,也许不会是最后一个。大家对此都很清楚,但没有一个人要求退出

陈忠贵离去的那几天,队员们陆续会聚到王家巷码头江边。相熟的不相熟的,握一握手,或者用力拍拍对方肩膀。更多时间里,大家坐在岸边,默默望着眼前不断流过的江水。

"水中救人是'拿命搏命'的事,队员都知道救人意味着什么,现在老陈不幸成为我们中的'第一个'",汉正街队队员、教师李钢这样解释队友们"异常的安静"。

陈忠贵的牺牲,让大家重新掂量起志愿队"报名须知"第五条的含义。

其实,多位队员都险些成为"第一个"。

5 月底,队员张纯详在青山区建设五路江滩遇险。他将溺水的年轻人双手反扣住,准备往岸边拖,没想到年轻人一个后蹬腿,踢中其要害,"当时,人几乎晕厥"。幸运的是,队友及时将游泳圈扔了过来。

7月23日晚,汉阳门码头,江水超出防洪设防线1米多。由于天气热,戏水人极多,险情不断。值守在这里的赵汉清下水5次,救起6人。最后一次上岸时,他的两腿直打战。

"体力完全透支,但在当时的情况下,根本考虑不了更多",赵汉清事后说。

陈忠贵牺牲已有20余天,长江救援志愿队没有一个队员退出。

(本文为第二十五届中国新闻奖连续报道三等奖《牺牲背后是生命守望——来自长江救援志愿队的报告》代表作之一;原载2014年11月19日《长江日报》;作者:范文生、刘智宇、夏奕。本连续报道主创:范文生、刘智宇、刘林德、夏奕、刘洪波、李皖)

纪念的应是一个个活生生的人

（一）

2014年10月19日，第二十四届（2013年度）中国新闻奖评选结果揭晓，283件作品获中国新闻奖。①《长江日报》的系列报道《武汉上空的鹰——寻访苏联空军志愿队烈士》获国际传播一等奖。

按照评选办法，可评出不超过300件获奖作品，但这届中国新闻奖只评了283件获奖作品，这是中国新闻奖评选史上空缺比较多的一届，仅国际传播一等奖就空缺了2件。空缺的背后，源于中国记协对参评作品从严要求。

第二十四届中国新闻奖、第十三届长江韬奋奖评选机制的一项重大改革，是首次设立了审核委员会。这个委员会的职责是，按照《中国新闻奖、长江韬奋奖评选办法》中有关"评选标准"的要求，对参评作品、参评人申报的材料进行全面审核，提出审核意见，为评选委员会评定作品和人选提供参考依据。也就是说，审核委员会的工作任务，就是在正式评选前对申报材料做一次筛选，把那些不符合"评选标准"、存在各种各样问题、不宜获奖的参评作品和人选排除在评委会定评之前，为评委会优中选优把好关，做好基础性工作。

提交第二十四届审核委员会审核的"两奖"参评作品共计711件。经审核，其中参评中国新闻奖的656件作品中，301件存在各种明显瑕疵，占审核作品总数的45.9%。对其中存在原则性、事实性差错以及有两处以上文字、标点、

---

① 姜潇：《第二十四届中国新闻奖、第十三届长江韬奋奖评选揭晓》，新华社2014年10月19日。

语法、逻辑错误的 149 件作品，审核委员会建议撤销它们的参评资格，占这届中国新闻奖参评作品总数的 22.7%。在撤销评奖资格的 149 件作品中，广电作品 23 件，占比为 15.4%；网络作品 19 件，占比为 12.8%；各类文字作品 107 件，占比为 71.8%。撤销原因绝大部分是存在语言文字错误和表述不当的错误。带有共性的错误归纳为以下十个大类：一是标点符号使用不当；二是字、词误用；三是直接引语使用不当；四是代词的误用；五是数字单位缺失；六是词语搭配不当；七是词语重复；八是句子成分缺失；九是语句杂糅；十是硬凑句式。①审核委员会主任、中国社科院新闻与传播研究所所长唐绪军认为，要想让中国新闻奖获奖作品成为全国新闻工作者学习的范本，并且在国际交往中能够毫无愧色地代表中国新闻界的职业水平，评选标准必须从严。对此，时任中国记协主席田聪明说："从全国数以亿计的新闻作品中评选出来的中国新闻奖获奖作品，如果有瑕疵，这绝对不可接受！"②

审核制实施后，获中国新闻奖尤其是一等奖作品必须要足够过硬才行。根据中国记协 2014 年印发的 1 号文件：存在词序错乱、成分缺失、指代不明、事实交代不清、归类有误等情况的作品，不得获一、二等奖；意思表达不清或有歧义的作品，不得获奖（被采访对象口述和原文照搬引用的除外）。存在错别字、标点符号错误、多字、落字等情况的作品（含视频作品和新闻论文）和存在主持人、记者表述有误的音视频作品，不得获一等奖。标点符号不准确不影响文意和记者现场采访口误非原则性错误的作品不受影响。上述错误在同一件作品中出现两次以上（含两次）的，不得获奖。③

系列报道字数多，篇幅长，时间跨度也大，出差错的概率也比较高。长江日报《武汉上空的鹰——寻访苏联空军志愿队烈士》系列报道能在第二十四届中国新闻奖评选中斩获一等奖确实不容易。

---

① 唐绪军：《在吹毛求疵中树立中国新闻界的标杆》，《新闻战线》2014 年第 11 期。
② 邓凯：《为中国新闻界树立典范》，《光明日报》2014 年 7 月 28 日。
③ 《关于印发〈中国新闻奖、长江韬奋奖评选办法〉的通知》（记协发〔2014〕1 号），中华全国新闻工作者协会文件。

（二）

国际传播作为奖项正式纳入中国新闻奖评选之前，我国曾设有中国国际新闻奖。

1996年3月27日，由国务院新闻办公室主办、解放日报社协办的第一届中国国际新闻奖评选揭晓，中央和地方51家新闻单位共300余件作品参评，69件作品分别获一、二、三等奖。时任国务院新闻办公室主任曾建徽说：设立中国国际新闻奖是为了总结和交流国际新闻报道的经验，激励积极开拓、勇于进取的敬业精神，提高这支队伍的政治、业务素质，进一步提高国际新闻报道的水平，坚持正确的舆论导向，更好地为贯彻执行我国独立自主的和平外交路线服务。[1]

中国国际新闻奖前后一共评选了8届。2003年9月10日，第八届中国国际新闻奖在中国记协颁奖。时任中国记协党组书记、常务副主席徐心华在颁奖大会上讲话说：为了规范和理顺新闻评奖体制，使各类新闻奖的设定和评选更加合理和科学，经中央有关领导部门批准，从2004年起，国际新闻奖将纳入中国新闻奖系列，在中国新闻奖定评前，举行国际新闻奖复评暨年赛，以鼓励国际新闻从业人员的积极性，进一步提高我国国际新闻报道水平。[2]

2004年9月28日，第十四届中国新闻奖评选结果揭晓，共有248件新闻作品获奖，其中国际新闻有6件，一、二、三等奖各1件、2件、3件，内容涉及版面、摄影、漫画，获一等奖的是《黑龙江日报》的国际新闻版。[3]他们总结，能获一等奖与黑龙江日报报业集团领导的重视和关心是密不可分的，也是时事编辑们对版面设计长期研究所取得的可喜成果。[4]

第二十一届中国新闻奖评选时，中国新闻奖的评选类别中首次正式设立国际传播类别。中国新闻奖设立国际传播奖项的目的是：激励优秀新闻工作者为我国国际传播能力建设贡献聪明才智，推动我国国际传播能力的发展，

---

[1] 张丽珍：《首届中国国际新闻奖评选揭晓》，《新闻出版报》1996年3月29日。
[2] 朱音：《第八届中国国际新闻奖在京颁奖》，《新闻战线》2003年第10期。
[3] 《第十四届中国新闻奖揭晓 248件作品获奖（附名单）》，中国新闻网2004年9月29日。
[4] 王福荣等：《报纸版面设计要艺术化》，《新闻传播》2004年第11期。

为实现全面建设小康社会奋斗目标提供强有力的舆论支持。中国记协在当年印发的《中国新闻奖评选办法》的通知中介绍：从中国新闻奖现有的 280 个奖中拿出 20 个（中国新闻奖其他项目作品 260 个奖），再增加 20 个，共设 40 个奖作为国际传播奖，不分媒体和体裁。其中一等奖为 6 个，二等奖为 12 个，三等奖为 22 个。各报送单位如确有较多符合"评选标准"的好作品，可在现有报送名额基础上，按新增不超过 2 个名额报送，不分媒体、体裁。[①]

中国新闻奖评委会中设立国际传播评选小组，第二十一届中国新闻奖共评选出中国新闻奖国际传播奖项获奖作品 36 件。[②] 这届中国新闻奖一共评出获奖作品 287 件，国际传播占比为 12.54%；43 件一等奖中，国际传播有 5 件（空缺了 1 件），占比为 11.63%。国际传播是中国新闻奖各种奖项中设奖数量比较多的一项，其他设奖比较多的奖项是网络类和媒体融合类。以第二十九届中国新闻奖为例，仅经中央网信办传播局初评推荐最终获中国新闻奖的作品就有 28 件，其中特别奖 1 件，一等奖 7 件，二等奖 9 件，三等奖 11 件。中国新闻奖国际传播奖近年每年都维持在 40 件左右，如第二十九届中国新闻奖国际传播奖共评出获奖作品 41 件，其中一等奖 6 件，二等奖 12 件，三等奖 23 件。

中国新闻奖在奖项设置上重视国际传播作品，也是为了引导媒体提高我国国际话语权。党的十八大以来，党中央高度重视国际传播工作，把对外话语体系建设作为创新国际传播工作的重要突破口来研究和部署。党的十八届三中全会强调，加强国际传播能力和对外话语体系建设。习近平总书记在党的新闻舆论工作座谈会上指出，要加强对外话语体系建设，用中国理论阐释中国实践，用中国实践升华中国理论，更加鲜明地展现中国思想，更加响亮地提出中国主张。中国正在走近世界舞台的中央，迫切需要我国媒体持续提升议题设置能力，提升议题设置的锐度，精心设置观点鲜明、指向性强、易于传播的议题，把中国故事讲述得更加生动精彩。

---

① 《关于印发〈中国新闻奖评选办法〉的通知（记协发〔2010〕9号）》，中华全国新闻工作者协会文件。

② 《第二十一届中国新闻奖评选结果正式揭晓》，新华社 2011 年 10 月 20 日。

（三）

《武汉上空的鹰——寻访苏联空军志愿队烈士》系列报道是怎么来的？这要从国家主席习近平访问俄罗斯的一次演讲说起。

2013年3月，习近平访问俄罗斯，这是他就任国家主席后首次出访。习近平在访俄演讲中提及援华抗战的苏联飞行大队长英勇牺牲的事迹。这触发了《武汉上空的鹰——寻访苏联空军志愿队烈士》跨国报道。① 长江日报后来做的另一次跨国报道《重走中俄万里茶道》也源起于习近平在俄罗斯的这次演讲。

习近平当年在莫斯科国际关系学院发表题为《顺应时代前进潮流 促进世界和平发展》的重要演讲指出，17世纪的万里茶道是中俄的"世纪动脉"，还提到抗日战争时期牺牲在中国的苏联飞行大队长库里申科。② 国家主席出访的一次演讲，成为长江日报两次跨国报道的源起，展现出长江日报对大局和大势高超的把握和策划能力。

当时的另一个背景是，2013年是武汉保卫战、武汉空战75周年。那时，武汉是全国的政治军事文化中心，为了保卫大武汉，100多万中国军队参战，大小战斗数百次，其中打了一些好仗、胜仗，消灭了不少日军。武汉保卫战打破了日军3个月灭亡中国的计划，为中国向西线转移、持久抗战争取了时间。③ 1938年的武汉空战，是中国抗战史上最著名的空中战役之一。当时，侵华日军对武汉地区进行大规模空袭，中国空军在苏联空军志愿队的支援下，在武汉上空与日寇战斗，用生命谱写了一曲曲壮歌。④

武汉解放公园有座苏联空军志愿队烈士纪念碑。在1938年的武汉保卫战、武汉空战中，这些烈士血洒长空，然而，75年来在武汉只留下一座碑园、15个名字，事迹无处可查。从2013年5月到8月，记者在武汉、南京、南昌、北京等地探访。在北京航空联谊会和俄罗斯驻华使馆等机构协助下，找

---

① 梅明蕾、李皖：《地方媒体参与国家叙事大有可为》，《新闻前哨》2016年第1期。
② 《杰尼索夫李东东为长江日报跨国报道中俄友谊新书揭幕》，人民网2015年12月23日。
③ 李煦：《历史上还有这些武汉保卫战 新中国之后的没输过》，长江网2020年1月30日。
④ 冯国栋：《武汉纪念武汉空战77周年》，新华网2015年9月2日。

到中俄两国几位相关历史研究者和联络人及这15位烈士的军衔等部分基本信息。自2013年8月15日起,长江日报重点推了这组持续4个多月的系列报道。报道组在中俄两国10多个城市寻访,找到8位烈士的亲友、后裔。通过他们的亲述及记者实地踏访,长眠在武汉的15位苏联空军志愿队烈士有3位的真容得到还原。

寻访报道受到俄罗斯国内媒体的高度关注,俄罗斯国家电视台的寻亲栏目"等着我"播出《长江日报》的寻访报道,并向全国征集烈士后裔线索,接力继续寻访,将跨国寻访的影响推向了俄罗斯全国及其周边国家。此外,俄罗斯大型时政杂志《俄罗斯与中国》以两个整版转载了寻访报道中的重点稿件。莫斯科州奥金佐沃地方电视台采访了一线记者,报道了本次寻访活动。这组报道填补了历史空白,缅怀苏联空军志愿队英烈,在复杂的国际形势下,有力重申了历史真相。在这组报道的大力推动下,武汉市政府有关部门与俄罗斯中央卫国战争纪念馆签署协议,在武汉和莫斯科举行纪念世界反法西斯战争主题的两国联展。①

2020年9月10日,俄罗斯驻华大使馆隆重举行"纪念奖章"授颁仪式,俄罗斯驻华大使安德烈·杰尼索夫向长江日报记者谌达军颁授"俄罗斯国防部纪念保卫祖国烈士贡献奖章"。该奖章由俄罗斯国防部长绍伊古签发,以表彰他为寻访、搜集、研究苏联空军援华志愿队事迹所作的突出贡献。②

(四)

这次跨国寻访后续还取得了诸多成果。

第一,武汉解放公园苏军墓碑增刻14位新确认烈士。经外交部和俄罗斯驻华大使馆共同确认,除15位埋葬在武汉解放公园苏军烈士墓中的烈士外,新发现14位苏联空军志愿队成员在1938年和1939年的武汉空战中牺牲,并被埋葬在武汉。中俄两国共同决定,将这14位烈士的名字增刻到解放公园苏

---

① 《〈武汉上空的鹰——寻访苏联空军志愿队烈士〉报道内容简介》,人民网2014年10月20日。
② 柯立等:《长江日报记者谌达军获"俄罗斯国防部纪念保卫祖国烈士贡献奖章"》,长江网2020年9月10日。

军烈士墓碑上。①2015 年 8 月，14 位新确认的苏军烈士姓名被增刻到解放公园的苏军烈士墓碑上。在国务院公布的第八批全国重点文物保护单位名单中，武汉新增 4 处全国重点文物保护单位，其中 1 处就是解放公园苏联空军志愿队烈士墓。②

第二，普京向长江日报签发了卫国战争胜利 70 周年纪念奖章。2015 年 6 月 11 日，俄罗斯联邦驻华使馆公使衔参赞陶米恒代表俄罗斯政府，向长江日报授予由普京总统签发的"1941—1945 卫国战争胜利 70 周年纪念奖章"。与奖章配发的证书上写着"俄罗斯胜利组委会授予长江日报编辑部 1941—1945 卫国战争胜利 70 周年纪念奖章"。下方是普京总统的手写签名和签发日期。证书底部橙黑相间的圣乔治丝带是俄罗斯为纪念卫国战争胜利创造的，象征胜利。该奖章由俄胜利组委会面向全球评选，授予为世界反法西斯事业做出卓越贡献的团体和个人。陶米恒介绍，该奖章当时在中国授出两枚，另一枚授予黑龙江省人民政府。根据俄罗斯联邦总统令，胜利组委会于 2000 年成立，是筹办和举行俄军事荣誉日庆祝活动的机构，主席由总统出任。陶米恒说，长江日报 2013 年开始的跨国报道《武汉上空的鹰——寻访苏联空军志愿队烈士》，找到并还原了 29 名苏联空军志愿队烈士的英勇事迹，得到胜利组委会一致认可。③

第三，出版了采访报道作品集《武汉上空的鹰》的图书。2015 年，长江日报编辑部将寻访过程及最新进展编撰成《武汉上空的鹰》一书，向世界纪念反法西斯战争胜利 70 周年献礼。2015 年 12 月 22 日上午举行的新书首发仪式，由长江日报报业集团与俄罗斯联邦驻华大使馆联合主办。新书首发式上，俄罗斯联邦驻中华人民共和国特命全权大使安德烈·杰尼索夫在致辞中说，《武汉上空的鹰》介绍了在中国牺牲的苏联空军飞行员的生死故事，体现

---

① 胡洁等：《武汉解放公园苏军墓碑　将增刻 14 位新确认烈士》，《长江日报》2015 年 6 月 11 日。
② 岳怀让：《武汉这处刚获公布的全国文保单位，迎来俄罗斯大将致祭》，澎湃新闻 2019 年 10 月 19 日。
③ 谌达军等：《普京向〈长江日报〉发卫国战争胜利 70 周年纪念奖章》，《长江日报》2015 年 6 月 12 日。

了俄中友谊和反法西斯战争胜利成果是牢不可破的。①

后来,《武汉上空的鹰》一书还出版了俄文版,并在莫斯科举行了首发仪式。中国驻俄罗斯大使馆公使张霄应邀出席新书发布会并致辞。他代表中国驻俄使馆向新书出版方表示了祝贺并向武汉方面对出版此书所做的贡献表示了感谢。张霄表示,《武汉上空的鹰》一书的出版显示出了中国人民对"二战"历史以及对苏联空军志愿者功勋的态度,也展现出了中国人民关于战争和两国人民友谊所留存下来的记忆。这是中俄对一些国家、一些人试图挑拨、篡改、扭曲历史的共同的、独特的回应,对中俄两国来讲都具有重要意义,是双方人文交流合作的又一新成果。②

第四,武汉与俄罗斯开展了一系列文化交流活动。例如,2016 年 3 月 23 日,由辛亥革命博物馆与俄罗斯中央卫国战争纪念馆联合主办的《武汉上空的鹰——纪念苏联空军志愿队特展》在辛亥革命博物馆多功能厅开展。展览首次全面展示苏联空军志愿队在武汉地区的重大战斗以及能查找到资料的志愿队队员生平事迹以及部分反映武汉空战、志愿队烈士墓以及队员信息的档案资料图片。③ 这个展览后来还在国内其他城市展出。

第五,武汉成为中俄交往的重要城市之一。2016 年,俄罗斯联邦委员会主席瓦莲金娜·马特维延科率团访问中国,首站武汉,这也是她首次到访湖北。在解放公园苏联空军志愿队烈士墓,她向苏军烈士敬献花圈。一天的行程非常紧凑,中午,专门安排时间接受了中俄两国记者的采访。在采访中,她谈到,武汉的面貌给其留下了深刻的印象,武汉是一个突飞猛进、现代化的城市。④2019 年,在第七届世界军人运动会开幕当天,来自俄罗斯代表团的军人运动员前往解放公园,为苏联空军志愿队烈士墓敬献花圈。在纪念碑一侧,坐落着全国首家"苏联空军志愿队陈列馆",里面陈列着苏联空军曾使用的飞行员证件、镶有家人照片的飞行员手表等 20 余件展品。这些重要的物

---

① 《杰尼索夫李东东为长江日报跨国报道中俄友谊新书揭幕》,人民网 2015 年 12 月 23 日。
② 华迪等:《〈武汉上空的鹰〉俄文版新书首发式在莫斯科举行》,人民网 2016 年 8 月 30 日。
③ 尤海等:《"武汉上空的鹰——纪念苏联空军志愿队特展"在汉展出》,长江网 2016 年 3 月 23 日。
④ 郑汝可:《俄罗斯联邦委员会主席访华首站到武汉!》,长江网 2016 年 9 月 9 日。

件和史料吸引了俄罗斯军人运动员驻足观看。随后，代表团一行在陈列馆的飞机模型前合影。①2020 年 5 月 20 日，俄罗斯驻华大使安德烈·杰尼索夫表示，一旦资金就位，俄罗斯外交部将在武汉开设总领事馆。"我们非常熟悉武汉，甚至还没有武汉市的时候就知道，当时叫汉口。19 世纪末汉口就有了我国设立的总领事馆，而现在俄罗斯外交部已经决定恢复在武汉设立总领事馆。我们希望，当国家预算允许这样做的时候，我们一定恢复在武汉的存在。"他在网上的记者会上说。②

（五）

长江日报《武汉上空的鹰——寻访苏联空军志愿队烈士》跨国寻访系列报道，历时 3 年，跨越 70 多年时间和 64 万公里空间。对其价值和意义，在主创之一的谌达军与刘芳玲合写的论文中总结：长江日报在寻访之初，就提出了"五个一"工程，即用一两年时间完成跨国寻访报道，举办一场纪念活动，树立一个纪念标识，出版一本相关图书，拍摄一部同题材的影视作品。长江日报不仅讲究报道上的掷地有声，还在采访、理清线索的基础上追求行动上的落地生根，把每一项工作都当作讲好中国故事、传播中国声音的空间载体，有意识地构筑场景和仪式来传播中国的声音，除在武汉、莫斯科促成或直接参与主办了 3 场同主题展览外，还通过与俄罗斯主要媒体策划电视节目、推出新闻报道、出版同名图书、举办新书首发式等实现"从说到做"的转化，形成了"民间外交"，共同彰显了人类共同经历的历史记忆，充分表达了维护二战胜利成果的主张及中国人民对苏军英烈的尊重与缅怀。③

这组跨国寻访报道的另一名主创人员胡洁从"对外报道中国抗战历史的有益尝试"的角度撰文进行了总结：一方面策划先行，抓住重大时间节点，重现老城荣光；另一方面通过跨国寻访，以人为本，用历史的态度勾画报道

---

① 喻珮等：《军运会俄罗斯代表团祭奠武汉苏军烈士墓》，新华社 2019 年 10 月 18 日。
② 郑青亭：《俄罗斯驻华大使证实：俄罗斯计划在武汉开设总领馆》，《21 世纪经济报道》2020 年 5 月 20 日。
③ 谌达军等：《跨国寻访也是一种民间外交》，《新闻与写作》2016 年第 7 期。

大格局。实际上,这组跨国寻访报道远远超出了新闻业务的范畴,以其强大的国际传播力促成了多次国际交流,为增强中俄两国民间友谊,为两国共同纪念反法西斯战争胜利 70 周年增添了更丰富的内涵。①

谌达军与刘芳玲、陈博雷合写的另一篇论文从"抗战纪念报道在对俄文化传播中的重要性"进行了回顾和总结:中俄两国在民族感知层面有着巨大的相似之处,在抗战时期有着并肩作战的共同历史记忆,在和平时期有着共同纪念历史的一致举措和维护反法西斯成果的共同立场。由此抗战纪念主题报道在对俄文化传播中意义显著。这篇文章试图在梳理传统媒体对俄文化传播实践基础上,廓清抗战纪念主题报道在对俄文化传播中的重要价值,深刻总结其传播经验,增进中俄文化交流。

继《武汉上空的鹰——寻访苏联空军志愿队烈士》后,长江日报后来还连着几年都有大型跨国采访。如何看待和评价长江日报策划和组织的《武汉上空的鹰——寻访苏联空军志愿队烈士》等这些跨国寻访报道?"民间外交""抗战历史""对俄文化"恐怕只能算是一个方面。

习近平总书记在全国宣传思想工作会议上指出,创新对外宣传方式,讲好中国故事,传播好中国声音。这个要求已成为国家赋予媒体的使命和责任。对长江日报的跨国寻访报道实践,中共湖北省委宣传部《新闻阅评》"地方媒体参与国家叙事大有可为"的评析在认识上提供了另一个视角:长江日报锐意创新,突破传统思维束缚,着力打造融通中外新的报道方式,自觉履行讲好中国故事的媒体使命,增强了报纸的传播力和影响力。他们的实践表明,尺有所短,寸有所长。地方媒体因其特色所在,也有独特的报道资源,讲好中国故事,传播好中国声音,事在人为,大有可为。他们的实践也给我省主流媒体以深刻启发:面对蓬勃兴起的新媒体冲击,传统媒体要更新思想观念,立足区域实际,大胆探索采用新的报道方式,不断提高报道的质量和水平,有守有为,敢于担当,改革创新,奋发有为。②

---

① 胡洁:《对外报道中国抗战历史的有益尝试》,《对外传播》2015 年第 8 期。
② 梅明蕾、李皖:《地方媒体参与国家叙事大有可为》,《新闻前哨》2016 年第 1 期。

对长江日报的实践，《中国新闻出版广电报》也从这一角度刊文评价：创新话语体系，敢于走出去、找落点，用大格局、新话语不断推出讲述"中国故事"的精品力作，长江日报把中国故事讲到世界舞台，为城市媒体突破自身局限、讲好中国故事探索出一条新路径。①

（六）

近年获中国新闻奖国际传播奖的作品有什么特点？又存在什么不足？评委及学界有不少论述和剖析，这些都值得参考。

担任过中国新闻奖评委的北京大学新闻与传播学院教授程曼丽以第二十四届中国新闻奖评出的35件国际传播奖作品为例总结，其中绝大多数都是围绕着"中国故事"展开。至于如何把中国故事讲得既合乎情理又引人入胜，换句话说，如何将中国故事的特殊性与外部受众普遍的心理诉求结合起来，产生共振、引发共鸣，获奖作品可谓是各展其能，各有千秋。仅从切入角度、表现形式、"落地"时效等方面，便可以看出其中的几个着力点，即解谜题、话趣事、启未知、引入戏。所谓启未知，是指记者凭借新闻敏感，通过持续追踪，深入调查，将被掩盖的事实真相和封存已久的记忆挖掘出来，形成一个个感人至深的故事的过程，《武汉上空的鹰——寻访苏联空军志愿队烈士》就属于这样的报道。②

国际传播类作品在境外的传播效果已经成为考量其价值的重要因素之一。第二十七届中国新闻奖国际传播组评委、中国政法大学光明新闻传播学院传播学研究所所长王天铮梳理了近年国际传播类获奖作品后总结，国际传播类作品还有很多不足，需要国际传播类作品的管理者、创作者和运营者高度重视：一是缺少全球化视角，没有考虑国外受众的文化背景和心理需求，自说自话，无法引起国外受众阅读或观看的兴趣；二是生硬地讲道理，而非讲故事，作品中充斥着各种大道理，缺少于细微处见精神的细节描写；三是

---

① 李子木：《把中国故事讲到世界舞台》，《中国新闻出版广电报》2015年12月16日。
② 程曼丽：《讲好中国故事的角度与着力点》，《新闻战线》2015年第1期。

话题陈旧，素材、观点等创新性不足；四是喜欢宏大主题，但论证架构单薄、素材有限，出现主题和内容两张皮的现象；五是传播渠道有限，传播效果欠佳，不善于同国外主流媒体合作，覆盖受众群体有限；六是个别参评作品存在写作失范现象，此外相当一部分作品存在语病。①

第二十九届中国新闻奖评选一共评出国际传播获奖作品41件，评委指出的一些问题其实是值得警惕的。

中国体育报业总社竞赛部高级记者、第二十九届中国新闻奖国际传播类评委杜婕表示，在国际传播中，央媒相对于地方媒体有较强的国际传播优势。但是地方媒体基于区域文化、区域特色，找到独到的传播视角，也能绘制出中国与世界互动中所包含的地方性脉络。对地方媒体来说，如何探索地方新闻作品的国际传播道路，还是应该在立足于区域特色、民族特色的基础上，充分利用融媒体，讲好故事的同时，拓宽传播路径和渠道。新华社副社长、第二十九届中国新闻奖国际传播类评委严文斌表示：有一些作品很好，但是身上有"硬伤"，例如，把中国跟香港并列；将"经济体"称作"国家"；也有在视频制作上出现"硬伤"，这些细节问题是导致部分作品落选的直接原因。也有一些作品，如果从国际传播的评选标准和设奖初衷来看，还不能算是真正意义上的国际传播作品。有些作品主题小、目标受众窄，影响力弱，可能仅仅是被海外的一两家媒体转载，如果用这个标准来衡量，它还只是对内传播，并不是真正意义上的对外传播。还有一些落选作品在制作手法、观看感受、讲故事的方式等方面有些生硬，依然有比较浓的宣传味儿，跟总书记提出的"讲好中国故事，传播好中国声音"的要求还相距甚远。②

话语权与传播能力息息相关。中国是一个媒体大国，但还不是一个媒体强国。③当前国际舆论场上"西强我弱"的格局没有发生根本改变，如何提升国际传播的话语权和公信力，如何打造融通中外的新概念、新范畴、新表述，如何阐述"真实、立体、全面"的中国，是媒体面对的重要课题。中国

---

① 王天铮：《解析中国新闻奖国际传播类作品的特点和不足》，中国记协网2018年4月28日。
② 王璐等：《第二十九届中国新闻奖解析 国际传播圆桌研讨》，《中国记者》2019年第12期。
③ 新华通讯社课题组：《习近平新闻舆论思想要论》，新华出版社2017年版。

新闻社海外中心编委赵文刚认为，国际传播领域的中国故事，首先是中国人的故事、中国发展的故事，应对叙事题材深入发掘，积极向外界展示发展中真实、立体、全面的中国，展示中国人民为中华民族伟大复兴而谱写的奋斗史。传播界应在基于中国国家核心利益和意识形态内核的理论指导下进行新闻实践。①

当年激战血洒武汉长空

75年来他们只留下一串名字

汉口有条陈怀民路，许多市民说得出陈怀民的事迹。1938年4月29日，22岁的陈怀民驾机遭到日军5架战斗机围攻，机身中弹起火，他扭转机身撞毁一架敌机，自己从3000米高空坠落，直插江心。

解放公园有座苏联空军志愿队烈士墓。长眠于此的15位苏联空军烈士与陈怀民一样，1938年在武汉空战中英勇抗敌，壮烈牺牲。

今天，帮助中国守护过抗战天空的美国"飞虎队"已经人所共知。而我们面对苏联空军志愿队时，面对的是大片空白。

纪念碑上只有15个名字和生卒年月

苏联空军志愿队烈士墓坐落在解放公园东北角。一座方锥形大理石纪念碑巍然矗立在草坪尽头。碑座四面镌刻着中苏两国国徽浮雕，碑身上的金色大字在阳光下熠熠生辉，用中俄两种文字铭刻着："中国人民抗日战争中牺牲的苏联空军志愿队烈士永垂不朽。"

纪念碑墓志铭里这样记述："苏联空军志愿队与中国人民一道在反击日本法西斯的斗争中创立了无数的英雄战绩……顽强地参加了保卫武汉的斗争，

---

① 赵文刚：《让世界读懂中国故事》，《中国报业》2020年第9期。

严重地打击了日寇的疯狂气焰，鼓舞了中国人民的战斗意志。"

但细看墓碑及墓台上镌刻的字迹，供人缅怀的信息只有15位烈士的名字和生卒年月，大的终年33岁，小的年仅24岁。

常在解放公园跑步晨练的市民于汉明前些日子"误入"墓园，第一反应是惊讶："哦，武汉抗战还有苏联人来帮过忙？"然后有些怀疑："这是真的吗？我怎么没听说过呢？"他试着上网搜索资料，但翻来覆去只有几篇文章，没有可感的苏军战士个人故事。

年近九旬的老人周绍馥是标准的"老汉口"，说起解放公园的一草一木如数家珍，对当年汉口跑马场的繁华景象记忆犹新。记者数度联系她，希望她谈谈这座墓园背后的故事。她托人带话："我一点也不了解那些苏联士兵，没什么可说的。"

细节的缺失，让这座墓园显得有些突兀。

历史长河流逝很快。本就稀缺的资料，会不会很快湮没？

"没有他们，武汉的制空权早就不存在了"

当年苏联空军志愿队的出击，对武汉意义何在？

早在1937年9月中旬，日本海军航空本部就秘密制订了空袭武汉三镇的详尽作战计划，企图瘫痪中国军队交通运输，为下一步从地面大举进攻武汉创造条件。

当时中国空军主力在江浙一带作战，武汉的空防力量相当薄弱，在连续数月的空袭中遭受到重大的损失。

1937年9月26日，上海的《字林西报》刊发一篇路透社记者从汉口发出的专电，描述日军第一次空袭给武汉一个平民区造成的惨状："记者在街道拐角处仅仅站了10分钟，就看到抬过去120多具伤残的躯体。……最令人不忍心看的是担架上的死婴。已死的和快死的混在一起。大多数受伤者的伤口流着血，一丝不挂。"

1938年年初，苏联空军志愿队陆续进驻南昌和武汉附近机场，使武汉的防空力量大为增强。在他们的协助下，中国军队与日军在1938年年初的

"二·一八"交锋中,取得 11 比 5(击落战机的比例)的战绩。接着进行的两场较大型的空战,又以 21 比 12 和 14 比 2 的"战绩比"赢得了一边倒的胜利。

军史作家萨苏曾深入研究过这段历史。上月下旬,他接受本报记者采访时表示,苏联空军志愿队在武汉保卫战中具有重要地位,"可以毫不夸张地说,如果没有他们,武汉的制空权早就不存在了"。

我们要纪念的应该是一个个活生生的人

今年 3 月,国家主席习近平在俄罗斯发表演讲,提到重庆一对母子为来华抗战壮烈牺牲的苏联空军志愿队大队长库里申科守陵半个多世纪的事迹,引发世人对苏军烈士的关注。

事实上,武汉苏联空军志愿队烈士墓建成 50 多年来,政府和民间的拜祭活动从未间断。中苏关系风风雨雨,武汉苏联空军志愿队烈士墓一直得到了完好守护。

2010 年 11 月 15 日,前来武汉出席中俄印三国外长会晤的俄罗斯外长拉夫罗夫,在时任外交部长杨洁篪的陪同下,向苏联空军志愿队烈士墓敬献了花圈。

今年 5 月 14 日,俄罗斯总统全权代表巴比奇访问湖北武汉,出席"长江中上游地区和伏尔加河沿岸联邦区地方领导人"座谈会。当日下午,他在国务委员杨洁篪陪同下前往解放公园,向烈士墓敬献花圈。

"这些高层的参拜,气氛很肃穆,有礼仪卫兵,大花篮整齐摆放,带给人一种强烈的庄严感。"解放公园管理处柯吉祥主任说。

柯吉祥介绍,20 多年来,省市大大小小的拜祭活动每年都有,其中不乏由主管副市长陪同的外籍官员参拜仪式。随着中俄关系日益深化,文化交流增多,俄罗斯民间人士也时不时前来祭拜、献花。很多个黄昏时分,他去公园巡视,常看到市民游客默立于墓台前,有的还躬身叩拜。

2008 年,解放公园对墓园进行了修缮,次年俄罗斯有关方面又出资 10 万元人民币重修,碑身的大字重新描金,烈士姓名石也换成了大理石。

"与重庆那对母子类似,武汉民间也有不少市民,提了水桶和抹布,洒扫墓碑墓台，刮去一些顽固渍痕。"柯吉祥说。

但在亲历过武汉空战的九旬老人张良皋看来，对苏军烈士的纪念还应该更为深入。"他们把血洒在了武汉，遗体留在了他乡外国。这么多年了，我只要一想起这个就觉得有愧。我们要纪念的不是什么口号，而是一个个活生生的人。"

他们的功绩不逊于"飞虎队"，纪念规格却远逊

同是不远万里来援助中国人民反法西斯战争，美国"飞虎队"在我国多地的纪念馆，无论是纪念形式还是规格，都远高于武汉的苏联空军志愿队墓园。

如湖南芷江的"飞虎队"纪念馆，外形是一座两架飞机型的环形建筑，馆内设4个展览大厅，以大量的珍贵文物、实物和照片再现"飞虎队"的各种英勇事迹和生活场景。其中的中美空军俱乐部旧址嵌有一块青石奠基石，建于1944年，为国家一级文物。展馆复原性建设了当年军官的宿舍，雕刻有很多有名有姓的军官和战士群像，还有陈纳德将军的单人塑像，给人直观的震撼力。这座纪念馆是湖南省级文物保护单位。解放公园管理处柯吉祥主任介绍，同为纪念苏军，大连市旅顺口区的苏军烈士墓"阵容"也要强大得多，修建了紫色大理石砌成的拱形大门、纪念碑，墓地四周绕以围墙，还在1955年苏军撤离旅顺前修建了一座烈士纪念塔。该塔目前为国家一级保护文物。陵园总占地面积达4.8万平方米，1989年被列为辽宁省级文物保护单位。2010年9月，俄罗斯总统梅德韦杰夫曾亲往拜谒。

而仅仅为了墓台上15位苏军烈士的姓名与生卒年月，解放公园就花费了九牛二虎之力四处搜寻。纪念墓直到去年8月才获评为武汉市第五批市级文物保护单位。

没有完整的资料、可感的事迹，墓园除了肃穆庄重的气氛，还能以什么来取信于人？又何谈缅怀与教育？

各方期待尽早还原这段城市历史

据解放公园苏联空军志愿队烈士墓设计师黄康宇先生的夫人蔡德庄回

忆，当年市委市政府市政协，以及那些设计墓园的专家，都是抱着"流传久远"的心态来设计和建设解放公园里的苏军烈士墓，因为他们清楚地知道这段历史的重要性。现在她有些担心，"流传久远"的预想可能落空。

"这是一段对城市意义很重大的历史，但目前的研究依然是空白"，中国现代史学会原副会长、武汉大学教授敖文蔚表示，研究者们应尽早发掘中苏原始史料，还原这段可歌可泣的城市史。

萨苏说，研究苏联空军志愿队，必须官方和民间双管齐下，补足这段空白的记载，"历史越是神秘，对于研究者和读者来说，越具有吸引力"。

俄罗斯驻华使馆武官卢秋科告诉本报记者，如今很多俄国人都希望了解自己的先辈在中国的详细故事，如何加入战争，如何具体作战，又为何牺牲，其间曾经发生过什么。要解答这些疑点，需要两国人民共同努力。

市民于汉明则认为，单单是一块碑、一座墓，后面没有故事，没有内涵，就会显得很空洞，也就难怪人们在墓前空地上画黄线打羽毛球，坐在椅子上打瞌睡。神圣庄严来自内心的感动，来自对具体人、具体事的由衷敬畏。

"你们报纸要是能还原他们的血肉故事，我一定认真拜读。"

（本文为第二十四届中国新闻奖国际传播一等奖《武汉上空的鹰——寻访苏联空军志愿队烈士》系列报道代表作之一；原载 2013 年 8 月 15 日《长江日报》；作者：刘功虎。本系列报道主创：谌达军、胡洁、翟晓林、余坦坦、刘功虎、张凡）

城市平民英雄感动中国

在第二十四届（2013年度）中国新闻奖评选中，《长江日报》的连续报道《当年为救落水顽童致高位截瘫 方俊明28年后获见义勇为称号》获二等奖。这一获奖作品，是从公共信息中挖掘出的独家报道，并一步步推动新闻向纵深发展。

方俊明原是武昌车辆厂的一名车工。1985年8月，28岁的方俊明为救一个假装落水的顽童，跃入河中，造成颈椎骨折，高位截瘫。妻子离开了，父亲也去世了，方俊明的生活无法自理，依靠母亲姜春梅日夜照顾，并将当时尚未满周岁的女儿拉扯大。

方俊明救人当年，武汉市尚无见义勇为方面的奖励条例，被"救"男孩的家庭始终不愿出具书面证明，致使他见义勇为的行为一直未得到确认。对这样一位"英雄"，他所在单位，原武昌车辆厂，只好比照工伤来处理。

武汉市见义勇为基金会于1993年成立，但奖励对象为"与犯罪分子作斗争人员"。每当有人问方俊明有没有见义勇为证书，"我觉得蛮尴尬，只好把报上的报道拿给人家看"。

2013年，一部话剧上演后，方俊明的事迹再次成为人们关注的话题。应方俊明要求，武汉市通过收集材料，确认方俊明当年行为属见义勇为，并颁发见义勇为先进分子荣誉称号。

方俊明的救人之举被认定为见义勇为，是在2013年10月30日举行的武汉市第十三次见义勇为表彰大会上。这次会上共有4个群体和9名个人受到表彰，方俊明是获表彰的个人之一。此时，距他见义勇为已经有28年之久。

对这次表彰，同城有媒体刊发了1000余字的《3位90后火中救出30

人 武汉再添 21 位"城市英雄"》的图文报道,还有媒体刊发了《武汉召开见义勇为表彰大会》这样一条不到 200 字的简讯。对表彰中最具新闻价值和关注度的方俊明,这两家媒体均没有提及。在表彰会这样一个公共信息中,唯独长江日报做出了有关注度的报道。[①]

能从受表彰的众多对象中挖掘出方俊明,与长江日报多年以来对方俊明的持续关注有很大关系:1995 年,长江日报首次以人物通讯在头版头条聚焦方俊明和女儿方丽玲、母亲姜春梅的生活;1996 年,陕西剧作家霍秉全以方俊明为原型创作了话剧《明天》,并在 8 年间 3 次获奖;2004 年年底,经长江日报记者牵线,到武汉领奖的霍秉全与方俊明见了面;2005 年元旦,《长江日报》刊发了霍秉全将 1000 元奖金捐给方俊明的报道;2013 年 6 月,复排后的《明天》首次来汉演出,《长江日报》在演出前后,在显著版面连续进行 5 次报道,引发社会强烈反响,方俊明的命运因此引起武汉市见义勇为基金会的关注。

2013 年 11 月 1 日,《长江日报》在刊发《当年为救落水顽童致高位截瘫 方俊明 28 年后获见义勇为称号》的报道时,在头版进行了醒目导读。紧接着,连续 3 天在一版进行重头报道并刊发评论,其后又组织了"市民大讲堂"活动,邀请方俊明一家和市民互动。再之后,西安邀请方俊明赴当地参加"道德讲堂"活动,长江日报记者继续跟踪报道。

从这组连续报道的 3 篇代表作,也可以看到报道是怎么在动态推进的:第一篇为开篇,从公共信息中抓出独家报道;第二篇《紧紧一抱,解开 28 年心结》,报道的是当年假装落水的顽童出现在方俊明家的一幕,这是报道的重要节点和动态推进;第三篇《一个人和他背后的一座城》,把一个人与一座城市勾连了起来,让整组报道更加丰满。

长江日报的这组报道社会反响强烈:方俊明获评中央电视台"感动中国2013 年度十大人物";当选"全国自强模范",受到习近平总书记会见;中央

---

① 朱建华:《从中国新闻奖获奖作品看新闻发现路径》,出自《传播力 + 的风口》,人民日报出版社 2017 年版。

电视台在"新闻联播""焦点访谈""朝闻天下""今日面孔""东方时空""共同关注""面对面"等栏目,10多次报道方俊明;新华社播发通讯《跳水勇救顽童致残 荣誉迟到28年无悔——武汉平民英雄方俊明被赞"榜样力量"》;全国11家报纸如中国青年报、新京报、广州日报、南京日报、深圳特区报、晶报、西安日报、西安晚报、杭州日报等积极跟进,派记者来汉采访方俊明,多以整版规模推出相关报道;新浪、搜狐、腾讯、凤凰、网易、人民网、光明网、中国日报网、新民网、南都网、中国文明网等网站,对方俊明作了报道和转载;方俊明荣获第四届"武汉市道德模范"荣誉称号。

这组报道,通过深入发掘,层层推进,将一个"城市平民英雄"的事迹,成功经营成为一个引发热议的社会话题,一个传播正能量的全国典型,一个体现和塑造社会主义核心价值观的报道,并引发了全国媒体的跟进。整组报道运用多种传播手段,动态操作,一步步推动新闻向纵深发展。在当时"该不该扶摔倒的人"的议论声浪中,方俊明是对我们每个人内心的拷问。①

虽然荣誉迟到了28年,但方俊明从来没有后悔那次行动。一个家庭的艰辛,一个生命的委屈,这一切都见证了善良在人们心中的恒定不变的价值。媒体的持续报道,体现的是弘扬主旋律、传播正能量。央视给方俊明的颁奖词是:"纵身一跃,却被命运撞得头破血流。在轮椅上度过青春,但你固执地相信善良,丝毫不悔。荣誉可以迟到,英雄终有归处。今天你不能起身,但我们知道,你早已站立在所有人面前。"

当年为救落水顽童致高位截瘫

方俊明28年后获见义勇为称号

"授予方俊明同志武汉市见义勇为先进分子荣誉称号……"昨晚,方俊

---

① 《当年为救落水顽童致高位截瘫 方俊明28年后获见义勇为称号》中国新闻奖参评作品推荐表。

明在女儿带回家的荣誉证书上看到这行字以及鲜红的"武汉市政府"公章后，露出笑容："事情过去28年了，感谢党和政府还记得我！"据悉，市政府将奖励他3万元。

1985年，28岁的方俊明为救一个假装落水的顽童，跃入河中，撞上水下的石头，颈椎骨折，高位截瘫。妻子在医院照顾他5个月后，离他而去。28年来，是母亲姜春梅日夜照顾瘫痪在床的他，还将当时未满周岁的孙女拉扯大。

当年，武汉市尚无见义勇为方面的奖励条例，方俊明的两个同伴出具了证明，而被"救"男孩的家庭仅口头承认过失，始终不愿出具书面证明，致使他见义勇为的行为一直未得到确认。对于这样一位"英雄"，他所在单位，原武昌车辆厂，只好比照工伤来处理。

"1995年，武汉一家媒体报道了我的事，工厂发了一份文件，《关于向舍己救人、身残志坚的好职工方俊明同志学习活动的决定》，奖给我5级工资，护理费从51元增加到97元。"他回忆。

同年，本报和其他武汉媒体、中央电视台"东方之子"特别节目，报道了方俊明的事迹，张海迪、英达等人为他鸣不平，呼吁全社会在制度上给予方俊明这样的英雄以保障。

此时，武汉市见义勇为基金会已于1993年成立，但奖励对象为"与犯罪分子作斗争人员"。

2011年，方俊明在媒体上看到我市奖励见义勇为者的报道。他在接受记者采访时说，希望有关部门认定自己的见义勇为行为。但稿子见报后，没有下文。

这两年，有人问方俊明有没有见义勇为证书，"我觉得蛮尴尬，只好把报上的报道拿给人家看"。

今年6月14日，陕西剧作家霍秉全以方俊明为原型创作的话剧《明天》在武汉上演，方俊明的遭遇再次勾起人们回忆。

市见义勇为基金会副会长邓斌看到本报报道后，上门看望方俊明。方俊明提出，希望政府认定自己的见义勇为行为。建安社区工作人员还帮助他收集了相关材料。

昨日下午,方俊明的女儿方丽玲代表父亲参加了武汉市第13次见义勇为先进群体、先进个人表彰大会。方俊明与其他9人一起,荣获了市见义勇为先进分子荣誉称号。

(本文为第二十四届中国新闻奖连续报道二等奖《当年为救落水顽童致高位截瘫　方俊明28年后获见义勇为称号》代表作之一;原载2013年11月1日《长江日报》;作者:黄征。本连续报道主创:黄征、李皖、翟晓林、刘林德、郑汝可、刘敏)

电影《集结号》中的人物原型

在第十七届（2006年度）中国新闻奖评选中，《武汉晚报》的通讯《一次跨越时空的特殊寻找》获评三等奖。这篇通讯实际上是武汉晚报"为烈士寻亲"系列报道中的一篇，也可以说是代表作之一。

1996年的一天，王艾甫在太原旧货市场的地摊上发现4本1949年解放太原战役中牺牲战士的登记册，其中有84份未发出的阵亡通知书。老人花了3000元买下这些被遗失的文件。曾经当过兵、打过仗的王艾甫知道，在昔日的战友中，有的牺牲后其家属至今还不知道。为了寻找烈士家属、告慰烈士在天之灵，老人散尽家财，自费寻找，足迹遍布湖北、河北、内蒙古等地。几年来，尽管遇到了许多意想不到的困难，王艾甫还是执着地寻找着。2005年6月，王艾甫接待了一位湖北记者，他把阵亡将士登记册和通知书中的11位湖北籍烈士名单交给了这位记者，请他帮助寻找烈士的家属，在当地民政、公安、媒体的共同努力下，烈士郝载虎在湖北省云梦县的家属被找到。[①] 这位老人就是后来电影《集结号》中的原型，而那位湖北记者说的是武汉晚报记者汤华明。

电影《集结号》的导演冯小刚曾说，影片中九连连长谷子地的原型，就是武汉晚报报道的那个寻找烈士亲人的老人王艾甫。《集结号》的宣传片花《牺牲》中，采用了记者在寻找烈士亲人途中的大量录像资料。王艾甫应邀去上海参加电影《集结号》首映式之前，特地打电话向武汉晚报表示感谢，他说："没有武汉晚报的帮助，就不可能找到烈士的亲人，也不可能有很多志愿

---

① 《〈集结号〉原型王艾甫　送84位烈士魂归故里》，《检察日报》2008年2月3日。

者加入进来，更不可能有后来的感动中国的巨大影响。"

时间回溯到 2005 年，汤华明前往太原采访抗战时，王艾甫提出请记者帮忙，寻找 11 位湖北籍烈士的亲人。汤华明回到武汉后，立即前往襄阳、竹山、荆门、宜昌和枣阳等地寻找，6 天后，在云梦县公安局大力帮助下，终于找到了烈士郝载虎的亲属。不久，王艾甫专程来到云梦县双郝村，将阵亡通知书送交到烈士郝载虎亲人手中。寻找烈士亲人的行动，引起华中科技大学团委的高度关注。学校专门把王艾甫一行接到学校了解情况，并发动全校大学生加入武汉晚报的寻亲行动，2006 年年初组建了 172 名学生参加的寻亲行动队，利用寒假开展寻找行动。

武汉晚报与华中科技大学的这次联动，是一次成功的新闻策划。这种联动，可以达到 1+1>2 的效果。对媒体而言，既能更好地帮烈士寻亲，同时大学生的参与也有利于后期持续进行跟踪报道，扩大社会影响；对高校而言，大学生参与为烈士寻亲，是社会实践方式的一次创新，寻亲的过程也是生动的思想政治教育的过程。对大学生为烈士寻亲活动，教育部曾高度评价：寻找牺牲的烈士亲属是一件很有意义的社会实践活动。学生在寻找过程中受到了一次深刻的革命传统教育，对增强当代青年的社会责任意识、国防意识和爱国主义精神更具有特别重要的意义。

后来，华中科技大学寻亲小组，被中宣部、中央文明办、共青团中央、教育部和全国学联，联合表彰为"社会实践优秀团队"。而武汉晚报当年为烈士寻找亲人的活动，也被人民日报、解放军报和中国青年报等当作爱国主义宣传的主题加以跟踪报道。2006 年 4 月起，武汉晚报记者汤华明先后数次应邀到中央电视台，在"讲述""中国教育""面对面"等节目中，向亿万观众讲述当年为烈士"寻亲"的故事。2014 年清明节前夕，距离为烈士寻亲 8 年之后，央视推出《九年寻找　魂兮归来》系列报道，将武汉晚报组织 172 名大学生为烈士寻找亲人的故事，再次展现在亿万观众面前。①

对这组报道的成功，有人评价：跨越时空的传播离不开责任和感动。在

---

① 汤华明：《本报 8 年前的善举感动中国》，《武汉晚报》2014 年 4 月 4 日。

寻亲活动中，生于20世纪80年代的青年学子用自己的行动表达了对光荣与责任的追求，这是他们"寻亲"征程中最大的精神支柱，也是这一代人在未来成长中所必须面对和承担的。寻亲活动之所以受到关注和好评，关键在于它挖掘到了人们内心深处源于纵深的感动。①

从文本的角度而言，同一单位在正文中有"华科大""华中科技大学""华中科大"三种表述，很容易在中国新闻奖参评作品审核时被视为表述不一致，这方面其实是有教训的。简称也不是不能用，但同一稿件中的同一单位，前后出现两种简称，按最新版《中国新闻奖评选办法》，评奖时会吃亏。

行程2万里　访问近万人

一次跨越时空的特殊寻找

昨日，华科大10名师生从武汉出发，乘车辗转7小时，到达竹山县，看望慰问烈士熊起友的女儿熊朝英。清明前夕，学子将随5位烈属一起赴太原烈士陵园祭奠亲人。

如果没有10年前的一次偶然，11名在解放太原战役中牺牲的烈士的亲属们，不知还要等待多久。今年年初，在本报和172名华中科大学生的艰苦寻找下，已有7名湖北籍烈士，"踏"上了阔别已久的故乡之旅。而这种寻找，还将继续下去。

山西来信

1996年，山西太原的民间收藏者王艾甫，偶然发现了84份1949年太原战役中的阵亡将士通知书，其中湖北籍烈士11人。去年9月，老人给本报来信求援，请求帮助寻找11位湖北籍烈士的亲属。

---

① 陈栋:《跨越时空的责任与感动》,《今传媒》2007年第3期。

本报立即派出记者前往相关地区寻找，由于时间短促，只找到烈士郝载虎、马天和的亲属。一个月后，王艾甫老人专程来到湖北，为两位烈士的亲人，送去阵亡通知书。

但是，其他9名烈士的亲属呢？

寻找烈士亲人的行动，受到了华中科技大学7万大学生和校团委的高度关注。校办公室副主任张爱庆专门把王艾甫一行接到学校了解情况。团委书记王志勇表示，"我们将动员全校大学生加入武汉晚报的'寻找行动'，让学生通过向家乡发布信件、网络联系和社会实践等形式，广泛散发这9位烈士的相关信息"。

今年1月中旬，华中科技大学校团委在校园广播、网站发布了为寻找烈属征集志愿者的消息，上千大学生报名。学校根据实际需要，批准172人在寒假回家时参加"寻找行动"。

1月20日，踏上了寻访之路的大学生们，分小组撒向荆门、襄阳、谷城、竹山、枣阳、宜昌等地。

万里奔波

可是，这么多年的变迁，烈士们当年生活的地方多已无从考证。

昨日，记者翻开襄樊组学生薛飞等的寻找日记，发现了如下记载：

"1月22日从早上8点半开始到处查访，先后去了县政府、民政局、广播电台、党史办，后来又去了晚报社，为获取更多的线索，我们与这些媒体和行政部门的人都进行了热心交谈。虽然天气很冷，但大家都没有偷懒，令人感动的是，谭胜虎离调查地点有30里，黄冰娥有50里，但大家都认真寻访，按时赶到寻访点。"

"1月23日襄樊晚报记者称有人在报社询问过烈士李光耀的信息。下午两点钟，我们动身到牛首镇熊集村2组寻找李光耀的侄女。由于该地道路很差，地上的稀泥没至膝盖，所以车也不能行，只能步行，十分艰难。"

李光耀家兄弟3人，李光耀排行老二，他到了娶亲年龄仍无钱娶妻，1947年参军后就杳无音信。没想到，直到如今，才盼来个准信。

1月25日，"寻亲小组"找到了烈士郭耀山的侄子郭天植、郭天雄；同日，烈士李德同的弟弟李德朴和侄儿李志平找到；2月2日，烈士熊起友的女儿熊朝英得到确认。

从1月20日踏上寻亲路到学校规定的返校日，华中科大172名学子走遍8县市、120多个村庄，累计行程近2万里，访问近万人，在襄樊、枣阳、竹山等地，为5位烈士找到亲人。

一夜长大

这场"寻亲"，让这些出生于20世纪80年代的大学生经受了很多磨难，他们也在这个过程中涤荡了心灵。通过这次"寻亲"，他们才发现，深入农村，并不是自己想象的那么简单，有很多困难是事先没法设想的。

要找的地方，有的在地图上根本没有标识，甚至没有公路，而道路也是泥泞不堪，往往是穿着新衣服、新鞋子出去，返回时都成了泥猴。

大学生崔骁凯寻亲归来时，写下了这样一段体会："做一个对国家有用的人，多为社会做贡献，那么就算像烈士们一样年纪轻轻就走了，若干年后人们还会记得。"

翻看着大学生们的记录本，华中科大党委副书记欧阳康说："我们的学生，似乎一夜之间就长大了。"

（作者：邵澜、戴红兵、李红鹰、汤华明、秦杰、彭学明；编辑：何建新、张秋根；原载2006年3月29日《武汉晚报》；获第十七届中国新闻奖通讯三等奖）

第五辑
报道现象不局限于现象

报道现象不能局限于现象本身,以典型的人或事切入,才能让报道更有力。这些获奖报道,为如何报道现象提供了典型样本,背后体现的正是新闻工作者的"四力"。

推出首篇报道前下乡 11 次

在 2012 年度的中国新闻奖评选中,《武汉晚报》的通讯《留守儿童第一校名额堪比"专家号"》获得三等奖。这是一篇关于教育现象的报道,不同的是,报道将目光放在了留守儿童的教育上。留守儿童的教育不是个小问题,报道的对象是入学名额堪比"专家号"的留守儿童第一校——武汉市新洲区邾城四小。今日重读这篇稿件,仍给人感悟和启示。

很长一段时间,城市主流媒体不太喜欢报道农村的事。武汉是个城市,是个超大城市,是国家中心城市,目标是要成为世界亮点城市。以科技为特色的光谷是武汉的代表,但光谷不等于武汉,这如同繁华的北上广深不等于中国一样。数据显示:2014 年,武汉市纳入国家建档立卡贫困人口 88500 人、贫困村 271 个,主要分布在 4 个新城区的 43 个街(乡、镇)。城市主流媒体在报道城市的同时,不妨也把目光往农村放一下,武汉不是没有农村,农村的问题也不是不值得关注。

2013 年,复旦大学新闻学院教授、第二十三届中国新闻奖评委黄芝晓撰文评价:通讯《留守儿童第一校名额堪比"专家号"》是记者带着问题深入农村调研,发现了邾城四小这一典型事例。[①] 其实,在武汉晚报之前,已经有不少媒体报道过邾城四小。为何武汉晚报还能做出影响并获奖呢?

采写这篇报道的记者周锐介绍:邾城四小"寄宿制"办学已有七八年了,从地方到中央,多家媒体都报道过。在推出这组重头报道时,我们认真研究了此前各家的报道。这些报道有写学校办学理念的,有写校长敬业的,有写

---

① 黄芝晓:《直面群众关注的问题》,《新闻战线》2013 年第 11 期。

老师奉献的，有写家长感恩的，除了文字还有摄影专版，可谓内容丰富，形式多样，每个报道都有可圈可点之处。我们意识到，必须找到一个符合时代需要，社会广泛认同的"兴奋点"。关于邾城四小这一组报道，编辑部高度重视，记者也下了很深的功夫。新洲是武汉最远的城区，往返一次100多公里。在推出首篇报道之前，记者前前后后去了邾城四小11次，花了近两个月的时间，掌握丰富翔实的第一手材料，为报道推出打下了厚实的基础。随后，武汉晚报不惜版面，前后推出10余版的系列报道，在社会上引起了强烈反响。相关领导做出批示："真新闻在基层，靠勤跑来发现；好新闻在眼前，靠慧眼来识别；大新闻在身边，靠时代标尺来丈量。"对报道所引发的反响以及后来的获奖，周锐认为，这些恰恰说明了这一典型报道影显了当下的宏大时代背景，并非一个简单教育问题的探讨。①

从新闻价值层面而言，留守儿童是一个全国性的话题。这篇通讯把邾城四小放在中国当下"城乡二元结构"的社会大背景下，关注数千万农村留守儿童成长，关注数千万农村家庭的未来，是对时代主题的回应。周锐获奖之后在接受采访时说，武汉晚报的关注点从"农村寄宿制学校"跳到"武汉留守儿童第一校"。这个跳跃的起跳板就是新闻主流价值观。报道推出后，短短5个月，引来全国近300所学校数千教育界同行自发来此"取经"。近千名读者打电话要求到邾城四小看看，希望把孩子送来就读，其中很多是武汉市在外打工者。武汉市教育局以邾城四小的部分办学经验为基础，修订了《武汉市农村寄宿制学校管理办法》，3万余名农村留守学生受惠。②武汉晚报后来把这篇报道作为"群众通道"，使记者能真正地沉下去，与基层群众联系更紧，作风变得硬朗朴实，文风变得生动清新，挖掘出了一大批鲜活新闻。③

近年，全国各地的教育出现各种新形势、新现象、新举措、新成果，甚至新问题，这些都是新闻的好题材，关键在于发现。有人评价，《留守儿童第一校名额堪比"专家号"》的报道，为破解留守儿童教育难题提供了一个鲜活

---

① 周锐：《用时代标尺量新闻》，《新闻前哨》2013年第12期。
② 王亚欣：《"武汉留守儿童第一校"回应时代主题》，《长江日报》2013年11月8日。
③ 范洪涛等：《升级"群众通道"寻求突围路径》，《新闻记者》2013年第7期。

生动、具有推广价值的样本，反映了教育发展的新成果。①

《留守儿童第一校名额堪比"专家号"》作为系列报道的首篇，刊发在武汉晚报的深度报道版上，稿件不到2000字，时效性比较强，采访扎实，正文的三个部分逻辑很清晰。文尾还发起互动，为后续持续报道埋下了伏笔。与一般通讯标题不同，《留守儿童第一校名额堪比"专家号"》很通俗，也很形象。

还有人从新闻采访写作的角度来分析，《留守儿童第一校名额堪比"专家号"》是一篇具有"对话"样式的好通讯。作为一篇纪实性的报道，作者成功地运用了对话的表达技巧。全文对主要新闻事实的叙述，主题思想的揭示和深化，几乎都是通过对话来完成的。有了精当的对话，不仅能使通讯作品变得生动引人，有利于展示通讯的主旨、个性和时代特征，而且还能增强可信度、亲切感和感染力。②

入学报名要预约　　提前两年来站队

留守儿童第一校名额堪比"专家号"

在武汉新洲区，有一所留守儿童学校邾城四小。学校现有学生2086人，留守学生达1681人，占到学生总数的80%以上。学生每周五天在校吃住学，每月收费300余元。但学校食宿条件和教学水平，不输年收费动辄过万的"贵族式"民办寄宿学校。

价廉而质优，邾城四小的学位自然紧俏。据介绍：最早的学生家长会提前两年到学校登记排队，比大医院的专家号还俏。

邾城四小到底是一个什么样的学校？记者近日到学校一探究竟。

---

① 李志强：《如何挖掘教育新闻报道的选题》，《新闻与写作》2015年第5期。
② 朱惠民：《一篇"说"出来的通讯精品》，《应用写作》2014年第1期。

方便家校沟通 "反季节" 开家长会

昨日下午1时30分，邾城四小召开全校家长会。下午1时，记者在学校门口看到：来开家长会的多是步行或是骑着电动车而来。这与市区名校开家长会，家长竞相开着豪车赴会对比鲜明。

开家长会是学校一项日常工作。通常，学校都是在每学期的期中考试之后，或是每学年（9月）之初举行。邾城四小的家长会选在新年后开学不久。

校长饶小平告诉记者，之所以选择这个时间开家长会，还是为了方便更多的外出打工父母。

"家长平时长年在外，亲自来开家长会很困难，但他们关心孩子教育的心和所有家长一样迫切。多数家长平日都与老师保持电话联系，有的家长甚至特意请假，坐火车从外地赶回来参加家长会。由此可见，家长们对学校家长会的重视。"

饶小平告诉记者，学校调查表明，为了有更多的时间陪子女，现在越来越多的打工家长开始推后外出打工时间。

"这个时候开家长会，父母的到会率会更高，效果也会更好。"该校黄海花书记说。

赵秀珍是该校一位学生家长。她告诉记者，自己和丈夫常年在广州打工，孩子放在家里由哥哥嫂嫂带着。在外打工期间，她一个月会主动打一两次电话给老师，但还是比不上跟老师面对面交流来得踏实。

"这时间开家长会，我们正好赶上！"赵秀珍说。

第一个办寄宿制　老师拿嫁妆钱支持

邾城四小原是新洲城关邾城一所城乡接合部学校，曾一度陷入招生危机。

校长饶小平说："当时，最困难的时候，一年招收新生才40几个，大量学生外流，全校学生规模最少时才200多人。学校差一点就被撤并了。为了招生，老师们被派到辖区内一家一家做动员，每留住或引进一个生源，老师还有招生奖励。"

据饶小平介绍，2005年，老校长张雷英带着老师做了细致调研，发现了留守儿童这块教育空白点。新洲是一所劳务输出大区，外出打工的家长很多，特别需要一所能为他们解决后顾之忧的寄宿制学校。

2005年，全校上下群情激奋，开始办寄宿制。这也是全市最早针对留守儿童的农村寄宿制学校。

"当时，老师自发把钱拿出来支持学校办寄宿制。我们有个女老师是学校困难户，自己家庭经济负担就很重，还坚持拿出3000元集资，学校不忍收她的钱，她当场就急哭。"说到当初的创业，饶小平依然激动不已。

"当时，校长说了创办寄宿制学校的想法，我很振奋。老公也很支持我，还主动帮着做通了家中老人的工作。"李小玲老师当时进校才3年，集资的6万块钱，这是她和老公准备办喜事的钱。由此，她的大婚向后整整推了2年。

据介绍，当时，全校上下都铆足了劲：校长到食堂给学生下热干面、包饺子，老师有空到寝室帮学生洗澡、洗衣服……

邾城四小的创业之举受到区教育局乃至区委、区政府的高度重视和全力支持。武汉农村留守学校的标杆由此出现了。

学生、家长现身说法　学校为什么这么"火"

学校办得好不好，学生和家长最有发言权。

彭文是学校三年级（8）班的一位学生家长，她和丈夫长期在佛山跑运输。她告诉记者，选择邾城四小，主要是因为"孩子在这里，老师都照顾得很好，我们很放心"。

她到现在都清楚地记得自己第一次把女儿送到老师手上的情景。

"女儿上幼儿园是我们自己带在身边的，很黏我们。送到学校的第一天，孩子哭得很厉害，不肯进校门。我很犹豫该不该让孩子留下来。当时，饶老师很自信地让我躲在一旁看，她能做好孩子的工作。因为离得远，我只看到老师在和孩子谈话，孩子慢慢从哭闹中安静下来。后来，孩子就跟着老师走出校门。很久之后，孩子跟着老师高高兴兴地回来了，走进了教室。后来，我才知道，饶老师带着孩子买了她最喜欢的小白兔头花。老师有爱心又有方法，所以我们很放心把孩子放在这里。"

彭文告诉记者，孩子在这学习成绩不错，习惯也养得不错，回到家能自己安排自己的学习和生活，这让她非常满意。

陈圆圆是学校五年级6班的学生。去年上半年，她的父母去了河南，她跟随转学过去了。半学期后，她又转回了郏城四小。

陈圆圆告诉记者，有一次她晚上发烧了，是生活老师背着她去医院挂的吊针，打完针，生活老师又把她背回了寝室。回来的路上，她睡着了，就像伏在妈妈的背上一样。还有一次下雨天，妈妈不在身边，自己的衣服带得很少，是班上的易老师把自己女儿的衣服拿过来给她加上。"这次转回来是因为舍不得这里的老师。在那边，我只有一个妈妈，在这里，我们有很多妈妈。"小女孩说。

（作者：周锐、邹永宁、吴耀武、林贵明；编辑：秦明；原载2012年2月21日《武汉晚报》；获第二十三届中国新闻奖通讯三等奖）

将"学术腐败"推向年度热门

在 2000 年度的中国新闻奖评选中，获评三等奖的《长江日报》消息《武大专家：我国买卖论文成"产业"》也属于一篇现象类的报道。报道通过学者之口，让论文买卖现象走进了公众视野。获奖的虽然是消息，但这也是一组系列报道。

这篇报道的线索是怎么来的呢？作者从武汉科技大学的校报上注意到该校正使用反剽窃软件检测学生论文，顺藤摸瓜找到了从事"论文买卖"研究的武汉大学副教授沈阳，进而独家披露出买卖论文成"产业"这一重大内幕。[①]《武大专家：我国买卖论文成"产业"》获奖后，成为学界和业界关注和研究的案例之一。

武汉大学新闻与传播学院教授夏琼在评价《武大专家：我国买卖论文成"产业"》一稿时写道：该篇消息的亮点在于独家新闻、主题重大、影响深远。首先，新闻的本质在于"用事实说话"。此篇消息不仅赢在采用量化的研究方法，用大量数据说话，更高一等的是立足于受众都能看到、听到、感知到的普遍现象——买卖学术论文，捕捉到一个受众意想不到的角度——国家自主创新能力危机，从一般现象之中归纳出本质问题。所谓"人人心中有，个个笔下无"，层层剖析，连续报道，透过现象看本质。其次，国际影响力深远。记者援引武汉大学沈阳副教授和他的团队 3 年多的买卖论文与非法学术期刊专题研究成果，在国内首先披露"买卖论文"的全国总规模、发生根源、"产

[①] 思浓：《点评〈武大专家：我国买卖论文成"产业"〉》，出自《湖北省获中国新闻奖作品选评（2007—2012）》，中国和平出版社 2014 年版。

业链",迅速成为国际、国内的热点话题。国内主流媒体如人民日报、中央电视台、中央人民广播电台、光明日报等,国际上英国广播公司(BBC)和英国自然杂志,纷纷跟进本报道,从而形成多轮舆论冲击波。①

对国内买卖论文这一"公开的秘密",此前已有媒体报道披露,但是社会反响不大。《武大专家:我国买卖论文成"产业"》发表后引起了国内外的强烈反应,并因此获得中国新闻奖。对此,有人分析:这篇不足千字的消息之所以能够产生"引爆"的效果,主要在于它揭露国内论文买卖的产业化,以令人震惊的事实引发了社会的高度关注和舆论围剿。②

中国人民大学新闻学院研究员刘保全两次撰文都提到了《武大专家:我国买卖论文成"产业"》。他认为,《武大专家:我国买卖论文成"产业"》一稿是记者具有问题意识结出的硕果:作者针对高校中存在的学术腐败之风,抓住这个问题,从武汉科技大学正使用反剽窃软件检测学生论文,顺藤摸瓜找到了从事"论文买卖"研究的武汉大学副教授沈阳,说服他接受采访,并拿到了第一手材料,对"论文买卖"的内幕、成因及解决路途进行全国追踪,最后写成这篇消息。消息见报后,引起了国内外媒体的广泛关注和跟进报道,将"学术腐败"推向最热门的年度话题,收到了很好的传播效果。③他还认为,《武大专家:我国买卖论文成"产业"》一稿是社会新闻的佳作:社会新闻是新闻的"鼻祖",自人类有原始的新闻活动以后,便有了原始的社会新闻。对社会新闻的界定,虽然没有统一规范的说法,但我国业界的基本共识是:反映社会生活中有关的社会问题、社会现象、社会事件、社会动态、社会趋向、伦理道德、人际关系、社会风尚、生活。④

时任江苏省记协主席、第二十届中国新闻奖评委的周世康,则把《武大专家:我国买卖论文成"产业"》视为舆论监督方面体现媒体承担社会责任、敢于揭示真相、聚焦热点的报道:社会越来越复杂,有些新闻事件扑朔迷离,

---

① 夏琼:《思考高屋建瓴 落笔贴近民生》,《新闻前哨》2010年第6期。
② 宋玉书:《一篇引爆舆论的报道》,《记者摇篮》2011年第7期。
③ 刘保全:《社会新闻的价值取向和采写技巧(二)》,《新闻与写作》2011年第11期。
④ 刘保全:《社会新闻的价值取向和采写技巧》,《当代传播》2011年第1期。

只有把真相搞清并公之于众，是非也就随之分明，谁对谁错便可分清。见解越来越多元，一个事件、一个现象面前，议论纷纭，只有把代表主流价值、主流舆论的见解及时亮出来，"早说、敢说、会说"，才能澄清视听、引领舆论。社会对舆论监督的期望在增大，同时舆论监督的难度也在增加，媒体只有不断提高水平，才能担当起这份责任。①

还有人从写作上对这篇稿件进行了分析。当新闻传递具有一定程度模糊认识的信息时，就要用到模糊语言。这种模糊的陈述反而精确反映了人们对客观世界的认识，因此，模糊性和准确性是一种辩证统一的关系，模糊中蕴含着准确。在消息《武大专家：我国买卖论文成"产业"》中，在说到论文买卖的数值时，有这样一段文字：

> 根据电子商务淘宝网论文交易销售额前 20 名商铺的数据，可计算平均每次论文交易花费 649 元。沈阳称，他与多个买卖论文网站的销售人员进行过聊天，证实网站"浏览购买比"一般为 2%～6%。通过公式"平均交易费用 × 每天浏览买卖论文网站的人数 × 浏览购买比 ×365（天）"，计算可知互联网网站论文交易 2007 年度销售额为 1.8 亿～5.4 亿元。如果加上电子商务网站销售、即时通信销售、校园广告销售代写论文以及代发论文收入，该"产业"年交易额还是相对保守数据，具体数值难以估计。

受统计手段的限制，论文交易额的具体数据难以精确，采用"具体数值难以估计"的表述，则精确反映了"专家所统计的'产业'年交易额"只是一个约数这一客观事实。② 对这种写作方式，有人分析，无论是在阐释论文买卖的产业规模还是产业链条的形成，都以"沈阳称"交代消息来源，都有事实和数据为观点提供支持，甚至不厌其烦地说明调查方法和计算公式，让

---

① 周世康：《中国新闻奖作品中的"2009"》，《新闻战线》2010 年第 11 期。
② 韩怀军：《在新闻中使用模糊语言的必要性》，《媒体时代》2013 年第 1 期。

受众知道论文买卖的产业规模如何计算出来，绝非调研者或报道者的主观臆断，更不是为了耸人听闻而夸大其词。①

今天重读《武大专家：我国买卖论文成"产业"》一稿，觉得也有一些可探讨的问题。比如，稿件仅仅是建立在对武汉大学副教授沈阳一人采访的基础上，是否全面？再如，导语是一段直接引语，虽然直奔主题，但仍显得有些突兀。此外，作为消息，800 多字的篇幅，正文出现了"'论文买卖'数亿元""论文生意'一条龙'""'药方'是釜底抽薪"3 个小标题，每个小标题下面仅一段话。

一段时间内，消息稿件正文出现小标题的风气，不仅在长江日报比较盛行，国内其他媒体也比较普遍。这是否符合消息这一文体的写作规范？消息正文能不能有小标题，各方观点并不一致。

有人认为，报纸记者在消息写作中融入了通讯的手法，刻意加上数个小标题，点出重点，使读者一目了然，同时增加了新闻的看点，让读者产生阅读兴趣，这是新闻写作的大胆创新与实践。②类似的观点还有：消息中的小标题将文章分割成几个部分，各部分的主旨中心通过标题表达出来，读者如感兴趣可依次阅读，其做法与通讯中的小标题没有大的区别，可以引导读者速读，帮助读者取舍。③

也有人认为，从新闻体裁上来说，加了小标题的消息"不伦不类"，这种逾越了规矩的"创新"，是不合格产品，更没有资格参加省级好新闻和中国好新闻评选。④还有人把带小标题的消息称为"通讯式的消息"，顾名思义，就是看起来像通讯的消息，也可以说是用写通讯的形式写的消息。⑤

对消息正文频繁出现小标题的风气，北京日报编委、高级记者、北京市新闻学会秘书长陈先旗帜鲜明地指出：消息不像消息了。她认为，短小简洁

---

① 宋玉书：《一篇引爆舆论的报道》，《记者摇篮》2011 年第 7 期。
② 车喜韵：《消息里出现小标题之我见》，《新闻知识》2009 年第 8 期。
③ 王萌等：《漫谈消息中小标题的作用》，《新闻传播》2007 年第 7 期。
④ 李梓：《消息中加小标题弊大于利》，《采写编》2015 年第 3 期。
⑤ 李尚志：《"通讯式消息"的由来》，《新闻记者》2003 年第 8 期。

的消息本来是让读者吃"快餐"的，读题也好，速览也罢，消息在报纸上向来充当的是信息量的主角。现在，有人偏要给它加"佐料"，把"快餐"做成"大餐"，结果需要回归本来面目时，有些人就不会写消息了，还"生"出许多意想不到的问题：一是记者不会承上启下了；二是消息"拉长风"毛病难改；三是消息本身的写作技巧荒废了，报纸上出现了许多无导语、长导语的消息，或者记者根本就不知道什么叫导语。在一些新闻奖的评选中，很多评委发现，好的消息作品越来越少。不能不承认，这和消息的运用混乱有关系。①

2001年10月起任中国记协党组成员、书记处书记的李存厚，主抓和参与中国新闻奖评选工作十多年。他在一次分享中国新闻奖评选工作的讲座中提到：有的把新闻性的评论当作专题报，有的把新闻性的消息当作通讯报，有的在消息的写作上不规范，中间还出现小标题，归到通讯类里又不像，有些不伦不类。②这说明，从评委的角度而言，消息出现小标题至少是不规范的。但盘点中国新闻奖历年获奖作品可以发现，获奖文字消息带有小标题还不止一件，其中还不乏一等奖作品，如在第十四届中国新闻奖评选中获得一等奖的《非典型肺炎病原是衣原体？》正文就有"北京专家认为病原可能是衣原体""广东专家认为病毒性肺炎可能性大"两个小标题。

关于消息的评选标准，中国新闻奖的评选规则也在不断"与时俱进"。2013年，复旦大学新闻学院教授、第二十三届中国新闻奖评委黄芝晓撰文呼吁：这次将"报纸、通讯社作品"更新为"文字类作品"，并将网络媒体另列一项，这是中国新闻奖评奖的进步，但是网络是多媒体，网络作品既有文字的，也有图片、音频、视频的，能否把这些作品也分别归列到文字类、广播类、电视类等奖项中，更显出对网络新闻作品的"一视同仁"呢？③第三十届中国新闻奖的变化之一是以文字消息、文字评论项目为试点，向网络媒体、移

---

① 陈先：《消息不像消息了》，《新闻与写作》2010年第1期。
② 李存厚：《从中国新闻奖获奖作品及存在问题看评奖规则的新变化》，《新闻爱好者》2012年第15期。
③ 黄芝晓：《直面群众关注的问题》，《新闻战线》2013年第11期。

动新媒体放开参评，今后根据试点情况逐步放宽。此外，还把新闻漫画、新闻摄影项目的评选范围扩大到移动新媒体。变化还不止于此。

"消息头"作为评判文字消息写作规范的一项基本要求，如今已经不再作为中国新闻奖评选的一项基本要求。至于原因，连续多年担任中国新闻奖审核委员会主任的唐绪军撰文写道：来自新闻教研单位的一些委员认为，"消息头"是消息体裁区别于其他新闻体裁的明显标志，同时也是明确版权关系、强调独家性的重要显示，是消息写作不应缺失的重要组成部分。在这方面，新华社和人民日报的"消息头"写作就很规范。但是，其他新闻单位报送来的消息作品，要么没有"消息头"，要么写作格式五花八门、各行其是。这种情况应该不应该算作差错？来自新闻媒体的委员们大多不同意把"消息头"的写作规范作为评判消息写作的一项基本要求。他们认为，"消息头"是电报时代的产物，现在都已经是网络时代了，不应该再拘泥于过去的陈规。再说，现在以哪家的写作规范作为评判标准也没有一定之规，不能强求一律。只要消息本身没有错误，"消息头"写作规范不规范可以忽略不计。①

武大专家：我国买卖论文成"产业"

年销售额 1.8 亿～5.4 亿元　主要发表于非法学术期刊

"2007年我国买卖论文'产业'规模为1.8亿～5.4亿元，论文购买者遍布高校、研究单位等，搜索引擎是到达买卖论文网站的主要途径，论文主要发表于非法学术期刊上。"

武汉大学信息管理学院副教授沈阳昨日透露，蔓延整个学术界的买卖论

---

① 唐绪军：《在吹毛求疵中树立中国新闻界的标杆，首届两奖审核委员会工作纪要》，《新闻战线》2014年第11期。

文现象，已经成为信息科学领域值得深入研究的重大现实课题。有鉴于此，他和该校另一位教授和一位博士生，通过对买卖论文现象的长期充分调查，实证分析出论文买卖的动力机理、传播渠道和盈利规模。

沈阳介绍，使用搜索引擎软件工具，可获得Google和百度"代写论文""论文""论文发表"和"买论文"搜索词的前面323个返回网站。统计发现，所有发表的论文有极大的相关性，实质都是非法学术期刊产业链的组稿源头，这些论文绝大部分发表在非法学术期刊上。

"论文买卖"数亿元

根据电子商务淘宝网论文交易销售额前20名商铺的数据，可计算平均每次论文交易花费649元。沈阳称，他与多个买卖论文网站的销售人员进行过聊天，证实网站"浏览购买比"一般为2%~6%。通过公式"平均交易费用 × 每天浏览买卖论文网站的人数 × 浏览购买比 ×365（天）"，计算可知互联网网站论文交易2007年度销售额为1.8亿~5.4亿元。如果加上电子商务网站销售、即时通信销售、校园广告销售代写论文以及代发论文收入，该"产业"年交易额还是相对保守数据，具体数值难以估计。

论文生意"一条龙"

沈阳称，他们研究还发现论文交易网站具有一些共同特点：如论文选题涉及范围广，文、艺、理、工、商、法、医无所不包；经营业务流程完整，包含论文写作、论文发表、论文翻译、论文检索，允许组织加盟，在全国各大城市设办事处，便于沟通客户分享利润；在所属行业或群体设联络员，引荐推广，收取加盟费用，形成"传销网络"。2008年，这些买卖论文网站均进行了搜索引擎推广。

"药方"是釜底抽薪

沈阳称，为遏制当前买卖论文的严峻形势，应避免论文成为评职称的唯一指标，取消不以研究为指向的本科生、专科生毕业论文答辩；构建完善的基于第三方机构的互联网期刊管理模式;推进反剽窃系统研发和应用;提高各类期刊社鉴别真伪能力;搜索引擎和网站切实负起社会责任;阻击买卖论文广告。

（作者：万建辉;编辑：叶健;原载2009年12月17日《长江日报》;获第二十届中国新闻奖消息三等奖）

饭桌闲聊中抓出好新闻

在 2005 年度中国新闻奖评选中,《武汉晚报》获二等奖的消息《3000 小考生"妖魔化"妈妈》,与此前一年获中国新闻奖二等奖的消息《陶教授破解上网成瘾难题》有很多相似的地方。比如,都是对社会现象的报道,都做成了系列报道,在角度选择上都紧扣时代主题,侧重建设性。另一个共同点是,报道都是记者胡俊领衔完成的,且刊发时同时配发了"胡俊视点"的栏目题花。

依靠名记者的影响力把专栏专版做大做强,依靠个性化的专栏专版构筑名记者的发展平台,这是武汉晚报历史上实施的培养人才与培植专栏专版的"双品牌"战略。1999 年,武汉晚报率先推出以范长江新闻奖获得者范春歌名字命名的"范春歌工作室",这也是国内第一个以记者个人名字命名的工作室。从 2002 年起,又相继推出"胡俊视点"等 31 个专栏专版。这些专栏专版或由一个知名记者担任主持人,或以一名记者为核心,选配几个记者协同作战,个性鲜明。武汉晚报下大力气包装栏目和主持人,提高了记者编辑的知名度,让年轻才俊脱颖而出。市民看专栏专版熟悉了记者编辑,又通过记者编辑记住了专栏专版。①

罗建华 2006 年曾撰文评价:武汉晚报的品牌栏目"胡俊视点",2004 年以来策划组织了两组系列报道——"挽救上网成瘾者行动"和"妖魔化妈妈",以全国性的广泛反响有力表明:媒体不仅是传播者,还是社会行动者;记者不仅是报道者,还是社会活动家。②

---

① 王作晖:《武汉晚报:"双品牌"战略提升影响力》,《武汉晨报》2004 年 10 月 25 日。
② 罗建华:《新闻可以延伸为行动》,《新闻战线》2006 年第 8 期。

赏析一篇稿件，往往从线索是如何来的开始。《3000小考生"妖魔化"妈妈》参评中国新闻奖的申报资料实录中介绍：记者在饭桌闲聊时获悉，湖北地区最有影响的"楚才杯"作文比赛中，很多孩子把逼他们培优的妈妈塑造成"母老虎""河东狮吼"形象。后经调查统计，发现有3000名小考生在作文中"妖魔化"妈妈。记者据此成文，并围绕"构建和谐母子关系"这个主题，展开报道。整个过程是一个记者发现线索、挖掘事实、编辑部提升价值和扩大影响的过程。

"楚才杯"实际上指的是始于1985年的楚才作文竞赛。楚才作文竞赛是由中国新文学学会（国家一级学会，教育部主管）、长江日报报业集团共同主办，武汉市人民政府批准，台湾联合报系、香港教育工作者联会、澳门中华教育会等单位协办，国务院台办交流局、湖北省台办、武汉市台办、武汉市教育局支持，包括武汉大学、华中科技大学、华中师范大学、中南财经政法大学、中国地质大学、武汉理工大学、华中农业大学在内的众多著名高校认可的大型公益性现场作文赛事。

2003年年底，武汉晚报与长江日报合并组建为长江日报报业集团。应该说，长江日报在"楚才杯"的报道上有"近水楼台"的优势，但《3000小考生"妖魔化"妈妈》的报道被武汉晚报挖掘出来，并做出全国影响，后斩获中国新闻奖，显出晚报抓新闻的业务能力。有人认为，《3000小考生"妖魔化"妈妈》是从旧闻中抓出的新闻。①从家庭教育异化的角度看，这确实是条人所共知的"旧闻"。但"文章一出，引起极大轰动，网上、媒体热议一片"，也再次说明新闻的确是常做常新。

对这篇报道的社会价值，有人认为报道反映了只有家庭和谐才有社会和谐的重大主题，体现了媒体强烈的社会责任感。②还有人直言，消息《3000小考生"妖魔化"妈妈》一发表让社会震惊了，把千千万万个家长所熟悉的生活变陌生了。这篇消息运用"陌生化"思维，听到新闻线索后作出直觉新

---

① 李艳梅：《在旧闻中发掘新闻》，《新闻前哨》2005年第7期。
② 陈朝晖：《软化：使新闻更加精彩耐看》，《军事记者》2009年第7期。

闻价值判断，在人们熟悉的生活中提出让人惊醒的社会问题，几家中央权威媒体对此跟踪与聚焦，题材的意义确实重大。①

新闻，每天都是新的。抄材料、炒冷饭、拾人牙慧、人云亦云的报道不可能赢得受众。只有从真实的生活中悉心寻找、慧眼发现那些鲜活的"鱼"、水灵的"料"，再经过记者的精心加工，匠心独运，才能写出脍炙人口的新闻作品。有同行评价《3000小考生"妖魔化"妈妈》这篇报道时说：抓住热点，从一个侧面披露了现行教育体制存在的弊端，引发家庭、学校和政府参与讨论，共同寻找解决途径。这篇报道选取了巧妙的切入点，选择"3000小考生妖魔化妈妈"这一新闻事实，既有鲜明个例，又有普遍代表性，这样素材鲜活、角度新颖的报道自然会引起社会的广泛共鸣。②

《3000小考生"妖魔化"妈妈》篇幅不长，正文仅400多字。作为对一种社会现象的报道，稿件在写作上高度概括的同时也不乏细节描写：

> 孩子们被妈妈逼着赶场培优、参加奥赛、练琴学画、做着永远也做不完的练习题。在这些孩子的笔下，妈妈是"会计师"，计算好了他们的每一分钟；妈妈是"变色龙"，考了满分她睡着了都会笑醒，考差了就会大发雷霆；妈妈是"母老虎"，每次出去玩总被她准确地堵回来；妈妈是"河东狮吼"，看一会儿电视她就会发作……

这实际上是用细节整合的形式，概括了孩子们作文里"妖魔化"妈妈时有代表性的情节，反映了作者生活提炼和细节概括的独到功夫，给我们以深刻启示。③

很多有影响的报道，并非单靠一篇消息。《3000小考生"妖魔化"妈妈》刊发后，后续推出了一系列的报道和活动。比如，构建短信、网络平台，广泛发动读者参与，形成持续热点，推出一系列配套活动，成立专家团，培训

---

① 黄家雄：《用直觉新闻价值判断驾驭社会生活》，《新闻前哨》2006年第8期。
② 袁新文：《教育报道怎样彰显百姓情怀》，《中国记者》2010年第5期。
③ 许万全：《"用事实说话"与用细节"刻画"》，《新闻前哨》2006年第8期。

志愿者，举办公益讲座，开办热线电话，极大吸引了人气，扩大了社会效果。①

《3000小考生"妖魔化"妈妈》作为"构建和谐母子关系"系列报道的首篇隆重推出，并配发了内容更翔实的深度报道。随后不仅连续报道持续3个多月，还组织了"构建和谐母子专家团"及专业志愿者队伍，为100对母子家庭进行了具体辅导，为1300对母子开办了讲座。人民日报、中央电视台等近百家媒体对此进行了跟踪，新华社"新华视点"还以《谁扭曲了母亲的形象》为题进行专题聚焦，在全国乃至海外产生了强烈反响，为构建和谐母子关系起了很好的舆论引导作用。②

"记者要自信，要学会调动整合社会资源，不断放大新闻亮点，形成势不可当的报道强势，最终就能得到社会的广泛关注。"主创胡俊事后总结说：记者的个人能力是有限的，这组报道经编辑部全力策划，记者主动出击，采取各种手段，调动社会资源，不断放大新闻亮点，让报道产生巨大的社会影响力，最终形成了"让人耳目一新"的报道强势。③

对这篇报道所产生的社会影响，有人认为主要原因之一在于选取了一个最佳角度。采写该文可以有多个角度，如可以报道"楚才杯"作文比赛的影响；可以是"楚才杯"比赛中优秀选手的报道；也可以是对其赛事活动过程的报道等。从这些角度入手也都会是一篇较好的稿件，但在诸多的新闻角度中，作者通过比较，选取了有七成孩子在比赛试卷上，把他们的妈妈塑造成"母老虎""河东狮吼"形象的新闻事实的角度来报道，既有鲜明的个例，又有普遍代表性。中小学生学业负担过重，母亲又逼孩子培优，造成孩子产生逆反心理，这已成为一个困扰众多家庭和社会的问题。如此看来，新闻报道若想体现最佳的报道效果，就需要记者在采写新闻的过程中，要树立选择最佳角度的意识，善于运用比较的眼光，最大限度地展开客观事实的新闻价值。④

---

① 谢晖：《强化问题意识与争创精品力作》，《文史博览》2013年第9期。
② 邹玲：《评析〈3000小考生"妖魔化"妈妈〉》，出自《湖北省获中国新闻奖作品选评（2007—2012）》，中国和平出版社2014年版。
③ 胡俊等：《让新闻亮点更"亮"》，《新闻记者》2006年第9期。
④ 开闽霞：《如何选择最佳的报道角度》，《新闻世界》2011年第1期。

《3000小考生"妖魔化"妈妈》的另一个优点是在后续报道的组织、策划和呈现上已经有了媒体融合的意识。2016年，中国人民大学教授蔡雯专门提到了这篇报道：突破了单一纸媒的报道模式，第一次将报纸、手机短信平台和网站联动，将新闻报道与组织公益活动相结合，产生了巨大的社会影响。这些案例都是新闻创新的成功样本，也成为我们课堂教学的素材。①

中国人民大学教授陈力丹等人在肯定这篇报道优点的同时，也指出了报道存在的不足：一是消息对母亲和孩子的描写比较泛化，没有出现具体形象，采取的仅是整体概括的方式。二是消息中完全没有妈妈们的声音，这不符合"平衡"的消息写作规则。三是文中导语和结尾段两次出现"不约而同"一词，第三段中用了叙述性很强的排比句，很像是作者自己的评论和概括，主观性比较明显。四是消息关注的问题是教育体制影响下的母子紧张关系，其根源在于应试体制的弊端，那么最后的落脚点显然应转向教育体制的改革，不应只是就事论事，停留在"构建母子和谐关系"的层面上。如果换个角度选择引语，消息的意义或许会更深刻些。②陈力丹指出的一些问题，其实后面版面刊发的报道中有涉及，如果消息稿件中也能点到可能就好了。

报道甚至在社会学界引起了一些关注和讨论。有学者认为，母子冲突多，是因为女性被安排养育孩子，每天负责大量琐事。如果由父亲来承担这一育儿职能，父子冲突也会急剧加大。③还有人直言不讳地指出：报道在唤起社会重视母子关系不和谐问题的同时，也在不自觉中加深了另一种冲突——完全忽视了女性的利益。全国其他的一些媒体相继加入了该事件的报道，也促进了社会性别偏见的传播。④今天的媒体如果操作类似的选题，面对报道中的性别倾向问题时，确实要慎重，毕竟媒介环境等在今天已经发生了很大变化。

---

① 蔡雯：《移动互联时代更应努力打造新闻精品》，《传媒观察》2016年第8期。
② 陈力丹等：《用孩子的眼光看世界》，《新闻与写作》2007年第7期。
③ 郑丹丹：《亲子冲突原因辨析》，《云南民族大学学报》2007年第2期。
④ 赵雪情：《社会性别偏见的传播》，《妇女研究论丛》2006年第1期。

楚才作文中,"变色龙""母老虎""河东狮吼"竟成"母亲"形象代名词

3000小考生"妖魔化"妈妈

"楚才杯"五年级作文题"给我一点时间",让3000名被逼培优的十龄童,不约而同地将妈妈刻画成"变色龙""母老虎""河东狮吼"的形象……

22日记者在"楚才杯"组委会,发现五年级4200份考卷中,超过70%的孩子选择了一个共同题材——被妈妈逼着整天培优,学习压力大,期望妈妈给自己一点时间。

孩子们被妈妈逼着赶场培优、参加奥赛、练琴学画,做着永远也做不完的练习题。在这些孩子的笔下,妈妈是"会计师",计算好了他们的每一分钟;妈妈是"变色龙",考了满分她睡着了都会笑醒,考差了就会大发雷霆;妈妈是"母老虎",每次出去玩总被她准确地堵回来;妈妈是"河东狮吼",看一会儿电视她就会发作……

在妈妈们看来,这样做是因为爱,是望子成龙。但孩子们并不领情:"妈妈,你在我心中的地位非常高尚,我不愿因为这而讨厌你,害怕你,我渴望拥有快乐的童年。"

华中科技大学教育专家郑丹丹认为,3000考生不约而同地"妖魔化"妈妈,反映了妈妈们在当代社会面临的共同困惑,也说明构建和谐母子关系迫在眉睫。

(作者:胡俊、秦杰;编辑:何建新、赵代君;原载2005年4月25日《武汉晚报》;获第十六届中国新闻奖消息二等奖)

手握铁的事实"攻政策"

在 2005 年度的第十六届中国新闻奖评选中,长江日报报业集团的两篇获奖文字类报道颇为相似,都是关于社会现象的报道,一篇为武汉晚报的《3000小学生"妖魔化"妈妈》,一篇为长江日报的《不能再走"先污染再治理"路子——探访"农家乐"环保问题》。

环保题材在中国新闻奖历届获奖作品中占有较大比例,这是一种必然,背后既与党和国家的重视有关,也与人民群众的关心有关。长江日报报业集团获中国新闻奖的作品中,除《不能再走"先污染再治理"路子——探访"农家乐"环保问题》属于环保题材外,邱焰、金振强拍摄的《黑色村庄》组照也属于环保题材。

环保问题是热门题材。不能再走"先污染再治理"路子,这个提法已经深入人心,成为共识。但就新闻报道而言,如何在大的主题下找到一个小切口,是对媒体人的考验。新闻,一具体就生动。《不能再走"先污染再治理"路子——探访"农家乐"环保问题》以"农家乐"为切入口,找到了生动的例证:武汉市郊俗称"农家乐"的农业旅游发展迅猛,景点接近 600 处,风格特色各异,深受市民和游客欢迎;"农家乐"建设与经营,眼看走上"先污染再治理"的老路。本地媒体以本地社会经济发展中的现象为例,增强了报道的贴近性。

在写作与呈现上,《不能再走"先污染再治理"路子——探访"农家乐"环保问题》一稿也颇具特色。2500 多字的稿件可分为三部分:第一部分为开头,引入问题;第二部分为主题,直击问题;第三部分为结尾,针对问题提出对策和建议。在第二部分,1600 多字的篇幅,用了 6 组镜头直击记者探访看到的问题。这是这篇稿件最大的亮点，用镜头直击的方式，最大的好处在于现场感特别强，增强了问题感和紧迫性。这不正是媒体人脚力、眼力、脑力、笔力的体现吗？

从策划到采访再到呈现，这篇稿件的背后也让人看到了新闻生产的过程，是一个集体协作和不断提升的过程。好的策划，采写要到位，后期呈现也要到位才行。稿件在《长江日报》头版头条刊发，代表了编辑部对这一题材的重视。

《长江日报》的这篇稿件刊发于2005年7月4日。《人民日报》2020年8月15日刊文介绍：2005年8月15日，时任浙江省委书记习近平在浙江湖州市安吉县余村考察时，以充满前瞻性的战略眼光，首次提出"绿水青山就是金山银山"的重要论断。"两山论"阐述了经济发展和生态环境保护的关系，揭示了保护生态环境就是保护生产力、改善生态环境就是发展生产力，既是重要的发展理念，也是推进现代化建设的重大原则。[①]

在2006年的全国两会上，时任国务院总理温家宝在回答记者有关环境污染的问题时坦言，环境污染确实已经成为当前中国发展中的一个重大问题，这个问题至今没有得到很好的解决。"十五"规划大多数的指标都基本完成了，但是，环境指标没有完成。温家宝说，我们多次强调，中国绝不能走"先污染后治理"的老路，要给子孙后代留一片青山绿水。但是必须有切实有力的措施跟上。[②] 这也从侧面印证了长江日报报道的意义和价值。

对这篇稿件的采编过程，主创之一的王南方曾撰文讲述并分享经验：有一次，记者在随行采访中捕捉到市长寥寥数语：市郊聚集多处"农家乐"，搞餐饮、供住宿，富民增收的同时，可能对环境造成很大挑战。这几句话与当天报道无关，却是一条好线索。报社研究认为值得关注，当即组织力量，兵分几路，克服重重困难，暗访"农家乐"，形成报道。稿件见报后，市委市政府对乡村休闲游出台管理措施。事实上，党政记者所跟访的都是高层领导，随市领导调研的也多是政企要员。他们不缺真知灼见，更兼一手信息密集。其信息密集程度，甚至胜于媒体专程上门采集。这样的机会不可偏废。关键

[①]《护美绿水青山　做大金山银山》，《人民日报》2020年8月15日。
[②]《温家宝：中国绝不能走"先污染后治理"的老路》，人民网2006年3月14日。

是记者要"有备而来",心中有题目,才能眼耳捕信息。①

作为这篇稿件的编辑,李栋在回顾和评析此稿时总结:这篇通讯从一开始,其报道目的便定位在"攻政策"上。"攻政策"必须手握铁的事实。问题是,没有任何一个政府部门,比如,农业、旅游以及各个远郊区掌握"农家乐"建设的具体情况,许多说法仅仅停留于印象和现象。这种状况决定新闻采写不能跑机关,唯有下底层,不能指望政府权威资讯,只能靠原始的眼见为实。数名记者明察暗访,采集第一手资料,然后"剪辑"成6组分镜头,形成报道。因为是批评报道,接触了很多负面情况,其中的劳顿、阻碍、风险和不受欢迎,自然多于一般采访。报道以后的事态证明,恰恰是千辛万苦得来的第一手材料,吹响警笛声声,引起政策"关注",恰恰是当初"攻政策"的策划,决定报道的效果。至于写作,本来还有一种考虑,就是浓缩成千字消息。按新闻写作常理,相近相似材料,以一带十、尽可能合并。那么为什么选择大篇幅?为什么摇动多组镜头而不追求简明?这依然源自最初的立意。既然要"攻",火力须足。既然是敲警钟,多敲胜少敲。公众欲知未知,政府部门应知而不知的情况,需要表述充分、密集,连续敲响警钟,形成新闻冲击力。②

不能再走"先污染再治理"路子
—— 探访"农家乐"环保问题

武汉市郊出现两种状况:

俗称"农家乐"的农业旅游发展迅猛,景点接近600处,风格特色各异,深受市民和游客欢迎。

记者连日分五路,赴4个远城区和环东湖地区调查"农家乐"环保现状。总体情况为:污水基本未做无害化处理,直接排江入湖下地;垃圾的处理或填

---

① 王南方:《论党政领导机关新闻资源开发》,《新闻前哨》2010年第7期。
② 李栋:《"攻政策"须掌握第一手材料》,出自《湖北省获中国新闻奖作品选评(2007—2012)》,中国和平出版社2014年版。

埋很随意，没有统一环保安排。

"农家乐"建设与经营，眼看走上"先污染，再治理"的老路。

近日，市长办公会上，市长李宪生面色凝重：这样下去，群众要骂我们，后代要怪我们。这次调查的14个选点，大致分为两类：大型度假服务机构、连片开发的"农家乐"经营户。

其中，10家经营单位没有污水无害化处理设施，2家装有设备，是否正常使用存疑。只有木兰天池景区"明清仿古一条街"以及东湖边渔光村污水处理设备在运行。

垃圾处理方面，多数地方随意填埋。

镜头一

距木兰天池景区不远，有个村，叫作棉花洼。靠近路边一排门店，外墙好像刚粉过。记者走进一间"桥头山味"小店，店门边挂了一个牌——"休闲农舍"，市旅游局将其编号为"002"。

经营者说："我们这里是'农家乐'示范点，政府刚把最前一排房子扒了重新修，楼下餐饮、楼上住宿，上个月刚完工。"

据说，每座新楼政府补贴1万元。

"楼修好了，指挥部撤了，配套还不齐。没有污水处理设施，垃圾没有人管。"在经营者指引下，我们看到餐馆污水通过暗沟，排进几十米外的化粪池。垃圾堆得小山似的。

"池子根本不够用"，很多垃圾、污水直接进了门前那条不知名小河。

餐馆房东黄先生说："我们村祖辈喝这条河水，蛮甜。自从搞旅游开发，水一天不如一天。到去年，河水脏得没法喝。政府出钱打井，现在，我们村喝的都是地下水。"

黄先生在街面上还有一栋房，想租出去。"前几天，有人来看房子，一听说没有污水处理设施，走了。"

镜头二

沿着山间柏油路，车行至梅店水库上游。鳄鱼岛山庄临水而居。

山庄负责人介绍，山庄有20多个房间，能接待60多人住宿，100人同时进餐。

他说，两天前，区环保局派人来过，下了一张整改通知单，这是自去年10月开业以来，他们接到的第3张类似通知单。

黄陂区环保局人士说，这家山庄有问题：建设前未做环境影响评估。没装污水处理设施，污水最终排向梅店水库。

他说，梅店水库属于受保护的二类水体，按国家规定不能有排污口。水岸边100米距离以内，不能修宾馆。区里已经修建的，必须上污水处理设施，达标后再排放。"这个量肯定不能多。"

8个月只发"通知"，不见执行，环保人士解释，山庄所有者和经营者分离，责任主体没弄清楚。

鳄鱼岛山庄负责人也觉得靠"说好话"拖着不行，"长期看，还要上设施。我们自己也喝水库的水。"

区环保局介绍，目前，木兰山上29个酒店、宾馆都没有污水处理设备。

镜头三

汉南百里长江干堤上，每隔2公里，立有一休闲亭或小屋。

记者走进一间休闲屋，屋里一厅3房，没有厕所，没有厨房，没见下水管道。放着炊具的一个房间里，一个大塑料桶盛着浑黄的水。

"我们喝长江水，还没通电。""厕所呢？"屋里人指指窗外。

汉南区水务局负责人介绍，他们在江堤上，做了两个休闲屋，预计"十一"前开业。

"休闲屋背靠农田，自净能力强，目前还没有考虑到污水处理问题。"

镜头四

蔡甸靠近南湖地段，分布大小度假村近10个。没有市政管网，给、排水各自解决。

湖边，知音度假村建有一个铁皮箱子似的小房子，据说是从南湖中取水后消毒再给客人饮用，办公室一位刘主任承认，由于水有异味，通常给客人喝桶装水。

这个度假村建有沉淀池，但池子是干的，污水处理设备看上去久未使用。刘主任说，近期客人少，没什么污水。

这里能同时接待300人就餐、100多人住宿。采访时有两三栋别墅住着人，记者不免疑惑：是污水少，还是治污成摆设？

神怡山庄的污水处理场所更令人疑惑：沉淀池存着些许黑水，一张蜘蛛网掠过水面，占领了长方形沉淀池的3个角。另一张蜘蛛网，则结在污水处理设备控制钮附近。

负责人解释：当污水超过沉淀池二分之一时会运转设备处理。而另一位经理说，山庄月平均接待上千人次，一天要用水30余吨。以这个数字推算，这个沉淀池应该常用才是。

蔡甸区环保局一负责人介绍，治污问题，局里不定期督查。

"从督查情况看，企业是否正常使用了处理设施？"记者问。这位负责人说，自己不分管，不知道。

镜头五

鱼丸一条街，位于市区进入江夏的门户——江夏大道旁，紧临汤逊湖。20世纪90年代末，周边村民自发开始从事鱼丸餐饮。2000年，汤逊湖养殖场投资兴建的鱼丸一条街开街，红火一时。目前，共有43户经营者。

街内餐馆，统一修建、接通了下水管道。没有污水处理系统，这些油水最终排入汤逊湖。

据悉，环保部门曾提议，由这一带餐馆共同出资60万元；建独立的污水处理站集中处理，响应者寥寥。

另悉，汤逊湖污水处理厂早已建成，因管网未配套还未运行。

镜头六

东湖高新技术开发区赵家池渔场，有几家以鱼塘为依托的"农家乐"。

最出名的当数"洪湖浪"。老板从洪湖来，租了1200亩鱼塘。就在鱼塘边，三面环水的小岛上开起餐馆，高峰时，能接待上百号人。

老板将污水引到餐馆200米外一个干枯鱼池，称鱼池有草，"能洁污水"，"水还没有漫过鱼池，就渗入地下"。

至于一次性碗、筷、桌布，"我们都烧了，其他垃圾找地方埋掉"。

所谓"农家乐"，属农业旅游范畴，是指以农民或私营企业主为主体，以土地、庭院、堰塘、果园、花圃、农场、经济作物等形成的乡野风光和特色为引力，为旅游者提供观光、娱乐、运动、住宿、餐饮、购物等旅游服务。

在武汉，这是一个新兴的产业。据统计，2004年我市农业旅游景区（点），接待游客近620万人次，实现旅游收入6.44亿元。

眼下，市政府以黄陂为重点，编制包括"农家乐"在内的旅游发展规划。将来，各区都要规划先行。

问题是规划未颁，市场先动，污染还在扩大。

有的区规划和环保人员反映："现在，很多工程先斩后奏，工程做完，才让我们去看"，"有的是我们听别人说才知道有这么个地方"。

黄陂区环保局感到管理力量单薄，不到10个人管理947平方公里的黄陂木兰生态旅游区，"顾此失彼"。

鳄鱼岛山庄负责人说，企业实力弱，难以承受一步到位的环保投入。经营者原是建材商人，看好休闲旅游，签下12年经营合同。"当初，没有考虑到环保成本。"

人们建议，农业旅游尚在培育期，政府可考虑适当补贴，促重点景区环保先到位。再就是市场化运作，吸引社会投资污水处理设施，为成片"农家乐"提供有偿服务。

（作者：王南方、杨菁、冯欣楠、张辉、冯爱华、周韧；编辑：李栋；原载2005年7月4日《长江日报》；获第十六届中国新闻奖通讯三等奖）

花开全国的"挽救行动"

在第十五届（2004年度）中国新闻奖评选中，《武汉晚报》的消息《陶教授破解上网成瘾难题》获评二等奖。这篇报道的主角虽然是华中师范大学教授陶宏开，但很难将其归为人物报道，更像是一篇针对社会现象的报道：在青少年沉迷网络游戏成为社会关注的焦点时，一位教授找到了解决的办法。在很多家庭无助时，陶宏开的出现，就成为媒体和社会关注的重点。

据当时媒体报道：全国有244万名少年上网成瘾。他们不仅爱上网，而且着了迷，上了瘾。按照国际上标准的说法，这叫"互联网成瘾综合征"（英文简称IAD），其"症状"就是上网时间失控，欲罢不能，难以自拔，可以不吃饭不睡觉，但是不能不上网，他们即使意识到问题的严重性，却仍会继续，常表现为情绪低落、头昏眼花、双手颤抖、疲乏无力、食欲不振等。网瘾少年是困扰中国众多家庭的社会问题。[1]

网瘾少年带来的严重问题，使社会需要有一个人的出现，需要有一个事件的出现。武汉晚报是全国比较早意识到青少年上网成瘾这一社会问题的。2004年5月5日，《武汉晚报》在头版头条刊发报道《母亲哭诉 谁来救救我的女儿》，报道的是武汉市新洲区一位母亲含泪的求助——她17岁的女儿曲倩曾是名校尖子生，因沉溺网吧，长期逃课，面临休学。她下过跪、动过手、报过警，但毫无作用。报道刊发后，60岁的陶教授主动"揭榜"，陶教授破解上网成瘾难题也由此拉开序幕。

网瘾少年，是过去多年来媒体一直关注的热点，曾经有过很多报道角度，

---

[1]《社会各界努力挽救244万少年上网成瘾》，《汕头特区晚报》2004年12月20日。

如披露各类触目惊心的典型案例，如控诉违规网吧，呼吁政府查处。但这类报道多是治标，没有治本，报道风头一过，问题依旧，甚至更加严重；很多网瘾少年与家庭的对立情绪没有消除，反而陷入更为痛苦的轮回之中。武汉晚报在策划上则另辟蹊径，一开始给报道定位——做成声势浩大的"挽救上网成瘾者行动"，帮助网瘾少年成功脱瘾，为他们的家庭提供援助。①

2004年8月8日，《武汉晚报》头版头条见报的《陶教授破解上网成瘾难题》，实际上是对前一阶段报道的追踪：曲倩的脱瘾成功，吸引了众多焦急的家长。3个月的时间，在陶教授辅导下，共有65名孩子成功脱瘾，消息传开，热线被打爆。《陶教授破解上网成瘾难题》虽然是以消息参评中国新闻奖并获奖，其实这组报道更像是一组系列报道：报纸精心策划，持续报道近一年，发稿200篇，最终使"挽救行动"花开全国。对陶教授，央视"新闻联播""焦点访谈""新闻调查""东方时空""面对面"等多个名牌栏目先后聚焦，中央领导同志给予高度评价。陶教授因此走进2004年度中国电视十大新闻；全国人大会上，18位代表据此联名建议制定《未成年人网络保护条例》。在2004年度的武汉新闻奖评选中，《陶教授破解上网成瘾难题》的报道因"引起社会广泛关注、取得显著的正面宣传的积极效应，为多年来少见，被增设为特等奖"。②

新闻工作者不仅是信息传播者，还可以成为新闻事件的参与者。因为媒体可以凭借号召力与影响力，在新闻事件中起到组织、协调作用，从而推动新闻的进程。这一报道中，武汉晚报承担了诸多报道之外的社会责任，包括组织家长座谈会、志愿者培训、武汉剧院的千人报告会、接听热线等。这些参与，推动了新闻的发展，使活动与新闻进入良性循环。如果没有报道者对新闻事件的参与和推动，新闻事件很可能中途夭折，新闻报道很可能就是"半拉子工程"，不可能产生持续关注度，更不可能达到影响力的最大化。③

有人总结：武汉晚报2004年最大的亮点就是"挽救上网成瘾者行动"的

---

① 何建新等：《报道影响力如何最大化》，《新闻战线》2015年第8期。
② 《2004武汉新闻奖：本报〈陶教授破解网瘾〉获特等奖》，《武汉晚报》2005年3月15日。
③ 何建新等：《试论媒体在构建和谐社会中的四大功能》，《新闻战线》2006年第10期。

系列报道。这组报道产生的社会影响已远远超过预期，其中很多经验值得学界探究。这组报道成功的原因可总结为三点：一是肩负社会责任，回应时代召唤；二是理性思考，彰显人文关怀；三是精心策划，打出精彩组合拳。武汉晚报强调记者、部门、报社"三级策划"，每到一个关键时刻都群策群力对下一步如何走提出思路。特别是2004年7月下旬，总编辑提出四个一百："拿出一百版、持续一百天、一百家媒体报道、一百万读者参与"，显示出武汉晚报小版面上的大报风范以及晚报人的大思路、大气魄。这充分说明，媒体哪怕是非主流媒体只要能积极策划报道群众关心、有重要影响的问题，照样能成为群众心中的主流媒体。①

对《陶教授破解上网成瘾难题》一文的成功之处，作为报道参与者之一的赵代君总结：古人云，功夫在诗外。从这个意义上来说，这篇消息的成功不在于消息本身，而在于它所报道的新闻事件，在于它的巨大社会反响和影响力的最大化。报道的影响力如何最大化，这组报道也为我们提供了成功的案例。它给我们的启示是：准确的议程设置，放大个性亮点；追求科学态度，彰显媒体责任；咬定目标不放松，做大做透新闻；加强媒体联动，搭建宽广平台；调动社会资源，形成最大共振。②

也有人指出：严格来讲，《陶教授破解上网成瘾难题》是篇"体裁模糊"的新闻报道。说它模糊是因为它没有遵循一般消息的写作规程，比如，提炼一个言简意赅的提示性或评价性引题。不过，正是这种"打破常规"的写法，带给读者耳目一新的感觉，也给了读者新的启示：只要能够完美地表现内容，不必拘泥于形式的桎梏。当然，在完成新闻导语、进入新闻主体的写作之后，作者仍然严格遵循了消息的写作要求，从典型事例到宏观数据，从工作对象到上级机关，从主人公作为到社会影响逐步展开，充分显示了这条新闻的重要价值和作者的写作功力。③

---

① 徐锐：《且看小版面上的大手笔》，《新闻三昧》2005年第3期。
② 赵代君：《点评〈陶教授破解上网成瘾难题〉》，出自《湖北省获中国新闻奖作品选评（2007—2012）》，中国和平出版社2014年版。
③《新时期优秀新闻作品评析〈陶教授破解上网成瘾难题〉》，挂云帆网2020年4月27日。

从写作上而言，《陶教授破解上网成瘾难题》一稿正文不足 500 字，但在谋篇布局上颇为讲究，稿件内涵比较丰富，文本富有张力，有人有事有故事，对背景材料和数据的使用也比较恰当。导语从"今天"切入，一改传统报纸消息"昨日"模式，具有很强的时效性。唯一让人费解的是"客聘教授"的用词，通常为"客座教授"或"特聘教授"，这个"客聘教授"是"客座特聘教授"的简称吗？

3 个月前，一位母亲求助本报，向社会发出"谁能帮我女儿戒掉网瘾"的呼吁。华师大归国教授陶宏开由此发起"挽救上网成瘾者行动"。迄今，他已帮助 65 个孩子成功脱瘾，培训了 369 名志愿者，为 2000 余位家长提供咨询——

陶教授破解上网成瘾难题

今天，华中师大客聘教授陶宏开个人网页"挽救上网成瘾者"开通。至此，他发起的这项针对未成年人的挽救行动整整 3 个月。

5 月初，新洲区一位母亲含泪向本报求助——她 17 岁的女儿曲倩曾是名校尖子生，因沉溺网吧，长期逃课，面临休学。她下过跪、动过手、报过警，但毫无作用。

5 月 7 日，60 岁的陶教授主动"揭榜"，在家里接待了母女俩。陶教授在美国、中国从事教育工作 30 余年，成功地辅导过很多孩子。11 小时的长谈，曲倩露出久违的笑容："电脑只是工具，是用的不是玩的，我会按您说的做。"

据团市委对 7500 名中小学生的问卷调查，50% 的调查对象一旦离开网络，就会烦躁不安，无所事事。曲倩的脱瘾成功，吸引了众多焦急的家长。此后的两个多月，从清晨 8 点至深夜 12 点，陶教授都在家里为家长和孩子们提供专门辅导——16 岁的李林上网成瘾，辍学半年，时常殴打母亲，陶教授对症下药，先是说服他开口叫妈，接着帮助他认识上网与学习的关系。李林很快转变了。

在陶教授辅导下,有65名孩子成功脱瘾。消息传开,求助热线被打爆。

7月28日,陶教授与团市委联手向社会征集志愿者,369名志愿者加入挽救行动。

截至昨日,陶教授和志愿者们已为2000余位家长、孩子提供了咨询。

(作者:胡俊、李红鹰、秦杰;编辑:何建新、赵代君;原载2004年8月8日《武汉晚报》;获第十五届中国新闻奖消息二等奖)

第六辑
增强新闻报道的问题感

无论是舆论监督还是正面宣传,都应该具有问题感。《看个"咳嗽"要掏1065元》《三番议政结酸果 人大代表扫厕所》《"周易应用研究所"值得研究》等获奖报道,都是具有问题感的好新闻。

"刺刀见红"撕开"大处方"的口子

（一）

在第十三届（2002年度）中国新闻奖评选中，《武汉晚报》刊发的《看个"咳嗽"要掏1065元》一稿获消息一等奖。消息传来，武汉晚报人心大振，对中国新闻奖，武汉晚报多年来一直猛攻不懈，这是第一次斩获一等奖。这届评出的另一件文字消息一等奖作品是《河北日报》刊发的主题报道《我省交通图五年七变》。

《武汉晚报》是我国创办最早的几家晚报之一。1961年5月1日创刊的《武汉晚报》，最初是中共武汉市委机关报。1984年9月1日复刊时，《武汉晚报》的定位是中共武汉市委机关报《长江日报》的延伸和补充。1992年8月从长江日报社分离出来独立建制后，作为中共武汉市委主管主办的一张非机关报晚报，《武汉晚报》走上与机关报竞争发展的道路。1999年3月，武汉晚报社面向市场推出全新子报《今日快报》。2001年10月8日，《武汉晚报》《今日快报》两报合一，步入"两报铸一报"的特殊发展之路。① 在第五十八届世界报业大会公布的"2005年世界日报发行量前100名排行榜"上，中国28家报纸上榜，其中《武汉晚报》在百强榜上位列第85名。②

2003年12月28日，长江日报、武汉晚报强强联手，组建长江日报报业集团，武汉晚报从此进入新的发展阶段。2018年3月，顺应融媒体时代的媒体生态变革，长江日报报业集团进行了颠覆式整合，《武汉晚报》作为集团公

---

① 《从变身到强身　武汉晚报个性化发展之路》，人民网2004年11月3日。
② 《2005年世界日报发行量前100名排行榜》，人民网2005年6月1日。

共媒体平台之一，由医卫康养事业部负责出版。《武汉晚报》仍定位为综合类市民报，内容由全集团信息生产部门供给，同时突出大健康、大养老特色，深耕医疗卫生、民政养老等领域。①

《武汉晚报》的报头是董必武题写的。董必武是中国共产党创始人之一，1886年3月5日出生于湖北省黄安县（今红安县），是伟大的马克思主义者、无产阶级革命家。董必武光辉的一生中跟武汉有着不解之缘，如举办新型学校武汉中学、组建武汉共产党早期组织、筹建八路军武汉办事处、创办《新华日报》等。②董必武一生喜欢读书，他在古典诗词、文化历史、书法方面的造诣都很高。董必武的书法，具备深厚的文人书风、书技精湛，且具有不事张扬、善于藏拙的气韵。③

时任武汉晚报社副总编辑黎少岑是一位1928年加入中国共产党的资深新闻工作者，大革命时期曾在董必武的领导下工作，曾任"全国文化界反帝抗日大同盟"常委。董必武的秘书沈德纯又是黎少岑的老朋友，报社确定由黎少岑出面恳请董老题写报头。董必武副主席办公室后回函：董老很忙，因为是家乡武汉晚报提出的要求，很高兴地答应了。④董必武先后3次题写《武汉晚报》报头，一是创刊前的试刊时，一是正式创刊时，一是1963年10月版面改大时，第三次题写的报头一直沿用至今。⑤董必武还曾题写过《福建日报》《厦门日报》《鞍山日报》的报头。

（二）

《看个"咳嗽"要掏1065元》虽然获评的是文字消息一等奖，但这是一组系列报道：用了新闻包装上的规模经营，连续强势重拳出击，6天内一连用了5个头版头条对这一事件进行强势跟踪，还用了两个整版发表读者反馈、

---

① 刘林德：《顺应融媒体时代媒体生态变革》，《青岛晚报》2018年7月28日。
② 吕书臣：《董必武在武汉》，《长江日报》2006年3月8日。
③《"长征四老"书法欣赏：徐特立、董必武等皆德高望重，书技不俗》，搜狐网2018年6月24日。
④《董必武三题报头》，出自《月涌大江流：武汉晚报发展纪实（1961.5—2003.12）》，武汉出版社2008年版。
⑤ 杨明安：《董必武为〈武汉晚报〉三题报头》，《武汉晚报》2006年10月28日。

读者投诉、市民说法和医生剖析。这种报道力度和规模,在武汉晚报办报历史上前所未有。对此,叶同春、邓涛在《新闻知识》杂志上撰文时,用了《选准问题 穷追猛打》的标题进行评析。

《新闻战线》杂志2004年第1期推出"第十三届中国新闻奖部分一等奖作品的作者编者谈体会专辑"。关于此稿的采编经过,在何建新、陈志远、李红鹰撰写的《用强势报道向"大处方"说"不"——〈看个"咳嗽"要掏1065元〉采编感悟》一文中有较为详细的介绍,摘录如下:

2002年8月9日上午,市民杨先生拿着给小女儿看病的病历和收费单据到武汉晚报社投诉。他的女儿仅仅患了一个小感冒,有点咳嗽,到武汉市著名的儿童医院看病,导医将他们引进治疗哮喘专科的陈教授诊室里,结果一下花去1000多元。他手持处方单到该院收费窗口交费时,连窗口的医务人员都看不过去,小声提醒他,你的药开多了。本来就满腹狐疑的杨先生这才仔细地把收费单据查看一遍,他愕然发现,这位有着教授职称的医生果然玩了"猫腻",她在病人病历上所开的药名和数量竟与处方上不相符。更令杨先生气愤的是,看病的这位教授明明刚给孩子查了血,证明孩子是过敏体质,但为了多开药,竟给孩子开了许多过敏体质慎用的药品。

这一投诉引起了编辑部的高度重视,我们认为,这个典型事例有助于我们解开"大处方"之谜。从什么地方切入这个报道?经研究,我们认为过去这类报道失败的原因,在于没有抓到有力的证据。

采访的关键在于抓住核心证据。有了证据,铁板一块的"大处方"黑幕就可以撕开一个口子。我们分析这个投诉,认为陈教授所开的处方与病历不符是个明显的错误,我们决定以此作为报道的突破口。为此,策划了环环相扣的采访计划——

见当事人是求证的第一步。武汉市儿童医院是家大医院,采访程序很繁杂,医院的各级领导先后出面向记者做了一些辩解,都是大事化小,求和了事。但正是从这些言辞中,记者听出,连院方也认识到这个医生的处方确实存在问题。我们坚持要采访当事医生，但医院一直借故推托。拖到下午临近下班，院方见记者依旧坚持，只得请出陈教授。

当我们拿出处方与病历不相符的证据，陈教授无言以对，默认了这一差错。患者刚被查出是过敏体质，却依然给其开出过敏体质慎用的药——这是陈教授难以说清的第二个问题。记者利用采访前上网查到的相关知识质疑陈教授，陈教授无可辩驳，最终承认了滥开"大处方"。

我们还根据药物使用说明推断出，陈教授开给杨先生女儿的药物（贝亚宁）够她吃半年，这与一张儿童处方上的药量最多不能超过3天的医院规定严重相悖——面对我们抓住的这第三个证据，陈教授不得不低头认过。拿到核心证据后，编辑部决定，头条推出，报道要"刺刀见红"。

李红鹰在总结这篇报道时写道：2002年上半年，武汉晚报编辑部在集中研究半年来"新闻110"热线线索时发现，有百余名市民对医院医生乱开"大处方"反映强烈，意见集中。但由于那些投诉都不够典型，加之我们的采访均被有些医院以技术方面的原因予以敷衍，因此那些零星的报道都没有形成声势。总编辑何建新责成继续关注医生"大处方"问题，抓住一个典型事例，即展开解剖，借此促进这一市民广泛关注的问题得到有效解决……看个"咳嗽"要掏1065元的线索，引起何总高度重视。他以一个新闻人的敏感，判断这个典型事例可助我们撕开"大处方"的缺口。[1]

中国新闻奖评委这样评价：《看个"咳嗽"要掏1065元》充分发挥了新闻舆论监督的作用，取得了很好的社会效果。关于社会效果，中国记协网上介绍：这组"大处方"报道在社会上引起强烈反响，成为武汉市一时热议的焦点话题，群众纷纷举报遇到的类似问题。武汉市卫生局于报道见报第二天即派出调查组进驻市儿童医院，第三天召开了全市各大医院院长会议，要求各单位引以为戒，自查自纠。市儿童医院对当事医生作出了解聘处理。武汉市卫生局纪委还组成专班对全市各大医院的处方进行抽查。在各方努力下，

---

[1] 李红鹰：《强势报道向"大处方"说"不"》，出自《品读长江日报》，武汉出版社2009年版。

"大处方"现象在武汉得到有效遏制,广大市民纷纷来电、来信称赞《武汉晚报》这组舆论监督报道抓得好。由于"大处方"现象具有普遍性,这组报道还引起了全国几大媒体的高度关注:8月12—14日新华社连续报道此事;8月14日《人民日报》第二版报道此事并配发了题为《开处方要实事求是》的评论;8月14—17日第1674期《报刊文摘》在头版头条的位置上报道了此事;新浪网、《羊城晚报》等网站及报刊也相继转载。①

曾任中国记协书记处书记的李存厚,参与中国新闻奖的工作前后有10个年头。他在一次讲座中提道:《看个"咳嗽"要掏1065元》通过百姓看个小病被开"大处方"的具体现象,揭露了医生为了多赚钱不讲医德的问题,更主要的是反映了我国在经济转型时期某些行业出现的利欲熏心的社会弊病,有力的舆论监督对促进社会进步起到了积极作用。②

(三)

法新社、路透社、合众社、美联社这四家全球性大通讯社记者们在百年间创作的新闻精品佳作有一些共同点:好新闻都有一个实标题;好新闻都应给人以启发;好新闻都有个性化写作手法;好新闻都是站在读者角度写的;好新闻能让读者获得更多的信息;好新闻都是客观报道。③中国新闻奖是经中央批准常设的全国优秀新闻作品最高奖,中国新闻奖尤其是一等奖作品常常成为新闻实务和新闻学术研究关注的对象。对《看个"咳嗽"要掏1065元》这篇稿件,有多篇文章从不同的角度做过分析和点评,这些对全面认识这篇稿件、创作新闻精品都不无裨益。

第一,从选题而言。发现、角度、主题,不仅关系到消息质量,更关系到媒体能否赢得读者。《看个"咳嗽"要掏1065元》取材来自生活海洋中的"一

---

① 《精品赏析〈看个"咳嗽"要掏1065元〉》,中国记协网2007年8月20日。
② 李存厚:《中国新闻奖获奖作品及存在问题看评奖规则的新变化》,《新闻爱好者》2012年第8期(上半月)。
③ 凌翔:《叩动读者的心弦——从世界四大通讯社百年佳作谈好新闻的标准》,《军事记者》2004年第2期。

滴水",看似平淡无奇,实则暗流涌动,反映了医德医风、行风建设等重大问题,对新闻写作启示有三:关键在于发现;以小见大找角度;尺水之波兴"蛟龙"。①

《看个"咳嗽"要掏1065元》作者抓住"看个咳嗽要掏1065元"这个现象,将着眼点放在群众日常生活中看病贵这个比较普遍的问题上,紧追不舍,最终将"大处方"背后的医药回扣等种种医疗腐败公之于众。这种贴近实际、贴近群众、贴近生活的报道自然受到广大读者欢迎。②

感冒是一种极为平常的小病,过去两元钱一盒的"速效感冒丸"就能治疗。可是,当你听说在武汉市某医院看个"咳嗽"要花1065元时,会是什么反应?人们打开报纸也可能发出"啊"的一声:感冒药怎么这么贵啊?但是,读了新闻之后肯定还会引起感慨和联想:生活中这样的事情太多了——学生的学费不是一年一个价地暴涨吗?农村的"三提五统"不是年年在喊减而又年年在增加吗?一家商店刚刚开门,不是收税的刚走,城建、工商部门的工作人员又找上门来了吗?所以,这篇新闻与其说是将"大处方"背后的"医药回扣"黑幕撕开,不如说是把经济体制转型过程中,一些社会服务部门和公共管理部门的扭曲行为袒露在阳光之下。显然,新奇性、反常性成就了《看个"咳嗽"要掏1065元》这篇新闻。它精心制作的标题不仅表示了对新闻事件的震惊,而且制造悬念、吸引受众,具有强烈的吸引力,起到了新闻的"眼睛"和"广告"作用,主流媒体理性观察、监测社会的职责也得到了彰显。③

长期以来,我国医疗体制中最突出的问题是医患矛盾,而医患矛盾的主要表现就是看病难、看病贵。关于此类事件的报道很多,但是《看个"咳嗽"要掏1065元》给人留下了深刻的印象。该报道从一个普通患者的经历入手,抓住连医务人员都说"药开多了"的个例,平中有奇、小中见大,揭示了卫生体制改革的一个关键问题。小新闻聚焦大事件。新闻报道讲究的是宏观把

---

① 石坚:《观一叶而知秋——评中国新闻奖消息〈看个"咳嗽"要掏1065元〉》,《中国记者》2004年第8期。
② 许万全:《下移着眼点 统一着力点 扩展兴奋点——第20届湖北新闻奖获奖作品读后感》,《新闻前哨》2003年第7期。
③ 胡思勇:《核心价值的回归——新闻改革的一个观察视角》,《新闻前哨》2005年第4期。

握，微观入手。对当前的各项体制改革，唯有抓住最为典型的问题，进行聚焦与放大，让人们看到腐败、停滞等问题的关键，才能促进社会变革与整体的向好。对新闻报道来说，新闻事件中矛盾的把握是否准确和选择事实本身是否真实，远远比报道是否全面更重要。①

这篇短新闻给我们采写新闻佳作提供了三点值得借鉴的成功经验：一是选题关注民生、关注社会热点，针对性强；二是用事实说话，借他人之口定论；三是标题活用动词，标出了惊奇和诧异。②

《看个"咳嗽"要掏1065元》一稿是记者运用问题性思维，勇于抓问题，关注民生，关注社会热点，弘扬真理与正义，抨击歪风与谬误所结出的硕果。③

第二，从采访而言。《看个"咳嗽"要掏1065元》一稿从感性的采访手法中无形寄托了深沉的社会意义，反映了读者或普通人对当前医德医风的关注。这种以感性的眼光看待或者介入新闻采访，其实构成了一种心理体验式采访，即使是对冲突新闻中负面对象的采访，记者不妨离开"审问""抓问"的形式，从感性的角度了解采访对象的立场，这样对当事人行为发生的原因可能找得更准确、分析更深刻。④

第三，从标题而言。新闻精品，标题亦须是精品。⑤在新闻报道中，监督类报道常反映的是一些违反事物正常规律的事件。对这类报道标题的制作，可多采用惊异式标题。惊异式标题之所以吸引人，是突破了人们正常的思维模式，从而实现新闻事件让人震惊的效果。《看个"咳嗽"要掏1065元》一稿的标题就是一个惊异式标题，看个"咳嗽"，在人们头脑中，不过是花个百八十元就可以解决的事，这里却要1065元，自然引起人们的惊异，不禁要惊讶"看什么'咳嗽'要花1065元啊？！"读者的惊异，让读者产生强烈的阅读愿望。⑥

---

① 魏少华：《论新闻报道的"片面性"》，《新闻爱好者》2013年第8期。
② 刘保全：《关注民生 聚焦热点》，《新闻爱好者》2004年第1期。
③ 丁常英等：《从获奖新闻作品看记者的创新思维品质》，《采写编》2005年第2期。
④ 周志远：《报纸民生新闻的感性采访与理性提炼》，《今传媒》2005年第6期。
⑤ 滕敦斋：《善睐明眸可妆成》，《青年记者》2018年第12期（下）。
⑥ 赵红茹：《把握受众心理，提高消息标题"抓人"力》，《新闻传播》2015年第13期。

数字在新闻标题制作中使用得越来越普遍，因为数字反映客观事实最直观，也最有说服力。有人以中国新闻奖获奖作品为例进行统计，发现含有数字的新闻标题逐年增多。《看个"咳嗽"要掏1065元》这类标题由于概括了新闻事实的主要信息，用数字直接反映了事实主体，标题本身就是新闻，直观具体，简洁明了。从文章学的角度说，这是一种直截了当、一泄无余的表现方式。它的优势在于使人一看便知，一听就明。但它的不足之处也十分明显，就是非常直白，缺少回味的余韵。这类标题在数字型新闻标题中占绝大多数。①

《看个"咳嗽"要掏1065元》的标题将"看个咳嗽"与"要1065元"进行对比，字面似无对立关系的词语，但"咳嗽"与"1065元"的并列，暗含了"小毛病"和"大处方"的对比，简练而生动地勾勒出医生开"大处方"的事实，吸引读者的关注，作者的倾向性也跃然纸上。②

《看个"咳嗽"要掏1065元》以口语入题，极具生活气息，仿佛直接闻人语。其中"看""咳嗽""掏"即是"医治""呼吸道感染""花费"（专业术语与书面用语）的代名词，而口语化的表述效果将读者自然引入现实生活的层面，有了对某些医疗单位存在的乱收费现象具体、直观、真切的感知，进而还会激发读者自觉地思维与联想，透视这种现象产生的本质原因以及社会危害。其实，读者是新闻传播效果的积极反馈者，所以，新闻标题的可读性与可感性不能简单解释为"易读"和"易感"，其内涵应是能够触发读者的敏感神经，使其活跃，促其回应，形成读者与传播者之间就新闻事实的对话和互动。这不仅体现了读者阅读新闻的主观需要，同时也折射出读者对新闻传媒应体察和关切社会公众的期待。③

《看个"咳嗽"要掏1065元》标题上的"个"与"1065元"，表达了"小量"与"大量"的对比意味。在这里，"个"的作用不是把"咳嗽"这个实体作为未知信息引进话语中来，而是承担记者或编辑对"咳嗽"的主观定位——

---

① 徐新平等：《含蓄美：数字标题的另一种魅力》，《湖南大众传媒职业技术学院学报》2009年第5期。
② 张佼：《汉语辩证思想与新闻标题感情色彩》，《湖北师范学院学报》2004年第3期。
③ 栾建伟：《新闻标题的口语化现象探微》，《写作:(高级版)》2004年第6期。

小病，与后面的大量——"1065 元"结合，从而形成一种意义上的扭曲关系，达到突出和强调的目的。①

第四，从报道方式而言。不同战线新闻富有量虽然不一致，但只要把握住这一点，就是新闻线索相对较少的文教卫生战线同样具有大量可挖掘的好新闻。如对于医疗费用奇高的社会事实，我们用深度报道的形式来揭露其触目惊心的内幕，效果并不大，如果抓住其中的反常小事件，来"以小见大"反映整体问题，往往能给受众深刻的印象，也更能说明问题。如《看个"咳嗽"要掏 1065 元》就是一件很反常的事件，一个咳嗽竟然要用 1065 元的治疗费用，这不能不说反常，而正是这个反常说明了我国医疗行业存在的严重问题。②

第五，从写作而言。《看个"咳嗽"要掏 1065 元》一稿第四自然段是这么写的："一划价，药费加治疗费 765 元，加上验血费 300 元，共 1065 元！有医疗人员小声提醒杨先生：'你的药开多了。'杨先生返回诊室问陈教授，陈教授称这是一个疗程的药。"此处引用了医务人员的一句提醒，绝非闲笔。连本院的医务人员都觉得药开多了，那看个咳嗽要花 1065 元不是显得很荒唐吗？细节对主题起到了很好的说明和证明作用。③

（四）

《看个"咳嗽"要掏 1065 元》一稿的线索来自武汉晚报的新闻热线。一项统计显示，武汉晚报获省级一等奖以上的各类新闻奖中，70% 的获奖作品依托的是读者报料的线索。④这与现在获奖的相当一部分是策划的主题报道有很大不同。无论怎么分析和评价《看个"咳嗽"要掏 1065 元》一稿，这都是一篇实打实的舆论监督报道，而且是一篇成功的舆论监督报道。

舆论监督报道难做，武汉晚报"顶住来自各方面的压力"，强势推出《看

---

① 段业辉等：《论新闻语言的主观化》，《江海学刊》2006 年第 6 期。
② 刘轩等：《从"反常即新闻"来看如何抓好新闻》，《新闻爱好者》2008 年第 3 期。
③ 刘学渊：《"皇冠明珠"的昭示（续）》，《新闻战线》2006 年第 1 期。
④ 黄龙飞等：《服务社会——报纸的品牌价值》，《新闻战线》2011 年第 10 期。

个"咳嗽"要掏1065元》一稿并持续追踪，实属不易。

对舆论监督报道，媒体和媒体人都应该有正确的认识。习近平总书记在党的新闻舆论工作座谈会上指出，舆论监督和正面宣传是统一的。这一重要论断，充分体现了马克思主义辩证唯物论的思想方法，具有丰富的科学内涵，对媒体在新闻实践中如何把握正面宣传与舆论监督之间的关系提供了基本遵循，具有很强的思想性和指导性。坚持正面宣传为主，不是说只能讲正面，不能讲负面。习近平总书记指出，"新闻媒体要直面工作中存在的问题，直面社会丑恶现象，激浊扬清、针砭时弊"。由此可见，舆论监督也是为了解决问题，为了促进社会的和谐稳定和发展，与正面宣传的出发点是完全一致的。①

媒体如何做舆论监督，武汉晚报有过积极探索。搞好舆论监督符合党委、政府的要求和人民群众的愿望，也是新闻工作的职责，是构建和谐社会不可或缺的手段，同时舆论监督也是新闻报道中面临的难题。武汉晚报在实践中认识到，破解舆论监督难题的重点是找到微观真实与宏观真实的结合点。舆论监督报道既要把想群众之所想、急群众之所急、办群众之所盼、群众利益无小事作为根本出发点和落脚点，又要分辨轻重缓急，一时难以解决的、敏感的和涉及宏观大局的问题绝不瞎捅，立足于"帮忙不添乱"。在吃透上面精神、摸清舆情的基础上，坚持建设性与人文关怀，找到上面关注问题和下面反映问题的结合点，积极、审慎地推出稳妥、理性的舆论监督报道，为政府分忧，为群众解难。武汉晚报在舆论监督报道中尝到了"上结天缘，下结地缘，吃准大局，左右逢源"的甜头。②

教育、医疗、住房问题一度被称为中国新的"三座大山"。医疗问题主要表现为看病难、看病贵，过度医疗即"大处方"是造成老百姓看病贵的原因之一。

就《看个"咳嗽"要掏1065元》这组报道，在何建新、陈志远撰写的采

---

① 《为什么说"舆论监督和正面宣传是统一的"？》，出自《马克思主义新闻观百问百答》，学习出版社2019年版。

② 谢麦祥等：《讲求新闻真实 提升舆论引导力》，《新闻战线》2007年第4期。

编体会中，特别提到一个"典型"胜过一打"现象"，舆论监督要找准政府关注与市民关心的结合点。① 这对今天媒体如何做好舆论监督报道具有指导意义：

> 对舆论监督报道，尤其是与老百姓利益相关的问题，如果要做就要抓到典型事例，不能就现象泛泛而谈，更不能搞全面否定。如只谈现象，不关任何人的痛痒，谁也不会在乎；只有典型事例，才能对人产生震动。实践也证明，对个例的监督，只要搞准了，上级领导一般不会干预。领导最忌的是对工作的全盘否定。这方面，媒体也是有教训的：一篇报道抓得不典型，写的是现象，从而否定了全市面上的工作，几头都没讨到好，报道达不到好的效果。

用挑剔的眼光看，这篇稿件出现的人物没有一个是实名，感觉削弱了监督的力量，但瑕不掩瑜，关键在于事实层面的准确无误。

（五）

李红鹰毕业于中南财经政法大学金融专业，1998年进入武汉晚报，别看她是个瘦弱女子，路见不平拔刀相助、仗义执言秉笔直书，是一个心中疾恶如仇的"大侠"。她的这种性格也造就了她在采写监督稿件上的成功。

1999年，今日快报成立，李红鹰被安排到快速反应组牵头，这是一个以突发事件和舆论监督报道为主的部门。《今日快报》创刊的第一个头版头条就是李红鹰的报道——《呜呼，500亩地好惨矣！》。由于李红鹰在舆论监督上的影响越来越大，《今日快报》还以她的名字谐音命名了一个舆论监督性的专栏——"红缨枪"，"红缨枪"的"开篇的话"这样写道：记者以笔为枪，枪之所指，为社会不良现象。②

---

① 何建新等：《用强势报道向"大处方"说"不"》，《新闻战线》2004年第1期。
② 武汉晚报社：《一举摘取了中国新闻奖的"皇冠"》，出自《月涌大江流：武汉晚报发展纪实（1961.5—2003.12）》，武汉出版社2008年版。

对媒体和媒体人而言,做好舆论监督报道既要审慎也要严密,做到调查详尽,有理有据,证据确凿,防止扭转及可能出现的纠纷。

在这方面,多年从事舆论监督报道的李红鹰颇有经验:"我写舆论监督10多年,没打过一场官司,连起诉我的都没有,我写的每句话,都有确实的证据在手。有些人被监督后气晕了,又觉打官司打不赢,就到有关部门告我。领导要我写回告。我写的回告,领导都傻了,你写这么一个小稿子,收集了这么多证据啊?那人告我写了4页纸,我回告写了8页纸。对方和上面就再也没有声音了。"李红鹰的经验是值得学习的。

五年三获中国新闻奖,李红鹰是为数不多的作品先后斩获中国新闻奖一、二、三等奖的记者。继《看个"咳嗽"要掏1065元》斩获第十三届(2002年度)中国新闻奖一等奖后,在第十五届(2004年度)中国新闻奖评选中,李红鹰与胡俊合写的《陶教授破解上网成瘾难题》获文字消息二等奖;在第十七届(2006年度)中国新闻奖评选中,李红鹰与邵澜、戴红兵、汤华明、秦杰、彭学明合作采写的《一次跨越时空的特殊寻找》获通讯三等奖。

杨先生痛说给孩子诊病遭遇——

看个"咳嗽"要掏1065元

7日,武昌杨先生带着2岁的女儿到市儿童医院看病,没想到看了个"咳嗽"就要花1000多元。因此,他于昨日投诉到本报新闻110。

据称,杨先生被导医引到专治哮喘的陈教授诊室,陈问了几句,让他先带女儿去验血,发现孩子对常见的31种物质的过敏反应均呈阴性。

陈教授根据孩子患过湿疹,判定孩子是过敏体质,便在病历和处方单上分别开了处方。杨先生见药开得很多,病历上字又看不懂,便问孩子得的什么病,陈教授说:"按我开的药吃就行了。"

一划价,药费加治疗费765元,加上验血费300元,共1065元!有医疗人员小声提醒杨先生："你的药开多了。"杨先生返回诊室问陈教授，陈教授称这是一个疗程的药。

杨先生回家后发现，一种叫"贝亚宁"的药上写着：过敏性体质慎用。杨不解：既然孩子是过敏性体质，为什么还要给孩子开这种药呢？细看病历他又意外发现：陈教授开给药房的处方里写的是"贝亚宁6盒、臣功华芬愈美颗粒3盒、力欣奇4盒……"；而病历上没有"贝亚宁"和"臣功华芬愈美颗粒"这两味药，"力欣奇"也只写有2盒。再深入解读药品说明书：6盒"贝亚宁"可用5个半月！

面对杨先生的质疑，陈教授昨日解释："贝亚宁"是一种免疫调节剂，虽然是"过敏性体质慎用"，但她是给孩子开了脱敏药的前提下开出这种药的。

至于为何病历上处方药品数量比购药处方单上少，陈的原话是：为患者家长的经济承受能力做考虑。

该院负责人就此表示：陈教授的行为肯定是有差错的，院方会根据院内质量管理条例对其进行处理。

最后，在杨先生的要求下，院方将杨手上的价值210元的"贝亚宁"退掉。

（作者：李红鹰、吴芳；编辑：陈志远、黄剑；原载2002年8月10日《武汉晚报》；获第十三届中国新闻奖消息一等奖）

舆论监督报道的操作艺术

（一）

在第十二届（2001年度）中国新闻奖评选中，《武汉晚报》刊发的《三番议政结酸果　人大代表扫厕所》消息获评三等奖。

2007年，潘堂林的著作《怎样发现新闻》修订版出版。新版潘著最大的看点在于新增的"我所经历的大奖发现"一章。内中经典个案之一就是让好线索一步跃上好稿的《三番议政结酸果　人大代表扫厕所》。[①]

从这篇稿件的采编过程看，《三番议政结酸果　人大代表扫厕所》是一个运用编辑部整体力量，使好线索一步跃升好新闻的典型案例。

一是记者获取了一条有意思又有意义的线索。记者叶军听说一件人大代表提建议却得不到好结果的事：青山区人大代表朱信洲3次向区人大常委会反映所在社区公厕的修建及管理问题，环卫局干脆要他把那座公厕管起来。朱代表苦不堪言：我为公厕问题提几次建议，怎么公厕就成了我个人的事、推给我管呢？二是部门在编前会及时报出了这一选题。编前会无人不觉得这一线索值得深入开掘。三是编前会对这一线索作出准确研判并及时作出采访部署。

在新闻价值的判断上，这不是简单的社区趣闻，它关系到我们国家根本政治制度建设。人大是国家的权力机关，社会上对人大代表议政的神圣性多多少少存在误区。这件事恰恰生动反映了这些误区。报道此事是向公众

[①] 邓涛：《喜看新闻业务添新丁》，《今传媒》2008年第10期。

普及国家根本政治制度知识的一个抓手。这是从有意思向有意义提升的一个关键。

在新闻采访的部署上，编前会决定，要员上阵，部门主任范洪涛快速进入，和叶军一起深入采访，扎扎实实弄清核准事实。深入采访发现，现实生活中的故事比间接了解的情况更生动。

青山区人大代表朱信洲奇特议政经历报道的台前幕后，反映出编辑部整体运作的巨大力量。

潘堂林事后总结时用了两个"假如"：假如没有短时间内的"火力强配"，靠记者单枪匹马、单打独斗，几千字整版报道快速成稿刊发是难以想象的。拖上十天半月，风生水起，有可能稿件没写成，说情人上了门，是否"胎死腹中"，谁都难以预料。假如没有编辑部的主题提炼，没有市人大常委会主任的专访设计，没有多道环节的精雕细刻，一条思想深刻、主题重大的政治类新闻，可能会停留在社会奇闻怪事的层面站不起来，又给后续跟进的中央媒体和其他新闻同行留下巨大的发掘空间。①

（二）

换个角度看，《三番议政结酸果　人大代表扫厕所》更属于一篇成功的舆论监督报道。

潘堂林认为，一张受大众欢迎的报纸必须在舆论监督上下大功夫。他为此举出的例子之一就是这篇《三番议政结酸果　人大代表扫厕所》：这则新闻报道从一个小侧面触及人们对根本政治制度、对人大代表地位的模糊认识。这篇报道后获全国年度评选最高奖——中国新闻奖。②

在赵代君等人撰写的一篇总结武汉晚报舆论监督实践的论文中，《三番议政结酸果　人大代表扫厕所》也被作为舆论监督报道的代表作：报道刊发当天上午，在青山区领导的过问下，青山区环卫局负责人登门向朱信洲代表征

---

① 潘堂林：《人大代表仪政结"酸"果》，出自《怎样发现新闻》，湖北人民出版社 2007 年版。
② 潘堂林：《回应都市报挑战的奋力一跃》，《新闻战线》2002 年第 12 期。

求意见,并抽调一名厕管员管理厕所。当天下午,该区环卫局负责人又专程赶到报社,通报了整改措施,对报纸的舆论监督表示衷心感谢。①

有学者也把《三番议政结酸果 人大代表扫厕所》归为舆论监督的范畴,认为它是正义的呼喊。仅看标题,就让人眼睛发亮。更为可贵的是,正义的呼喊得到了党和政府的回应,既解决了存在的问题,又促进了工作,受到社会各方面的肯定。②

(三)

舆论监督报道难做,过去难做,现在也难做。

之所以难做,潘堂林总结:在于"说情成风,一遇舆论监督类线索,稿件还没写,上下左右的招呼就涌过来了。舆论监督稿见报难"。

赵代君等人分析舆论监督难有三点原因:一是监督对象不配合,上上下下说情;二是稍有事实出入,当事人或单位动不动要打官司!许多新闻单位每年都有好几起;三是有的领导对舆论监督的认识存在偏差,不是充分支持、配合、利用舆论监督,把它当作推动工作的工具,而是唯恐媒体捅娄子,影响政绩和形象。

《三番议政结酸果 人大代表扫厕所》不仅是一篇舆论监督报道,而且是一篇成功的舆论监督报道,是一篇讲究操作艺术的舆论监督报道。

把一个舆论监督的好线索,操作成一篇获中国新闻奖的好报道,《三番议政结酸果 人大代表扫厕所》体现出了一个媒体舆论监督报道的操作艺术。这对今天如何做好舆论报道是有启示和借鉴意义的。

人大代表扫厕所,这事媒体如何报道?潘堂林在《怎样发现新闻》一书中直言:"弄不好,得罪区环卫局,得罪一大片。区环卫局背后有区委区政府,有市环卫局,区环卫局几名当事人会有一串串同学、朋友、熟人,与报社的人会有七弯八拐的关系。每个报社都会有好多舆论监督类线索胎死腹中,无

---

① 赵代君等:《舆论监督贵在化解矛盾解决问题》,《新闻战线》2002年第11期。
② 叶同春:《解读新闻的成功探索》,《新闻前哨》2004年第12期。

数记者的劳动到头来一场空。"

很多时候，舆论监督线索能不能做公开报道、怎么报道，对总编辑来说是一次考试。潘堂林总结："搞舆论监督，一要有特别操作艺术，一不能八字还没一撇就闹得水响，二要争取上级主管机关支持。"

从实际操作看，《三番议政结酸果　人大代表扫厕所》的报道有四个特别之处。

第一，认识到位。这不是简单的社区新闻，是有价值的政治新闻。

第二，策划到位。迅速请示市人大常委会领导，千方百计把区环卫局的"负面新闻"转化为市人大常委会的"正面报道"。这十分关键。有了上级领导的支持，一篇可能难以落地的舆论监督报道，就变得顺利多了。

第三，采写到位。头版头条刊发消息《三番议政结酸果　人大代表扫厕所》，后面整版推出全过程的翔实报道，紧接着刊发武汉市人大常委会主任李岩的专访。李岩要求以此事为例，各级人大开展一次《代表法》宣传教育活动，政府及职能部门展开一次公仆意识和自觉接受人大代表、人民大众监督的思想教育活动。消息+通讯的组合报道，基本上做到了"吃干榨尽"，不给其他媒体再次深入操作的机会。新华社后来针对此事播发了报道，无论是事实层面还是价值层面，都没有超越《武汉晚报》的首发报道。

第四，编排到位。报道在头版头条刊发，说明报社对此事重视。

另外，一开始就明确按好新闻的标准操作，初稿写成，几经修改，最终定稿，文本比较讲究。标题是这篇稿件的亮点之一。有媒体人评价：《三番议政结酸果　人人代表扫厕所》的标题俏皮有味，虽借用对仗手法，但又不刻意追求一丝不苟，甚至有点打油诗的味道，文化程度低一些的读者，也能读懂读出意味。①

我们常说，舆论监督要有建设性，要能推动问题解决。当舆论监督面对重重阻力难以进行的时候，又何谈建设性和推动问题解决呢？《三番议政结酸果　人大代表扫厕所》的成功操作说明，媒体做好舆论监督，需要讲究操

---

① 唐志平：《记者要会琢磨标题》，《新闻前哨》2005年第6期。

作艺术，而争取上级领导的支持、把"负面报道"转化成推动工作的"正面报道"无疑是操作艺术之一。

区环卫局领导：你办事认真，请你把厕所管起来

三番议政结酸果　人大代表扫厕所

3年议政经历让青山区人大代表朱信洲哭笑不得

青山区人大代表朱信洲怎么也没料到，他因向区人大常委会三次建议修建管好武东四村公厕，竟被区环卫局"委派"为这座公厕的管理员。

11月20日是他作为公厕管理员满月的日子。对他一个月来的"工作表现"，区环卫局一位女工作人员评价说：朱代表管的厕所扫得不算干净，管理也不到位。

朱信洲是一位退休的副教授级知识分子，今年65岁。他1996年退休后任武东四村一居委会党支部书记，1997年当选为区人大代表。武东四村有一座老公厕，使用近20年，破败不堪，没电灯照明，附近上千居民如厕难。1998年11月17日，朱信洲首次向区人大提出改建新厕意见。不久，区环卫局投资8万元，建起新厕。谁料新厕维护又成难题。去年10月19日，他再次向区人大提出新厕管理问题，却不见改进。于是今年10月17日第三次向区人大提出管好新厕意见。

随后，奇怪的结局出现了。10月18日，区环卫局党委副书记杨迎春带人查看现场后，当场拍板："你把厕所管起来！"朱代表傻眼了，再三推辞不脱。杨副书记好言相劝：我们可以找别人管，但你办事认真，由你管为好。每月给你80元管理费，比其他厕管员高20元。10月19日，厕所钥匙交给了朱信洲。

10月20日，万般无奈的朱信洲带着老伴一起将公厕打扫了一遍。个别居民笑他扫厕所是"图钱"。

昨日，这位区人大代表回忆起3年来的议政经历，一副哭笑不得的表情："我心里很不是滋味。怎么我提了建议，最后却落实到我头上，要由我来扫厕所呢？"

（作者：叶军、范洪涛；编辑：黄剑；原载2001年11月22日《武汉晚报》；获第十二届中国新闻奖消息三等奖）

"反迷信"的报道"第一枪"很响亮

（一）

连续多年担任中国新闻奖评委的李存厚总结：标题做得到位就会起到锦上添花的作用。制作标题时，一忌矫揉造作，二忌题与内容的风格不一致，三忌牵强附会。标题是作品的眼睛，要在有限的字数里包含更大、更丰富的信息，让人从标题中就能知道文章要传递的是什么。①

是不是好新闻，看看标题也就八九不离十了。在第六届（1995年度）中国新闻奖评选中，长江日报消息《"周易应用研究所"值得研究》获评二等奖。单看标题，这就是篇好新闻，是篇值得回顾和"研究"的作品。

这是一篇编辑部"反封建"主题策划中的好新闻。《"周易应用研究所"值得研究》也是"反封建"系列报道中的"第一枪"。

关于新闻策划，曾任长江日报社评论理论部主任，后来担任华中科技大学新闻与传播学院教授的赵振宇认为：新闻策划的主体既包括媒体的总编辑、副总编辑，也包括各部门负责人、编辑、记者。对新闻策划可以有两种理解：广义的新闻策划涉及新闻一切领域的策划；狭义的新闻策划仅指新闻媒体运作的策划。现在讨论较多的是后一种新闻策划。新闻策划的前提有两部分：一是价值前提，包括导向价值、服务价值和艺术价值；二是事实前提，包括事实的新、内容的真、报道角度的奇和准备工作要有底等。所谓新闻价值，是指新闻报道赖以存在的新闻事实中可能给人们带来的新的

---

① 李存厚：《从中国新闻奖获奖作品及存在问题看评奖规则的新变化》，《新闻爱好者》2012年8月刊（上半月）。

信息的分量。这种信息量表现在它的新奇性、时效性、重要性、启迪性等方面。一篇报道，它的新闻价值越大，它的导向价值也越大。所以，在考虑新闻策划时，必须遵循新闻规律，按新闻规律办事，只有这样才可能取得新闻策划的最大效益。①

按照上述理论，《长江日报》"反封建"的系列报道具有明显的新闻策划特征。

1995年开年后，长江日报编辑部在研究报道怎样体现"两手都要硬"②的精神，在精神文明建设方面除报道那些搞得好的单位和先进人物之外，还能抓点什么有影响有特点的报道，选择什么问题，从什么突破口切入？时任长江日报社政文部主任李栋在一篇文章中写道：长江日报"反迷信"报道的提议，"冒"得较突然，经编辑部讨论，认定其新闻和宣传价值，然后拟订报道计划。③

另一名长江报人曾伟光在一篇文章中记述：在研究了各采访部门掌握的情况后，大家觉得在当前迷信活动抬头的时候，提出反迷信，很有普遍意义和针对性，值得抓。从一般到个别，又从个别到一般，这是新闻策划和操作中经常发生的情况。《"周易应用研究所"值得研究》这条消息之所以成功，是因为事先经过了一番策划和研究。④

李栋、曾伟光的记述说明，长江日报"反封建"的报道编辑部是有组织和策划的。

一些研究新闻实务的论文把以《"周易应用研究所"值得研究》为代表的"反封建"系列报道，作为新闻策划的典型案例予以论述。

曾任新华日报社总编辑的刘守华认为，新闻策划包括三个基本特征：第一，它的前提和基础是新闻事实，它是对新闻进行策划，而不是去策划出新

---

① 赵振宇：《关于新闻策划的几个问题》，《新闻与写作》1998年第8期。
② 要一手抓改革开放，一手抓惩治腐败；一手抓经济建设，一手抓打击犯罪；一手抓物质文明，一手抓精神文明，做到两手抓、两手都要硬。
③ 李栋：《试论党报的"超计划"思维》，《新闻三昧》1997年第6期。
④ 曾伟光：《〈"周易应用研究所"值得研究〉读后感》，《写作》1997年第1期。

闻。第二，是通过对新闻手段的优选，对新闻事实的报道进行策划。第三，目的是最大限度地揭示新闻事实中的新闻价值，扩张影响力。获中国新闻奖二等奖的《"周易应用研究所"值得研究》很大程度上得益于报社对后续报道的严密构思和整体策划。如果"第一枪"后，没有跟着冲锋的千军万马，这篇报道的影响就会打折扣，这个战役也不易成功。①

曾担新华社副总编辑的张万象分析，《"周易应用研究所"值得研究》能获中国新闻奖，很大程度上得益于编辑部对系列报道的整体策划和组织的成功。《"周易应用研究所"值得研究》是《长江日报》1995 年"反迷信"系列报道中的"第一枪"。消息推出后，《长江日报》又接连策划了一系列报道活动，包括消息、特写、评论员文章、署名评论等各种体裁，并且对读者反馈的声音也进行了编发报道。这组宣传科学精神、反对迷信的报道，正本清源，端正视听，获得了极大的社会效果，给宣传迷信的负面舆论以沉重打击，是一次极其成功的利用新闻策划引导舆论的案例。②

还有人以《"周易应用研究所"值得研究》等报道为例称：策划与组织具有积极意义的社会活动，是新闻媒介引导社会舆论、参与社会生活和塑造媒体形象的有效途径。③

（二）

单说题材，反迷信算不上新鲜。但 1995 年《长江日报》"反迷信"报道的"第一枪"确实很响亮，因为找到了一个典型的事例为切入口："周易应用研究所"。你说它"科学"，分明在搞迷信；你说搞迷信，却有营业执照。这个典型事例让"反迷信"报道变得具体生动，而不是泛泛而谈。

《"周易应用研究所"值得研究》的线索，到底是怎么来的？不是别人提供的，是记者李利民一次采访时的"意外"发现，但他认为这是"意内"。

李利民毕业于武汉大学新闻系，进入长江日报社后，先在机动记者部做

---

① 刘守华：《新闻精品呼唤新闻策划》，《新闻观察》1997 年第 8 期。
② 张万象：《"战役"的策划与突破口的选择》，《中国记者》1996 年第 10 期。
③ 李佳等：《新闻策划的影响及规范》，《中国地市报人》2016 年第 4 期。

记者：在机动记者部所写的每一篇新闻，几乎都是用脚跑出来的，当然不是盲目"跑"，而是随时向有"识"之士寻求"锦囊妙计"。在机动记者部"游击"一年，李利民养成了"逛街"的习惯，无论是熙熙攘攘的闹市，还是僻静的城郊，他都企盼抓住每一个可能成为新闻的瞬间。① 进入政文部工作后，他仍保持了这种习惯。

李利民把发现"周易应用研究所"归结为"意内"，因为政文部主任李栋前面已让他关注封建迷信方面的问题。

1995年年初，武汉和全国其他城市一样，兴起了一股"现代迷信"热潮。这一现象首先被外国记者观察到。一天，李栋拿来一份《参考消息》给李利民看，让他关注下中国的"迷信问题"。时隔不久，李利民到武昌区委采访间隙，在督府堤小巷看到"华中周易应用研究所"的大字横幅，一进门，正面墙上挂着的"营业执照"引起了他的兴趣。本来是一次意外的发现，因为有部门主任事先的"招呼"，就变成了胸有成竹的"意内"之事。②

在机动记者部做记者时，李利民就听过同事王南方说她在江汉关附近看到一算命先生手里拿着"文凭"，可惜后来未找到。从此，一位特殊的"算命先生"的形象刻在李利民的脑海中。③ 他觉得，这些大师们打着中国传统文化的旗号骗了不少钱，竟开起了连锁店，他们手里拿着工商执照，比街头算命先生更有欺骗性，应该尽快揭露这些骗子。当天，李利民很快就写出了消息稿，发稿前还到工商局"审稿"，稿子通过了。

记者发现了一个"反迷信"报道的生动题材，部门发稿时让这个题材变得更加生动。具体情况是：李栋改稿时，删掉了一部分，主题只突出"算命有执照"。可以说，这一删改，让主题更加具有冲击力。

新闻内容生产的每个环节，都应该成为内容价值提升者，只有这样才能让好的内容实现传播效果最大化。

---

① 李利民：《"周易应用研究所"采访记》，《写作》1997年第1期。
② 李利民：《舆论监督：为了人民利益》，出自《长江日报国家新闻奖33件》，武汉出版社2002年版。
③ 李利民：《"周易应用研究所"采访记》，《写作》1997年第1期。

在新闻圈，谁都主张把新闻写得有新意，谁都晓得新闻应当引人入胜。然而，"新意"何来，"引人入胜"如何达到？在现实生活中，有许多题材需要大量地反复地报道，有许多重大事件、重要新闻，常常是众多新闻单位同时报道。怎样使同类报道有新意，如何在同一事件报道中胜人一筹，这就要看：谁最能突出事物的特点，谁能写出鲜明的个性。

连续多年担任中国新闻奖评委的原中国社科院新闻与传播所研究员彭朝丞认为：《"周易应用研究所"值得研究》一文很有个性。集中笔墨写个性、写特点，这也是新闻传播规律的客观要求。从一定意义上说，特点，就是新闻的价值和可读性的聚焦点。这就是我们在新闻写作中必须紧紧抓住的关节点——个性。《"周易应用研究所"值得研究》抓住了"研究所"这个与众不同的特点，集中笔墨去说明这个特点："研究所"打着"科学研究"的幌子大搞迷信活动却又有营业执照。[1]

（三）

1995年2月，时任长江日报社副总编辑熊伟轮值夜班。9日晚，一篇乍看并不特别起眼的目击新闻吸引了他：记者在武昌"周易研究所"看到，他们拿着正式的营业执照，堂而皇之地干着占卜算卦的勾当。

熊伟觉得以此为突破口，系统揭露社会上种种以科研作为幌子复活封建迷信的行为，可以形成整治这种社会病的小气候。在当日一版安排停当后，熊伟为这篇稿件拟了主题："'周易应用研究所'值得'研究'"，引而不发，为后续报道留下了很大空间。[2]

紧接着，长江日报围绕这一报道进行了"立体作战"，不断追踪，持续两月，刊发追踪、言论和延伸报道24篇，形成了"反迷信"的战役报道，引发神州大地刮起强劲的反击迷信思潮旋风，其中2月15日罕见地在头版头条刊发评论《旗帜鲜明反迷信》，后又在头版突出刊发评论《再谈反迷信》。时任

---

[1] 彭朝丞：《个性 新闻采写的关节点》，《新闻传播》2002年第4期。
[2] 熊伟：《几则获奖新闻背后的小故事》，出自《品读长江日报》，武汉出版社2009年版。

北京图书馆馆长、中国社会科学院世界宗教研究所名誉所长任继愈专门为长江日报撰文《破除迷信——中国现代化的必由之路》。武汉市后出台措施进行整治。

《长江日报》的持续报道，在国内反响强烈。《文汇报》连续在国内新闻版头条位置推出3篇连续报道，告诫人们："赛先生"任重而道远。《经济日报》也刊登文章，把《长江日报》的"反迷信"连续报道称为"迷信与反迷信的较量"。《南方周末》等报刊或发表评论，或进行跟踪。时任国务院副总理李岚清、国务院秘书长罗干，分别就《长江日报》报道作了指示或批示。[①]2009年，长江日报创刊60周年，《"周易应用研究所"值得研究》是"直击时弊"代表作之一。

《"周易应用研究所"值得研究》刊发两年后，长江日报又进行了追踪：该"研究所"已"挥师南下"，更名为"中国古代相理周易研究协会"，在蒲圻赤壁"重新开业"。与两年前有所不同的是，"研究人员"的着装更加"形象化"。迎风飘扬的小黄旗，招摇着封建迷信的阴魂。[②]

《长江日报》是中共武汉市委机关报，理应围绕市委中心工作进行策划报道，以《"周易应用研究所"值得研究》为代表的"反封建"报道不属于市委中心工作，至于是否有利于传播武汉城市形象也要打一个问号。但不遗余力地进行精心策划和组织报道，体现了媒体的社会责任。

围绕中心工作组织策划报道，并不意味着舍弃其他方面的报道。2016年2月19日，习近平总书记在党的新闻舆论工作座谈会上的讲话中指出："在新的时代条件下，党的新闻舆论工作的职责和使命是：高举旗帜、引领导向，围绕中心、服务大局，团结人民、鼓舞士气，成风化人、凝心聚力，澄清谬误、明辨是非，联接中外、沟通世界。"今天来看，以《"周易应用研究所"值得研究》为代表的"反封建"报道不正是"成风化人、凝心聚力，澄清谬误、明辨是非"的体现吗？

[①]《24篇报道引发反迷信旋风》，《长江日报》2009年5月23日。
[②] 隋国文：《"周易研究所""迁址"蒲圻赤壁》，《长江日报》1998年5月6日。

成风化人、凝心聚力，关系培育和践行社会主义核心价值观，关系形成良好社会风尚、社会面貌。成风化人、凝心聚力，是新闻舆论工作职责使命的新概括，是新闻舆论工作的文化担当。当今时代，人们的思想观念日趋多元、多样、多变，面对日趋复杂的社会意识的影响，新闻舆论阵地不可能真空，正确的思想舆论不去占领，必然被错误的思想舆论占领。习近平总书记强调，"在我们的新闻宣传中，决不能出现政治性差错，决不能给错误的思想和观点提供传播渠道"。澄清谬误、明辨是非，是新闻舆论工作坚持原则、守土有责的重要职责使命，在尖锐复杂的意识形态斗争中更显重要。①

（四）

为什么这组报道参评中国新闻奖不是系列报道而是一个单篇？因为当时中国新闻奖的评选种类中还无系列报道。从第七届开始，中国新闻奖评选才开始设立报纸、广播、电视"系列报道"（包括连续报道、组合报道）项目，须从开头、中间、结尾三部分各选1篇（件）代表作，要求主题鲜明，结构完整，报道全面有深度。②

第六届中国新闻奖文字消息仅评出一等奖1件，具体为新华社播发的《NGO全会代表批评西方新闻媒介缺乏公正》；评出文字消息二等奖10件，除《"周易应用研究所"值得研究》外，解放日报裘新领衔采写的《上海家华公司好气魄1200万元买回美家净》、南方日报曹珂领衔采写的《"大河"设骗局 乱招委培生》、经济日报庹震领衔采写的《这发票该不该企业报销》等也获评二等奖。

对《"周易应用研究所"值得研究》能摘取中国新闻奖，除了前面提到的有力策划外，归纳起来还有三点。

第一，事例典型，题材新鲜。时任中国记协国内部主任阮观荣，既是中国新闻奖评委，也是具体评奖操办人员。他说：题材新鲜是报道改革开放、

---

① 《在新的时代条件下，党的新闻舆论工作的职责和使命是什么？》，出自《马克思主义新闻观百问百答》，学习出版社2019年版。
② 陈佳：《中国新闻奖报纸系列报道获奖作品分析》，《新闻世界》2014年第8期。

经济建设和社会发展中出现的新情况、新经验、新问题,给人们以新的信息、新的知识、新的启迪,对事物的发展以正确的舆论导向。《"周易应用研究所"值得研究》等都是题材新鲜、能吸引受众的优秀新闻作品。①

第二,篇幅短小,写作过硬。《"周易应用研究所"值得研究》没有以系列报道参评中国新闻奖,而是以单篇消息参评。第六届中国新闻奖评选,各地选送的消息有77件。时任新疆日报社总编辑黄元才是这届中国新闻奖54位评委之一,且具体分在报纸消息、言论组。消息、言论组评委一致认为,消息仍是我国新闻写作中的弱项,这个基本状况还没有根本扭转。他说:有些稿件之所以落选,是因为该交代清楚的事实没有完全交代清楚,该更深地挖掘的新闻价值没有充分挖掘出来,或者写得干巴枯燥,这与记者的采访作风不够深入有很大关系。而一些得到众口称赞的作品,恰恰是作者深入采访的结果。如被评为二等奖的消息《"周易应用研究所"值得研究》就是典型一例。在当今建立社会主义市场经济体制过程中,打着"科学"旗号和各种时髦名词搞封建迷信越来越成为人们普遍关注的问题。记者在武昌都府堤"华中周易应用研究所"目睹这种怪状后,隐性采访,掌握大量一手视听材料,并约请工商部门派人现场察看,然后发稿揭露。消息借"预测大师"之口,以其自相矛盾的"预测"揭露其伪科学、真迷信的实质。全文不足500字,却全是亲身所见所闻,证据确凿,文字生动活泼,现场感强。稿件发表后,全国多家报纸转载,反响强烈。②中国新闻奖研究专家、中国人民大学新闻学院研究员刘保全认为:《"周易应用研究所"值得研究》一稿全文6个自然段,每一段都是具体的、扎扎实实的事实。这些事实都是作者深入现场,以自己的眼睛为"摄像机",以耳朵为"录音机",把那些进入自己视角、具有新闻价值的新鲜事实"摄入和录入"其中,及时奉献给受众的记录性报道。③

曾获全国好新闻奖的长江日报记者曾伟光也认为《"周易应用研究所"值得研究》这条消息在写作上有可圈可点之处:材料选择得当,简明扼要,不

---

① 阮观荣:《哪些新闻作品容易获"中国新闻奖"》,《新闻知识》1997年第11期。
② 黄元才:《主题重大 写作精细 采访深入言》,《新疆新闻界》1996年第3期。
③ 刘保全:《刹长风 写短文》,《新闻传播》2006年第12期。

枝不蔓，寓观点于事实之中，无议论但作者的倾向性鲜明，有现场感。作者用现场目击材料，写了"研究所"墙上挂的"营业执照"，执照上"经营范围"所标榜的内容与实际干的勾当，形成强烈对比，点出了这样的怪事这样公开大胆出现的原因。现在一些消息越来越长，不太注意材料选择，拉杂，文字拖泥带水，详略不当，平均使力；在消息中发议论，不是寓观点于实事之中。读读这条短而有分量的消息，并认真做点分析，从中悟出点什么，对改变新闻的长稿风可能会有帮助。①

第三，选题具有当下的意义。赵振宇认为：政治敏感不仅表现在重大的政治人物和事件之中，有时也表现在我们的社会生活之中，关键在于我们能否发现它，发现到什么程度。如《"周易应用研究所"值得研究》就是记者在平时的采访中获得的。反迷信是一个老话题，在社会主义市场经济的条件下，打着"科学"旗号和各种时髦名词搞封建迷信活动，即成为人们普遍关注的新问题。按说，这类迷信活动也算不得是什么新鲜事，不少城市、不少记者或许都发现过，但是，他们都没有从精神文明建设的高度来认识这一问题，特别是在计划经济向市场经济转轨变型之时。长江日报注意到了，在一个多月的时间里，刊发了各类消息、通讯、评论、专访几十篇，形成了强大的反迷信的宣传气势。②

（五）

李利民在总结这篇报道时说，《"周易应用研究所"值得研究》从采写到发表到影响"放大"并得奖，可谓长江日报在舆论监督报道操作上的一次成功尝试，绝不是个人的"天才发现"或"侠胆义肝"。③

回顾自己的职业生涯，李利民总结：从武汉大学新闻系毕业，分配到武汉市检察院研究室搞宣传报道，进入长江日报社的前5年，基本上不懂怎

---

① 曾伟光：《〈"周易应用研究所"值得研究〉读后感》，《写作》1997年第1期。
② 赵振宇：《练就一套写消息的好本领》，《新闻与成才》1998年第6期。
③ 李利民：《舆论监督：为了人民利益》，出自《长江日报国家新闻奖33件》，武汉出版社2002年版。

写好新闻,就像一位斯诺克新手,怎么也找不到击球的角度和感觉。支撑自己的新闻写作的多数是题材和敏感嗅觉,对采写好新闻尚在门外。"不过,刚到长江日报的三年里,陈明洋和李栋等对我有了潜移默化的影响,1998年搞'社会写真'版时,杨泓主任给了我最大的发挥空间,从那年开始,我才真正找到了采写新闻的感觉,那两年写出的作品比获中国新闻奖的《'周易应用研究所'值得研究》好看有趣得多,我心目中好新闻的标准也主要基于那两年的心得感受。"①

李利民采写的《"周易应用研究所"值得研究》《革命小酒"醉"倒师生》两篇稿件入选复旦大学、中国人民大学和河南大学等高校新闻学教材。李利民尤以"革命小酒"这篇自豪。

后来做编辑,李利民修改过不少年轻记者的稿件。他发现:年青一代在学校所受的中文教育本来有限,作文标准化、思想空白化、语言程式化、情感冷漠化日益严重。②李利民作品的简洁与情感,体现在他的作品中,如上面提到的《"周易应用研究所"值得研究》《革命小酒"醉"倒师生》。

你说它"科学"?分明在搞迷信
你说搞迷信?却有营业执照

"周易应用研究所"值得研究

武昌都府堤一爿不到 10 平方米的门面打出"周易应用研究所"的招牌。6 日中午,记者目睹了这里"研究人员"的工作情形:为几名青年人"科学预测"吉凶祸福。

令人惊讶的是,"研究所"墙上,端端正正挂着一份铝合金镶框的"营业

---

① 《那些年我写过的新闻——回眸我的记者生涯(之三)》,新浪博客 2018 年 4 月 24 日。
② 《不说废话是一切媒体的准入标准》,新浪博客 2016 年 7 月 24 日。

执照"，"经营范围"是"周易应用研究、生命科学、社会科学开发"。执照注明为个体工商户，注册资金9000元，发照时间是1994年10月，有效期4年。

记者看到，一长须老者铺张白纸，为欲到广东谋职的某房地产公司职工蒋小姐预测前途。"预测"的结果是，她不能与属蛇的人交往，否则会"折财"。老者还建议她改姓名，因为她的名字"水"太多。蒋小姐付出"咨询费"80元。

另一位工厂女业务员花30元算了八卦后还不满意，又花200元做了包括生老病死、婚姻家庭、未来运气等内容的"全息"预测。

记者随即采访发照单位，一位负责人特地去"研究所"察看，证实他们的所作所为确有与执照经营范围不相符之处。他说，当初发照请示过上级，答复是：周易应用研究属技术咨询服务，可以搞。

这位负责人表示，将对这家研究所违规行为进行纠正和制止，加强管理，对类似经营单位的审批也将加以限制。

（作者：李利民；编辑：李栋；原载1995年2月10日《长江日报》；获第六届中国新闻奖消息二等奖）

第七辑
影像更有生命力

历史洪流中，新闻照片只是时间一瞬间的定格。然而，回头看，这些一瞬间，就像一个个时间的点，在时代纵轴上，连成记忆的片。从时代现场走来，影像远比我们想象的更有生命力。

抓到"奇景中的奇景"

(一)

在第二十九届(2018年度)中国新闻奖评选中,李永刚拍摄的《武汉上空定格奇景》获新闻摄影三等奖。在长江日报报业集团历届获中国新闻奖的摄影作品中,这是比较特别的一幅。

《武汉上空定格奇景》不是新闻事件类的报道,不是社会纪实类的报道,也不是个人具有"创作"性质的作品,而是一件"十分难得的天文摄影作品"——当时,一架民航客机从正在发生日偏食的太阳中间飞过——这是奇景中的奇景!

李永刚在夏季拍摄城市夕阳景观的时候,在一栋居民住宅楼楼顶无意中发现,前往天河机场降落的民航客机与夕阳位置非常接近,极有可能从太阳前面穿过。李永刚为拍摄《武汉上空定格奇景》连续一个多月10余次蹲守,但均因天气原因或飞机距离较远,都没有看到这一瞬间。

日偏食这天下午,李永刚继续前来蹲守。日偏食发生前,云层遮住了太阳,本以为又要无功而返。幸运的是,太阳又露了出来,并且短时间内有3架民航客机连续经过,第二架客机正好从发生日食的太阳中间经过,被李永刚抓拍到。

很多中国新闻奖的获奖作品,多从市新闻奖一等奖,到省新闻奖一等奖,再到中国新闻奖。但摄影作品则并不完全是这样。李永刚的作品《武汉上空定格奇景》与金思柳的作品《她走了,目光依然明亮》有一些相似的地方,在地方评奖时优势不那么明显。

从摄影的专业角度而言,《武汉上空定格奇景》照片瞬间完美,曝光准确,色彩饱和,是十分难得的自然天文摄影作品。中国新闻摄影学会给出的初评评语是:这张照片画面简洁,主体突出。照片的功力首先体现在捕捉能力上。2018年8月11日18时40分许,日偏食导致西落的太阳缺了一小口,武汉上空一架民航客机恰巧从太阳前方飞过。这就是一个"决定性瞬间"。拍摄者一定进行了精心的准备,十分幸运地捕捉到了这个瞬间。其次,摄影者善于用光作画,太阳明亮耀眼,衬出飞机更加醒目,太阳后面的红晕温暖而美好,使整幅作品有了温馨的基调。整张图片构思精巧,明暗相衬,亮的更亮,使画面的主体更加突出醒目。①

(二)

2018年,长江日报新闻奖改革后,取消了传统的消息、通讯、评论、摄影等类别,取而代之的是主题宣传奖、公共服务奖、深度报道奖、现场新闻奖、观点贡献奖、爆款产品奖、传播创意奖等类别。这种改革旨在打破体裁束缚,更好地适应当前的传播形势和格局,评选侧重传播效果。

类似《武汉上空定格奇景》的摄影作品,参评长江日报新闻奖处境有些尴尬,一是类别适应性不强,二是获奖有些难。2019年度长江日报新闻奖评选结束后,仅有两件摄影作品获三等奖。《武汉上空定格奇景》参评的是现场新闻奖,仅在季度新闻奖评选中获二等奖。

李永刚是一位"典型70后工科男"。1999年,李永刚进入长江日报社任摄影记者,《武汉上空定格奇景》获评中国新闻奖时,他已从事新闻摄影工作20年。这些年来,李永刚拍摄的照片难以计数,也有一些照片,总让他难以忘怀,神舟九号飞船发射的现场照片就是其一。

2012年6月16日18时37分,神舟九号飞船在酒泉卫星发射中心准时发射。长2F火箭点火的一刻,李永刚在距离发射架1500米的位置,不断按动相机快门,不时移动位置、调整焦距,变化取景范围。当预想中的画面

---

① 《〈武汉上空定格奇景〉中国新闻奖新闻摄影参评作品推荐表》,中国记协网2019年6月23日。

在取景框出现时,他心中激动万分——远处白色的火箭拖着耀眼的尾焰直冲蓝天,近处参观的人群昂首仰望,半空中五星红旗随风飘扬——成了!来之不易的拍摄机会以及在发射场耐心寻找的细微与众不同最终收获了预想的照片。这幅照片也更加坚定了李永刚坚守现场、观察入微、迅速决断的临场作风。①《武汉上空定格奇景》能获评中国新闻奖,体现的又何尝不是他的这种作风呢?

(三)

对新闻摄影,李永刚有一些自己的理解:

> 文字类新闻报道使用文字形态,图片类新闻报道使用视觉形态,两者没有厚薄或轻重的分别,只是表现载体不一样,在新闻中属于竞争和合作的关系。②

> 新闻摄影是用摄影的方式传播新闻。新闻摄影是新闻报道的一个品种,是用真实的现场形象报道正在发生的新闻事件。过去新闻界一直有这样一种偏见,认为摄影记者只是拍照片,就是按快门,这与我国新闻摄影的发展历史和摄影自身的特点不无关系。作为一种完整的报道形式,新闻摄影一般不可能以单独的照片形象完成其使命,文字说明不但体现和补充其作为新闻品种的属性与特征,而且图文互证互辅、严密结合,更能客观、全面地传播新闻事件。③

一幅好的新闻摄影作品,除了照片本身外,文字也是重要组成部分,文字既包括标题也包括配文或图片说明。中国人民大学新闻学院教授盛希贵总结新闻摄影报道文字说明写作至少要明确如下三条:一是既要有标题,又要有文字说明,缺一不可;二是新闻要素齐全,且文字简练、生动;三是符合新

---

① 李永刚:《于细微处捕捉与众不同的涵义》,《长江日报》2016年11月8日。
② 李永刚:《略谈新闻摄影在现代报业中的应用》,《新闻前哨》2019年第11期。
③ 李永刚、李咏:《谈谈文字说明在新闻摄影报道中的作用》,《新闻世界》2009年第5期。

闻事实本来面貌，真实、准确。①

与一般的新闻摄影多作为稿件配图不同，李永刚拍摄的《武汉上空定格奇景》是一件独立的新闻摄影作品。配文也让这件新闻摄影作品有了不同寻常之处——今年（指 2018 年）我国唯一能观测到的日食。此文的配文还科普了日食的一些相关介绍。新闻摄影作为一种完整的报道形式，文字说明的作用在这里得到充分体现。在第三十七届（2019 年度）湖北新闻奖评选中，部分摄影作品因为图说不规范受到影响，这也再次提醒，摄影作品的图说不容小视。

很多记者都有自己专注的方向，李永刚也不例外。2007 年起，李永刚长期跑园林战线。起初，他对所拍的植物知之甚少，写图片说明时也是笼统介绍。2010 年前后，城市园林中的开花植物多起来，他开始有意识地去辨认具体是哪一种花。10 多年下来，李永刚拍下了 3 万多张花的照片。有一段时间，经常可以看到他拍摄武汉的花花草草。

"不管它是野花还是庄稼、果树开的花，我只要看到了就会拍下来，去青海和西藏旅游时也会拍花。"李永刚仍在坚持做这件事。"这跟人的性格有关，我如果要做一件事，要不不做，要不一直做到底。"现在，他还在拍武汉的各种樱花和海棠花，还有《诗经》里的植物。②

武汉上空定格奇景

2018 年 8 月 11 日 18 时 40 分许，日偏食导致西落的太阳缺了一小口，武汉上空一架民航客机恰巧从太阳前方飞过。

据了解，这是今年我国能观测到的唯一一次日食。日偏食的过程和日全

---

① 盛希贵：《怎样选出真正的优秀摄影报道？》，《中国摄影家》2014 年第 7 期。
② 橙子：《他用三年拍齐 24 番花信风，张张美成壁纸》，"武汉绿化"微信公众号 2020 年 5 月 5 日。

食过程大致相同,由于它只发生偏食,因此就只有初亏(日食过程开始时刻)、食甚(月轮中心和日面中心相距最近时刻)和复圆(日食结束时刻),而没有食既(日全食开始时刻)和生光(日全食结束时刻)这两个阶段。全球范围内,每年至少会有两次日食发生,多的时候可能会有四五次。

(作者:李永刚;编辑:邱焰;原载 2018 年 8 月 12 日《长江日报》;获第二十九届中国新闻奖新闻摄影三等奖)

一切故事都是时间的故事

（一）

2012年最后一天，美国《新闻周刊》（海外版），也是其最后一期纸质版，以《伟大的中国梦》为题报道了近期中国政治、社会生活的变化，文章配图为3对上海郊区打工者夫妇在流水线上的婚纱照及生活照。照片的作者为贾代腾飞。

后来，《流水线上的爱情》的组照在第二十三届（2012年度）中国新闻奖评选中获国际传播类三等奖。时隔6年，贾代腾飞拍摄的另一组照《思念的幸福》，在第二十九届（2018年度）中国新闻奖评选中再获国际传播类三等奖。

从《流水线上的爱情》到《思念的幸福》，两组照片斩获的都是中国新闻奖国际传播类三等奖。背后不变的是贾代腾飞一贯的风格——对社会变迁下人的深刻洞察和关注。

《流水线上的爱情》中3对夫妇分别是来自安徽和云南等的夏光和李欠欠、王洪和牛云、徐成和唐圆圆。2011年2月情人节前夕，贾代腾飞深入上海鹰峰电子科技有限公司车间采访时结识了他们，有的夫妻双方都在这个公司的车间工作，有的配偶在别的工厂。他们结了婚，但是都舍不得花钱拍摄婚纱照。当时贾代腾飞就冒出一个想法，免费为他们各自拍一组婚纱照，地点就选在车间内部，流水线旁。半年之后，中国本土"情人节"——七夕前夕，他又对这些夫妇进行了回访和拍摄，并了解到他们生活细节的变化。"这些打工者几乎都是90后,有的甚至稚气未脱。他们是'农二代',进入大城市打工谋生,多在父母撮合下结婚生子。与父母不同的是,他们有更高的梦想,希望被城市接纳,过更加高质量的生活。"2011年2月进入车间后,贾代腾飞一共拍摄了10对夫妇,8月回访时,有两对夫妇已离开了那个工厂,再也找不到下落。剩下8对夫妇的照片,在世界新闻摄影比赛(荷赛)官网上以《流水线上的爱情》为题公开展示,美国《新闻周刊》(海外版)选用了其中3组照片。①

贾代腾飞的作品登上《新闻周刊》后,《长江日报》做了一个整版的"特别报道"。面对同事的采访,贾代腾飞说了一段话:"若干年后,不管他们还在不在上海,他们都可以指着墙上的婚纱照对自己的孩子说,看,那是爸爸妈妈当年打拼过的地方。记忆的链条便随之铺展开去,流水线既有他们的希望,也保存着他们的回忆。"②这篇稿件用了一个颇有味道的标题——《一切的故事莫过于时间的故事》。

贾代腾飞再次斩获中国新闻奖的作品《思念的幸福》,则延续了其独特的创作风格。

2015年8月12日,在天津市滨海新区天津港爆炸事故抢险中,24岁的湖北随州籍消防战士庞题,英勇牺牲。儿子牺牲后,为了让方志英尽快走出阴霾,也为了给冰冷的家多一份生机,庞方国跟妻子商量,决定做试管婴儿,再要孩子。贾代腾飞用镜头记录了这位母亲,从怀孕到分娩的全过程,前后历时一年。

2018年3月4日,《长江日报》以整版影像的方式刊发了这组照片,5日英国每日邮报网以专题形式刊发。中国新闻摄影学会初评给出的评语是:《思念的幸福》组图讲述了一个不同寻常的思念故事,图中的主人公(英雄的父母)经历了拥有孩子——失去孩子——再拥有孩子的跌宕起伏人生。作

---

① 刘功虎:《本报记者摄影组照登上"绝版"〈新闻周刊〉》,《长江日报》2013年1月9日。
② 刘功虎:《一切的故事莫过于时间的故事》,《长江日报》2013年1月9日。

者采用纪实手法，记录了整个事件的主要节点，用一幕幕悲痛、心酸、欣慰、喜悦的情景，抒写着一段英雄父母的特殊故事，是一个大写的"思念"故事。①

无论是《流水线上的爱情》还是《思念的幸福》，贾代腾飞的作品不同于一般的新闻摄影，总能让人读出一些不一样的味道。这种味道是耐人寻味的，甚至充满矛盾，但这又何尝不是社会大变迁下关于人的故事呢？

（二）

贾代腾飞，1986年生，重庆人，毕业于华中师范大学。在进入长江日报社工作之前，先后供职于都市快报、东方早报。

于生活，贾代腾飞是积极的乐天派；于摄影，在不断变化的摄影语言背后，是他对他者人生的始终善意。无论是反映自己的内心情绪，还是关于社会人物、经济、环境等主题，他总能用合适的视觉语言去表现和表达。难能可贵的是，他始终保持着求进之心。②

贾代腾飞的很多作品给人的感觉是"很有想法"。他不仅照片拍得独特，也具有高超的文字表达能力。换句话说，他不仅会拍，也会写。他的摄影作品的很多配文，和他的摄影作品一样，耐看耐读。对《流水线上的爱情》这组作品，他自己总结：爱情、婚姻、家庭，挟裹着就业、教育、医疗、住房等一大堆问题，冲击着这个特殊群体；他们摇摆在城乡之间，深陷矛盾，是"城市化"过程中的"双重边缘人"，回不去家乡，留不在城市；或许是这一代人的宿命：流水的爱情，流水的人生。③

美国《新闻周刊》高级图片编辑 James Wellford 表示：贾代腾飞的《流水线上的爱情》这组照片特别关注了在中国奋斗的年轻人，和他们所表现出的

---

① 《〈思念的幸福〉中国新闻奖参评作品推荐表》，中国记协网 2019 年 6 月 23 日。
② 《长江日报记者贾代腾飞出版个人摄影集〈突围〉：不要让你的照片错过这个时代》，长江日报客户端 2017 年 12 月 11 日。
③ 贾代腾飞：《流水线上的爱情》，《长江日报》2016 年 11 月 8 日。

希望、挫败和备受鼓舞等人类共有的状态。这组照片阐释了生命中最本质的东西：相信、希望、奋斗，相信爱和生命中的不屈不挠，也反映出人类在面对这类人生问题时的普遍反应。James Wellford 还评价：贾代腾飞有特殊的天赋，能够让观者看到他的照片时获得身临其境的感受。此外，他还能够在照片中保留人与人之间的亲密感，也因此获得被摄对象的极大信任。①

郑州大学副教授延婧撰文评价：贾代腾飞的作品《流水线上的爱情》，用自己的叙事方式诠释了农民工的生存现状和情感状态，通过其夫妇二人在厂房流水线旁的婚纱合影照片，使我们不仅看到流水线上的爱情，也看到他们流水线般的人生，为人们理解现实提供了不一样的视角。②

《流水线上的爱情》获评中国新闻奖后，有专家点评时写道："新生代农民工的婚恋问题，应得到全社会的关注和关心。作者用肖像庄重的影像方式，以新生代农民工爱情、婚姻为切口，走进他们的内心，展示了这个特殊群体对生活的追求、困惑与梦想。"③

一个真正的摄影师，从来不依赖于题材本身的重要和稀缺，相反，他会以他的"拍摄"在司空见惯中成就重要和稀缺，最终成就独一无二的自己。这就是摄影的秘密。摄影名家李楠评价贾代腾飞的作品《杯底的秘密》时说，打开了所有人窥探摄影之秘的眼睛。一个并不算重大的题材，却被年轻的贾代腾飞拍得灵动飞逸、神采倍出。李楠还在文章中说：贾代腾飞拍照片，会做大量的案头功课，会写详细的采访提纲，会以他的单纯和热情感染拍摄对象，会在可能的思路之外再多想想。④

2019 年，贾代腾飞的作品《在离天最近的地方画佛》入选 2019 丹寨公益影像扶持计划。评委会给出的评语是：贾代腾飞是一名有着高度专业素养

---

① 刘舒：《他的照片触动人的内心》，《长江日报》2013 年 1 月 9 日。
② 延婧：《超现实：摄影创作不应只做到"写真"》，《光明日报》2020 年 3 月 8 日。
③ 刚成：《点评〈流水线上的爱情〉》，出自《湖北省获中国新闻奖作品选评（2017—2012）》，中国和平出版社 2014 年版。
④ 李楠：《摄影如奇遇，有心必相逢》，《中国摄影报》2014 年 4 月 30 日。

和丰富实战经验的摄影记者，尤其擅长拍摄贴近人物心灵的组照。《在离天最近的地方画佛》整组作品不流于记录事件过程的俗套，有着清晰的叙事逻辑与段落结构，不煽情，不做作，使读者能够自然而然地接收到完整的事件信息，并产生情感的交流。贾代腾飞是一名优秀的故事讲述者，他不断通过相机镜头，靠近每一个平凡的面孔，轻声细语，娓娓道来。①

（三）

贾代腾飞的作品除两次获中国新闻奖外，他还斩获过中国国际新闻摄影比赛（华赛）金奖、人民摄影金镜头奖、第二届全国青年摄影大赛金奖、两次获得"徐肖冰杯"中国纪实摄影大奖等。2012年入选世界新闻摄影比赛（荷赛）大师班，赴阿姆斯特丹学习（大师班全球每年遴选12人）；2019年作品入选丹寨公益影像扶持计划。他还是华为手机官方摄影师、索尼青年摄影师发展计划成员、中国摄影家协会会员。个人摄影著作《突围》由中国摄影出版社出版。这是一份颇为耀眼的成绩单。如何理解影像？贾代腾飞曾有精彩分享。

2015年，贾代腾飞在母校华中师范大学分享时说：影像是语言，具有记录性和表达性。摄影区别于视频，你会去凝视一张照片，并产生与其相关的想象。一张照片可以记录你曾到过的地方。影像是对抗遗忘的最好手段。一张好的照片不该只是局限于用美图秀秀让照片看起来很美，我们应该还原真实，那才是真正的美。②

2018年，贾代腾飞在西南政法大学分享时说：影像不仅有记录性，真正打动观影者的，在于表达性。所以，摄影大致可分为三个阶段：什么都拍、拍得好看以及表达内心精神层面。这个时代从不缺乏宏大的叙事，我们每天或许都平淡无奇，没有那么多的轰轰烈烈，但正是有了这些默默的诗意存在，

---

① 贾代腾飞：《在离天最近的地方画佛》，中国摄影家协会网2019年9月16日。
② 贾代腾飞：《影像是对抗遗忘的最好手段》，华中师范大学网站2015年4月20日。

才构成了这个丰富多彩的世界。摄影的姿势向外,但呈现出的影像都是自己内化的所思所想。①

对影像,贾代腾飞在其《突围》②一书的《自序》中也有深刻又通俗的理解:

> 从事新闻摄影,我一次次感受着时间的力量:无论是复现抗战老兵的峥嵘岁月,还是持续关注留守儿童,抑或是走进新生代农民工的内心世界……
>
> 我爱故事,更爱故事里的人,每一个进入我镜头的人,我都爱他们。这念念不忘的情愫,在我每次的拍摄时,必有回响。
>
> 在这个光怪陆离、包罗万象的围城里,每天都在发生剧烈的变化,每天都在上演一出出人间悲喜剧。我们脚下这片神奇土地的产出,足以令世人惊诧,荒诞不断叠加,为现实加码。有矛盾的地方,不就有好照片在等着我们吗?
>
> 摄影如奇遇,所以,拿起相机,去出走,去邂逅吧。
>
> 照片为媒,与我们有相同命运的人,并非这美丽世界的"孤儿"。
>
> ……时代可以错过你,但你的照片不能错过这个时代。

思念的幸福

在火中做水,在水火中做英雄。2015年8月12日,天津滨海新区爆炸事故中,24岁随州籍消防战士庞题,在抢险时英勇牺牲。庞题走后,其母方

---

① 贾代腾飞:《摄影的 N 种可能》,西南政法大学网站 2018 年 9 月 29 日。
② 中国摄影出版社,2017 年 2 月版。

志英历经四次试管婴儿尝试,终以48岁高龄,诞下一对龙凤胎。3月2日,元宵佳节,庞方国和方志英带着两个宝宝,与亲人们在老家团聚。图为2018年2月10日,春节前,一家人拍下这张迟到了三年的全家福。(本图系组照之一)

(作者:贾代腾飞;编辑:邱焰;原载2018年3月5日英国每日邮报网;获第二十九届中国新闻奖国际传播三等奖)

流水线上的爱情

据统计,我国现阶段1980年及以后出生的新生代务工者总数约有8487万人,占外出务工者总数的58.4%,并且都已陆续步入婚龄。爱情、婚姻、家庭,挟裹着就业、教育、住房等一大堆问题,冲击着这个特殊群体。他们的这种不确定性状态,直接影响着他们的生活,婚恋问题是突出表现之一。或许就是这一代人的宿命:流水的爱情,流水的人生。(本图系组照之一)

(作者：贾代腾飞；原载 2012 年 12 月 31 日《新闻周刊》(Newsweek)；获第二十三届中国新闻奖国际传播三等奖)

不能马马虎虎应付了事

(一)

2004年3月,金振强拍摄的《倔老汉三告镇政府》在一年后的第十五届中国新闻奖评选中获评三等奖。此前,金振强与邱焰合作拍摄的《黑色村庄》组照在第十四届中国新闻奖评选中获评三等奖。

据新华社报道:这起"民告官"案是武汉市江夏区农民倪灯财、祝珍珠状告湖泗镇政府的行政复议案。1999年1月,倪、祝依法取得湖泗镇新安村部分土地30年的承包经营权。2000年7月,湖泗镇政府与新安村委会签订合同,征用了两人的部分承包土地。倪、祝认为合法权益受到侵害,于2003年10月向江夏区政府申请行政复议,区政府以他们的复议申请不属于行政复议的范围为由,决定终止行政复议。两位农民遂向江夏区人民法院提起诉讼,将湖泗镇政府告上法庭。区法院以被告主体不适为由,驳回其起诉。倪、祝不服,上诉到武汉市中级人民法院。2004年3月24日,武汉市中院经过两小时庭审后,当庭裁定,倪、祝的诉讼符合《行政诉讼法》的规定,撤销江夏区法院的原审裁定,指令其继续审理。湖北省委党校"省厅、地市长《行政许可法》培训班"学员自始至终旁听了庭审过程,武汉市公安局、工商局、城管局、技监局的350多名执法人员也到庭"听课"。

当年74岁的倪灯财老汉感叹:"种了一辈子庄稼,还从没见过这多大官呢。"部分媒体报道此事时用的标题有:《湖北一农民状告镇政府 百名"大官"来"听课"》《武汉开审一起行政诉讼案件 百余厅官听审学法》《老两口状告镇政府没想到来了百名大官》《江夏两老人状告镇政府120厅官来"听课"》。回过头来看，这些报道还停留在事上，并未抓住"倪老汉三告镇政府"展开报道。所幸，新闻摄影通过镜头记录了历史进程中的一瞬。

（二）

《倪老汉三告镇政府》的照片，武汉晚报是作为文字报道的配图刊发的，单从版面安排和篇幅上看，算不上醒目也谈不上突出。但时至今日，这张照片还不时出现在网络上，说明了其价值。

当天现场采访拍摄的不止武汉晚报一家媒体，为何仅有金振强拍出了与众不同的照片呢？可能与他的积累、思考和认识有一定关系。

他在一篇论文中写道："新闻摄影工作人员必须保证政治敏感性的增强，只有这样才能在报道当中确定方向，将网络冲击影响降到最低。图片与文字相比具备不可比较的优势，能够让读者融入其中，摄影作品不仅仅能够体现摄影人员基本的摄影手法，还能够体现摄影人员的政治素养，利用摄影对故事及热点新闻进行讲述，需要非常强的工作能力及较强的政治素养。"[①]

"我感到这不仅仅是一次配图，不能马马虎虎应付了事。"《倪老汉三告镇政府》斩获中国新闻奖后，金振强在分享拍摄经过时写道："七旬老汉状告政府，说明农民法律意识增加了，其意义影响深远，内涵深刻。于是，我到了庭审现场后，始终将镜头对准倪老汉。随时准备捕捉他排除种种阻力，敢于用法律武器捍卫自己土地权的倪汉形象。庭审两小时后，法官宣布休庭10分钟。其间，我看见倪老汉脚穿一双大雨靴，背着双手从原告席到庭审台来回踱步，并不时抬头看看坐在旁听席上的100多名厅官和镇政府的父母官。这时，我不失时机地按下了快门，将这一个新时期农民形象凝固在画面上，第二天见报后，引起社会上的强烈反响。我真切地感受到，作为一名摄影记者

[①] 金振强：《从数字时代新闻摄影的变迁到摄影记者的素质延伸》，《科技传播》2019年第21期。

在新时期的社会背景下，应发挥自己的主观能动性，拍出具有时代特色的好作品。"①

欣赏这幅照片，左上角悬挂的国徽是非常重要的一个元素，国徽旁站立的老汉透露出一股较真的神情。在中国的法治进程中，这幅照片具有标志性意义，是一幅"具有时代特色的好作品"。

（三）

2017年11月2日，第二十七届中国新闻奖评选揭晓，金振强拍摄的《涉嫌电信网络诈骗74名嫌疑人被押解回国》摄影作品获评三等奖。这是金振强第三次斩获中国新闻奖，也是这届中国新闻奖评选中长江日报报业集团唯一的获奖作品。

电信网络诈骗犯罪严重侵害人民群众财产安全，已经成为社会公害，广大群众深恶痛绝。涉嫌电信网络诈骗，74名嫌疑人被押解回国，此事并非独家报道，其他媒体也刊发了类似的图片，为何金振强拍摄的照片能获中国新闻奖呢？

接到该线索后，金振强于当晚赶到机场停机坪，并选取最佳拍摄角度，最终拍下这张具有强烈视觉冲击的图片。该作品通过我国警方从马来西亚将74名电信网络诈骗犯罪嫌疑人押解回国的画面，以独特视角呈现了我国警方同国际刑警组织通力合作，严厉打击跨境电信网络诈骗犯罪的决心，切实维护我国公民的合法权益不受侵害。

从价值与意义上来说，这次我国警方与马来西亚警方合力打击并将犯罪嫌疑人押解回国的图片报道，给国人以振奋，并对社会上仍想以身试法准备实施电信网络诈骗的对象，起到强有力的震慑作用。从摄影专业角度而言，图片的构图、瞬间的抓拍，都恰到好处，具有较强的视觉冲击。

---

① 金振强：《倔老汉，透视法制进程》，《武汉晚报》2005年8月17日。

中国新闻摄影学会的初评评语是：该新闻摄影作品属事件性报道，其新闻性强，社会关注度高，74名跨境电信诈骗嫌疑人被押解回国的画面，很好地表达了"天网恢恢　疏而不漏"，人民群众的关切已成为党和政府的关切与行动。①

（四）

金振强原是一名军人，毕业于中国人民解放军南京政治学院新闻系，有30年党龄，他同时也是一名新闻"老兵"，先后参加过1998年抗洪、汶川大地震、玉树大地震等重大报道。2020年新冠肺炎疫情发生后，面对这场没有硝烟的战争，金振强在70多天的时间里，31次闯"红区"，无论是定点医院、隔离酒店，还是机场、火车站、街道、社区，他依然像一名战士一样勇敢地冲锋在一线，他的镜头始终在聚焦最前沿。②2020年9月21日，湖北省抗击新冠肺炎疫情表彰大会召开，金振强作为湖北省抗击新冠肺炎疫情先进个人出席大会。新冠肺炎疫情发生后，他先后拍摄3万多幅（件）图片、视频，真实反映出新冠肺炎疫情防控下的英雄之城，为城市留下历史，彰显出新闻人的责任担当。③

2020年2月6日，中国记协网推文《感动！离"新冠病毒"最近的媒体人》里面就有对金振强④战"疫"事迹的介绍：

> 没想到，1月29日临危受命组建的"强强组合"，成为长江日报此次战"疫"报道中的黄金搭档。
>
> "强强组合"的两名记者——城区部史强和摄影部金振强，都是资深

---

① 《〈涉嫌电信网络诈骗　74名嫌疑人被押解回国〉中国新闻奖新闻摄影参评作品推荐表》，中国记协网2017年6月19日。
② 金振强：《31次闯红区：直击生死大营救》，《长江报人》2020年第2期。
③ 何晓刚、刘晨玮：《长江日报记者金振强获评全省抗疫先进个人》，长江网2020年9月21日。
④ 另一位为文字记者史强。

老记者。24小时跟随120急救车入户转运重症患者,率先进入隔离酒店探访……两位老记者发挥优势、不畏危险,选取人们关切的热点,全程跟进,一线探访,用翔实的报道回应关切、答疑解惑。

他们深入急救中心一线,一天内跟随120急救车出车多次,追踪记录120急救人员的工作环境和履职状态,真实反映他们的内心世界和职业坚守。1月31日,《生命线上的生死阻击战——长江日报记者直击武汉120"战疫"十二时辰》见报,长江日报报业集团各新媒体平台也同步推出相关新媒体产品,受到广泛好评。

在跟车采访120时,"强强组合"敏锐地发现,在医疗资源极其紧张的情况下,还有少数人的行为是在浪费宝贵的医疗资源。怎么办?他们没有视而不见。在报社支持下,他们把所见所闻所思写进稿子,用呼吁的方式,提示市民警醒。

融媒体时代的到来,新闻摄影面临诸多变化,这些变化既给新闻工作带来机遇,同时也带来诸多的挑战。金振强认为:融媒体时代的到来,无疑给新闻摄影带来了巨大的机遇,使新闻拍摄更简单、传播更迅速,能够产生更大的社会影响,但同时融媒体时代下产生的问题也亟待解决,相信经过一段时间的发展,我国新闻摄影会更加规范,创造更有价值的新闻。①

涉嫌电信网络诈骗

74名嫌疑人被押解回国

2016年11月29日晚8时,随着中国民航包机降落在武汉天河国际机场,

---

① 金振强:《浅析融媒体时代新闻摄影的变革与发展》,《新闻研究导刊》2019年第17期。

74名电信网络诈骗犯罪嫌疑人被我国公安机关从马来西亚押解回国,涉及国内多个省份的500余起特大跨境电信网络诈骗案成功告破,涉案总金额高达6000余万元。

(作者:金振强;编辑:邱焰;原载2016年11月30日《武汉晚报》;获第二十七届中国新闻奖新闻摄影三等奖)

倔老汉三告镇政府

2004年3月24日,江夏区七旬老汉倪灯财,脚蹬一双雨鞋,站在武汉市中级人民法院法庭上,举证状告湖泗镇政府。这是他第三次将镇政府告上法庭。2004年6月,中院终审判决,湖泗镇政府无偿退还倪老汉的土地。

(作者:金振强;编辑:贾连成;原载 2004 年 3 月 25 日《武汉晚报》;获第十五届中国新闻奖新闻摄影三等奖)

最好的纪念是给人希望

在第二十二届（2011年度）中国新闻奖评选中，彭年拍摄的《新希望——玉树地震一周年祭》获得二等奖。他拍摄这幅照片时，进入长江日报社干摄影记者工作才4个月，还处于"见习"期。

彭年，生于武汉，初中毕业后开始学习美术，1999年结束大学生活，在一所中学教授绘画。2010年，转行进入长江日报社，担任摄影记者至今，作品《守护》获中国新闻摄影金镜头奖。

进入长江日报社工作没几年，彭年已是两获中国新闻奖。获第二十六届中国新闻奖国际传播三等奖的《赴日寻访祈愿旌旗》系列报道，彭年也是主创之一，他是当年赴日本采访的摄影记者。

《新希望——玉树地震一周年祭》可以说是在一个值得纪念的日子里，"走基层"走出来的好作品，是现场拍摄了4小时后收获的作品。

玉树地震一周年之际，彭年与同事一起被派去做回访报道。彭年回忆当时的情景时写道："2010年4月在玉树地震现场，藏医孤儿学校操场的一个没有门的帐篷里，每天清晨5点30分，和我同住一个帐篷的志愿者手机里就会响起藏族歌手普布次仁的歌曲《青海湖的呼唤》。这闹铃的呼唤从来没有把他吵醒过，每次唤醒的都是我。"

那天，彭年起得很早，背着摄影器材向海拔4000米左右目的地进发。彭年后来在谈到拍摄经过时说："忽然间，一位怀里包裹着婴儿的藏民吸引了我的注意，我缓缓地走上前留在她们身旁，8次按快门，在阵阵祈福声里，我获得了这张图片。"[1]

---

[1] 朱建华：《传播力+的风口——融媒体时代的党报转型》，人民日报出版社2017年版。

最好的纪念就是给人新的希望。专家评价：这幅照片立意阳光；照片饱含情感，场面宏大，构图新颖独到；客观、真实、生动地描述了玉树地震一周年后，这个逐水而居的藏民族在巨大灾难后坚韧的品质和无畏的勇气。远景，是山岗上僧侣们低沉而富有诗意的祈祷；近景，在母亲充满爱意的眼神下，怀中的婴儿安然入眠。如此温暖的瞬间意味深长，隽永的画面充满遐想，给人生的希望。作者深入海拔 4000 米之处采访的作风，值得肯定和提倡。①

当通信方式随着科技的运用发生改变时，人们拜年的方式也随之发生着变化。从电话到短信再到微信……现在每到过年，大家的手机都会被各种拜年祝福刷屏。如何给亲朋好友发送拜年祝福以及如何回复亲朋好友的拜年祝福，这让不少人苦恼。复制、粘贴之间，还出现过令人尴尬的情况：不同的人发送的拜年祝福一字不差。

感受到彭年的与众不同，是他春节时送祝福的方式颇有创意：一家三口同时出镜拍了一张贺岁版全家福。开始，彭年对亲朋好友发来的每一条拜年祝福，都是手写回复，令他没想到的是，这是一项工作量巨大的工作，耗时又耗力。后来，彭年发挥特长，拍了家中的第一张贺岁版全家福，从此这便成了他家的一项传统。②

彭年常常被朋友或是前同事问及一个问题："你做教师，跑去当记者干吗？"每次遇到这样直接的提问，他都很难回答。

在他看来，新闻现场总是充满魔力，相机快门一声声截取现实的画面，凝练和传递着人们生活的百态；焦距不断的变换，增长或是消减空间的距离，但是新闻故事的主角永远是那些鲜活的生命和情怀。③

---

① 刚成：《点评〈新希望——玉树地震一周年祭〉》，出自《湖北省获中国新闻奖作品选评（2007—2012）》，中国和平出版社 2014 年版。
② 朱建华：《有创意！儿子抱狗出镜，过年拍贺岁版全家福送亲友》，长江日报客户端 2018 年 2 月 15 日。
③ 彭年：《真实远比简单的捕捉更有玄机》，《长江日报》2016 年 11 月 8 日。

新希望——玉树地震一周年祭

2011年4月14日,玉树抗震救灾恢复重建一周年纪念活动在格萨尔王广场举行。祈福法会上的诵经声,让怀抱孩子的母亲得到了心灵的慰藉。

(作者:彭年;编辑:田飞;原载2011年4月15日《长江日报》;获第二十二届中国新闻奖新闻摄影二等奖)

记者成了新闻事件参与者

（一）

第二十一届（2010年度）中国新闻奖评出新闻摄影作品7件（不含国际传播），一等奖空缺、二等奖3件、三等奖4件。长江日报记者周超的作品《偶遇抢劫　本报记者举机拍照退匪》，在4件三等奖作品中排名第一。

与一些具有"创作"性质的新闻摄影作品不同，《偶遇抢劫　本报记者举机拍照退匪》具有很强的突发性和现场性。在这一作品中，原本记录和拍摄他人的记者，则成了新闻事件的参与者。

事情的经过并不复杂。2010年7月27日22时45分许，江岸区统建大江园南苑大门旁的中国工商银行自助银行内发生一起抢劫行凶案，一单身取款女性遭到3名年轻男子持刀抢劫。长江日报摄影记者周超夜晚采访下班回家偶遇，急忙举起挂在胸口的相机，3名年轻男子见状停止抢劫、夺门逃窜，匆忙间记者已拍下3人影像。事后，记者帮受害女士报警，并协助警方调取照片，进行侦查。

7月29日，《偶遇抢劫　本报记者举机拍照退匪》以近乎整版的规模在《长江日报》刊发，并在头版进行了导读。除刊发了一组5张照片外，还配发了较为详细的文字披露了具体过程。

巡警判断，此3人应属初犯，经验不足。否则记者这样正面拍照取证，很容易遭到抢匪袭击。"记者这才感到后怕，不过能终止其抢劫行为，帮助警察侦破此案，觉得这种风险值得冒。"稿件最后呼吁：市民夜晚行走注意安全，特别是单身男、女性要注意钱财不外露，独自在自助柜员机操作时要警惕周边晃动的人。

时隔近 3 个月,《长江日报》刊发追踪报道:"7·27"统建大江园自助银行抢劫案告破,两名犯罪嫌疑人被红安警方抓获,本报记者周超拍摄的嫌疑人照片为破案提供重大帮助。[①]

有人撰文评价,该组图片通过连续画面,以直观、形象的视觉语言,迅速及时地独家报道了一起勇退劫匪、解救受害人的突发事件,体现了党报在重要事件上的舆论引导力,引起了广大读者、兄弟报纸和网站的热烈反响。[②]

还有专家评价:这组照片把一突发事件生动地展示出来。由于现场事发突然,记者应对几乎就在一瞬间,尽管画面并不理想,反而形成强烈的现场感和视觉冲击力。其中一张,3 名劫匪撒腿而逃和被劫女士坐在地上哭喊的瞬间出现在同一画面,让人感到仿佛是从警匪片中截取的影像,十分难得。版面处理也很充分,使传播效果非常给力。更重要的是,这组报道为日后警方成功抓获犯罪嫌疑人提供了重要帮助。记者的敬业精神值得肯定。[③]

有人总结,从拍摄手段看,中国新闻奖获奖摄影作品大致可分为三类:一是事发突然,现场抓拍,比的是新闻敏感和反应速度;二是冲着新闻去,打有准备之仗,比的是敬业精神和专业素养;三是"无中生有",出奇制胜,属于"人人心中有、个个笔下无"的类型,比的是发现能力和策划水平。其中第一类图片最为难得,可谓"可遇不可求",由于需要瞬间做出反应,拍摄技巧也许没法讲究,但它的价值恰恰在于突发、真实,如《偶遇抢劫 本报记者举机拍照退匪》。[④]

[①] 李锐、罗红新:《大江园银行劫案嫌犯红安落网》,《长江日报》2010 年 10 月 24 日。
[②] 彭建钢:《千钧一发 敏捷应对》,《新闻前哨》2012 年第 6 期。
[③] 思浓:《点评〈偶遇抢劫 本报记者举相机拍照退匪〉》,出自《湖北省获中国新闻奖作品选评(2007—2012)》,中国和平出版社 2014 年版。
[④] 余萍:《新闻摄影佳作的特质分析》,《传媒评论》2019 年第 3 期。

（二）

中国有色金属报高级记者赵秀富是第二十一届中国新闻奖评委，当年被分在第二小组，这一组负责通讯、评论、副刊和摄影作品的评审。赵秀富在当年评选结束后写了一组博文，详细介绍了评选经过。在这组博文中，他不仅分享了新闻摄影评选的原则，也分析了为何有的好作品被淘汰，为何《偶遇抢劫　本报记者举机拍照退匪》能入选。

什么是新闻摄影？从字面上来看，它是由"新闻"和"摄影"两大要素组成的，因此人们把它叫作"摄影的新闻""用照片报道的新闻"。那么，好的新闻摄影照片最主要的特色是什么？就是通过看照片能够感受到新闻，换句话说就是要能够抓住人心甚至震撼人心。有评委总结了好的新闻摄影作品要注重把握五点：一是要抓住最能代表新闻事件本质的瞬间；二是要扣人心弦；三是被摄人物的动作、表情要自然，没有明显的摆拍痕迹；四是图片要有动感；五是图片构图合理，具有观赏性。

第二十一届中国新闻奖共有 10 幅（组）新闻摄影作品参与评选，设一、二、三等奖 7 个，按照不低于所设奖项 120% 的规定，$7 \times 120\% = 8.4$（个），故小组应该评选出 9 个候选作品，其中一等奖候选 2 个，二等奖候选 3 个，三等奖候选 4 个。在预评选时已淘汰 1 个作品——《空中夜看世博园》。淘汰原因：本届参与评审的有关上海世博会的各类新闻作品多达 23 件，预选时需要淘汰 14 件。

赵秀富在博文中详解了《空中夜看世博园》被淘汰的原因：这一组照片，从艺术性来说，无疑是此次参评新闻摄影作品中最好的，而且拍摄这样一组照片有两大难度：一是高空摄影，作者必须坐在飞行器上才能达到这样多角度的俯视效果；二是拍夜色必须在夜晚进行，能够拍摄出这么好的照片实属不易。"淘汰作品都如此美丽，那入选作品岂不是更加美丽呀？"赵秀富回应网友疑惑时说："是，也不全是。"

赵秀富解释：入围中国新闻奖的摄影作品当然都是好作品，这点是确信无疑的，否则我们就有辱中国新闻最高奖评委这个称号。但这是新闻摄影奖，不是艺术摄影奖，新闻摄影画面美并不是最主要的方面，评委更看重的是照片里所蕴含的新闻性。在中国新闻奖评选中，新闻性是第一位的，只有全国摄影大奖赛才将艺术性排在第一位，两者的评选标准有明显差别。

赵秀富又进一步解释：《空中夜看世博园》之所以在预评选中就被淘汰出局，除了世博会同一题材参赛作品太多发生撞车这个因素外，新闻性不强也是重要的原因，可以说，这组照片是观赏性很强，新闻性不足。①

《偶遇抢劫 本报记者举机拍照退匪》在初评时脱颖而出，由中国新闻摄影研究会报送参评中国新闻奖，以高票进入中国新闻奖小组正式评审程序。

赵秀富在博文中分享：评委们认为，记者偶遇抢劫，及时举相机拍照吓退劫匪，这本身就是一条好新闻。好就好在抢劫场面被记者现场拍摄到，非常不易；好就好在记者敢于把行劫者拍摄下来，这需要巨大的勇气，因为这会激怒歹徒，歹徒往往会转而攻击拍摄者，记者有生命危险；好就好在记者举起相机拍摄的正义之举使抢劫者受到极大震慑，快门闪光之际，3名歹徒中止作案、仓皇逃窜；好就好在记者拍摄的照片为破案提供了重要线索和依据，使抢劫者很快被抓获。而从报道中得知，3名抢劫者手中是有凶器（刀子）的，在这种情况下，记者敢于拍摄，不仅应该评好新闻奖，更应该评见义勇为奖。同时，评委们也认为照片画面确实是差了一些，但在那种紧急情况下，能够拍摄下来就是成功，时间根本不允许记者调角度、调焦距、调曝光度。因此，评委们不约而同地将二等奖候选作品的票投给了《偶遇抢劫 本报记者举机拍照退匪》。②

评委们的评价是非常客观和中肯的，《偶遇抢劫 本报记者举机拍照退匪》切合新闻摄影的本质，评委们在这方面不吝啬自己的好评，甚至用了四个好来称赞，但确实也存在不足，最后能获奖、在三等奖中排名第一，也算是给了这一作品应有的认可。

---

① 赵秀富：《中国新闻奖评审花絮之二：小组评审中的那些事儿》，新浪博客2011年8月27日。
② 赵秀富：《中国新闻奖评审花絮之六：小组评审中的那些事儿》，新浪博客2011年8月31日。

（三）

上大学前，周超的理想专业是学医，在他看来拿刀蕴含着一种神圣的力量。但是由于分数不理想，他最终没有考上理想中的同济大学，19 岁的他来到了华中师范大学教育技术学专业。

教育技术学专业包含了一门学科——摄影。爱上摄影，是一个偶然。后来他觉得，既然不能去学医，那么就选择一个自己感兴趣的。因为他始终喜欢选择自己喜欢的东西。

"摄影是我的爱好，我把我的爱好做成我的事业，所以再苦再累，我也不觉得有什么了。"获得中国新闻奖是周超觉得最满足的事情。"但是，真正衡量摄影水平，不是看这个奖。"虽说拍片子不是为了得奖，但是他觉得能够得到一个检阅也是一种小小的幸福。①

2016 年第 17 个记者节来临之际，长江日报社以"看见"为主题，推出了 10 位青年摄影记者作品特辑。周超在《用心传递文字无法表达的意境》中分享了他对摄影的一些看法和思考：

> 如今拍照片的人越来越多，微信、微博、网络上，大家可以看到很多照片，包括突发现场。很多摄影记者感叹已经拍不过普通的爱好者，饭碗被抢了，前途很渺茫。我觉得恰恰相反。越是摄影器材普及，越是摄影普及，其实越需要专业的摄影记者。
>
> 为什么？
>
> 因为在影像泛滥、器材普及的年代，只有你把摄影做得更专业、更个性化、更与众不同，你才能够跟普通人不一样。
>
> 眼下的传播价值，不是说仅仅报道事实本身。影像有自身特点，它有构图，它能够非常高度地概括一个事件，它甚至是带有象征性的一个表达。通过这个图片能够感受到这种事件给你带来的力量。需要我像工

---

① 范林：《镜头里的青春》，华中师范大学网站 2013 年 6 月 5 日。

匠一样，很认真地去构图，很认真地去观察这个瞬间、观察这个人的情绪、观察场景、观察现场每个细节，我用一种在我能力范围之内最好的影像呈现出来，来让这个事件更直观地、更有效地传递到观看者的心里面，而不只是眼睛。

一张照片的意境、氛围、复杂的情感，很多时候是没有办法用文字表达的，但是用一张照片就可以把氛围、意境传达给读者。这才是影像所真正传达的信息。

作为摄影记者，有时候是在重复地做很多事情。因此我给自己定下三个标准：拍的照片要跟我之前拍的不一样，跟今天去的同行拍的不一样，跟自己之前拍的题材也要不一样。说起来很简单，要做到非常难。但越是枯燥的事情，你把它拍得不同，给读者留下的印象就会越深刻。

托马斯·弗里德曼在《世界是平的》一书中说："21世纪的核心竞争力是态度与想象力。"保持我最好的想象力必须不忘初心，将自己的爱持续下去！像工匠一样要雕琢，真心对待摄影。通过近些年的蓄积期，沉淀后继续前进，我也一直在等待自己真正游刃有余进行拍摄的那一天。

偶遇抢劫　本报记者举机拍照退匪
歹徒逃窜留下影像　警方调取相片侦查

2010年7月27日22时45分许，江岸区统建大江园南苑大门旁的中国工商银行自助银行内发生一起抢劫行凶案，一单身取款女性遭到三名年轻男子持刀抢劫。本报记者夜晚采访下班回家偶遇，急忙举起挂在胸口的相机，三名年轻男子见状停止抢劫、夺门逃窜，匆忙间记者已拍下三人影像。事后，记者帮受害女士报警，并协助警方调取照片，进行侦查。目前，武汉市公安

局江岸分局竹叶山派出所已受理此案。(本图系组照之一)

(作者:周超;编辑:田飞;原载2010年7月29日《长江日报》;获第二十一届中国新闻奖新闻摄影三等奖)

拍出最能反映新闻本质的瞬间

（一）

中国高铁大幕的开启，始于 2009 年 12 月 26 日通车运营的我国首条 350 公里时速千公里级高速铁路——武广高铁。武广高铁是展示我国高铁发展成就和运营品质的一张亮丽国家名片。[1]截至 2016 年年底，中国高铁运营里程超过 2.2 万公里，占世界高铁运营总里程 60% 以上，位居全球第一。[2]

新闻摄影不同于文字新闻，它讲求画面语言，有些重大的新闻，因形象性不够，也不能成为优秀的新闻摄影作品。有的新闻能用摄影来表现，但我们的摄影记者如果认识不到这条新闻的重要性，也会失去机会。[3]武广高铁开通，作为国内外瞩目的大事，周国强抓住了这一机会，他拍摄的《武广高铁 3 小时"飞"广州》在第二十届（2009 年度）中国新闻奖评选中获评三等奖。

这幅照片以近乎整版的形式在《武汉晚报》头版刊发，既有动感又有气势，给人一种气贯长虹之感。新华社还专门播发了周国强拍摄的武广高速铁路客运专线武汉至广州北的 G1001 次列车从新落成的武汉火车站开出的照片。

专家评价：《武广高铁 3 小时"飞"广州》这幅照片抓拍的"和谐号"G1001 次列车犹如一条蜿蜒的巨龙，呈"S"形开出站后，以 350 公里时速

---

[1]《"武汉力量"助力中国高铁建设》，长江网 2019 年 12 月 26 日。
[2] 樊曦、齐中熙：《中国高铁：书写时代名片》，新华社 2017 年 7 月 19 日。
[3] 周国强：《社会主义市场经济与新闻摄影的主题选择》，《中国记者》1996 年第 6 期。

向广州飞驰而去。在扬起的微尘中，首发列车似穿越梦幻时空，告示着中国历时5年走完了国际上40年高速铁路发展历程；3小时，跑完武广间曾需要近11小时的路途；集世界最先进的4种技术，中国人创造出独一无二的高铁品牌，迅疾跨入引领世界的"高铁时代"。在构图上，作者应用长镜头从高处俯瞰，将站台上的人群拍成剪影，平衡和压缩了空间。两盏闪烁的红灯犹如巨龙的双眼，使动感十足的"和谐号"更为生动突出，让人过目难忘。①

为什么有的摄影记者拥有新闻线索后能够拍到好照片，而有的摄影记者拥有同样的新闻线索拍出来的照片却平平淡淡呢？武广高铁开通并非独家新闻，能不能拍出好作品考验记者功力。

周国强此前在一次接受采访中谈道："作为一名摄影记者，在获取新闻线索后，如何发挥主观能动性，在新闻线索中去挖掘、发现、选择最有新闻价值的瞬间，这是对每一个摄影记者综合素质的检验。简要地说，能否把握好新闻线索，是我们摄影记者能否拍摄到新闻照片，能否拍摄到真实新闻照片和能否拍摄到精彩新闻照片的关键。而新闻摄影准备是把握新闻线索的前提。由于不能把新闻线索当成新闻摄影的主题，因此，就需要摄影记者在获取新闻线索后，做好充分的新闻摄影准备，即思想准备、对拍摄对象了解的准备、拟订采访计划和采访策划与调查提纲的准备，还有新闻摄影物资的准备和预计突变的准备。这些准备越充分越好，只有这样，才能在新闻事实到来的关键时刻拍到最佳瞬间。"②

如何将新闻线索变成好新闻照片？周国强总结：第一，得到新闻线索后反应要快，要迅速赶往事发现场，这是将新闻线索变成好新闻照片的关键；第二，到了新闻现场摄影记者的视野要宽，要围绕新闻主体寻找尽量多的新闻画面；第三，在现场深挖、细找、耐心等待，寻找拍摄最能反映新闻本质的瞬间。

---

① 思浓：《点评〈武广高铁3小时飞广州〉》，出自《湖北省获中国新闻奖作品选评（2007—2012）》，中国和平出版社2014年版。

② 周凤桥：《拥有新闻线索就能拍出好照片吗》，《中国记者》2004年第3期。

2003年12月，人民网、新浪网登出一组"2003年各大论坛最具影响力的图片"共10个画面，其中一张题为《不同的命运》的照片，就是周国强通过耐心等待而得到的。

当时，周国强路过汉阳钟家村时，发现这名叫蒲秀英的四川来汉擦鞋女，背上背着一个熟睡的孩子，在路边为一个年轻人擦皮鞋。他拍摄了一张照片，没有马上走人，而是在现场耐心等待。10分钟后，照片中这个城里的小男孩和他妈妈、奶奶还有小保姆一起走了过来，在路过擦鞋摊时，一个穿旅游鞋的小男孩坐到藤椅上。两个母亲、两个孩子，在这样一个时空，以一种特殊的形式走到了一起，城乡差别，贫富反差，独生子女的教育问题等都跃然纸上。

（二）

周国强的经历有些传奇色彩。1973年，18岁的周国强从湖北沙市三中高中毕业后，被下放公安县农村当知青，1975年招工返城，被招进武汉电力三公司做电焊工。周国强爱学习，肯钻研，熟练掌握电焊技术，直接从2级工跳到3级工，这让师傅和同事们刮目相看。1987年，周国强从大学同学的手里买到一台二手的理光相机，对摄影的爱好和执着，从此一发不可收拾。周国强给自己定下目标，多跑、多想、多拍，力争每个月在武汉的市级报刊上发表10件摄影作品。这一愿望，不久就靠他的勤奋和敬业实现了。

《大学生卖报》是周国强1987年拍摄的新闻图片。那个时候，大学生还很稀罕，上街卖报纸，更是罕见。周国强从大学生的举止中，敏锐捕捉到一个信息，大学生思想观念的变化，折射出中国改革开放给社会带来深刻的变革。这幅摄影作品在第15届"国展"①中获奖。1990年，35岁的周国强调入武汉晚报社当摄影记者，报社老总对他说："你能调到报社当摄影记者，是因为你拍摄的女大学生卖《武汉晚报》在社会上引起了很大的影响，所以引起

---

① 每两年一次的全国摄影艺术大展。

了报社的注意。你现在来报社当了专业的摄影记者,用上了专业的摄影器材,但是,你还是要保持当年摄影爱好者的那种激情,这就是专业摄影记者思想+专业摄影器材+摄影爱好者的激情。"①

下乡当过知青,在工厂干过8年电焊工,后调入武汉晚报社担任摄影记者。1996年获"中国新闻摄影记者金眼奖"提名奖后,有刊物以《从"发烧友"到"金眼奖"提名》为题对话周国强。他说:"当专业摄影记者是我梦寐以求的事,所幸我的追求得到了实现。"8年的工人生活使周国强懂得了岗位对每个人意味着什么。由于对工人和平民生活的熟悉,周国强与普通人有着天然的联系,在同时赶到新闻现场的摄影记者中,与被采访对象进入情感共振速度他要快得多。在采访的最后,周国强说:"我为是一名工人出身的摄影记者而欣慰和自豪。"②

人文摄影家秦军校评价:周国强,一个为新闻摄影而生的人。1987年8月3日,《武汉晚报》刊登了一幅名为《大学生卖报》的作品,而拍摄这张照片的作者就是周国强,这张作品使更多的人认识了周国强。能够靠一张照片让人们认识作者并记住名字的摄影家并不多,周国强就是其中一人。当然,他也是一位作品发表和获奖无数的摄影家,"改革开放四十年——周国强典藏摄影集"中可以看到,每一幅画面都有一段精彩的故事,而"讲"这些真实故事的人就是周国强。③

30年来,周国强除了在武汉拍摄一些日常普通生活场景外,还参与了许多重大新闻事件的拍摄,比如,香港回归、澳门回归、台湾24小时、神六、神七航天员凯旋、中华人民共和国60周年大庆、中国第一线客运高铁建成、中国国民党大陆访问团访问大陆的"破冰之旅"与"和平之旅",以及抗震、抗洪、抗冰抢险等。

---

① 周国强:《35岁时,一张〈大学生卖报〉照片圆了我的摄影记者梦》,"鹅眼"企鹅号2018年8月3日。
② 一丁:《从"发烧友"到"金眼奖"提名》,《新闻三昧》1997年第3期。
③ 周国强:《改革开放四十年典藏摄影集》,中国摄影家协会网2018年9月3日。

（三）

周国强为拍摄武汉长江二桥通车，摸黑爬上60米高的桥墩，直到通车典礼结束。为了拍三峡工程，他连续在三峡工地过春节。1994年周国强8000余字的长篇报告文学《三峡人的情怀》被"文汇报"整版刊登。

武汉晚报社的不少摄影记者都能拍能写。对此，曾任武汉晚报社常务副总编海洋总结：编委会对摄影记者的培养，非常注意记者的政治素质和业务素质的双项提高，在一专多能前提下，鼓励他们全面发展。对摄影记者的要求，不单是一个摄影匠，而是一个有独立采访能力的摄影工作者，是一个一专多能的新闻工作者。要求摄影记者在采访中用照相机记录新闻，但不排除使用其他手段反映新闻。文字记者未到位的时候，提倡摄影记者采写文字新闻。他们都可以写消息、写通讯、写言论，甚至写长篇报告文学。同行们对晚报摄影记者的文字表述能力十分称道。①

有人说，一幅好的照片要见物更要见人，不仅要表现人物的活动，还要表现人所处的环境、动态和特有的情感；不仅要表现一般的、抽象的人，还要表现特定的、具体的人，才会给读者耳目一新的感觉。而周国强始终坚持把镜头对准社会、深入生活、扎根人民，不但用相机来记录共和国前进发展的步伐，同时也用影像来反映人民群众的生活和思想的变化。

很多摄影爱好者的最大心愿，就是摄影作品能够入选"国展"，每两年一次的全国摄影艺术大展，是摄影爱好者检阅自己摄影作品的标尺。"国展"究竟需要什么样的照片？周国强作品10多次入选"国展"并多次获奖，问及他获奖的秘诀，他总结了7个字，即"大事、小事、突发事"。"大事"就是国家大事的精彩瞬间，国家大事包括国家政治、军事、经济、文化等方面的大事。"小事"就是日常生活的温馨画面，即发生在我们身边的关于衣食住行的

---

① 海洋：《大力培养跨世纪的新闻摄影人才》，出自《高扬邓小平理论旗帜——第七届全国新闻摄影理论年会论文集》（1997年）。

事。"突发事"就是突发事件中的感人瞬间和震撼画面。①

周国强曾获中国摄影艺术个人成就最高奖——"金像奖",人民摄影"金镜头"年度杰出摄影记者,中国晚报十杰摄影记者,美国国家地理中国赛区摄影大赛一等奖和奥赛金奖,华赛奖和中国新闻奖,中国文联、中国摄影家协会表彰的"德艺双馨摄影师"等称号。

1996年获"中国新闻摄影记者金眼奖"提名奖后,周国强面对采访谈及摄影经验与秘诀时说:谈秘诀是没有的,我想谈谈体会与同行共勉,我以为:"腿勤""眼勤""脑勤""手勤",这四勤应是我的特点。这"四勤"对应的不正是我们现在所说的"脚力""眼力""脑力""笔力"吗?

2020年,一场突如其来的新冠肺炎疫情袭击了江城武汉。在全国人民齐心协力抗击疫情之际,武汉广大艺术家积极响应武汉市文联党组的要求部署,积极创作抗疫作品,不到一个月,创作了诗歌、散文、音乐、美术、书法、曲艺、摄影、民间艺术、影视等文艺作品2380件,用艺术的力量温暖人心、凝聚力量,为疫情防控鼓劲,为武汉加油,共克时艰。身为武汉市摄协副主席,周国强的摄影作品等相继在人民日报、新华社、人民网、学习强国等平台发送。②

武广高铁3小时"飞"广州

2009年12月26日9时,武广高铁武汉至广州北的G1001次列车,从新落成的武汉火车站驶出。世界上一次性建设里程最长、运营速度最快的铁路——武广高铁客运新干线正式开通运营。

---

① 王默:《访荆州籍摄影家〈武汉晚报〉图片总监周国强:拍最普通的人 摄最鲜活的事》,荆州新闻网2014年2月28日。
② 李蓉:《武汉文艺界:"封城"不封笔,激发抗疫志》,《中国艺术报》2020年2月17日。

（作者：周国强；编辑：李金友；原载2009年12月27日《武汉晚报》；获第二十届中国新闻奖新闻摄影三等奖）

那双眼睛让人过目难忘

（一）

自中国新闻奖设立开始，奖项类别中就包括新闻摄影。中国记协主持评选的首届中国新闻奖（1990年度）评出的153件获奖作品中，新闻摄影作品有7件，一、二、三等奖各占1件、2件、4件，获一等奖的新闻摄影作品是《北京日报》刊发的《第十一届亚运会在北京召开》。①

从首届中国新闻奖评选看，新闻摄影作品当时占整个获奖作品的比例约为4.6%，这还算是比较高的。从现在的情况看，每年新闻摄影作品获中国新闻奖的数量虽然在增加，但占比在下降。以第二十八届（2017年度）为例，新闻摄影作品有10件获中国新闻奖，其中一、二、三等奖各1件、3件、6件，约占当年获奖总数的2.9%。因第二十九届（2018年度）中国新闻奖国际传播类三等奖中有一件新闻摄影作品，这届新闻摄影获奖的总数也达到了11件，约占当年评出的获奖总数的3.2%。

中国新闻奖新闻摄影类作品现在每年由中国新闻摄影学会组织报送②。1983年，中国新闻摄影学会经中共中央宣传部批准成立。中国新闻摄影学会是中国共产党领导的、由全国从事新闻摄影工作的新闻单位以及从事新闻摄影的工作人员自愿组成的全国性、专业性、学术性、非营利性的社会团体，是党和政府同全国新闻摄影界密切联系的桥梁和纽带，现有团体会员单位

---

① 《首届"中国新闻奖"获奖篇目》，《新闻战线》1991年第12期。
② 也可以按中国记协的通知要求自荐，或向试点院校自荐，如在第二十六届中国新闻奖评选中，《长江日报》刊发的、获二等奖的新闻摄影作品《夕阳之下，一如你从未离开》就是由清华大学新闻与传播学院报送的。

1000余家，个人会员5500余名。中国新闻摄影学会接受业务主管单位中国记协和社团登记管理机关民政部的业务指导和监督管理。①

这些年来，新闻摄影作品参评中国新闻奖的数量持续增加，但获奖作品的数量相对稳定。送交第十七届（2006年度）中国新闻奖评选会定评的新闻摄影作品共19件，它们是经过初评和复评两道关口，从各省市区和中央新闻单位报送的1000余件作品中推荐出来的。②有人对首届至第十八届中国新闻奖获奖作品进行统计发现，中国新闻奖全部参评作品的平均淘汰率约为59.8%。③

2020年6月10日，中国新闻摄影学会通过中国新闻摄影网对第三十届中国新闻奖新闻摄影初评报送作品进行了公示，初评确定了45幅（组）新闻摄影作品参加中国新闻奖定评。这些作品是从报送的2722幅新闻摄影作品中选出来的。④从2722幅的报送数，到初评的45幅，再到最终10件左右能获奖，新闻摄影作品获中国新闻奖的难度不小。

长江日报报业集团斩获中国新闻奖的作品中，1/5左右为新闻摄影作品，显示出摄影团队不凡的实力。在第十五届（2004年度）和第二十九届（2018年度）中国新闻奖评选中，长江日报报业集团分别有两件新闻摄影作品获奖⑤，这令业界很惊奇。

在第十五届（2004年度）中国新闻奖评选中，湖北记协报送的武汉晚报记者金思柳拍摄的《她走了，目光依然明亮》新闻摄影组照斩获一等奖，这是长江日报报业集团首次斩获，也是迄今唯一斩获的中国新闻奖新闻摄影一等奖。

第十五届中国新闻奖共评出获奖作品258件，其中新闻摄影作品12件，约占当年获奖作品总数的4.7%，其中一、二、三等奖各2件、4件、6件。

---

① 《中国新闻摄影学会简介》，中国新闻摄影学会2019年1月25日。
② 黄奇志：《第十七届中国新闻奖新闻摄影作品评选综述》，中国记协网2007年8月27日。
③ 李兴达、王玉招：《"中国新闻奖"获奖作品的定量研究》，《现代视听》2009年第3期。
④ 《第30届中国新闻奖新闻摄影初评工作在京结束》，中国新闻摄影学会2020年5月31日。
⑤ 第二十九届评选中有一件为国际传播，具体为贾代腾飞拍摄的《思念的幸福》，刊发在英国每日邮报网。

获评新闻摄影一等奖的另一件作品是《中国日报》刊发的、徐京星拍摄的《刘翔获奥运会 110 米栏金牌》。

在这届评选中，仅新闻摄影作品而言，湖北可谓是一次大丰收，12 件获奖作品中湖北占了 1/4。湖北记协报送的武汉晚报记者金振强拍摄的《倔老汉三告镇政府》获评三等奖，湖北日报记者田悦拍摄的《徐本禹被山里娃感动着》也获评三等奖。

这届评选也是武汉晚报的"高光时刻"，一年拿下 3 件中国新闻奖，一、二、三等奖各 1 件，获二等奖的作品为文字消息《陶教授破解上网成瘾难题》。

值得一提的是，第十五届中国新闻奖评选也是中央规范全国性评奖后组织的一次评选。针对当时评奖过多过滥、奖项重复交叉，标准不尽科学、程序不尽规范、监督机制不尽完善，出现个别作品脱离群众、只为评奖而创作的现象，党的十八届三中全会作出"健全文化产品评价体系，改革评奖制度，推出更多文化精品"的部署。《中共中央关于繁荣发展社会主义文艺的意见》中指出，要不断深化改革，完善体制机制，加强和改进文艺评奖管理，切实提高评奖公信力和影响力。①

根据中办、国办以及中宣部《关于印发〈全国性文艺新闻出版评奖整改总体方案〉的通知》（中宣发〔2005〕14 号）要求和精神，中央宣传部在同文化部、广播电影电视总局、新闻出版总署、国务院新闻办公室及中国文学艺术界联合会、中国作家协会、中华全国新闻工作者协会、中国出版工作者协会等有关部门反复交换意见的基础上，制定了全国性文艺新闻出版评奖整改总体方案。

其中，全国性新闻评奖有奖项 14 个，减至 2 个，减少 12 个。具体情况是：原有全国性新闻评奖 14 个，广播电影电视总局主办的 2 个，中华全国新闻工作者协会独立主办的 5 个，全国人大、全国政协主办的各 1 个，其他部委和中华全国新闻工作者协会联合主办的 5 个。整改后，减至 2 个，减少 12 个。

---

① 《中央文化体制改革和发展工作领导小组办公室负责同志就〈关于全国性文艺评奖制度改革的意见〉答记者问》，新华社 2015 年 12 月 28 日。

根据新的方案，中华全国新闻工作者协会独立主办的5个全国性评奖减至2个，减少3个。"中国新闻奖"保留，"范长江新闻奖""韬奋新闻奖"合并为"长江韬奋奖"。全国人大主办的"人大好新闻奖"，全国政协主办的"政协好新闻奖"，科技部、中国科协和中华全国新闻工作者协会联合主办的"中国科技新闻奖"，中国残联和中华全国新闻工作者协会联合主办的"中国残疾人事业好新闻奖"，全国社会治安综合治理委员会和中华全国新闻工作者协会联合主办的"全国社会治安综合治理好新闻奖"，共青团中央和中华全国新闻工作者协会联合主办的"五四新闻奖"，人口计生委和中华全国新闻工作者协会联合主办的"中国人口新闻奖"等7个奖项作为专项新闻奖合并到"中国新闻奖"中。①

第十五届中国新闻奖评选另一个显著变化是，进一步加大了评委的回避制和轮换制的力度，对评委会组成和评选结果等进行公示。②

（二）

关于《她走了，目光依然明亮》这组作品的采编过程，似乎并不复杂，在中国新闻奖评选揭晓后，《武汉晚报》在刊发获奖消息的同时也刊发了金思柳的手记：

> 2003年12月25日，武汉晚报文字记者田巧萍转来消息：湖北巴东县中医院护师王飞越打来求助电话，她因患肺癌晚期，希望捐赠自己的眼角膜以让他人重见光明。报社要求我随时待命。
> 2004年元月24日（大年初四）的深夜，王飞越的亲属打来电话，说王飞越病危，要我们快赶去！连夜我与田巧萍一起乘车赶往500公里外的三峡库区巴东县中医院病房，当我们一行第二天见到王飞越时，她变得较为兴奋并与田巧萍不停地说话：一再强调她这一生平凡普通，别

---

① 《全国性文艺新闻出版评奖整改总体方案》，人民网2005年3月25日。
② 周玮：《第十五届中国新闻奖在京颁奖》，新华社2005年9月6日。

无他求，只想在临终前捐献眼角膜，希望报社记者一定要将她的这个愿望实现。此时我注意到她的眼睛十分清澈明亮。我立刻拿起相机拍下她传神的眼睛。

2月22日，王飞越去世后，在武汉一家医院手术室，当王飞越捐献的角膜从冰桶中取出准备移植到患者眼中时，我迅速用相机将这一瞬间定格。

第二天，王飞越传神的眼睛照片在《武汉晚报》一版强势推出后，社会反响十分强烈——王飞越的那双眼睛让人过目难忘。

在当年的湖北新闻奖评选中，关于王飞越捐献角膜的文字报道与新闻摄影作品同时获奖了。在第二十二届（2004年度）湖北新闻奖评选中，武汉晚报社共有35件作品获奖，其中一等奖6件、二等奖14件、三等奖11件、好标题4件。《王飞越昨去世捐出角膜》的连续报道是6件一等奖之一，《她走了，目光依然明亮》是14件二等奖之一。①

关于王飞越的报道线索来源和采编过程，武汉晚报记者田巧萍有过较为详细的记录。她一直坚持记者就是记录者，在采访时一定要冷静和客观，尽量不让自己卷入采访的事件中去，以免给采访和写作带来太多的主观色彩。然而，湖北巴东县中医院女护士王飞越让田巧萍放弃了这种坚持。

王飞越得知自己患的是肺癌，便坚持死后要把眼角膜捐献给穷苦的眼疾患者。田巧萍说："在我的记者生涯中，还没有哪一次像采访王飞越这样使我的情感陷得那么深。""飞越是那样的执着，是那样的善良，她考虑的几乎全是角膜的问题，而不考虑自己的身体健康状况。每次去病房看她，我都会泪流满面。"②

田巧萍的感动也体现在金思柳的镜头中。获中国新闻奖之后，金思柳说："我拍摄的新闻摄影专题《她走了，目光依然明亮》的主人翁王飞越，她那双

---

① 《2004年度湖北新闻奖评选揭晓》，《武汉晚报》2005年5月6日。
② 田巧萍：《一次心灵的洗礼》，《新闻三昧》2004年第7期。

明亮的眼睛时刻浮现在我眼前，让我始终难以释怀。"①

对中国新闻奖新闻摄影类作品的评选，曾有人质疑：从最终定评的评委名单来看，很少有真正懂新闻摄影的行家里手，都是些党报社长、省级电视台台长、总编辑及对新闻摄影缺乏研究的大学教授，由这些人评选出来的"优秀新闻摄影作品"的权威性必然大打折扣。②这个质疑初看有道理，但并不成立。

现在每届中国新闻奖的参评项目多达几十个，每届评委110人左右，评选时分成10个小组，每个小组对应的参评项目有好几个。以第二十九届中国新闻奖评选为例，第一组负责推荐文字类消息、系列（连续、组合）报道和综合类新闻摄影、新闻漫画项目的候选建议作品。具体到评选，以无记名投票评选获奖作品，其中一等奖（包括特别奖、新闻名专栏）须达到全体实到评委2/3赞成票，二、三等奖须超过实到评委1/2赞成票。③如果每个类别的作品都要"行家里手"来评，摄影作品要搞摄影的评，报纸作品要搞报纸的评，电视作品要搞电视的评，这个奖可能就没法评了。现实的情况是，每个评选小组可能各方面的"行家里手"都有，并不局限于某个方面。

好的新闻作品，无论体裁如何，一定是打动人心的作品，文字作品是这样，摄影作品也是这样。从湖北新闻奖二等奖到中国新闻奖一等奖，《她走了，目光依然明亮》何以打动中国新闻奖评委？在中国记协网上至今仍能查到《她走了，目光依然明亮》参评中国新闻奖的申报资料实录：

> 作品通过对湖北省巴东县中医院护师王飞越同志临终前捐献眼角膜事迹的跟踪报道，生动地向社会展示了这名基层医疗战线上的普通护师用生命诠释的奉献精神——燃烧自己，照亮别人……
>
> 作品相继在《中国青年报》《深圳特区报》《羊城晚报》《北京青年报》《北京晚报》《新民晚报》《东方早报》《燕赵都市报》等10多家报纸刊

---

① 金思柳：《那双明亮的眼睛　让我铭心刻骨》，《武汉晚报》2005年8月17日。
② 盛希贵、钟辉雄：《新闻摄影的"失意"与中国新闻奖的遗憾》，《中国摄影家》2008年第11期。
③ 《十九届中国新闻奖评选细则》，中国记协网2019年9月20日。

发和转载。新浪网、新华网等全国各大网站均作了转载。社会反响强烈，极大地弘扬了燃烧自己、照亮他人的奉献精神，为我国社会主义精神文明建设树立了一个新型的学习典范。同时，该报道也对我国遗体捐献的统一法规正式出台及自愿捐献遗体的推广等，均起到了强有力的推动作用。

金思柳1993年进入武汉晚报社开始从事新闻摄影工作。曾任武汉晚报社常务副总编辑的海洋在一篇文章中举例：金思柳进报社做摄影记者后，星期六、星期天从来没休息过，他的腰受损，每天都要去医院治疗，可每月的发稿量他总是排在第一。①

"您做了多年的摄影报道，哪一次的采访印象最深刻？" 20多年后，金思柳在一次访谈中谈及的仍是拍摄优秀护师王飞越临终前的镜头，"王飞越是一位伟大的女性，一位让我感动、让我钦佩的女性。"②

（三）

什么样的照片才算是好照片？美国纽约摄影学院给出好照片的三条基本原则：一是一幅好照片有一个鲜明的主题，主题必须明确，毫不含糊，任何观赏者一眼就能看得出来；二是一幅好照片必须能把注意力引向被拍摄的主体，换句话说，是观赏者的目光一下子就投向被摄主体；三是一幅好照片必须画面简洁，只包括那些有利于把视线引向被摄主体的内容，而排除或压缩那些可能分散注意力的内容。③ 这些原则似乎也适用于其他新闻体裁。

什么样的照片才能获评中国新闻奖呢？第十七届中国新闻奖评委黄奇志总结了中国新闻奖获奖作品总的标准是：导向正确，内容真实，社会效果好。新闻摄影作品的专业要求是：现场抓拍，新闻性强，表现力强，标题准确，

---

① 海洋：《大力培养跨世纪的新闻摄影人才》，出自《高扬邓小平理论旗帜——第七届全国新闻摄影理论年会论文集》（1997年）。
② 金思柳：《关注身边，关注民生》，人民摄影2017年10月10日。
③《美国纽约摄影学院摄影教材（最新修订版）（上册）》，中国摄影出版社2010年版。

文字说明简洁，新闻要素齐全，图像清晰，制作精良。[1] 这个标准总体变化不大，如第二十九届中国新闻奖对新闻摄影作品的要求是：新闻性强，现场抓拍，表现力强，标题准确，文字说明新闻要素完整，文字简洁。

金思柳的新闻摄影作品《她走了，目光依然明亮》在市里评奖获三等奖，在省里评奖获二等奖，在中国新闻奖评选中斩获一等奖，这还不算最特别的[2]。在第十五届中国新闻奖评选中，获三等奖的摄影作品《视而不见》的参评过程则更为"奇特"：

> 《视而不见》的画面很简单，它反映的是：2004年夏天，在衢州一辆公交车上，没有人给老人和手抱孩子的中年人让座，座位上的青年乘客眼睛向外，视而不见。
>
> 记者汪加干觉得自己抓拍了一张好照片，十分兴奋。然而，照片的实际效果并非记者预想的那样如意。《视而不见》并未获得衢州日报社当日好稿，也未参加衢州市好新闻评选。
>
> 后来，汪加干将此片寄到杭州，参加浙江省好新闻评选，结果再次落选，未获得任何奖项。按理，参加中国新闻奖的评选作品须在省好新闻作品中挑选。浙江省记协却慧眼识珠，大胆地将这张看似平淡且一路不被叫好的作品破格推荐给中国新闻奖评委会，结果一炮打响。
>
> 《视而不见》荣获中国新闻奖三等奖的获奖过程的确有些蹊跷，从刊发此稿的地方媒体到浙江新闻奖的评选，竟然一路红灯不被看好，唯独在中国新闻界的最高奖项评选中获奖，这多少有些令人意外。
>
> 《视而不见》反映的是日常生活中极其普通的现象，但它绝不是一个小题材，而是反映社会公德问题生动的大题材。

---

① 黄奇志：《第十七届中国新闻奖新闻摄影作品评选综述》，中华新闻传媒网2007年8月27日。
②《她走了，目光依然明亮》参评中国新闻奖时报送的是在《中国青年报》上刊发的组照，特点之一是组照以摄影专题的形式呈现，具有很强的视觉冲击力，另外文字细腻感人。

围绕着《视而不见》，一场关于新闻选材、新闻价值以及新闻评判的思考也引起了人们的关注：《视而不见》的获奖说明了什么？我们对《视而不见》视而不见了吗？①

(四)

《她走了，目光依然明亮》的组照获评中国新闻奖一等奖后，一些媒体同行和高校教师从不同角度进行了评析，对如何认识和赏析这组照片提供了新的视角。

南京大学新闻传播学院教授丁柏铨在与硕士生合写的一篇论文中写道：新闻工作者比过去更加重视从贴近人民生活的角度对社会舆论和公众价值进行引导，《她走了，目光依然明亮》就是直接报道普通人物的事迹。②

曾任陕西日报社摄影部主任、高级记者赵康认为：在一些获奖作品中可以看出寻找和发现新视点、发挥主观能动性作用十分重要，它不仅凭直觉直接感受，而且，依靠理论与实践经验十分敏感地判断不断变化的客观事实，绝非凭感觉随意拍摄。如金思柳拍摄最有代表性的捐献行为——《她走了，目光依然明亮》的眼角膜特写照片，用镜头告诉了我们一个十分鲜活而感人的百姓人生和情感故事。③

新华日报社全媒体视觉中心余萍浏览历届中国新闻奖获奖摄影作品时发现，有一些标题可以说是平铺直叙、乏善可陈，准确性有了，生动性不够；而有些标题则做得既贴切又传神，不但给图片增色，而且过目难忘、回味悠长。一等奖作品《她走了，目光依然明亮》，通过对王飞越临终前捐献眼角膜事迹的跟踪拍摄，用组照的形式生动展示了这名普通护士用生命诠释的奉献精神。作品构图新颖，用光考究，细节刻画传神，情节感人肺腑，整体色彩

---

① 范列：《角度决定成败——〈视而不见〉荣获第十五届中国新闻奖引发的思考》，《新闻三昧》2006 年第 1 期。
② 丁柏铨、刘会：《中国新闻奖获奖作品的价值取向分析》，《新闻传播》2007 年第 6 期。
③ 赵康：《从新闻奖作品探究新闻摄影的新鲜性》，《新闻知识》2008 年第 10 期。

效果和谐。用三个"感人"来形容这件作品并不为过——事迹感人，图片感人，标题也感人。①

江西电视台曾学远撰文分析：当代社会，成就典型人物不一定非要惊天动地的壮举、年深月久的历练，短暂的美丽同样可以铸就辉煌。新闻报道抓住这美丽的瞬间，将主人公的人格精神凝聚其中，能够产生绝句般的韵味和雕塑般的触感，给人以震撼。《她走了，目光依然明亮》正是如此。它实际上只描绘了三个极短暂的瞬间场景：一是身患绝症的湖北巴东县护师王飞越嘱咐家人死后捐献眼角膜，遗体不土葬，开巴东地区新风尚；二是王飞越去世之后，医生用镊子夹起她捐献的角膜，在配发的照片上角膜晶莹剔透，宛如一颗凝结的露珠；三是接受王飞越角膜的患者重见光明，欣喜地呼喊："光线透过了我的眼睛！"三个瞬间充满平凡生命的光辉，极富新闻冲击力。②

（五）

第十五届中国新闻奖评选结果公布后，《江南时报》在头版刊登获奖的摄影作品时同时刊文：什么是新闻？也许每一位记者编辑，每一位新闻系教授都能说出自己的"新闻观"。而来自中国新闻奖的获奖作品似乎更能揭示新闻的真谛——反映百姓疾苦，展示平民命运，披露事件真相，记录时代历程。新闻摄影作品更是以其强烈的视觉冲击力，真实可感的画面质感记录我们的喜怒哀乐。新闻记录历史，镜头震撼人心，这也许是新闻与大众能够如此密切联系的原因之一。文章特别以一等奖作品《她走了，目光依然明亮》为例说：用镜头记录百姓人生和情感，是这个时代最有代表性的行为。

2019年5月，《长江日报》创刊70周年之际，编辑部曾精选了40幅照片用来回顾70年，评论员鲁珊撰文说：在70年历史洪流中，新闻照片只是

---

① 余萍：《新闻摄影佳作的特质分析》，《传媒评论》2019年第3期。
② 曾学远：《英雄回归凡尘》，《声屏世界》2008年第12期。

时间一瞬间的定格。然而，70年回头看，这些一瞬间，就像一个个时间的点，在时代纵轴上，连成记忆的片。从时代现场走来，影像远比我们想象的更有生命力。①

移动互联网对传媒带来的冲击前所未有。拍一张或一组好照片，是每位新闻摄影工作者的追求，也是每位新闻工作者的崇高使命。在浮躁的摄影界，静下心来，克服重重困难，认认真真地拍一批好照片变得尤为珍贵。

对转型带给摄影记者的迷茫、困惑，金思柳认为：我国正处于改革开放的最关键时刻，涌动的时代大潮、火热的社会生活，新事物、新景观层出不穷，难得的事物、难得的机遇，为我们摄影创作提供了丰富的资源。机遇与挑战并存，在这个时候，摄影记者对信念的坚守、对摄影艺术的执着追求显得尤为重要。"风生水起才知天高云淡，沧海横流方显英雄本色。"这是对我国历史上杰出人才的赞美，也是对探索新闻摄影艺术真谛的记者的勉励。②

"近年来，武汉的建设及人民生活正在发生着巨变，这为我提供了丰富的拍摄资源。"金思柳2015年舍弃了汽车，专门用电动车，每天走街串巷，拍摄到不少有价值的新闻摄影作品。③

（六）

移动互联网时代，生产出刷屏作品、形成现象级传播，已经成为衡量或评价内容能否产生广泛社会影响的重要指标。新闻工作者很多时候都希望自己采写或拍摄、制作的内容能产生广泛的社会影响。④

2020年新冠肺炎疫情发生后，刷屏的现象级传播亦有不少。其中，值得一提的有两幅照片。一幅是为武汉市惠民苑社区居民购买药品的网格员丰枫全身挂满药袋的照片；一幅是病床上80多岁患者与一旁20多岁医生一

---

① 鲁珊：《70年，我们一直在现场》，长江日报客户端2019年5月22日。
② 金思柳：《好照片是守出来的》，《新闻战线》2017年5月刊（下）。
③ 金思柳：《关注身边，关注民生》，《人民摄影》2017年10月10日。
④ 朱建华：《当战"疫"随手拍成现象级传播》，《青年记者》2020年3月刊（下）。

同欣赏落日的照片。这两幅照片都是非专业人士拍摄的，或者说都属于随手拍。

数据是传播效果的证明。尽管这两幅照片不是出自专业的摄影人士之手，却打动了众多网友的心，第二幅照片还被网友称为"2020年度最佳治愈瞬间"。围绕这两幅照片，从中央到地方的多家媒体都作了报道，阅读量过亿。仅在微博上，人民日报发起的微博话题#药袋挂满一身的社区网格员#就有4000多万的阅读量，央视新闻发起的微博话题#武汉药袋哥把药袋串得像鞭炮#有3800万的阅读量；央视新闻发起的微博话题#医生为病人停下欣赏日落#，阅读量超过2亿。

"踏破铁鞋无觅处，得来全不费工夫。"当很多新闻工作者在为如何生产刷屏的现象级内容苦苦求索时，两名非专业人士却在不经意间就做到了。不可否认，这两幅照片能成为刷屏的现象级传播作品，媒体报道发挥了重要的推动作用。虽然从专业的新闻摄影角度而言，这两幅照片存在一些不足之处，但现场的唯一性仍赋予了其独特的价值。照片本身传递的信息和意境，也切合了抗击新冠肺炎疫情下受众的心理和期待。

移动互联网时代，人人都是传播者，人人都有麦克风，这弥补了新闻工作者不能抵达每一个新闻现场的遗憾。依靠群众办报，是党报的优良传统。从这两幅刷屏的照片看，媒体在移动互联网时代依靠新闻工作者生产内容的同时，如何更好地依靠用户生产内容亦是大考。即如何更好地把PGC（专业生产内容）、OGC（职业生产内容）与UGC（用户生产内容）结合起来。

对新闻工作者而言，如何正确看待和处理宣传、新闻、传播和融合之间的关系，也是这两幅刷屏的现象级照片留下的思考。宣传、新闻、传播和融合之间，有相通的地方但亦有区别。**宣传注重引导，新闻注重价值；传播注重效果，融合注重形式。**越来越多的案例说明，是好传播但未必就是好新闻。**当宣传、新闻、传播和融合之间不能完全统一的时候，各有侧重、各得其所，则有利于提升新闻舆论工作的有效性。**

她走了,目光依然明亮

2004年2月21日,46岁的王飞越走了。

2001年8月,湖北巴东县中医院的护士王飞越被查实身患肺癌。学医的她最初想捐赠遗体,但因种种原因,居然找不到接受她遗体的医学院。最后,她只好求助武汉媒体,希望捐赠自己的眼角膜,以让他人重见光明。

为了挽救飞越的生命,哥哥和弟弟为她输过血,姐姐和妹妹不惜钱财和时间精心照料她,丈夫也一直陪伴在其左右,但他们无法接受亲人在死后带着空空的眼窝走进天国。

飞越的决心并未动摇,她曾这样表达过自己的心愿:"我爱生我养我的巴东,但这里落后的习俗尚未彻底改变,人死了要土葬,不仅把宝贵的土地占了,还浪费了宝贵的可用器官……我就是想开开新风气!"

2004年1月16日,丈夫和女儿在亲人捐献眼角膜的申请书上签了字。

那天,王飞越请人将申请传真给了深圳狮子会眼库,完成了必要的法律手续。

2月19日中午,王飞越开始拒绝治疗。她对医生说:"请早点儿把我的角膜取走吧。"

20日16时30分,飞越要家属们签字同意撤掉氧气和急救药物。她说:"你们签了吧,我的生命拖长了,角膜就会因水肿受到损害。"

病房里顿时哭声一片。

最后,丈夫、大哥、大姐签了字。医生撤去了王飞越的氧气管和呼吸兴奋剂。

病房里的哭声更大了。

王飞越无力地挥了一下手:"你们都走吧,我累了,我要睡觉!"这一刻,她头脑清醒,却坚定无比。

21日17时45分，王飞越安详地离开了这个世界。接着，来自武汉艾格眼科医院的医生取下了她的两个眼球。一只角膜运往武汉，另一只角膜要运往深圳。

21时10分，王飞越的遗体被送到设在巴东县中医院大门边的灵堂。唢呐响起，人群就开始向这里涌来。

22日，天刚蒙蒙亮，人们就一拨儿一拨儿地来向王飞越告别，他们大多是与她不认识的人。许多学生，在上课前向他们未曾见面的飞越阿姨默哀3分钟。临近傍晚，吊唁王飞越的人已近万，这个数字是整个巴东县城常住人口的六分之一。

晚上，在为亲人守灵的长椅上，坐了5位素不相识的白发老人，任凭飞越的家人怎样劝说，老人们就是不走。他们说："让我们陪这个孩子最后一夜吧。"这个晚上是一个月来巴东最冷的一个夜晚。

23日上午，开完追悼会，送葬队伍抬着王飞越的棺木，穿过县城，走上了崎岖山路。一个半小时后，王飞越终于回到了故乡万户沱。人们密密地围在墓坑周围，轻轻地放下棺木，轻轻地铲着土，像是怕惊醒了熟睡中的王飞越。

从来没有一个普通人的死，这样令巴东感动。

2月22日上午，武汉艾格医院的刘保松博士从王飞越的眼球上取下来的角膜质量"非常好"。留在武汉的眼角膜可以使3名患者受益。

经过紧急筛选，接受角膜手术的患者被定为40岁的陈又来、78岁的郑兰英和30岁的张静，他们均有一只眼睛因角膜病而失明。

当日20时40分，三台不同手术全部结束。

23日上午10时，当3名患者眼上的纱布依次被慢慢揭开时，"有光了，有光了！""光线透过了我的眼睛！""我看到光啦！"病人的欣喜，感染了检查室里所有的人。

11时10分，深圳狮子会眼库主席姚晓明从刘保松手里接过一只装有玫瑰红液体的小瓶子。之后，他便匆匆乘上了12时10分前往深圳的飞机。

24日上午11时,深圳一位28岁杨姓女工的一只眼成功地完成角膜移植手术……

王飞越过世的2月21日,当地下了一天雨,仿佛老天爷也在为一个好人的离去而伤悲。

以后几天,整个巴东都是阳光灿烂。

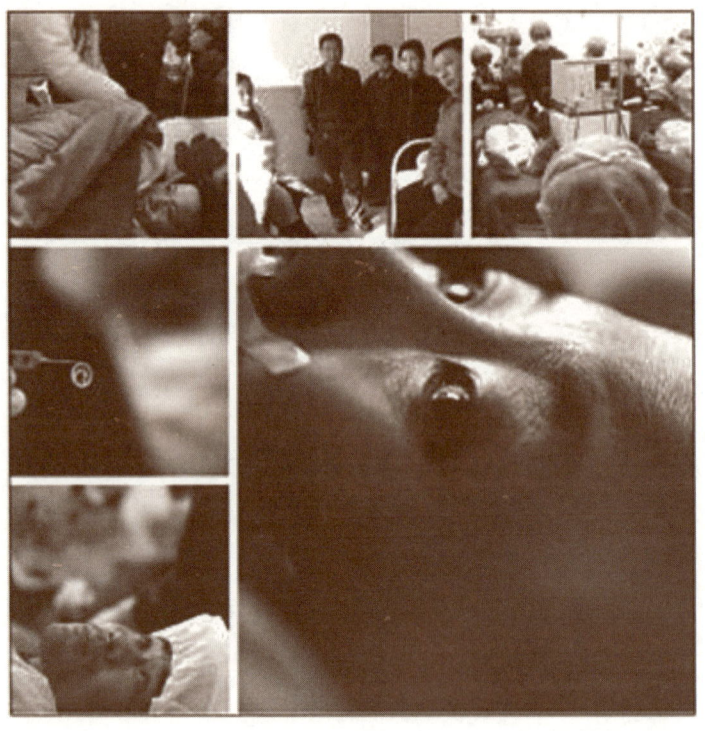

(作者:金思柳;编辑:赵青;原载2004年4月28日《中国青年报》;获第十五届中国新闻奖新闻摄影一等奖)

第八辑

一个记者能够走多远

新闻是易碎品,这是记者的苦恼,也是对记者的挑战。新闻生产是一项集体协作的劳动,但从这些获奖作品中,也能看到作为个体的记者的贡献和他们对职业的热爱。

像热爱生命一样热爱摄影

（一）

2019年11月1日，第二十九届（2018年度）中国新闻奖评选结果揭晓，长江日报报业集团的摄影作品《武汉上空定格奇景》《思念的幸福》同获三等奖，这两件作品的编辑都是邱焰。在此之前，邱焰已先后7次获中国新闻奖。一个记者先后9次获中国新闻奖，堪称传奇。

2018年5月11日，长江日报编辑部推出了纪念汶川地震10周年的影像特刊《重生》。这是邱焰用镜头记录汶川地震10个幸存者的10年。《重生》特刊一共12个版，每个幸存者一个版。在这个特刊的封底版，有一篇记者与邱焰的对话，并附了一份邱焰的简介：

> 两次获得世界新闻摄影比赛（荷赛）奖；三次获国际新闻摄影比赛（华赛）金奖；获得第六届哈姆丹国际摄影大赛奖；获得中国文化艺术政府奖——全国第八届"群星奖"。
>
> 曾荣获1998年中国青年"十佳"新闻摄影记者榜首；荣获中国新闻摄影"金镜头"杰出摄影记者奖；荣获中国德艺双馨摄影师称号等。
>
> 多次参与国内重大新闻报道，如三峡大江截流、三峡移民和工程建设、围剿非法传销、打捞中山舰、1998年长江抗洪救灾、新中国成立50周年庆典、武汉"6·22"空难、审判牟其中、抗击"非典"、2008年抗击冰雪、"5·12"汶川大地震、南水北调中线工程和移民等。
>
> 代表作品有《李小双体操学校》《重生》《活着：0岁，1岁，6岁……》

《百岁老人的穿越》《拉提琴的僧尼们》《少林功夫小子》《三峡大坝建成和移民》《"传销客"梦碎江城》《母女重逢》《十年的沉默》等。

2008年5月,汶川地震发生后,邱焰辗转前往灾区。10年,婴儿长大了,少年成人了,大人老去了,但邱焰相机的镜头从未停歇。10年里,邱焰用一个个真实的镜头,记录下汶川地震10位幸存者10年来的生活日常。他将这些图片结集成画册《汶川地震·十年》。2018年5月12日,是汶川地震10周年纪念日,汶川地震十年摄影展暨《汶川地震十年》首发仪式在湖北省博物馆举办。选出的110件珍贵的摄影作品,也在这次展览中展出。

2014年汶川地震6周年纪念时,《武汉晚报》推出特刊,邱焰历时6年拍摄的组照《活着:0岁,1岁,6岁……》是其中的重头戏。时任新浪网图片总监严志刚评价:这组作品颠覆了摄影时间和空间向度上"瞬间"的唯一性,通过不断地"翻拍",使作品的开放性得以极大的延伸拓展。这种"滚雪球"式的累积,最终告诉读者的是:不管时光如何流逝,空间如何变幻,对故事的主人公们来说,他们的人生只有一张照片。① 这组照片后来获得第二十五届中国新闻奖新闻摄影三等奖。

《活着:0岁,1岁,6岁……》推出当天,时任武汉晚报社总编辑的范洪涛在博客上撰文讲述了这一策划出炉的经过:"早在几个月之前,我就惦记着能为这场世纪之灾做点什么。4月下旬,邱焰找到我,告诉我说,地震发生时,他拍过一组照片;一年后,他重返汶川,记下了他们的生存状态。这些照片没有公开发表过。他提出想再去一趟汶川,找找这些幸存者,重新拍一次,而且他已想好了题目《重生:0岁,1岁,6岁……》。听到他这番话时,我感觉到我的心跳加快了。凭他的新闻敏感和艺术感觉,我相信他一定会弄出一组特别的作品。"② 与原策划不同的是,"重生"改成了"活着"——活着,是一种状态,一种生存状态。

---

① 王建兵:《〈活着:0岁,1岁,6岁……〉成了"催泪弹"》,《武汉晚报》2014年5月13日。
② 范洪涛:《生命的脆弱与坚强》,新浪博客2014年5月12日。

2017年3月,第六届哈姆丹国际摄影奖揭晓,邱焰凭借作品《重生》获得系列组第五名,《重生》讲述的是汶川地震幸存者们"穿越"灾难,最终重生的故事。

2018年长江日报编辑部推出纪念汶川地震10周年的影像特刊《重生》,每一张照片都可以看到主人公过去10年间4个不同时间段的状态。邱焰希望通过这种方式来隐喻隐没在10年时光中的伤痛与改变。在邱焰拍摄的这组肖像照中,他没有刻意地去拍摄大家所期待的那种笑容、坚强和感谢,进入镜头更多的是时光写在脸上的痕迹,是伤痛之后难以隐藏的忧伤,是重生之后的期望。[①]

新华社高级图片编辑陈小波是一位著名摄影理论家、评论家,也是中国十大策展人。影像特刊《重生》同时刊发了陈小波撰写的《影像将比我们活得更长久》的短文。文中既有陈小波对邱焰的印象和评价,也有对影像的一些思考:

> 邱焰一如既往的细腻、耐心、慈悲,试图理解每个人的地震心理阴影。"逝去的孩子埋在父母心里""替逝去的亲人好好活着""时光是最好的医者""害怕再次逝去亲人""和平常人一样想活着"……邱焰把幸存者对各自命运的叙述留下来,真实、忧愁、悲伤难耐。叙述中,这个非常事件,把摄影者同他人命运关联起来。
>
> 邱焰清楚自己既非诗人也非史家,他的影像与文字记录充其量只有微不足道的力量。但每个时代每个社会的人,都有回忆生命中重要事件的需要。邱焰愿付出自己的爱和理解,从自身生命经验出发,去陈述他所看到的汶川十年,留下一些证据,让将来的人有据可查。
>
> 在中国,记录摄影和文献摄影的必要性和重要性,超过世界上任何一个国家。太多不可靠的记忆与不充分的材料相遇,产生了不可信的历史。所以中国的记录摄影在普及常识、揭示真相、抵抗遗忘、归纳和解

---

① 赵新乐:《"5·12"汶川特大地震十周年》,《中国新闻出版广电报》2018年5月14日。

析时代现象等诸多方面,具有强大的优势。没有记录摄影,我们的国家将变成一个没有记忆的国家。

优秀的记录摄影一定会在历史中有其位置。历史会站在那些用深情记录、贡献杰出影像的摄影人一边。

(二)

2000年5月30日,在武汉市中级人民法院,牟其中戴着手铐从警车里走出来。曾有"大陆首富"之称的牟其中,因犯外汇诈骗罪当日被法院判处无期徒刑。

邱焰拍摄的《"大陆首富"牟其中被判无期徒刑》,用"大陆首富"定义牟其中抓住了人物鲜明特点。照片抓拍的是戴着手铐的牟其中从警车下车低头弯腰、一脚着地、一脚离开的瞬间,警车的"警"同时出现在照片一旁,整个照片想要传递的意境很明确。当天,新华社播发的报道中对牟其中的介绍是:曾因在中国较早创办民营企业并号称"大陆首富"而名噪一时。①

《"大陆首富"牟其中被判无期徒刑》的照片在第十一届中国新闻奖评选中获新闻摄影三等奖。此前,邱焰拍摄的《"传销客"梦碎江城》已在第九届中国新闻奖评选中斩获新闻摄影二等奖。邱焰拍摄的斩获中国新闻奖的作品还有组照《黑色村庄》②《活着:0岁,1岁,6岁……》《拉提琴的僧尼们》《百岁老人的穿越》等。编辑的摄影新闻作品《涉嫌电信网络诈骗 74名嫌疑人被押解回国》在第二十七届中国新闻奖中获评三等奖。

从邱焰的获奖作品中,我们能强烈地感受到他对摄影的执着与追求。

武昌车辆厂职工方俊明勇救"落水"儿童,不幸身负重伤卧床不起,邱焰深入方俊明的家中,多次进行跟踪报道,拍摄的《十年的沉默》在《武汉晚报》刊登后,《中国青年报》又用整版篇幅进行了报道,接着中央电视台"东

---

① 唐卫彬、熊金超:《牟其中犯信用证诈骗罪被判无期徒刑》,新华社2000年5月30日。
② 另一作者为金振强。

方时空"又对此进行专题报道。《十年的沉默》不仅获新华社举办的"今日神州"摄影大奖、"新人新事"奖,中国青年报 1995 年度摄影比赛一等奖,还在中国记协国内部与人民摄影报社举办的 1995 年度全国新闻摄影评选中获得银奖。邱焰为编发《十年的沉默》,连续 4 个晚上在报社摄影室过夜没有回家。①

2004 年,中国人扬眉吐气地在雅典奥运会上夺得 32 枚金牌,跃居金牌总数第二名,世界在为中国惊叹的同时,更多的是期盼看到中国人是如何为此而付出的。邱焰拍摄的《李小双体操学校》在新闻摄影比赛(荷赛)图片类奖项获体育专题类组照三等奖。这组照片以平实无华的画面,把中国儿童在体操训练中的真实故事向世界讲述。

这组照片是邱焰雅典奥运会期间,在以奥运体操冠军李小双命名的体操学校拍摄的。为了拍摄这组照片,邱焰先后 7 次驱车到离武汉市百余公里的该校采访,把那些练体操的孩子的喜怒哀乐一一记录下来。但是在外界看来,《李小双体操学校》表现的更多是艰苦甚至残酷的训练生活,部分照片中孩子们的表情写满痛苦和狰狞,而这幅作品也引发了人们关于"体育精神还是非人道"的质疑。事实上,《李小双体操学校》图片一组 11 张,也有表现训练中唯美的和具有生活情趣的一面的。②

时任武汉市摄影家协会主席、武汉晚报社摄影部主任贾连成评价《李小双体操学校》时说:吊在单杠的幼小身躯,稚嫩手掌上的"老"茧,体操房苛严的教练,这一个个不加雕饰、来自普通训练房的镜头,构成了中国小运动员选才、培育、训练——既引人入胜又令人唏嘘不已的特殊背景。作者用这些看似平常的影像,在记录这群七八岁孩子喜怒哀乐的同时,也注入了对这群孩子深切的爱。孩子们在这里播种金牌梦想,摄影作品把他们的拼搏和梦想告诉了荷赛评委、告诉了世界。③

2005 年 3 月,首届中国国际新闻摄影比赛(华赛)在深圳揭晓。邱焰拍

---

① 海洋:《大力培养跨世纪的新闻摄影人才》,出自《高扬邓小平理论旗帜——第七届全国新闻摄影理论年会论文集》(1997 年)。
②《细数中国 11 幅体育类荷赛奖作品》,澎湃新闻 2017 年 2 月 14 日。
③《本报摄影记者邱焰再度获得"荷赛"奖》,《武汉晚报》2005 年 2 月 16 日。

摄的《练跳水的孪生兄弟》获体育新闻类单幅金奖,《明日冠军》获体育新闻类组照银奖。为拍摄这些照片,邱焰做了长期跟踪:"2003年仲夏,我第一次来到湖北省跳水学校采访,当看到一群练跳水的少年运动员在训练房打着赤膊训练得汗流浃背时,我被这群孩子的苦练精神所打动,特别是那一对孪生兄弟肖喆人、肖喆衍,他们为了做好一个标准动作,要反复做几十次甚至几百次。我从他们的眼神和肢体语言中看到了'我要成功'的信念。在随后的两年时间里,我一直在跟踪拍摄这一对双胞胎和跳水学校。"

2004年5月下旬,当邱焰第16次来到跳水学校采访时,为了拍他们在弹跳网训练的特别视角镜头,邱焰躺进了弹跳网的地槽里向上拍摄,不小心被落在弹跳网上的肖喆人"击"中了镜头,取景器把邱焰的眉头"挖"了个坑,鲜血直流。随后,邱焰便拍摄了这张照片,没想到在"华赛"中获了金奖。

他说,《明日冠军》[①]与《练跳水的孪生兄弟》异曲同工。"当我看到中国运动员在2004年雅典奥运会上拿冠军,在领奖台上风光的时候,我想他们的背后一定有许多艰辛,一定流了许多血和汗。于是,就7次驱车去离武汉100多公里的中国'体操之乡'仙桃市李小双体操学校采访拍摄。"[②]

"我像热爱自己的生命一样热爱摄影事业,任何事情都不能影响我拍摄照片。"面对这组照片拍摄时的艰辛,邱焰在一次接受采访时很平静地告诉记者:"去采访现场、长途跋涉、酷热、寒冷,这些对所有摄影记者来说都是家常便饭。比我辛苦的摄影记者多得是。"

2012年12月15日,在武汉市举办的一次书画募捐活动开幕式上,一群僧尼表演的舞蹈《莲舞》《蒲团舞》和小提琴现场伴奏的合唱《祈福歌》,让现场观众耳目一新,曾在网络上走红的天台寺广玄艺术团的僧尼们再次引起人们的关注。邱焰在获悉新闻线索后,3次走进大山,住进寺庙,先后9天采访拍摄才完成了这个新闻摄影专题,记录了僧尼们弄弦抚琴、怡然自得的生活,他们中有大学毕业生又有海归,这从一个侧面折射出中国宗教信仰自

---

① 又名《李小双体操学校》。
② 《本报记者邱焰获首届中国国际新闻摄影赛一金一银奖》,《武汉晚报》2005年3月25日。

由和社会进步,具有较强的思想性和社会性。①

专家评价:一支西洋乐队全部由僧尼组成!这组图片给人出乎意料、别开生面的感觉。天台寺禅乐艺术团创造了中国佛教音乐的一项新纪录,具有较强的新闻性。作品从一个侧面折射出中国宗教信仰自由和社会进步,同时也向人们展露了新一代僧尼的生活和情操。极富油画感的光影,展示了发生在寺庙里神秘而又美妙的一个个瞬间,窗花似的景色、红色的蒲团和夕阳下的投影,映衬了僧尼们的恬淡生活,颇具艺术感染力。②

邱焰总结:这组照片拍摄难度不大,但是对光影特别敏感,用"伦勃朗光"③来描绘发生在寺庙里神秘而又美妙的一个个瞬间,让画面富有油画的质感。那一幅油画质感味特浓的主打图,是在不经意中拍到的。④

(三)

1998年发生的大洪水,让摄影师留下了一批经典的摄影作品。一位读者事隔多年仍记得邱焰所拍摄的《母女重逢》:1998年,我在武汉理工大学的校报栏里,看到这张照片,坚信这会成为一张经典。⑤

在《母女重逢》中能强烈感受到邱焰想要表达的情感:"死里逃生的小姑娘依偎在悲喜交加、流泪如雨的母亲怀里,一双惶惑、惊恐未定的大眼睛紧紧地盯着窗外。这一灾难中展现人性美,流露伟大母爱的现场,使我举起相机按动快门时,潸然泪下。"⑥

"摄影是我的语言。平时我很少说话,一直以来都习惯用影像表达自己,而镜头就是源自内心的语言。镜头里包含了我的感情、经历、思想,以及对生命的理解。从第一次拿起摄影机时,我就一直在寻找这种内心的声音。当

---

① 甄学宝:《新闻摄影:以内涵取胜》,《新闻战线》2014年第2期。
② 刚成:《点评〈拉提琴的僧尼们〉》,出自《湖北省获中国新闻奖作品选评(2007—2012)》,中国和平出版社2014年版。
③ 专门用来拍摄人像的特殊用光技术。
④ 邱焰:《镜头下的深山禅乐》,《新闻前哨》2014年第1期。
⑤ 安光系:《只要你平安》,《无锡日报》2016年7月15日。
⑥ 邱焰:《噙泪拍〈母女重逢〉》,《新闻前哨》1999年第5期。

然，这需要耐心、智慧，还有时间。"邱焰很喜欢摄影，从大学时代开始，就喜欢背着相机到处走，"在生命中，找不到第二件可以如此投入的事。"①

"我更愿意待在武汉，在工作空余的时候，每天带着相机到街上逛逛，看看身边普通人的生活。比如，随便去一个房产展或者商场，记录下人们一瞬间的动作和心理状态。"2004年，邱焰在一次接受采访时谈道："我经常在大街上走着，只是心里不停地看、不停地想。除非到了很有把握的时候，才会按下快门。真正的拍照对我来说，反而变得越来越有节制。"

欣赏邱焰的摄影作品，既能看到他对摄影的执着与追求，也能感受到他对摄影的观察和思考。"我想让大家看到，时间如何改变一个人，我自己也想挖掘，时间到底能否抚平一个人的创伤。"在实践中，身为摄影记者有很多想要放弃的时候，比如，达不到自己想要拍到的效果、拍摄条件无法满足、拍摄不顺利等。对此，他说："坚守初心，不断思考，才能让摄影记者的职业生涯不断向前，我感谢自己的坚持和坚守。"②

2018年《汶川地震·十年》摄影画册出版时，邱焰写了这样一段文字，这或许也体现了他一以贯之的新闻摄影思想：这些照片不会说话，它们却真实地表达了我们的精神世界与生活状态。时光永恒，这些照片，穿越时光的河流，带我们去见证一些美好、一些伤感、一些成长、一些梦想，还有一些挥之不去的回忆。③

5.12 汶川地震 6 周年纪念

活着：0 岁，1 岁，6 岁……

今天，是 5 月 12 日，一个特殊的日子。2008 年的 5 月 12 日，每一个中

---

① 李清:《邱焰:镜头下有平凡生活》，《青年报》2004 年 2 月 25 日。
②《邱焰:感悟生命的脆弱与坚强》，全球摄影网 2017 年 3 月 21 日。
③ 邱焰:《十年》，《长江日报》2018 年 5 月 11 日。

国人都难以忘却。位于四川省汶川县的一场突如其来的震颤，造成 6.9 万人死亡，3.7 万人受伤，1.8 万人失踪。这场建国以来破坏力最大的地震，撕裂了全国人民的心，也吸引了世界的目光。

地震发生后，本报记者邱焰赶到灾区，拍下了一幅幅照片。一年后，他重返灾区，找到了镜头中的部分幸存者。又过了5年。这些幸存者现在过得怎么样呢？在汶川大地震6周年前夕，邱焰第三次走进这片土地，用镜头去感受他们的生活，触摸他们的心灵。图为汶川地震6周年前夕，20岁的姜刘拿着地震1周年时拍摄的照片，泪水夺眶而出。（本图系组照之一）

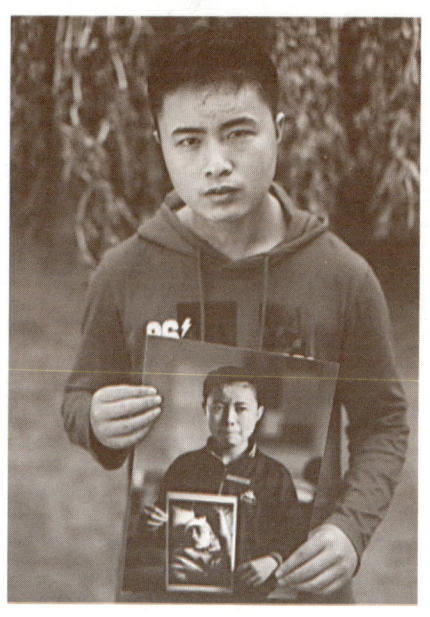

（作者：邱焰；编辑：肖琴；原载 2014 年 5 月 12 日《武汉晚报》；获第二十五届中国新闻奖新闻摄影三等奖）

百岁老人的穿越

2013 年 10 月 13 日是重阳节，也是中国法定的第一个"老年节"，本报联合华夏千秋教育基金，海选出 10 位"武汉市最健康百岁老人"。10 月 11 日、

12日,这些行动自如的老人们在武汉杜莎夫人蜡像馆完成了一次非同寻常的"穿越"。图为101岁的李先英奶奶与"伊丽莎白二世"在一起。(本图系组照之一)

(作者:邱焰;原载2013年10月14日《武汉晚报》;获第二十四届中国新闻奖国际传播三等奖)

拉提琴的僧尼们

2012年12月15日,在武汉举办的一次书画募善活动开幕式上,一群僧尼表演的舞蹈《莲舞》《蒲团舞》和小提琴现场伴奏的合唱《祈福歌》,让现场观众耳目一新,曾在网络上走红的天台寺广玄艺术团的僧尼们再次引起人们的关注。在天台寺,年轻的僧尼们不用手机和网络,远离城市的喧嚣,沉浸在音乐的世界里,礼佛悟禅。图为僧尼们抱着小提琴和贝斯穿过大殿,准备去练琴。(本图系组照之一)

（作者：邱焰；编辑：范洪涛；原载 2012 年 12 月 24 日《武汉晚报》；获第二十三届中国新闻奖新闻摄影三等奖）

黑色村庄

坐落在武汉市近郊的"西湖"村庄，住有 20 余户村民，祖祖辈辈以烧窑为生。现在这里是个烧制坛坛罐罐和炼制废旧轮胎的土窑集中地。两年前，为了节约成本，他们开始在烧窑时使用橡胶残渣、废弃沥青块以及油毡燃料。从此，这个傍水的村庄就开始终日笼罩在遮天蔽日的黑烟之中。

61 岁的唐天顺和 52 岁的甘贵生是村里的两名外来打工者，他们的家在 500 公里外的湖北随州农村，这里的工作可以让他们每月挣到 400 块钱。他们每天把大堆的废旧橡胶轮胎捆紧，放到一个自制的土窑中，经过 4 天的干蒸后，从锅炉中提炼出一桶桶黑乎乎散发着刺鼻气味的液体。

其他十几家小土窑，专门烧制花盆、汤罐和泡菜坛子等，批发到市场后，每个能赚取 0.1 到 3 元钱的利润。因此，开窑厂成了村民们的生存之路。

两年来，村庄的村民们并没有觉察出这种可以省钱的好办法有什么坏处，只是他们要在村庄里找地方打井了，因为村庄边那片他们以前赖以生存的西湖水，已经受到严重的污染，不能再作为生活用水了。村民们口袋里的钱是比以前多了，但身体比以前难受了。发展和环保的两难问题，在这个正在变"黑"的村庄里表现得特别突出。

据环保部门称，焚烧劣质橡胶和沥青等，会释放二氧化硫等多种有毒有害气体，并导致酸雨。中国环境科学研究院、清华大学等单位的研究结果表明，中国现有近1/3的国土遭受酸雨的污染，由二氧化硫等导致的酸雨污染，每年给中国造成的损失超过1100亿元。

黑色村庄（组照之一） 61岁的唐天顺在一堆废旧的轮胎旁歇息。整天接触有毒有害气体，已使他经常感到力不从心。

（作者：邱焰、全振强；编辑：赵青；原载2003年11月7日《中国青年报》；获第十四届中国新闻奖新闻摄影三等奖）

"大陆首富"牟其中被判无期徒刑

2000年5月30日,在湖北省武汉市中级人民法院,牟其中戴着手铐从警车里走出来。曾有"大陆首富"之称的牟其中,因犯外汇诈骗罪当日被法院判处无期徒刑。

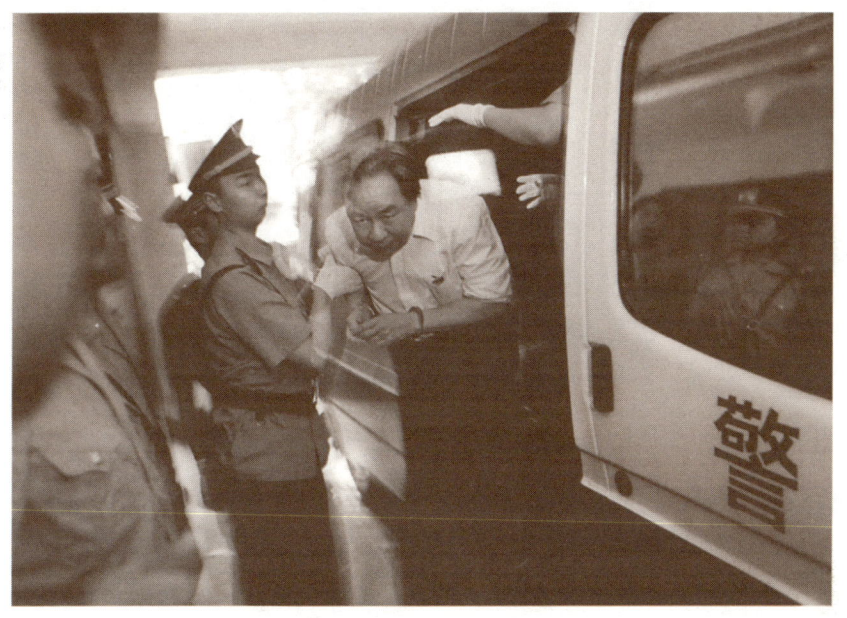

(作者:邱焰;编辑:王连祥;原载2000年5月31日《武汉晚报》;获第十一届中国新闻奖新闻摄影三等奖)

"传销客"梦碎江城

1998年4月6日,在武汉市新田公司门前,一对母女攥着传销业绩单排了两天两夜队,在雨中期盼着最后的兑现。疯狂的传销业被取缔,成千上万的"传销客"蜂拥到了新田公司。

（作者：邱焰；编辑：贾连成；原载1998年4月10日《武汉晚报》；获第九届中国新闻奖新闻摄影二等奖）

善于讲故事的"民间外交家"

在第二十三届（2012年度）中国新闻奖评选中，长江日报记者余熙采写的《本报记者专访龚琳娜：想把〈曾侯乙编钟〉唱成"神剧"》获国际传播三等奖。这是一篇人物报道，但不同于对吴天祥、王争艳、余少华、刘继平、杨昌林等先进典型人物的报道，这是一篇人物专访的报道，人物专访的报道能获中国新闻奖还是比较少的，但不是没有，比如，《中国日报》获第八届中国新闻奖一等奖的消息《人民币将继续坚挺　中国拒绝金融风暴登陆》实际上是对外汇专家陈全庚的采访，还有《中国日报》获第九届中国新闻奖一等奖的消息《项庄舞剑　意在沛公——明传人民币贬值，实为投机暴利》主要是对国家信息中心高级经济师李国斌的采访。

很多人物报道，尤其是典型人物报道，周期长、投入大，像这种单靠对一个人的采访尤其是专访就获中国新闻奖，似乎有运气的成分在里面。其实也不然，能获奖，也是对余熙长期以来致力于"公共外交"的回报。毕竟，不能每个人都受邀参加德国大使馆"庆祝德中建交40周年晚会"，并且"意外邂逅龚琳娜"的，而余熙抓住了机会，迅即提出专访要求，龚琳娜和她的德国作曲家丈夫老锣非常友善地予以配合，并在使馆休息室接受了专访，于是也就有了这篇2000多字的报道。

余熙一直是长江日报社的一个"传奇"，几十年来一直活跃于新闻、写作、摄影、绘画、公共外交等不同领域。2015年，《光明日报》以《会讲故事的"民间外交家"》为题报道余熙：足迹踏遍瑞士、德国、美国、古巴等60余个国家，出版国际文化交流主题专著25部，在海内外举办个人摄影展览37场，在国外演讲中国故事近百场……他是记者、作家、画家、摄影家，更是当之无愧的"民间外交家",被称为"中国的马可·波罗"。

1991年,余熙还是长江日报社政文部的一名普通记者。在此之前,没有多少人知道他还是个业余画家,不仅出过画册,还得过省、市美展的大奖。直到有一天,他收到了一份来自瑞士的邀请,该国奥尔腾市的泽塔美术馆邀请他去举办个人画展。余熙说,这个出国办展的机会,缘于1982年在三峡游船上的一次邂逅。那天,他正在船上画三峡水彩写生,一位叫彼得·迈耶的瑞士画家悄悄站在他身后,一看就是3小时。"我们互留了通信地址,后来他每年都会给我从瑞士寄来小礼物,而我将自己画的水彩作品当作回礼寄给他。"余熙压根儿就没想到,他于10年间寄出的水彩画会被泽塔美术馆馆长一眼看中,馆长的办展邀请一举改变了他的人生之路。[①]

那个年代,瑞士人对中国了解极少但又十分好奇。在展厅里,观众问了余熙很多匪夷所思的问题:"你爸爸是不是留着长长的辫子?中国女人是不是还缠着小脚?"尽管国内并无任何组织和领导向余熙交办外宣任务,但余熙觉得作为中国记者,自己有责任、有义务向这些瑞士朋友说明真实的中国。于是余熙主动提议举办"中国的社会与文化"主题演讲。两小时的演讲,引来瑞士多家媒体争相报道。新华社发出通稿《"中国艺术"令人神往——余熙画展轰动瑞士》;《参考消息》也发表编译外媒的新闻《中国青年画家余熙画展在瑞士受到好评》。来自海内外的积极反响带给余熙启示:国际社会太需要了解真实的中国!中国人太需要向世界讲述中国故事!自此以后,只要有机会去国外开展公共外交活动,他会千方百计地争取各种机会向世界人民讲述中国故事。[②]

此后几十年间,余熙先后去了法国、德国、美国、保加利亚等60余个国家,以书画、摄影、演讲等多种形式向世界人民展示中华文化,传递中国声音。"影响有影响力的人",是余熙摸索出的一套公共外交法则。各国政要和主流媒体记者都是他开展民间外交活动的重点对象。《长江日报》开辟专栏

[①] 欧阳春艳:《民间国际文化交流活动家余熙:向世界传播中国声音》,《长江日报》2014年11月11日。

[②] 杨芳秀:《"公共外交的先行者"》,人民网2018年3月28日。

"余熙高端访问",发表各国元首、首脑、内阁部长和驻华大使的新闻报道数百篇。此外,余熙还在自己家中热情接待过欧美多国驻华使节,展示了独具亲和力的"公共外交"魅力。对余熙来说,公共外交不仅仅是一份责任,更是一种与生俱来的使命。"为什么会坚持?我觉得一个很重要的动因是,我们这个年代的人,有深深的危机感,经历了各种各样的变迁。我们能够看到的是,中国很需要和别的国家合作,让中国融进合作、融进世界,同时也让世界融进中国。这应该就是常说的让中国走向世界,让世界了解中国。"余熙说。①

以美国为首的西方发达国家,是余熙讲述"中国故事"的主要对象国。2014年2月,他在美国匹兹堡、芝加哥和旧金山3个城市通过讲述中国城市建设发展的多个故事,有针对性地就某些外媒报道的不实内容,结合个人经历和一个记者的亲身感受进行澄清。《芝加哥论坛报》等美国20余家主流媒体对此作了报道。对长江日报社发挥记者作用,开展媒体外交,《中国新闻出版广电报》这样评价:记者要分享故事、讲好故事,讲好故事的关键是讲什么、怎么讲、怎么讲得好。余熙的事迹给了我们很好的启迪,对做好国内国外报道很有帮助。对外交流是媒体的一项基本职能,如果其他媒体的记者也能像余熙这样主动作为,我们的交流成果就会更大,效果会更好。②

《本报记者专访龚琳娜:想把〈曾侯乙编钟〉唱成"神剧"》的报道在《长江日报》刊发后,被美国《美中文摘》等外媒转载,获得了较大的国际影响力,使随州的"曾侯乙编钟"为更多的人知晓。余熙介绍:"我后来给龚琳娜寄去样报,建议把'汉阳古琴台'作曲子,唱遍天下,向世界助推武汉这座伟大的城市。"余熙说,"武汉这座城市开埠早,很早就有着开放的传统,开放是沉淀在这座城市的气质之中的。"③

对这篇报道,有专家点评时说:作品对向世界弘扬中国传统文化有着积

---

① 夏静、姚晓雪:《记湖北武汉〈长江日报〉高级记者余熙:会讲故事的"民间外交家"》,《光明日报》2015年5月7日。
② 李子木:《〈长江日报〉把中国故事讲到世界舞台》,《中国新闻出版广电报》2015年12月16日。
③ 康鹏:《公共外交拓宽武汉视野 请龚琳娜为"古琴台"编神曲》,《长江日报》2013年11月8日。

极的意义,对把中国文化艺术结晶与受众广泛的通俗艺术有机结合作出了有益的探索。作品生动地表现了一个德国作曲家和一个旅德中国民族声乐歌唱家夫妻对中国民族音乐的热爱与追求,也从另一个角度告诉人们:"中国现在过度商业化的环境,很不利于音乐的健康发展。很多音乐人一味模仿西方所谓'浪漫',忘记了音乐最终应服务于作品的根本宗旨。中国音乐只有剔除所有虚荣的模仿,才能拥有真正的观众。"作品行文较流畅,且充满激情,让人读后,不免有弘扬中国文化的冲动。①

2020年记者节前夕,老中青三代报人同堂,余熙受邀在长江日报报业集团做分享时说:"我在长江日报36年的新闻工作实践中深切感受到:长江日报报业集团是一片能不断为公共外交事业赋能的沃土;而新闻记者本职工作若与公共外交有机结合,势必产生双赢的奇效。"

本报记者专访龚琳娜:

想把《曾侯乙编钟》唱成"神剧"

2010年,网络上一曲豪气冲天的《忐忑》,将无数中国人的耳朵震得嗡嗡直响:民族声乐竟有这般唱法!在《忐忑》被冠以"神曲"之时,它的演唱者、旅德中国民族声乐歌唱家龚琳娜也名噪天下。

10日晚,在德国大使馆"庆祝德中建交40周年晚会"上,德国大使施明贤特邀龚琳娜再度献歌《忐忑》,一曲终了,中外宾客满场喝彩,大使夫妇也激动地向她献上鲜花。

应邀与会的本报记者意外邂逅龚琳娜后,迅即提出专访要求。龚琳娜和她的德国作曲家丈夫老锣非常友善地予以配合,并在使馆休息室接受了本报专访。

---

① 刚成:《点评[想把〈曾侯乙编钟〉唱成"神剧"]》,出自《湖北省获中国新闻奖作品选评(2007—2012)》,中国和平出版社2014年版。

"我最想以曾侯乙编钟伴奏，唱一台前所未有的'神剧'"

"您知道吗？我和丈夫老锣不久前去过武汉3次！"

得知记者来自楚文化的故乡，龚琳娜女士显得特别兴奋："我们在湖北省博物馆，仔细欣赏并研究了从擂鼓墩汉墓出土的曾侯乙编钟。尽管这套编钟产于战国早期，但它清亮醇厚的音色所散发出的神奇魅力，无与伦比，令我们深深陶醉。我仿佛听到一种神秘的力量在冥冥中催促：必须尽快推出一台用古老曾侯乙编钟演奏的、能体现最新中国民族文化精粹的声乐剧来！我和老锣决定，要创作出由编钟伴奏的声乐剧，并把它唱响到最著名的国际音乐会，比如格莱美音乐会上。我们要让世界人民都能欣赏到，在我的祖国还有这么神圣而精湛的音乐作品。我们有充分的信心，会让这台声乐剧超越《忐忑》，成为'神剧'！"

龚琳娜说，她和丈夫正在研究用湖北曾侯乙编钟伴奏的乐理特质，并把这种乐理特质与龚琳娜的声乐天赋有机融合。照例是丈夫写曲，妻子演唱，不同于《忐忑》的是，这不是短短的一首曲子，而是一台可以演出一个多小时的音乐神剧。

"为此，我们俩还会去武汉更多次。"

来自德国巴伐利亚的作曲家老锣，用流利而清晰的中文说道："我要不断地琢磨曾侯乙编钟，把它理解得更深刻、更透彻些。我还要尽可能多地学习楚文化历史，这样才能以西方音乐为基础的创作理念，以中国文化为作品的灵魂和生命力，为琳娜真正写出一台前所未有的优秀声乐剧来。"

"我唱《忐忑》，是为了激活自己的生命"

龚琳娜《忐忑》的一炮走红，给长期以来处于迷茫且分化的中国音乐界，带来一缕奇异的声音。她的这种震撼心神的叫唱法，如同传统灵魂在与异质文化相碰撞时的"大口换气"，是那么荡气回肠，震撼人心。多少听众从她的《忐忑》中，窥视到中国民族声乐新的希望。

龚琳娜说："今天的我，唱起歌来总有一种难以言喻的幸福感。因为我的心灵与歌的情感交相融汇，我无法判断这是自己生命的再度重生，还是我本体游离着另外一个灵魂，是唱歌，把它激活了出来！"

她说，今天的中国传统民歌的功能正在渐渐消失。"我不能继续沿袭老路走下去。我唱《忐忑》时，不仅自己感到很爽，几乎所有听众，上到老人、下到孩子也都感到很爽。因为这种演唱的表现力巨大，能让很多精神受到压抑的人、让很多平素不善于表达的人，通过聆听而把自己的心声自然地宣泄出来。我的歌为听众提供了可从不同角度思考的空间，如有人从中听出传统戏曲的文化基因，有人可以听出新时代的生命力。

"比如，我每次唱李白的《静夜思》，总会泪眼翻飞，在场只要有海外华人，必定会边听边流泪。老锣创作的这首乐曲，使人能感觉到'韵'的灵动，并能发掘蕴藏丰富的形象。我会边唱边想自己的故乡和童年时光……"

一旁的老锣接过妻子的话头："世界期待中国的声音。国际上对中国音乐了解还是太少，中国音乐应该尽快地国际化，这样才能'墙里墙外花都香'。"

说起中文来，老锣语调平和，不疾不徐："我在为王维《桃源行》写出长约10分钟的歌曲时，能清晰感受到中国文化中'气'与'韵'的魅力，那是能把人带入特定意境的神奇文化。中国现在过度商业化的环境，很不利于音乐的健康发展。很多音乐人一味模仿西方所谓'浪漫'，忘记了音乐最终应服务于作品的根本宗旨。中国音乐只有剔除所有虚荣的模仿，才能拥有真正的观众。"

"上天安排我，遇到'中国民乐的白求恩'"

当龚琳娜回顾自己这些年艺术成长的经历时，语气欢快："我现在演唱的所有歌曲，全由丈夫老锣作曲而成。老锣是我此生的幸运之星。莫非是上天安排我此生与老锣共同奋斗，并将音乐视为生命的终极责任？"

"老锣"的德文名字，应为"罗伯特·卓立舍"，他20世纪80年代就读于德国慕尼黑和柏林的音乐学院，是欧洲艺术环境中以中国音乐创作见长且具有相当影响力的西方作曲家。

2002年，刚刚大学毕业的龚琳娜，在一次音乐会上邂逅了老锣，发现这个德国青年人不仅擅演德国乐器,擅唱幽默歌曲,还会说流利的中文。"他约我一起玩音乐,当时我恰好精神非常压抑,不想走原来的路,而浑身满是力量却无处释放,我于是和老锣一起玩了3个多小时的音乐,我们没有说话,只是唱歌,我一会儿哭了一会儿笑了,一会儿在那里跳,突然,我觉得我全身的经脉被打通了!"

回忆起与丈夫老锣的初识,龚琳娜一脸缠绵的爱意。在舞台上唱起《忐忑》来双目怒睁、气冲霄汉的龚琳娜,此刻柔柔地卖起萌来:"认识老锣前,我并不懂得生活,也不会做家务。是老锣提醒了我:一个不懂生活的人,怎能懂得音乐?他教会了我如何生活,而我们全家都喜欢吃他做的饭——那真的太好吃了!我们7岁和5岁的两个儿子平时也主要靠他照料。老锣在家是个好丈夫,在外更是优秀的作曲家。尽管我们在德国的小家舒适得如同'世外桃源',但我们知道,自己音乐的受众面在德国比较狭窄;只有在中国,我们才能展示更加宽阔的艺术舞台。两年前,我们把小家搬回到中国。在这里,我们终于找到了自己事业、家庭和人生未来的真正归属。"

(作者:余熙;编辑:刘新天;原载2012年10月12日《长江日报》;获第二十三届中国新闻奖国际传播三等奖)

人的一生都在与惰性较劲

（一）

中国新闻奖设立新闻论文奖项之前，中国记协主办的全国新闻学术年会曾评过论文奖。

1992年12月19日至22日，中国记协在山东济南召开"'92全国新闻学术年会"，并从年会征集到的143篇论文中评出了44篇获奖论文（不设等级），获奖比例为31%。①长江日报社陈修诚撰写的《把握时机 讲究手法——谈谈党报的指导艺术》是此次44篇获奖论文之一。

这次全国新闻学术年会之后，中国记协单独与其他新闻单位联合召开了多次专题研讨会，研讨的主题既有新闻理论方面，也有采编、经营管理方面，包括社会主义市场经济与经济报道、新闻职业道德、从世妇会新闻报道看两种新闻观、现场短新闻与消息写作、新闻评论等。

中国记协再次主办全国新闻学术年会是1997年11月在珠海召开的主题为"坚持正确导向，提高引导水平"的全国新闻学术年会。②这次会上，时任中国记协党组书记、常务副主席郑梦熊介绍：第七届中国新闻奖新闻论文奖已经评出，共有91篇优秀论文获奖，其中荣誉奖6篇，一等奖14篇、二等奖25篇、三等奖46篇。③第七届中国新闻奖是中国新闻奖首次评出新闻论文奖。

---

① 《全国新闻学术年会评出获奖论文》，《新闻战线》1993年第1期。
② 文有仁：《我国新闻学术研究五年回眸》，《新闻与写作》1998年第3期。
③ 培汀：《全国新闻学术年会在珠海举行》，《新闻大学》1998年第2期。

1997年3月10日，中国记协发出关于举办第七届中国新闻奖论文评选暨全国新闻学术年会的通知。这是中国新闻奖首次把新闻论文列为评选项目。① 对此，《新闻知识》杂志专门刊文：经中央宣传部批准，全国优秀新闻论文评选纳入中国新闻奖，每两年评选一次。开展新闻论文评选的目的，在于检阅交流我国新闻理论研究的成果，活跃新闻学术研究工作，使新闻理论更好地指导新闻实践，使新闻工作更好地为人民服务，为社会主义服务，为全党全国工作大局服务。②

对中国记协此举，有人评价：这一新举措好就好在它为进一步完善新闻界的奖励机制，为全面反映新闻工作者的劳动成果，为促进新闻理论研究和学术交流开了先河，值得称赞。③

新闻论文首次纳入中国新闻奖，但评选是分开的。正如一些省市新闻奖中的论文论著奖，早年虽纳入了新闻奖，但评选也是分开的，新闻论文与新闻奖的其他项目一起评选都是后来的事。

第七届中国新闻奖一共评出获奖作品170件，其中特别奖2件，一等奖19件，二等奖56件，三等奖93件。除新闻论文外，版面、漫画等也是从这届开始纳入了中国新闻奖评选。此外，报纸、广播、电视也从这届开始分别增加了系列报道项目。④

从上面的数据可以发现，新闻论文的获奖数量并未纳入第七届中国新闻奖获奖作品总数。首次纳入中国新闻奖评选的新闻论文，获奖比例非常高，达到67.9%。91篇获奖论文是从134篇参评论文中经过充分评论，采取无记名投票的方式评选出来的。评委会由新闻界的领导和专家组成。评委认为，从这次新闻论文评选情况看，我国新闻学术研究工作坚持了正确的方向，注意理论联系实际，论文质量较高，对指导新闻实践起到了应有的作用。但从参评论文看，地区、单位之间的新闻研究工作发展不平衡，少数论文缺少学

---

① 《1991—2000中国记协大事记》，中国记协网《新闻知识》2019年3月19日。
② 《优秀新闻论文评选首次纳入中国新闻奖》，1997年第9期。
③ 施中梁、张志新：《赞设新闻论文奖》，《新闻战线》1998年第2期。
④ 《精益求精 多出佳作》，《新闻实践》1997年第11期。

术性，质量尚待提高。①

第七届中国新闻奖新闻论文获奖作品多，获奖比例高，可能也与当时每两年评选一次有关，到了第九届，评出 78 篇获奖新闻论文，第十一届评选时，评出获奖新闻论文 48 篇。

第十三届中国新闻奖评选变化之一是纳入了原每两年评选一次的新闻论文奖。这届中国新闻奖评选时要求，刊登在 2001 年 7 月至 2002 年 12 月期间的论文可以参评，评选时分新闻理论类、新闻业务类和经营管理类三项，最终有 36 篇论文获奖。这些获奖论文是在中央新闻单位和各省（区、市）记协推荐的基础上，由中国记协聘请新闻出版管理部门、主要新闻单位和新闻教学与研究方面的专家组成的第十三届中国新闻奖评委会评选出来的。②

此后，中国新闻奖新闻论文奖开始每年评选，评出的获奖论文数量开始趋向稳定。这些年，新闻论文每年获中国新闻奖的总数为 20 件，一、二、三等奖的数量分别为 2 件、7 件、11 件。

（二）

获中国新闻奖是很多新闻人的梦想和追求。尽管每年评出的中国新闻奖获奖作品总数已从最初的 150 件增加到了现在每年不超过 350 件，但这仍无法满足众多新闻人对中国新闻奖的渴望。

对大多数新闻人而言，一生能获一次中国新闻奖就将成为职业生涯中的荣耀，但有的人能接二连三地斩获中国新闻奖，罗建华就是其中一位。

在第十四届（2003 年度）中国新闻奖评选中，罗建华独撰的新闻论文《报业集团化运作创新：打造价值链、品牌链、产业链》荣获一等奖。这篇 5000 多字的论文刊发在 2003 年第 4 期《新闻战线》杂志上。

这届中国新闻奖评出新闻论文一等奖共 4 篇，另 3 篇分别是时任人民日报社社长王晨撰写的《用"三个代表"重要思想统领新闻宣传工作》，担任过

---

① 孙正一：《第七届中国新闻奖论文评选及获奖篇目》，《中华新闻报》1997 年 11 月 10 日。
② 舒小骅：《〈新闻战线〉刊发的 18 篇论文获中国新闻奖》，《人民日报》2003 年 10 月 24 日。

中国新闻奖评委、范长江新闻奖评委、解放军报社副总编辑江永红撰写的《试论新闻的度》，新华社副社长兼常务副总编辑马胜荣撰写的《时效的魅力》。

罗建华自 2000 年调到报社办公室工作后，一直参与组建长江日报报业集团的申报工作，深知组建报业集团对整合武汉地区报业资源、提升规模竞争优势的价值。

工作考量与业务冲动交相激荡，让他顿生波澜，把视野投向全国，关注报业集团的生成机制和运作规律。《报业集团化运作创新：打造价值链、品牌链、产业链》一文发表于 2003 年春天，其时正处在获批组建长江日报报业集团后、正式挂牌成立前。

2002 年 6 月 20 日，经中央宣传部同意，原国家新闻出版总署发文同意组建长江日报报业集团，标志着长江日报社跻身中国报业集团方阵（至批准前全国省会城市报业集团仅 6 家）。①

不过，长江日报报业集团是在一年半后才正式挂牌成立的。2003 年 8 月 24 日，中共武汉市委决定将武汉晚报社并入长江日报社。2003 年 12 月 28 日，长江日报报业集团正式挂牌成立，这也是武汉市首家文化产业集团。②

在这篇文章中，罗建华通过较长时间观察，围绕主题进行实证研究，阐述了报业集团运作创新的迫切性和重要性，探讨了价值链、品牌链、产业链的基本功能和实现方式，归纳了一些集团的有效做法，提出了可行的相关对策。

这篇文章抓住了当时报业集团组建易、运作难，做大易、做强难的现实问题，从"运作创新"的角度，较早系统提出打造价值链、品牌链、产业链的课题。文章发表后，在新闻界反响较大，新浪网、新华网均在有关栏目首页进行了转载和推荐，并引发了讨论，文中一些观点如"一点发散、多点聚合""以报兴业、以业强报"等为新闻界关注或借用。这篇文章还被中国人民

---

① 罗建华：《长江日报报业集团组建的前前后后》，出自《中国媒体发展研究报告·2002 年卷》。
② 夏斐：《长江日报报业集团正式挂牌成立》，《光明日报》2003 年 12 月 29 日。

大学主办的《新闻与传播》杂志 2003 年第 7 期全文转载。①

在此之前，罗建华撰写的《新闻竞争：从"软新闻"到"硬新闻"》一文在第十一届（2000 年度）中国新闻奖评选中获评二等奖。此后，他撰写的另一篇新闻论文《报业集团化发展创新：构筑媒体群、经营群、企业群》在第十六届（2005 年度）中国新闻奖评选中又获评三等奖。他说：没想到写论文也能拿中国新闻奖，而且一连拿了 3 个，一、二、三等奖全有。"无须矫情，在新闻界同行的赞许中，我是感到骄傲的，它不仅为个人职业生涯添了光彩，更为我供职的长江日报赢得荣誉。"②

罗建华获中国新闻奖的 3 篇论文，都刊发在《新闻战线》杂志。人民日报社主办的《新闻战线》杂志，是新中国成立后创办的第一份综合性新闻业务刊物。

从罗建华的分享中可以得知《新闻战线》杂志编辑对稿件也花了工夫："早在 20 世纪 80 年代，从事新闻工作之前，我就订阅过《新闻战线》杂志，做了新闻人后更是爱不释手。每每投稿，都得到刊物编辑的热忱鼓励和悉心指教。有时，为谋划一个选题，电话往来不倦，而编辑处理上又再下功夫，使之精益求精。"③

作者与编辑是一个互相成就的过程，好稿遇到好编辑，彼此之间才能锦上添花，相得益彰。新闻稿件是这样，论文稿件也是这样。曾任《新闻战线》杂志编辑的许林，是一位有着 40 余年新闻工作经验的老记者。他编辑的《对新闻摄影界五个流行概念的辩证思考》，获第十三届中国新闻奖新闻论文二等奖。原稿基础较好，但需要下功夫编辑才能成为说理性强的文章，为此，许林动手改动不少，改后的稿件与原稿相比有点"面目全非"。④

---

① 《报业集团化运作创新：打造价值链、品牌链、产业链》中国新闻奖申报资料实录，中国记协网 2007 年 8 月 17 日。
② 罗建华：《"麻袋装土豆"引发的思考》，出自《品读长江日报》，武汉出版社 2009 年版。
③ 罗建华：《〈新闻战线〉让我两次获得中国新闻奖》，《新闻战线》2005 年第 3 期。
④ 许林：《人民日报老总编的 6 句话，编辑记者们都该好好看看！》，"金台唱晚"微信公众号 2016 年 12 月 7 日。

（三）

新闻论文是对新闻实践和新闻研究的理论总结，好的论文具有普遍的指导意义。与不少新闻论文仅仅是对一篇报道或一家媒体情况的总结分析不同，罗建华获中国新闻奖一等奖的论文关注的是全国范围内媒体发展的大问题，当时全国范围内正处于报业集团组建热，而这篇论文无论是选题还是提出的对策建议都具有前瞻性。

从中国新闻奖评选结果看，如果仅仅局限于对某一篇报道的总结分析，是很难获中国新闻奖的。此外，从获奖新闻论文的作者信息看，媒体一线编辑记者占比较低，媒体的中高层人员撰写的新闻论文更容易获奖，因为媒体的中高层人员尤其是高层关注的问题很少局限于对某一篇报道的总结分析。

对《报业集团化运作创新：打造价值链、品牌链、产业链》何以斩获中国新闻奖一等奖，罗建华认为：不是观点的新颖，也不是论证的周密，更不是气韵的灵动，而是它抓住了报业一个迫切需要解决的问题。学术的前沿，往往就是问题的前沿，不断开列出问题清单，是学术的功效；不断回答这些问题清单，更是学术的使命。如同新闻记者挺立在船头看时代大潮的演进一样，研究报业自身的发展，也一定要去争取发现前行的路标和路径，并为之贡献一点智慧。①

罗建华的经验也启发我们，新闻论文要想摘取中国新闻奖，要多抓媒体界迫切需要解决的问题。其实，长江日报报业集团其他几篇获中国新闻奖的论文，也具有上述特点。

1996 年，时任长江日报社总编辑翟玉勋撰写的《总览全局　宏观策划　不断提高报纸整体水平》一文，在第七届中国新闻奖评选中获新闻论文三等奖。该文是在一定时期内，对新闻改革的热点问题的理性思考与创新实践的集成。②

报业竞争日趋激烈，如何做大做强，业界十分关注。有的报社不惜成本创办多家报刊，甚至同一集团内部有两三张定位相似的子报，自相打压，其

---

① 罗建华：《"麻袋装土豆"引发的思考》，出自《品读长江日报》，武汉出版社 2009 年版。
② 翟玉勋：《推进新闻改革的战略思考》，出自《长江日报国家新闻奖 33 件》，武汉出版社 2002 年版。

结果可想而知。2002 年，时任武汉晚报社社长潘堂林撰写的《回应都市报挑战的奋力一跃——武汉晚报社同质母子报合刊做强的实践与思考》带来的启示是，报业在做大的过程中一定要处理好扩张和效益的关系。① 这篇新闻论文后来获中国新闻奖三等奖。

和谐社会的构建，特别需要"和谐"地运用新闻力量。2006 年，时任武汉晚报社总编辑何建新与时任武汉晚报社新闻 110 部主任赵代君、副主任胡俊合写的《试论媒体在构建和谐社会中的四大功能》，以武汉晚报近 5 年"为百姓谋利益"的典型案例分析，总结出媒体在构建和谐社会中可以充分发挥四种特殊功能：媒体的参与功能，媒体的动员功能，媒体的联动功能，媒体的监督功能。② 这篇论文在第十七届中国新闻奖评选中被评为三等奖。

移动互联网时代，面对"纸媒消亡论"，时任长江日报报业集团副总编辑、武汉晚报社总编辑的范洪涛在《对移动互联下纸媒生存的四个判断》的新闻论文中给出的判断是："纸媒消亡论"或许是一个草率命题；"内容为王"肯定是一条生存底线；"王的价值"绝对不是网络的一次免费午餐；"读者数据库"无疑是亟待开发的一座富矿。这篇论文后来也获评中国新闻奖三等奖。

（四）

对什么样的新闻论文能获奖、如何写好新闻论文，不少媒体同行和专家也有总结。

有作者以获中国新闻奖二等奖的《党报经济新闻怎样找到"平衡感"——兼论对经济新闻专业性的理解和把握》为例总结，这篇论文能够获奖，体现了中国新闻奖对新闻论文参评作品重视理论联系实际、重视实践探索与理论创新的导向。③

对获中国新闻奖二等奖的《如何在广播新闻报道中运用目标管理》，作者总结：该文来源于新闻实践，反过来指导新闻实践，新闻工作者撰写学术论

---

① 《回应都市报挑战的奋力一跃》，《新闻战线》2002 年第 12 期。
② 何建新、赵代君、胡俊：《试论媒体在构建和谐社会中的四大功能》，《新闻战线》2006 年第 10 期。
③ 周咏南、邓崴：《记者如何写新闻论文例》，《传媒评论》2017 年第 12 期。

文要注意在具体业务中寻找规律性，具有创新的论述视角，有理论作为支撑等。①

撰写新闻论文，也需要树立精品意识。10多年来，解放军报社主办的《军事记者》杂志刊发的新闻论文，有30多篇荣获中国新闻奖和中国人民解放军新闻奖等殊荣。

《军事记者》杂志主编朱金平总结了精品新闻论文的6个主要特征：一是回答重要的新闻理论问题；二是阐述的学术观点要新颖；三是对新闻实践具有指导作用；四是不可忽视时效性；五是语言要生动清新；六是符合写作规范。以上6个方面的主要特征，新闻论文具备得越多越好，获奖的希望也越大。②

评委又是如何看待中国新闻奖新闻论文评选的呢？时任江苏省记协主席周世康曾担任过多届中国新闻奖评委。他认为，中国新闻奖新闻论文的评选呈现出鲜明的"实用"导向。把握媒体领域的前沿、热点且具有现实指导意义的新闻论文更受中国新闻奖评委青睐。如第二十一届中国新闻奖两篇一等奖作品《从快报、厚报转向优报——网络时代报纸新闻制作的新思路》《当前我国传媒全媒体发展中的问题与对策》，都围绕对传统媒体冲击很大的"网络""全媒体"展开，切中行业发展的焦点问题。另外，对有见地和学理深度的论文也给予了较高奖励。如《新财经时代的报道转向》敏感把握了中国媒体话语体系演变的最新趋势，率先提出"转型话语""职业话语""国家话语"等新概念，从而获得二等奖。③

（五）

罗建华，1956年出生于武汉，1994年从事新闻工作，历任《长江日报》"长江周末"一版编辑，文化报社副总编辑（1998—2000），长江日报社办公室主任（2000—2004），长江日报报业集团办公室主任（2004—2007），武汉

---

① 谢先进：《既要"坐而论"更要"始于行"》，《新闻与写作》2013年第8期。
② 朱金平：《精品新闻论文的主要特征》，《新闻记者》2018年第1期。
③ 杨芳秀：《一个评委眼中的中国新闻奖》，《新闻战线》2011年第11期。

晨报社总编辑兼武汉晨报文化传播公司总经理（2007—2010），长江日报报业集团党委委员。

从这个简历可以得知，罗建华获中国新闻奖的论文，都是在他担任办公室主任时撰写的。新闻单位的办公室主任，能三获中国新闻奖，这恐怕在全国新闻界都是极其罕见的，也可能是唯一的。除发表了大量新闻论文外，罗建华还发表有不少文学作品，有散文，有小说，有报告文学等。

"获奖得之于无心插柳，如果说值得庆幸的话，那么更应当庆幸新闻理论界有了多元眼光。"《新闻竞争：从"软新闻"到"硬新闻"》拿到国家级新闻奖后，罗建华说，写这篇稿件的时候，重在梳理和探求，压根儿没有迎合评奖的主流标准，刻意去打造一个"金娃娃"。他在《题外话：保持操练》[①]的文章中的总结和分享很有意味：

那是2000年初夏，我已调到报社办公室工作，对暂别采编工作台忽然有了浓浓的依恋。有一段时间，上下班路上的脚步匆忙而又杂乱，脑子塞满琐碎的事务，心却显得有些落空。过去，时有策划在胸，选题在手，新闻冲动催着血液都在快活地流淌。我担心，疏离了办报日复一日的专业敲打，人是马上会懒惰下来的。记得1998年，华东师大博士田健东从堂堂学府投身上海《青年报》当记者时，面对人们的疑惑曾这么说："想改变一下自己的惰性。"

人的一生确实都始终与惰性暗暗较劲。

惰性极容易敲门而入，赖在你的床上不走，缠绕你而难以自拔。惰性是看不见的崩溃，无声无息啮咬人的灵气和锐气，待到发觉时一切已晚。新闻这个职业，好就好在让人穿上一种"魔鞋"，你总得在版面上跳舞，不敢懈怠。

我不愿失去"魔鞋"，必须重新找回新闻人的感觉，不同的是观察对象是新闻界自身这片天地，这恰好又与办公室"参谋""助手"的角色相

[①] 罗建华：《题外话：保持操练》，出自《长江日报国家新闻奖33件》，武汉出版社2002年版。

契合。正是这种自觉的"角色转型",让我把思维之箭投向新闻创造最前沿的靶标。……审视竞争环境,激活一些思考,而个人则享受到操练的乐趣。

"相信手工,相信思考,只要敬业和精业,智慧就不会被懒惰锈蚀。"不过是一篇采编谈的"命题作文",也被罗建华写得这么深刻和充满哲理!由此也可以想象,他的新闻论文为何能频频获评中国新闻奖了!

报业集团化运作创新:
打造价值链、品牌链、产业链

提　要: 组建报业集团似乎不难,实行集团化运作则不易。目前已有的39家报业集团如何搞好"集团化运作"?本文首次将"价值链""品牌链""产业链"联成一体,较为系统地探求了它们的基本功能和实现方式,为"集团化运作"开启了一条思路。

在2003年来临之际,报业已进入集团化发展的时代。

仅仅与一年前相比,全国报业集团已由26家增加到39家,其中中央级报纸两家、省级报纸24家、省会城市及计划单列城市报纸13家,几乎囊括东西南北中的强势报纸。

但就各个报业集团来看,自身的"集团化运作"仍在多方探求之中。

组建报业集团似乎不难,一家主报,创办或接收若干子报子刊子网,再加上几个现有经营实体略做包装,就可以号称一个集团。这种平面组合,可以自然形成"规模",却无法自然形成"规模覆盖"。

实行集团化运作则不易。从经济动因来讲,组建集团的实质是通过规模扩张获取规模竞争力,通过规模竞争力获取规模优势,通过规模优势获取规模覆盖，最终赢得两个效益的最大化。这才叫做大做强。西方发达国家"一城一报"的格局，就是规模覆盖，就是这种过程演变的结果。

顾名思义，集团务必"集"而"团"之。这个"集"在于机制转换、在于资源整合、在于优势重构，从而把集团的各个要素组织起来，使之抱成一"团"，既具备内在有机联系，又能够总体有效运行。打一个比方，小舢板捆绑起来固然不能成为"航母"，但如果编队有序，浑然一体，策应向前，则可能成为驰骋报海的"联合舰队"。

那么，这种组合的"链"在哪儿呢？

"链"，即各个要素环环相扣，相互依存，相互补充，相互促进，终端反过来又可作用于始点，以良性循环不断推动事物螺旋式上升。

价值链：文化共同体，利益共同体

集团是联合体、共同体，它的纽带是资产关系，它的核心是共同的价值观——包括经济价值的整合和精神价值的塑造。价值连接，意味着将各单元的价值进行重组和提升，变为集团取向与集团意志。对内取得向心力和凝聚力，对外构成形象力和影响力。

第一，精神追求上的认同。一切从集团发展的大局出发，按照建立现代企业制度的要求，突破原有各自为政、条块分割、相对封闭体系所造成的思想观念局限，拆除心理樊篱，树立集团意识。尤其是"小而全"自然经济土壤上滋生的本位主义、分散主义必须革除，建立大生产、大产业的现代理念，塑造共同的价值观。注重报业文化建设，建立集团形象识别系统，强化共同的精神特征和统一的文化底蕴。采取自下而上的方式，制定"集团理念""团队精神""员工规范"等，培育集团员工的归属感，营造貌合神聚、兴衰与共的精神氛围。哈尔滨日报报业集团提出的"政治家办报、企业化管理、市场化经营、社会化服务"，形成人气凝聚之核，就是成功一例。

第二，战略目标上的共识。认真分析和把握报业市场竞争的趋势、形态、特点，从自身实际出发，在充分调研、论证的基础上集思广益，选准总体战略思路和发展目标。思路和目标既代表全集团的根本利益和长远利益，又照应各利益主体的现实发展需求，建立科学的目标管理体系，明确有序地推进步骤。辩证处理好各利益主体之间的关系，保持集团内在驱动力的强劲，讲"两点论"，也讲"重点论"，一个方向，协同作战，重点突进，实现集团与单元、办报与经营、子体与子体的协调发展。

第三，组织构架上的集中。集团的特征表现为资源管理集中而资产经营分散、事业属性一元而经营领域多元，需要与之相适应的组织构架，保证管理层"统"得起来、"放"得下去。在机构设置方面，精干、高效、集中，保证集团的宏观调控到位。大多数集团与主报实行"一套班子、两块牌子"，决策机构与职能部门不重复设置，有利于决策、协调和管理的一体化。文新联合报业集团的文汇报、新民晚报只设编辑部，其他则纳入集团的统一管理体系，两报集中精力办报，集团职能部门为其提供支持与服务。

第四，报业资源上的整合。价值链的基础是资源链。报业资源包括思想资源、品牌资源、文化资源、信息资源这些"软资源"和人力资源、资金资源、技术资源、物资资源这些"硬资源"，所有资源根据增强竞争力的需要去整合。一方面资源共享，提高资源的利用率，如技术装备、发行网络、办公设施等避免重复建设；一方面资源重构，优质资源向优势产品集中，做大做强主打产品，提高市场占有率。资源整合的目的是盘活资源，做到人尽其才、物尽其用。特别要防止"左脚踩右脚"似的内耗，努力降低竞争的成本（规模经营的一个要义就是平均成本降低）。

第五，经营运行上的统一。建立全集团经营的运行体系，保持整体的规模效应和各个局部的活跃姿态，要求决策机制与协调机制的规范有效，对各单元实行统一规划、统一管理、统一规则，经营的方式可灵活多样。设立财务结算中心，调控用活资金流，用财务杠杆把握总体运行。此外，同类资源尽可能集中使用，组建广告中心、发行中心、开发中心等整体打市场是一个发展方向。

第六，竞争环境上的公平。集团内部客观存在竞争，各单元的资源配置应各得其所，相得益彰，可以有不同的支持力度，但一定要有相同的发展环境。集团公正合理地处理与各单元的经济关系，让各单元在各自轨道上公平竞争。规范考评体系，健全动力机制，分门别类推行资产责任制、目标责任制、任期责任制等，刚性考核，公正评价，严格按效益实行奖惩兑现。集团员工的"身份"和"价码"，应通过人事分配制度改革逐步"并轨"。

品牌链：一点发散，多点聚合

报业集团以办报为中心、以媒体为主业，最大的资源是报纸新闻传播所积累的品牌。关于品牌的概念莫衷一是，但从市场角度看，品牌的对应物是受众的忠诚度，它是由关注度→认知度→忠诚度一步一步培育起来的，没有品牌无法保持持久的市场。换言之，受众的消费倾向即他的品牌倾向：一种对产品的品质、效用、个性、特色和文化渊源的综合心理反应。

所谓构建品牌链，意在充分开掘主品牌的潜在价值，将主品牌凸现、放大、强化，使之成为品牌孵化器，延伸和辐射开去打造品牌系列。这样，主品牌之魂附于子媒之躯，进入经营之体，变单一效应为综合效应，变无形资产为有形资产。反之，守着金山不用锄，造成品牌价值的空放和浪费，是非常可惜的。

品牌链的主品牌最好是主报品牌的张扬和提升，显示集团品牌的标志性作用，如"南方报业""新华报业""解放报业"等已在社会上有较大的影响。主报品牌的优势基于其历史性、社会性、时代性，体现在文化传统、传播区域和市场影响诸方面，信用价值高，启动燃点低，易于迅速推广。主报品牌用于子媒得法，能产生"点石成金"之效，这也是一些行业报置于一个强势报业集团下的重要原因。问题的另一面是，由于受种种客观条件的限制，有的主报品牌处于相对弱化状况，则有必要通过扶持强势子媒去打造新的报纸品牌与之呼应，如"华西""大河""楚天"等，就为集团品牌起到锦上添花的作用。

从主品牌发散到多品牌聚合，集团依靠多点支撑增强实力，以品牌覆盖谋求规模覆盖。

第一，"集团购买"连接"大众购买"。集团主报为机关报，主要功能是服务中心工作、引导社会舆论、传播先进文化，主要读者对象为机关、企业界和专业人士，其信息消费具有"团体购买"的特征，因此，在自费市场上应对都市报、晚报的冲击失之疲弱，"大众购买"明显走低。电影导演陈凯歌最近谈到影片《和你在一起》时说过这么一句话："好莱坞认为，一部片子要想获得成功必须有'全体性的需要'。"这句话适用于办报，但一张报纸不可能满足"全体性的需要"，而一个品牌链则有可能。杭州日报社主办的都市快报以"新力量媒体"为号召，深圳特区报社主办的晶报以"阳光媒体、非常新闻"为理念，都秉承了主报品牌的风格，办报路数有别于一般晚报、都市报，在与钱江晚报、深圳晚报的"较劲"中很快出现摸高走势。只有品牌链的互补，才能应对"两面竞争"，才能满足"两种购买"，才能做到"两头满意"，才能占领"两个市场"。

第二，"综合市场"连接"细分市场"。2002 年 10 月 12 日，南方日报报业集团社长范以锦在"全球经营管理大师峰会"上讲演"媒体多品牌战略"时说："南方日报无法占领的一些地盘我们要把它占领，这样就要根据已经细分的市场办子报来弥补南方日报的缺陷。根据这个，哪家打全国、哪家打广东，哪家打城市、哪家打农村，哪家争取大众化、哪家争取高层次的经营阶层……就逐步清晰了。"应当看到，市场经济催生社会分工越来越细，导致社会阶层高度分化，受众对信息需求的个性化、多样化、分众化特征也越来越突出。由此，财经投资类、国际新闻类、生活消费类、体育娱乐类报纸有了细分市场的"机遇期"。南方日报敏锐抓住机遇，发散"南方品牌"，抢占细分市场，很快大行其道。

第二，"新闻品牌"连接"经营品牌"。品牌的核心是报纸的传播内容，凝聚在新闻报道上，反映在传播过程中，它与形式、标志、风格等其他特征构成一个品牌总和。新闻品牌与其他品牌不同，它自身就是"广告"，知晓度高，增值领域十分宽广，不仅用于办子报子刊，还可出书出光碟，并在开发广告、发行、印务、多种经营及资本营运等方面也大有作为。楚天都市报在武汉名噪一时，近年在黄金地段洪山广场近旁开发"楚天公寓"，把品牌资源"榨"干做足，据称效益前景可观。哈尔滨日报报业集团"报达"公司依仗新闻品牌做家政中介、幼儿教育、房地产开发等，催生了一批经营品牌。

品牌在内部连接的同时，还可输出品牌对外嫁接，跨媒体、跨行业、跨地区连接外部资源。品牌链要始终处于运动中，不断创新，不断优化，不断延伸，保持品牌的活力。

产业链：以报兴业，以业强报

报业经营经历了"三个阶段两级跳"。

过去，经营是报社的附属部分，所以只设一个小小的"经理部"，处理广告、发行、印刷及后勤事务。改革开放以后步入"经营"轨道，广告、发行、印刷、物业及实业都成长为独立的经济核算单位，有的改制为经营性公司。回溯一看，大致可概括为"三个阶段"：1. 行政化拨款时期国家拿钱做宣传品；2. 企业化管理时期自收自支做产品（或商品）；3. 集团化运作时期规模扩张做产业。伴随这一过程，思想观念层面也出现了"两级跳"——从"报业经营"跳到"经营报业"，从"资产营运"跳到"资本营运"，即把整个传播产品的采集、生产、营销及辐射过程，看成一个产业链来整合营销，并通过资本营运盘活做大。

一样的印刷、发行、广告，过去仅是一张报纸出品的工序，现在则对内对外都是经营实体，加上多种经营，共同组成集团的产业链条。上一头是办报，下一头是市场，市场影响又反馈于办报以调整传播，市场收益又反哺于办报以扩大传播。这样的产业链，变内部行政化的工序关系为市场化的经济关系，直接要求强化效益优先的观念、市场第一的观念、成本控制的观念，理直气壮地追求利润，不断提高创收能力和赢利水平。

第一，新闻是核心竞争力，是经营之本、效益之源，努力增强传播影响力，获得受众注意力，赚取广告回报率。 报业姓"报"，不可动摇，必须新闻立报、办报立业，这是报业自身的规定性。做大做强报纸（包括子报子刊），从"实"的方面讲，直接为印刷、发行增大了业务量和营业额，为广告提供了版面和受众面，扩展了创造利润的空间；从"虚"的方面讲，间接为整个经营提供品牌效应和舆论影响，通过对综合市场与细分市场的渗透，支撑经营实体扩展市场。

报业属于知识经济、文化产业的范畴，具体表现为"信息经济""信用经济"。"信息经济"是内在特征，出售的产品就是信息；"信用经济"为外在特征，信息必须真实可靠。因此，产业链的出发点是信息产品的不断创新，力求丰富而有趣，权威而可亲。在传播产品同质竞争的情况下，不遗余力地彰显个性、彰显特色、彰显优质，是报纸永恒的追求。

第二，新闻创造价值，瞄准终端市场，带动整合营销，建立传播与经营的联动、互动、滚动机制。报纸传播产品的信息资源和信用资源，为经营提供了难得的优势，但怎样与经营呈线性联动则大有考虑。一方面，传播产品要面向发行资源、广告资源丰厚的"富矿"，信息结构能拢住消费能力强的主流人群，争取发行对象与广告对象有最大的交叉。另一方面，新闻可以"促销"，必须利用新闻强势发力，紧盯发行、广告两个终端市场，促进社会效益向经济效益转化。深圳特区报、解放日报探索"广告信息化，专刊商务化"等富有启示，体制上既使办报与经营分开，运作上又使办报与经营联动，或间接培育市场，或直接拉动效益。华西都市报兴起之初，以新闻＋广告的组合策划推出"百姓看房""购房直通车"等活动，功不可没。此类具体操作的路径多，旅游业、培训业、家政业、房地产业、物流配送业，都能借助信息传播"打窝子"。同时，自身的广告、发行资源也能用于推荐传播产品及其他经营产品，为之"搭台唱戏"。

第三，抢滩"资本之船"，不求所有，但求所用，广泛连接外部资源，不断扩充"市场版图"。产业链不等于在集团内"闭环"运行，还要连接外部资源，包括品牌、资金、人才、管理、机制和实体，走内涵提升与外延扩展相结合之路，把集团的规模覆盖推向"赢家通吃"的大境界。

在对外连接中，最重要的是资本连接。"海尔"首席执行官张瑞敏有一句名言——"资本是船，名牌是帆"，反过来说明了资本和运载的作用。纵观近年新锐报纸的成长，无论是京华时报、现代快报还是北京娱乐信报，都有业外强大的资本作背景。如今报业市场的门槛越垒越高，"资本营运"成为跨越式发展的重要跳板，而报业正是资本垂青的一个"聚宝盆"，谁抢先连接谁就赢得良机。

新近进入报业的上海复星集团摸索了一条经验——"用小资金控制大资本",这是善于连接外部资本的一个写照。报业的品牌优势巨大,营运得法,有望"无本万利"。此外,产业链的各个环节都可"节外生枝",嫁接到市场的大树上去。印刷可连接包装装潢,发行可连接物流配送,广告可连接企业形象设计……哪里有高回报就连接到哪里,不断扩充自己的"市场版图"。

当然,集团化不等于"连接化",集团化运作也不等于"链运作",价值链、品牌链、产业链三者之间也有较大融合性,你中有我,我中有你。但"链"是一条化无形为有形的进入路径。

(作者:罗建华;编辑:祝晓虎;原载 2003 年第 4 期《新闻战线》;获第十四届中国新闻奖新闻论文一等奖)

消息获一等奖后通讯又获奖

（一）

继消息《武钢近7万人不再吃"钢铁饭"》在第四届（1993年度）中国新闻奖评选中斩获一等奖后，梅明蕾又凭借通讯《"守口如瓶"二十年——武钢硅钢片厂尊重他国知识产权纪实》在第五届（1994年度）中国新闻奖评选中斩获三等奖。

连续两届获奖，从消息到通讯均有斩获，梅明蕾的这一成绩让很多新闻工作者一生都难以企及。

和《武钢近7万人不再吃"钢铁饭"》一样，《"守口如瓶"二十年——武钢硅钢片厂尊重他国知识产权纪实》一稿的采写经过也不复杂，更多的是记者个体的作用发挥了关键。

新闻每天都是新的。不甘平凡的记者，面对每条线索，都应主动琢磨如何出新出彩。尤其是面对同题采访，记者有没有出奇制胜的追求？梅明蕾能写出《"守口如瓶"二十年——武钢硅钢片厂尊重他国知识产权纪实》，恐怕首先在于他对同题采访有"出奇制胜"的职业追求。

1994年8月中旬，梅明蕾接到了武钢硅钢片厂的一个邀请，去参加该厂建厂20周年的厂庆活动，且顺便作一下报道。那天到硅钢片厂，他发现到场的记者不少，包括人民日报、新华社、经济日报等主流媒体的记者。这让他感到："这次报道会有一些竞争，因此，也一再琢磨如何在报道中出奇制胜。"[1]

---

[1] 梅明蕾：《不期捕得"大鱼"》，出自《长江日报国家级新闻奖33件》，武汉出版社2002年版。

这样的厂庆活动，司空见惯，记者简单发个通稿也能交差了事。对有理想有追求的记者则不同，应抓住每一次机会，多出有影响的作品。

"深水里面捉大鱼"这个比喻几乎成了新闻采访的经典名句。其实，浅水里也可能有鱼，有活鱼，甚至大鱼。关键是你有没有捉鱼的本领。

当代名记者范敬宜在经济日报社任总编辑时，接连几次在应酬中写出新闻来。范敬宜曾给经济日报社驻全国各地记者写过一封信，谈了他在应酬中抓新闻的感受：一些看来似乎没有什么新闻的社交活动，同样可以发现新闻。现在记者参加新闻发布会、首发式、纪念会等活动很多，一般都认为没有什么新闻，或者把所发的现成材料压缩成一篇淡而无味的简讯应付一下差事。实际上，如果在这类活动中稍加留意，仍然可以发现有价值的新闻。[①]

范敬宜所述，在梅明蕾的这篇稿件上有鲜明体现。如果梅明蕾没有"出奇制胜"的追求，恐怕也就不会有后来的《"守口如瓶"二十年——武钢硅钢片厂尊重他国知识产权纪实》一稿了。

（二）

硅钢有钢铁产品中的工艺品之称，技术含量高，生产难度大，武钢硅钢片厂当时是我国独家生产冷轧硅钢片的厂家，其在业内的地位不言而喻。

可能正是源于追求"出奇制胜"，梅明蕾发现这次厂庆的一些"异样"：该厂业绩显赫，但厂庆不如其他一些企业张扬、热烈，对核心技术等关键问题的介绍也不太详尽。

对此，该厂宣传部的通讯员宋波进行了了解：那是因为守秘的需要。

武钢硅钢厂引进的是日本新日铁公司的技术和装备，鉴于其技术的专利性质，当时日方要求，对硅钢厂引进的技术要严格向第三方保密，且生产的产品也不能出口，只能国内使用。

梅明蕾追问：守秘期多长？宋波答：20年，并解释：到目前为止，离20

---

① 周克冰：《浅水里面捉活鱼——〈守口如瓶二十年〉获大奖的启示》，《新闻爱好者》2002年第6期。

年还有些天，这也正是厂庆还不张扬的原因。

很多时候，记者有疑惑，通讯员有解答，疑惑消除了，可能也就没下文了，但梅明蕾并未止步于此。

没有新闻背景的新闻事实是毫无意义的事实。一个看似孤立的事件，只有将其放在一定的新闻背景中去考察，才能更清楚地凸显其价值。

1992年，党的十四大上提出了建立社会主义市场经济体制的目标，梅明蕾意识到，知识产权与市场经济密切关联，这条线索无疑是从一个小切口展现我国建立社会主义市场经济体制的历史进程。

而1994年前后，正是以美国为首的西方国家攻击我国在世界知识产权保护上"缺乏起码的信用"，"是一个不值得信赖的国家"。正是因为平时的这些知识储备，梅明蕾意识到这事的新闻价值。

记者与通讯员之间应该是一种什么关系？从《"守口如瓶"二十年——武钢硅钢片厂尊重他国知识产权纪实》一稿的采写中可以看到，记者与通讯员之间，既是工作关系，也是彼此支持与信任、互相成就的一个过程。

当梅明蕾意识到此事的新闻价值后，就急切地对宋波说：下午一定想办法约到厂长、总工程师及有关人士，就谈这20年是怎么守秘的。

厂长和总工程师与梅明蕾见面后还委婉劝说，庆典结束了，没有更多的内容能谈了。不过，听说是询问该厂20年如何保守秘密的故事，两人的话匣子瞬间就打开了。"采访只进行了1小时，因为采访主题很鲜明，他们也都是亲历者和实践者，时间虽短，但采访中的'干货'很多。"

采访过程中，梅明蕾在采访本上写下了这条新闻的标题："守口如瓶二十年"。这条独家新闻在编辑部内部获得高度认同，于1994年8月18日在《长江日报》头版头条刊发。

（三）

在写作上，《"守口如瓶"二十年——武钢硅钢片厂尊重他国知识产权纪实》一稿也颇有特色。作为通讯，全文仅730字！与很多通讯动辄几千字的篇幅相比，这无疑是非常短小的。

用几百字的篇幅，报道了一个具有重大新闻价值的题材，这对文字的驾驭能力提出了更高要求。

为什么这篇通讯如此之短？因为要参加全国副省级城市党报短新闻竞赛。短新闻竞赛对体裁没要求，消息、通讯皆可，但一定要短。

到 2019 年，全国副省级城市党报短新闻竞赛已举行了二十八届，是除中国新闻奖外，全国历史最久、持续时间最长的新闻竞赛之一。

全国副省级城市党报短新闻竞赛也是催生好新闻的一种良好机制，一方面作者遇到好作品有参赛的意识，另一方面对参赛的作品，采编各环节会认真打磨稿件，既要突出刊发，又要避免出现差错。

长江日报历届获中国新闻奖的作品中，属于全国副省级城市党报短新闻竞赛作品的还有《武钢近 7 万人不再吃"钢铁饭"》《大屋陈乡"鸭官司"发人深思》《簰洲湾溃口"淹"出 7000 多人》《武汉为困难户开辟六百空调纳凉点》等。

在第二十九届中国新闻奖评选中获消息三等奖的《学分不达标　华中科大 18 名本科生变专科生》，也是全国副省级城市党报短新闻竞赛作品，只是参评中国新闻奖时，报送的是《武汉晚报》刊发的稿件。《武汉晚报》的稿件篇幅更短，正文仅 411 字。

《"守口如瓶"二十年——武钢硅钢片厂尊重他国知识产权纪实》一稿在谋篇布局上很精到：第一段叙述了一个现象；第二段过渡到武钢硅钢厂建厂 20 年；第三段正式切入中日双方知识产权 20 年的约定；第四、五段则分别概括了 20 年来武钢是如何信守约定的；第六、七两段则分别举例再次强化了如何信守约定；最后一段属于延展，武钢守信赢得了日方的信赖也同时获得了回报。

新闻要用事实说话，用事实说话自然就少不了事例。文中提到的两个事例，既典型又有说服力：一个是婉拒日本大分市市长参观要求，显示了"友情"面前仍恪守"规矩"；一个是总工程师在美国宣读学术论文，面对美国同行的询问，以"因对日方有承诺，恕不相告"回应。

(四)

在新闻界有一种观点：一篇新闻作品的产生是要花费力气、费脑子、付出劳动的，这体现在新闻作品中的劳动含量，决定着新闻作品的质量。① 有人说，梅明蕾的这篇获奖报道"得到全不费功夫"，他自己也认为这是"不期捕得'大鱼'"。

与一些获奖报道背后有大量的人力、物力和版面投入相比，这篇稿件确实投入不大，采访难度也不大，但并不能因此就否认这篇稿件的价值和意义。正如不能用篇幅的大小、刊发位置是否突出来评价和衡量一篇报道一样，也不能用投入的大小来衡量一篇稿件的价值和意义。

新闻大家潘堂林在《没有发现就没有新闻》一文中专门谈到了《"守口如瓶"二十年——武钢硅钢片厂尊重他国知识产权纪实》一稿：一件延续许多年的事实，被作者独具慧眼地看出是"保护他国知识产权"的典型事例。因而在某些西方国家的宣传机器攻击中国知识产权保护状况的"气候"之下，具有重要新闻价值和宣传价值。应该说，这一发现，是这篇通讯成功的关键。②

从记者到学者的赵振宇分析，为我们认识这篇稿件提供了另一个视角：梅明蕾两次获中国新闻奖的作品都不过六七百字，看似简单，记者具备的理论根基却是十分厚实的。在新闻写作中他培养自己"站在月球上看地球"的宏观思维方式，参加了不少经济理论的研究和写作，出版了几部经济方面的理论专著。由他参加主编的 70 万字的《国际经济惯例实用指南》一书不仅畅销，还被评为全国十佳经济读物。③

2018 年改革开放 40 周年之际，《长江日报》策划推出的"回望为了奋进"特别报道，其中一篇就是记者对话梅明蕾回顾《"守口如瓶"二十年——武钢硅钢片厂尊重他国知识产权纪实》一稿。这说明，这篇稿件在今天看来，仍

---

① 毛文玉等：《浅谈新闻作品的劳动含量》，《新闻传播》2000 年第 2 期。
② 潘堂林：《没有发现就没有新闻》，《中国记者》1995 年第 12 期。
③ 赵振宇：《用理论的目光审视新闻》，《新闻与成才》1995 年第 10 期。

有其价值和历史意义。

2019年《长江日报》创刊70周年之际刊文再次提及《"守口如瓶"二十年——武钢硅钢片厂尊重他国知识产权纪实》这篇报道：通过报道准确发声，把住了中国引进国外技术、保护知识产权的历史脉搏。报道刊发后，引发了新华社等媒体的关注，全社会关注知识产权保护在一时间形成了热点。①

谈起这篇至今仍被人记起的报道，梅明蕾说了两个"超前"：武钢硅钢片厂对知识产权的保护，起步于改革开放之前的计划经济时代，而知识产权的概念是伴随市场经济而诞生的，这是第一个"超前"。知识产权保护持续20年未中断，武钢硅钢片厂能在谋取巨额利益的情况下坚定选择遵守承诺，严格按照市场经济规律办事，这是第二个"超前"。长江日报通过这样一篇报道准确发声，把住了中国引进国外技术、保护知识产权的历史脉搏。梅明蕾认为，今天再有武钢硅钢片厂这样的事情，它既是新闻，也不再是新闻了。②

其实，知识产权保护至今仍是一个热门话题。中共中央办公厅、国务院办公厅2019年印发的《关于强化知识产权保护的意见》提出：力争到2022年侵权易发多发现象得到有效遏制。在第二十九届中国新闻奖评选中，《法制日报》③获评三等奖的消息《芬兰"美卓"在华被侵权获顶格赔偿》也属于知识产权方面的报道。

重读《"守口如瓶"二十年——武钢硅钢片厂尊重他国知识产权纪实》一稿，敬佩梅明蕾能在当时就敏感地意识到知识产权保护的价值和意义并做出了独家报道。梅明蕾的感悟和认识，今天仍有启示意义和借鉴价值：**是否具备宏观思维习惯和能力，是能否成为好记者的关键。**④

---

① 周满珍：《从"封口"中发现新闻》，《长江日报》2019年5月24日。
② 康鹏：《从守口如瓶20年到专利申请世界第一》，《长江日报》2018年11月26日。
③ 2020年8月1日，《法制日报》更名为《法治日报》。
④ 梅明蕾：《不期捕得"大鱼"》，出自《长江日报国家级新闻奖33件》，武汉出版社2002年版。

"守口如瓶"二十年

——武钢硅钢片厂尊重他国知识产权纪实

武钢一米七工程闻名全国。参观过这项工程的人们成千上万，难以数计。然而，除武钢本厂职工外，有几人目击过一米七工程主体厂之一的硅钢片厂工作现场——哪怕是从电视上、图片上？报刊上不乏硅钢片厂各方情况的报道，但无人能从中探得工厂生产技术、工艺上的"蛛丝马迹"。

为何这样"滴水不漏"？个中"奥妙"，直到今年8月——武钢硅钢片厂建厂20周年之际，才为人们所知晓……

内行皆知，硅钢素有冶金产品中的"工艺品"之称。一种硅钢产品，往往是多项专利的累加，技术含量高，生产难度大。1974年6月3日，中日双方正式签署了硅钢生产设备和技术的转让合同。鉴于国际硅钢产品市场竞争激烈，日方在合同中要求，武钢硅钢片厂在20年内，不得向外泄露所转让的技术机密，并不得出口自己的硅钢产品。

漫长的"守密"从此开始。硅钢片厂先后4位厂长，"口径"如出一辙：信守合同。尊重他国知识产权，切切不可小视。

硅钢片厂投产后，结束了我国硅钢产品依赖进口的历史，声名远播。对欲参观者的吸引力颇大。但是，他们对这类要求总是一次次婉言谢绝。

要求参观者也不乏"贵客"。1991年11月6日，与我市结成友好城市的日本大分市市长木下敬之助一行来到武钢，要求参观硅钢片厂。按理说，这个厂的生产工艺和技术"生"于日本，让日本友人看看未尝不可。但工厂认为："规矩"与"友情"不能混为一谈，参观团仍被婉拒于厂门之外。

现任硅钢片厂总工程师的何礼君赴美宣读学术论文。一美国同行会间不经意问起武钢硅钢生产的有关情况。老何彬彬有礼道：因对日方有承诺，恕不相告。

武钢的信誉，赢得了日方的信赖。今年，武钢因硅钢26.5万吨扩建工程的需要，又顺利地与日方达成引进多项先进技术的协议。双方相约：新技术保密期为10年。在日本人眼中，"曾经沧海"的武钢人信誉，无疑属世界一流！

（作者：梅明蕾、宋波；编辑：黄启疆；原载1994年8月18日《长江日报》；获第五届中国新闻奖通讯三等奖）

"我对武钢此项改革研究久矣"

(一)

经济报道不好写，之前不好写，现在同样不好写。刊发在《长江日报》1993年2月10日头版的消息《武钢近7万人不再吃"钢铁饭"》，在第四届（1993年度）中国新闻奖评选中斩获文字消息一等奖。这是一篇经济类报道，这也是长江日报社首次斩获中国新闻奖一等奖。

写经济报道最令人尴尬的莫过于那句老话："外行看不懂，内行不愿看。""外行看不懂"，就是写得太深奥，非本行的普通读者很难读下去；"内行不愿看"，是指行内的专业人士认为记者所写报道太肤浅，对他没什么启发、没什么用处。既让内行愿意看，又让外行看得懂，并对他们有所启示，是经济报道的至上境界。①

很多经济报道显得很专业，读起来很苦涩，对非财经媒体而言，经济报道要能让大多数人看得懂。党报是大众媒体，党报的经济报道应该通俗易懂。经济报道如果不通俗，是不利于评奖的。

《解放日报》刊发的《上海证券交易与国际市场接轨》获第三届（1992年度）中国新闻奖一等奖，这篇稿件在第三届全国现场新闻奖评奖中也斩获一等奖，但后来这篇稿件又被认为有一个明显的缺点，就是不通俗：一是稿件里"证券交易与国际市场接轨"，神秘而陌生；二是主要专业术语不作解释，如"电真空B种股票"，直到看完稿也不知道什么意思；三是具体技术过程太多，

---

① 黎勇：《从数字中寻找故事　从故事中体现思想》，《新闻战线》2006年第2期。

特别是具体数字太多，这部分约占了这个篇幅的 2/3。① 今天来看，这些内容可能很容易弄懂，但在当年对不关注财经的人来说确实有些难懂。

第二十九届中国新闻奖揭晓后，文字消息组评委兼召集人、福建省记协主席蔡小伟谈及遗憾时表示："经济类消息较少，这是多年以来的缺憾，是我们应大力加强的。"②

其实，中国新闻奖历届获奖文字消息作品中属于经济报道的并不少，包括一等奖作品也有经济类消息，只是现在经济类消息获奖尤其是获一等奖成了一件很困难的事。

第四届中国新闻奖共评出文字消息一等奖作品两件，排在前面的是新华社播发的《中国投巨资加快长江沿岸地区开发》。作为地方媒体，长江日报社能斩获中国新闻奖一等奖尤其是文字消息一等奖确实不易。重读《武钢近 7 万人不再吃"钢铁饭"》仍不失为一篇优秀的新闻作品，对今天如何写好经济报道仍有启示和借鉴之处。

（二）

什么是好新闻，如何评价一件新闻作品的优劣，不同的时代标准可能会有不同，但不论时代如何变化，好新闻的标准其实仍有诸多相通之处。

曾担任过国家新闻出版署副署长、人民日报社副总编辑的梁衡认为，好稿一般可用这 7 个字来衡量：大、新、深、快、短、活、强。就是说：取材要大、立意要新、挖掘要深、抢发要快、文字要短、写法要活、效果要强。这 7 个字又可分成 3 组看，"大、新、深"是从内容方面要求；"快、短、活"是从形式或技巧方面要求；"强"是换一个角度，从读者接受方面来考察。7 个字加起来是 100 分，也许 7 字均摊，也许 1 字就占 80 分。③

中国社会科学院新闻与传播研究所研究员唐绪军，连续多年担任中国新闻奖审核委员会主任。他总结可以通过 7 个维度来评判一件作品是否为好的

---

① 梁衡：《一篇未"接轨"的消息》，出自《评委笔记》，中国人民大学出版社 2018 年版。
② 陆先高等：《第二十九届中国新闻奖解析　文字消息圆桌研讨》，《中国记者》2019 年第 12 期。
③ 梁衡：《七字标准》，出自梁衡《评委笔记》，中国人民大学出版社 2018 年版。

新闻作品：选题、方法、导向、表达、呈现、效果、责任。① 中国社会科学院新闻与传播研究所编辑室主任钱莲生是第二十七届中国新闻奖评委，他认为：好消息应该是好的发现与好的表现的完美统一。②

按照专家谈论的好新闻标准来看，《武钢近7万人不再吃"钢铁饭"》一稿，至少在主题、题材、采访、写作、呈现和效果等方面表现均不俗。这也是一篇抓住时机，后发制胜的代表作。新闻圈子内常讲要把消息写"活"，然而从实践看，真正把消息写得生动活泼，新颖别致，并不是一件易事。③ 面对重大主题，这篇稿件写得很活，而非照搬文件。

（三）

从主题而言，《武钢近7万人不再吃"钢铁饭"》反映的是大型国企改革，这是中央关心的问题，也是社会关注的问题。

中国新闻奖是国家层面年度优秀新闻作品的最高奖，这决定了中国新闻奖的获奖作品必须是体现和反映国家层面的年度大事。这也就不难理解为何很多参评中国新闻奖的作品在参评材料中会称"主题重大"。

时任中国记协国内部主任阮观荣，既是中国新闻奖评委也是具体评奖操办人，他说："报道重大题材永远是新闻工作者的追求和使命，也是党委、政府和人民对新闻工作者的要求。从前六届中国新闻奖获奖作品看，每届获奖作品150件，其中属重大题材的作品约占40%到50%。主办单位事先并没有提出重大题材的获奖比例，但每年统计评选结果，报道重大题材的作品总是在40%到50%，说明这是规律性的反映，是绝大多数评委的共识。"④

有中国新闻奖评委直言：评新闻奖，"重"是一条主要标准，即重大典型、重大主题、重大举措、重大成就，就是关于大事的报道。第二条标准就是"新"，从新闻的角度观察，以新闻的手法展现。当然，这两条标准是交融

---

① 唐绪军：《记者"四力"成就媒体"四力"》，《城市党报研究》2019年第4期。
② 钱莲生：《如何打破消息被边缘化的尴尬》，《青年记者》2018年第4期。
③ 宋兆宽：《怎样把消息写活》，《新闻爱好者》1993年第7期。
④ 阮观荣：《哪些新闻作品容易获"中国新闻奖"》，《新闻知识》1997年第11期。

在一起的。①

重读《武钢近 7 万人不再吃"钢铁饭"》一稿，仍能体会到其主题重大。有人直言，如果孤立地看这篇作品，它不是突发性事件，也没有扣人心弦的情节，又没有引人注目的重大人物，在写作上也未见生花之笔。用行话说，这篇消息有点"硬"，从内容到形式都是如此。评委们之所以给它很高的评价，使之荣登中国新闻作品最高奖的宝座，根本原因还是这篇作品对"宏观背景"的准确把握。②

该怎么理解"宏观背景"呢？我国自 1978 年实行改革开放，经过最初十几年实践与理论的艰苦探索，于 1992 年党的十四大报告中明确提出了建立社会主义市场经济体制的改革目标，从此之后，中国的改革开放全面展开，中国经济也随之进入持续的高速增长轨道。③这篇稿件所反映的主题正是市场经济体制下我国大型国有企业的改革。

时任中国人民大学副教授陈仁风是第四届中国新闻奖评选推荐小组成员。陈仁风这样评价《武钢近 7 万人不再吃"钢铁饭"》：企业办社会，包袱重，劳动生产率低，这是旧体制给国有大中型企业带来的一个通病。如何革除它，仍是举步维艰，已成为 1993 年深化改革、推动国民经济发展的一个关键问题。本文所反映的正是这样一个事关全局的重大题材。武钢，不是一般的中小企业，而是举足轻重的著名大企业，要把近 7 万非钢铁生产人员从武钢"剥离"出来，又不能简单地甩给社会，一推了之，作者选择了这样一个典型，把他们的革命性举措介绍出来，对推动国有大型企业的改革，无疑具有重大意义。④

这篇稿件获奖后，有专家撰文表示，目前消息平庸的一个重要方面就是抓不住问题的关键，不能反映事物的本质，那么，要克服这一缺陷，**必须培养记者高屋建瓴的洞察力和厚实的理论根底，只有这样才能更好地把握重大主题的报道**。值得一提的是，长江日报社获首届中国新闻奖通讯二等奖的作品《钢铁

---

① 周世康：《主流新闻舆论实践前沿的报告》，《传媒观察》2014 年第 2 期。
② 喻发胜：《宏观背景与新闻角度对新闻价值的影响》，《江汉大学学报》1997 年第 2 期。
③ 邱海平：《中国市场经济体制的独特魅力究竟何来》，《人民论坛》2017 年第 8 期。
④ 陈仁风：《抓住关键问题做文章》，出自《中国新闻奖作品选》，新华出版社 1995 年版。

"国家队"》写的也是武钢,在主题构建上,作者把视线从材料堆中荡开,投向中国大型企业运行的大环境、大背景,寻找和挖掘"武钢的全国意义何在"。①

(四)

新闻题材是新闻作品中所包含的事实材料的总称,是按照作者的构思,由材料组成的有机整体。一篇(或一部)作品只能选择一个题材,如果新闻作品包含两个以上的事实,每个事实只能称作"材料",而不能称作"题材"。从事新闻报道,总是要从丰富的新闻素材中挑选出贴切主题的合适材料,再对这些材料进行加工,才能将所采访的新闻素材变成新闻题材,这是一个由表及里、去粗取精的过程。②

江苏省记协主席、第二十九届中国新闻奖评委周跃敏撰文表示,一件作品能否瞬间引起评委的关注,从众多参评作品中脱颖而出,因素是多方面的。但评选实践和评选结果都一再证明,题材最为关键最为重要。最终能征服评委,进而获得高等级奖项的作品,题材上必须具备以下这些特点:或重大,或新颖,或独特,或突发。③这再次说明新闻题材的重要性。

有媒体同行认为,《武钢近7万人不再吃"钢铁饭"》能获奖,在于报道反映的是武钢把三分之二的非钢铁生产人员"剥离"出来这样一个事关全局的重大题材,因为契合国企改革的时代大背景而引起社会各界的极大关注,对当时的国企改革进程产生了推动作用。④

1955年开始建设、1958年9月13日建成投产的武钢,是新中国成立后兴建的第一个特大型钢铁联合企业。武钢的身份和地位,决定了其改革本身就具有极高的关注度。

值得关注的是,中国新闻奖设立30年来,湖北媒体获中国新闻奖的历届作品中,有8篇(件)题材都是武钢,长江日报社占了3篇,另外5篇为湖

---

① 熊伟、杨泓:《重要的是思想投入》,出自《长江日报国家新闻奖33件》,武汉出版社2002年版。
② 刘玉荣:《浅谈如何积累新闻素材》,《新闻论坛》2019年第1期。
③ 周跃敏:《质量永远是第一位的》,《新闻战线》2019年第21期。
④ 黎勇:《从数字中寻找故事 从故事中体现思想》,《新闻战线》2006年第2期。

北人民广播电台广播消息《武钢走质量效益型企业发展道路》①、武汉人民广播电台广播消息《武钢一百多个决策被职代会否决重来》②、武汉人民广播电台电视系列《与时俱进看武钢》③、湖北省广电总台广播消息《武钢全面淘汰日本"一米七"硅钢技术》④、湖北广播电视台广播消息《武钢一号高炉永久停炉　将作为国家工业遗产整体保留》⑤。

（五）

《武钢近 7 万人不再吃"钢铁饭"》一稿，能从武汉新闻奖到中国新闻奖一路斩获一等奖，与记者梅明蕾在经济报道领域的多年积累、对这一事件长时间跟踪、研究和深入采访等密不可分。

20 世纪 90 年代初，梅明蕾负责武钢的报道，他对那里发生的一切保持高度关注。武钢近 7 万人不再吃"钢铁饭"，这是一个极其重大的改革，也是一个极其复杂的改革，他说"我对武钢此项改革研究久矣"。

梅明蕾深知武钢的这项改革不是突发事件而是一个渐变的过程，过硬的新闻由头至关重要。他告诉自己："一定要盯住这个时刻。"

在新华社记者以中央媒体的先天优势获取与武钢有关的文件精神并以此为据率先发稿的情况下，梅明蕾"只好暂且按兵不动，做好后发制胜的准备"。梅明蕾在一篇自述中讲述了这篇稿件的采访经过：

"几天后，四大公司正式开业。那一天，我约好当时武钢负责对外报道的通讯员李军同志，十分紧凑地做了三件事：一是采访当时负责此项改革具体操作的武钢总经理助理蒋淳同志，进一步核实有关数据，以免失实。二是采访了四大公司之一的交运公司，以解剖个案，使新闻更扎

---

① 首届中国新闻奖。
② 第十三届中国新闻奖。
③ 第十三届中国新闻奖。
④ 第二十一届中国新闻奖。
⑤ 第三十届中国新闻奖。

实、丰满。三是回到报社写稿、发稿。"①

从这一自述中可以看到，梅明蕾为这次采访做了扎实而充分的准备，这为后期写作奠定了良好基础。

（六）

我们有时说某件作品浪费了一个很好的题材，可能就在于稿件没写好。**作品本身主题重大、题材典型、采访扎实，能不能写得好很关键。**

《武钢近7万人不再吃"钢铁饭"》一稿在写作上有很多优点。作为一篇经济报道，作者能用600多字就把一个重大主题用消息说清楚，也展现出作者较强的写作能力。

稿件的另一作者、武钢工人报社的李军对这篇稿件的出炉经过曾撰文做过分享：

> "我和长江日报记者梅明蕾采访此事后考虑到，如果仅停留在这个工作层面上来报道，新闻就会流于一般化，采用这种形式安置富余人员武钢并非第一家。首先，我们从中国国情的高度思考：中国有许多'世界之最'，这'之最'中的'之最'就是人口问题，为缓和人口与就业的矛盾，中国企业承担了与其发展并不同步的重荷，长期以来尽可能多地提供就业机会，造成企业劳动人口过剩。精减人员是此项改革的要害，也是社会甚为敏感的问题。其次，概括妙在以丰富的思想注入具体的新闻事实，并要做到'用最小面积惊人地集中最大量思想'（巴尔扎克语）。采访中，主管者说到武钢此做法目的就是要打破12万人同吃钢铁饭的格局，于是'武钢近7万人不再吃钢铁饭'的思想闪耀而出。这是具体形象且具本质特征的新闻事实，'近7万人'的数字具有极大概括力。再次，概括还要善于做点睛之笔。宋人赵希鹄说：'人物鬼神生动之物，全在点

---

① 梅明蕾：《厚积薄发》，出自《长江日报国家新闻奖33件》，武汉出版社2002年版。

睛，睛活则有生意。'我们便将点睛之笔'武钢近 7 万人不再吃钢铁饭'作主标题，使其更突出更醒目。"①

的确，"武钢近 7 万人不再吃'钢铁饭'"的报道主题，让稿件生动了不少，让经济报道通俗了不少。

标题是这篇稿件的亮点之一。好的新闻作品，让人仅看标题就能知晓讲的是何事，背后又具有怎样的价值和意义，在这样的基础上，标题如能灵动就更出彩了。

有人说，这篇消息能获全国新闻最高奖，主标题很关键，它是整个新闻的传神之"眼"，主标题中的动词"吃"用得十分生动、形象。这条标题用"吃"与"钢铁饭"相联系，就是将最精彩的新闻事实用精彩的语言来表述，它生动形象地报道了武钢提高劳动生产率、改革管理体制，将近 2/3 的非钢铁生产人员从武钢"分流"出来，形成一业为主、多种经营、大力发展第三产业的经营管理体制这一新闻。②

有传媒学界专家认为，用词生动才能传达新闻的"神采"。"新闻眼睛"要让读者提神、引人注目，制作标题时用词的生动活泼至关重要。这篇稿件的标题制作很有特点，《武钢近 7 万人不再吃"钢铁饭"》的标题生动可感，令人过目不忘。③

关于这篇稿件写作上的亮点，有多位来自传媒学界和新闻业界专家点评。第一至第七届、第九届中国新闻奖评委、中国社会科学院新闻与传播研究所研究员彭朝丞认为，《武钢近 7 万人不再吃"钢铁饭"》是非事件性新闻写作的代表作品，其亮点在于让题材重大、主题重要、总览全局的纵论式非事件性新闻"轻型化""事件化"。④

---

① 李军：《新闻贵在平中见奇》，《写作》1995 年第 8 期。
② 边苏：《一字出奇　满题生辉》，《高等函授学报》1999 年第 2 期。
③ 庄烨：《怎样为新闻"描眉画眼"》，《社会科学论坛》2010 年第 4 期。
④ 彭朝丞：《改进非事件性新闻写作的理性思考（下）》，《新疆新闻界》1998 年第 5 期。

必要的背景材料对新闻精品而言是不可或缺的。①有评委对这篇稿件中新闻背景材料的使用给出点评：为了阐明武钢这次改革的动因，消息引用3个材料"日本新日铁人均年产钢800吨，我国宝钢人均年产钢也达200吨，而武钢目前人均年产钢不足40吨"，几个数字的对比，使读者开阔了眼界，看到了这项改革的紧迫性和光明的前景。②

有媒体同行认为，这篇稿件是从分析比较中选角度的代表作。③还有媒体同行从文字思辨美的角度对这篇稿件进行了点评，认为读者欣赏这篇作品，对作品隐性体现出的因果关系和质量互变规律是不难领略到的，它的思辨美这时也就客观地存在着。④

还有人认为，《武钢近7万人不再吃"钢铁饭"》一稿在写作上已经跳出以往就经济来报道经济的思维框架，拓展了经济报道新的角度。⑤也有专家撰文评价说，这篇报道在写作上作者不是照抄文件，而是根据自己的理解和体会，开动逻辑思维和形象思维，用自己的语言来讲中央决策。⑥这些点评对如何写好一篇稿件都不无裨益。

习近平总书记在全国宣传思想工作会议上强调，要不断增强脚力、眼力、脑力、笔力，努力打造一支政治过硬、本领高强、求实创新、能打胜仗的宣传思想工作队伍。增强脑力，就要练就一种缜密的思维，想得全、想得细、想得深。对宣传思想工作者来说，笔杆子更是基本功，笔是手中最重要的武器，增强脚力、眼力、脑力，最后都要通过笔力来体现。⑦

从《武钢近7万人不再吃"钢铁饭"》一稿的写作上，也可看到作者不凡的脑力和笔力，这在今天仍值得学习。

对此稿写作上的不足，陈仁风直言：武钢这一举措，涉及数万名职工，

---

① 毕锋、王晓：《新闻精品运作规律解析》，《新闻三昧》2006年第12期。
② 杨树立、周钰：《更多占有涉外新闻资料》，《新闻采编》1999年第2期。
③ 吴林、蒋剑翔：《选择最佳新闻角度的途径与方法》，《城市党报研究》2018年第8期。
④ 邢敦杰：《思辨美是文字新闻魅力所在》，《城市党报研究》2004年第4期。
⑤ 陈家骅：《经济报道中的非经济视角》，《中国广播电视学刊》1999年第7期。
⑥ 赵振宇：《练就一套写消息的好本领》，《新闻与成才》1998年第6期。
⑦ 黄深思：《不断增强"四力"的几个关键》，《广西日报》2019年3月19日。

他们的反应如何，文中虽有交代，仍嫌过于简略。还有这一举措对提高劳动生产率的意义，文中只举了一个例证，也嫌单薄。①专家之言并非吹毛求疵，但消息文体可能也决定了难以过于详尽。从后来实行的中国新闻奖审核制而言，有一些表述值得注意，比如，"4大专业公司"和"四大专业公司"，表述应一致。

（七）

传统的报业时代，稿件呈现主要体现在版面上。诚然，稿件的篇幅和刊发的位置并不能决定或体现稿件的价值，但媒体如何刊发至少体现媒体的重视程度和判断、态度。

查询多家媒体获中国新闻奖的作品发现，不少稿件在版面上被突出呈现，其中不乏在头版头条刊发的。《武钢近7万人不再吃"钢铁饭"》一稿能在《长江日报》头版头条刊发，说明编辑部很重视，说明此稿重要。

媒体全面移动化之后，版面的概念淡化了，但很多重要稿件通过移动端首页、首屏推送，亦是这个道理。新闻生产是一项集体协作的活动，对重要报道全平台、多端口突出呈现，应该成为一种共识。

无论是传统的报业时代，还是媒体全面移动化之后，评价新闻作品，传播效果都是绕不开的维度。

一篇作品的主题再重大，采访再深入，角度再新，开掘再深，文字再精巧，如果没有传播效果，那么就很难有生命力，没有生命力的作品很难说得上是好新闻作品。既"叫好"又"叫座"的新闻作品才是好新闻作品。

一般来说，传播引发的社会效果有三个层面：其一，打动受众是对作品的最低要求；其二，触动情感是对作品的中级要求；其三，推动问题的解决是好新闻。②

《武钢近7万人不再吃"钢铁饭"》一稿引发了广泛关注，中央电台、电视台等媒体进行转播，海外媒体也对此给予关注。

---

① 陈仁风：《抓住关键问题做文章》，出自《中国新闻奖作品选》，新华出版社1995年版。
② 钱连生：《中国新闻奖评选若干问题的理性释诉》，《新闻战线》2017年第11期。

中国人民大学新闻学院研究员刘保全认为，传播的广泛性是衡量是否是新闻精品的重要标志之一。《武钢近7万人不再吃"钢铁饭"》一稿就具备这方面的特点。这篇消息发表后，在国内外引起很大反响，美国《纽约时报》、香港《经济新闻报》等国内外数十家新闻传媒对此做出反应。①

还有人认为，这篇稿件既传播了信息，更能解决工作中的实际问题，从而真正起到了经济新闻指导工作的作用，它报道的正是对人民群众有"可用性"的信息。②

（八）

前三届中国新闻奖，每届都评出了文字消息一等奖3件，第四届是第一次仅评了2件文字消息一等奖。到了第五届、第六届每届仅评了文字消息一等奖1件。

从第十七届开始，中国新闻奖文字消息一等奖的作品数量又稳定在了两件。但到了第二十五届、第二十六届，中国新闻奖文字消息一等奖的获奖作品又再次出现仅评了1件的情况，这与当时严格作品审核有关。按照当时的评选办法：使用成语不规范、缩略词语不当、生造词语、指代不统一、词语搭配不当、数字单位缺失、前后表述不一致等情况，不得获一等奖。第二十五届中国新闻奖评选仅一等奖就空缺了5件。

消息，是新闻报道的主要体裁。写消息、发消息，被视为通讯社、报纸、广播电台、电视台等报道新闻最迅捷的首要手段，第二位的才是特写、通讯、评论。③

长江日报社历史上是有抓消息写作传统的。20世纪80年代，时任长江日报社总编辑杨振兴在编辑部的一次会议上提出，主攻消息要踢好"前三脚"：一是改"奉命采写"为"自觉采写""深入采写"；二是要集中主要精力抓短新闻、短消息；三是要抓带倾向性的重点问题和突出典型。④

---

① 刘保全：《新闻精品应具备的特性》，《报刊之友》1996年第6期。
② 任忠庆：《新时期经济新闻报道理念和报道方式的创新》，《新闻世界》2010年第7期。
③ 许必华：《消息，新闻的弱项》，《中国记者》1993年第8期。
④ 《长江日报主攻消息》，《新闻通讯》1984年第1期。

自中国新闻奖设立以来，对消息这一文体存在的各种不足，专家的评议一直不绝。

首届中国新闻奖评选的 36 名复评委员在 1991 年 10 月 27 日发出了"多发短消息 减少长通讯"的呼吁。首届中国新闻奖评选结束后，曾任中国社会科学院新闻研究所室主任的何光先就撰文指出首届中国新闻奖作品存在 3 个方面的喜与忧：在新闻时效度的把握上，喜的是事宜性好，忧的是时效性差；在新闻文风上，喜的是短文受重视，忧的是长风日益盛；在新闻品种上，喜的是通讯佳作多，忧的是消息少而差。①

现在的消息作品，优劣先不谈，仅就长短而言，第二十八届、第二十九届中国新闻奖文字消息一等奖 4 件获奖作品字数都超过了 900 字，尽管没有超出文字消息不得超过 1000 字的评选要求，但 900 多字的消息已经算是偏长了。

《湖北日报》刊发的文字消息《按"智"分配造就亿万富翁》仅 427 字，后获第十一届中国新闻奖一等奖，这也是历届获中国新闻奖一等奖中比较短的文字消息。《武钢近 7 万人不再吃"钢铁饭"》一稿放在整个中国新闻奖获奖作品中尤其是获一等奖的作品中看，600 多字的篇幅也算是比较短的。

在新中国成立 70 周年之际，《中国记者》杂志策划的"入选课本的新闻作品"专题别有深意。梁衡应邀为这期杂志专门撰写了《新闻并不都是易碎品》的卷首语。梁衡是文章大家，在文学、新闻和新闻理论上都有建树，作品也多次入选教材。他写道："新闻是易碎品，这是业界的常识，也是记者的苦恼，但也是一种挑战。"

一个记者一生能留下称之为"作品"的稿件不会太多，即便不会太多，一旦遇到，就应该尽量不留遗憾。梅明蕾的厚积薄发、抓住时机后发制胜，为如何做记者树立了榜样。

---

① 何光先：《当前新闻写作中的喜与忧——首届"中国新闻奖"作品简析》，《传媒观察》1992 年第 1 期。

提高劳动生产率　大力开发第三产业
武钢近7万人不再吃"钢铁饭"

武钢年初新组建的4大专业公司，在完成机构设置和承包方案后，将于本月内相继对外营业。连同新近成立的4个专业公司，武钢将有约2/3的非钢铁生产人员从武钢"剥离"出来，有近7万人不再吃"钢铁饭"。

此举的动因是尽快提高劳动生产率。据介绍，日本新日铁人均年产钢800吨，我国宝钢人均年产钢也达200吨，而武钢目前人均年产钢不足40吨。武钢经理刘淇称：解决这个问题的根本出路就是改革管理体制，将直接从事钢铁生产及管理服务的人数控制在4万~4.5万人左右，使武钢人均年产钢在本世纪末达到200~250吨；同时形成一业为主、多种经营、大力发展第三产业的经营管理体制。

根据这一思路，武钢于去年下半年开始了局部试点改革。生活管理和后勤部门率先提出变福利型为福利经营型，快餐食品厂、房产公司和医院等单位先后走出武钢大门，广辟财源；武钢下属的一些二级辅助厂也在确保大生产的前提下，办起实体，开发第三产业。

武钢剥离非钢铁生产人员的工作于今年初开始全面启动。武钢矿山系统、集团紧密层单位、生活后勤系统和设备制造单位分别组建成矿业公司、经营开发公司、企业发展公司和设备制造公司等四大专业公司之后，又将部分二级单位独立转换出去，成立了设备检修公司、建设公司、耐火材料公司和交运公司。这8家公司的总人数近7万。

日前，武钢交运公司有关负责人指着停车场上的上百辆汽车说："以前我们的车辆是两头（上班和下班）忙，成立专业公司后，我们就要整天忙了。自然，职工收入也会比先前多，大家欢迎这样的变化！"

与此同时，武钢一线岗位工人的工资也将随着劳动生产率的提高而增加。

（作者：梅明蕾、李军；编辑：叶翠华；原载1993年2月10日《长江日报》；获第四届中国新闻奖消息一等奖）

第九辑
答好媒体融合"必答题"

推动媒体融合发展、建设全媒体是一项紧迫课题。媒体融合，说到底就是一场"自我革命"。作为全新的探索，媒体融合可以说没有先例可循，需要在摸索中不断前进。

见人见事见细节的互动设计

在第三十届中国新闻奖评选中,首发于长江日报微信公众号的 H5 作品《72 个红手印,究竟为了留住谁?》获评媒体融合创意互动二等奖。这是中国新闻奖设立媒体融合奖项以来,长江日报报业集团第一次获得此类奖项。

自 2006 年中国新闻奖设立网络新闻奖以来,其奖励对象主要是 PC 端的网络作品。随着互联网进入移动时代和媒体深度融合,需要以"移动、视频、创意"为权重设立媒体融合的专属奖项。借助此奖项的设立,一方面及时总结媒体融合的经验,发现媒体融合的精彩作品,梳理媒体融合的经典案例;一方面实现媒体融合常态化、体系化,提升持续生产优质融媒体内容的水平和能力,形成完善的媒体融合运行机制。自第二十八届中国新闻奖开始设立媒体融合奖项,当年媒体融合奖项共设立 6 个评选项目,分别为短视频新闻、移动直播、新媒体创意互动、新媒体品牌栏目、新媒体报道界面和融合创新,设奖总数为 50 个。[①] 中国新闻奖设立媒体融合奖之后,中国新闻奖每年的设奖总数也从不超过 300 件增加到不超过 350 件。

中国新闻奖设立媒体融合奖项之后,长江日报报业集团每年都有作品被推荐参评,第二十八届被推荐参评的是《武汉新一届政府上班第一天 跟长报记者一起去敲市长门》(融合创新)、第二十九届是《跨年时刻武汉 ETC 取消收费,23 分钟处回看拆牌》(移动直播)和《武汉城市留言板》(新媒体品

---

① 詹新惠:《透视中国新闻奖媒体融合奖项的设立》,《新闻记者》2018 年第 7 期。

牌栏目）。这些被推荐参评的作品，应该说各有特色，但因种种原因，未能进入中国新闻奖定评并获奖。

中国新闻奖媒体融合奖项设立时间不长，也在不断调整完善，以第三十届为例，媒体融合奖分为短视频现场新闻、短视频专题报道、移动直播、创意互动、融合创新5个类别。2020年是决胜全面小康、决战脱贫攻坚收官之年，中华民族千百年来为之奋斗的梦想终将成真。长江日报制作的创意互动产品《72个红手印，究竟为了留住谁？》新闻性强、事件典型，是用讲故事的方式，采取融合传播的手段，提供沉浸式的产品体验，用点赞的方式进行互动，可谓是主流媒体做好重大主题报道的一次积极尝试。

武汉是我国为数不多的超大城市之一。说到武汉，人们首先想到的是被誉为万里长江第一桥的武汉长江大桥和中国四大名楼之一的黄鹤楼。改革开放后，武汉经济社会快速发展，步入国家中心城市建设行列。但在武汉，还有少部分群众生活比较困难。数据显示：2014年，武汉市纳入国家建档立卡贫困人口88500人、贫困村271个，主要分布在4个新城区的43个街道（乡、镇）。①

全面建成小康社会，一个也不能少。党的十八大以来，以习近平同志为核心的党中央围绕脱贫攻坚作出一系列重大部署和安排。习近平总书记2015年在中央扶贫开发工作会议上强调，我们要立下愚公移山志，咬定目标、苦干实干，坚决打赢脱贫攻坚战，确保到2020年所有贫困地区和贫困人口一道迈入全面小康社会。②《长江日报》是中共武汉市委机关报，作为党的新闻舆论阵地，宣传好中央的重大决策部署，是职责与使命所在。

脱贫攻坚关键之年，武汉市黄陂区王家河街青云村3位村民代表冒着倾盆大雨给武汉市扶贫办送来了一封联名信，72位村民签名并按上红手印，请求挽留两名驻村扶贫干部。"红手印"在我国具有很强的符号意义。1978年

---

① 《坚持开发式与保障式扶贫结合　武汉实现贫困村全部出列》，《湖北日报》2019年10月22日。
② 《习近平：脱贫攻坚战冲锋号已经吹响　全党全国咬定目标苦干实干》，新华社2015年11月18日。

冬，安徽省凤阳县小岗村18户农民，以敢为天下先的精神，在一纸分田到户的"秘密契约"上按下鲜红的手印，实行农业"大包干"，从此拉开我国农村改革的序幕。[①]这次又是"红手印"，是农民用72个红手印挽留两名扶贫干部！编辑部对这一线索高度重视，全报社调集力量，副总编辑带队，连续多日进村实地走访调查。在报道的顶层设计上，文字、摄影、视频共同参与，后续推出了多篇报道和多件融合产品。

适应新的传播环境，传统媒体和新兴媒体融合发展，不是此消彼长，而是要优势互补。在2019年度湖北新闻奖评选中，《72个红手印挽留两名扶贫干部》的文字报道和《72个红手印，究竟为了留住谁？》的融合产品同时获奖。《72个红手印，究竟为了留住谁？》的H5创意互动产品，融合文字、音频、视频、照片和互动为一体，将重大主题报道巧妙转化为让读者和用户可听可感可看的沉浸式体验产品。这再次说明，做好重大主题报道，须从顶层设计上创新传播形式和手段。

"红手印"是长江日报此次制作创意互动产品设计的切入点。标题是移动互联网内容传播的重要入口。一个好标题，可以起到事半功倍的作用。《72个红手印，究竟为了留住谁？》的标题，简洁明了，"72"突出了数量之多，"红手印"强化了符号意义，"究竟为了留住谁"的疑问，具有代入感，旨在吸引受众打开。

写文章，要搭建框架，要讲究逻辑关系，制作融合传播的产品，亦是如此。《72个红手印，究竟为了留住谁？》的H5在设计制作上，框架和逻辑关系清晰，符合受众阅读习惯：

首先，点开H5后，用自动播放模式告诉大家，这是一件什么事。村民挽留扶贫干部"申请书"的背景图，极具视觉冲击力和感染力。而"有村民说到动情处甚至流下了热泪"的配文，进一步激发受众的阅读兴趣。

[①]《农村改革的先行者　小岗村"大包干"带头人》，新华社2018年12月27日。

其次，这是一件什么事介绍完后，随即切入"听心声"和"看事迹"模块，给了用户一探究竟的选择体验。"听心声"和"看事迹"的设计，分别回答了村民为什么要挽留这两名扶贫干部和这两名扶贫干部为村民做了啥。"听心声"的音频背景图为村民按下"红手印"的信纸，无形中进一步强化了主题。点击"红手印"对应的名字，可听村民的原始声音，增强了报道真实性。因为村民方言较重，声音同时配文字，增强了产品的阅读体验效果。"看事迹"的4个短视频，分别为"治污治脏""推销萝卜""村湾通路""筹款修房"，带用户直观感受两位扶贫干部给青云村带来的改变，增强了报道的现场感。"听心声"和"看事迹"的设计，让主题宣传报道通过融合传播的方式见人、见事、见细节，显得接地气、有温度、暖人心，新闻工作者的脚力、眼力、脑力、笔力得到体现。

再次，给出了事情的结果。村民通过按红手印方式挽留扶贫干部，最后的结果是什么？"好消息！两位好干部留下了！"H5的最后一个页面，通过一幅照片和一段文字，回应了公众的关切，消除了疑惑。

最后，产品的互动设计自然。"听心声"和"看事迹"部分，点击每条音频、视频后，用户可以进行"点赞"。点赞的形式很匠心地设计为指纹形式，很巧妙地与"红手印"呼应，让产品与用户之间的交互显得比较自然。产品后期能取得较好的传播效果，这也是原因之一。

72个红手印,究竟为了留住谁?

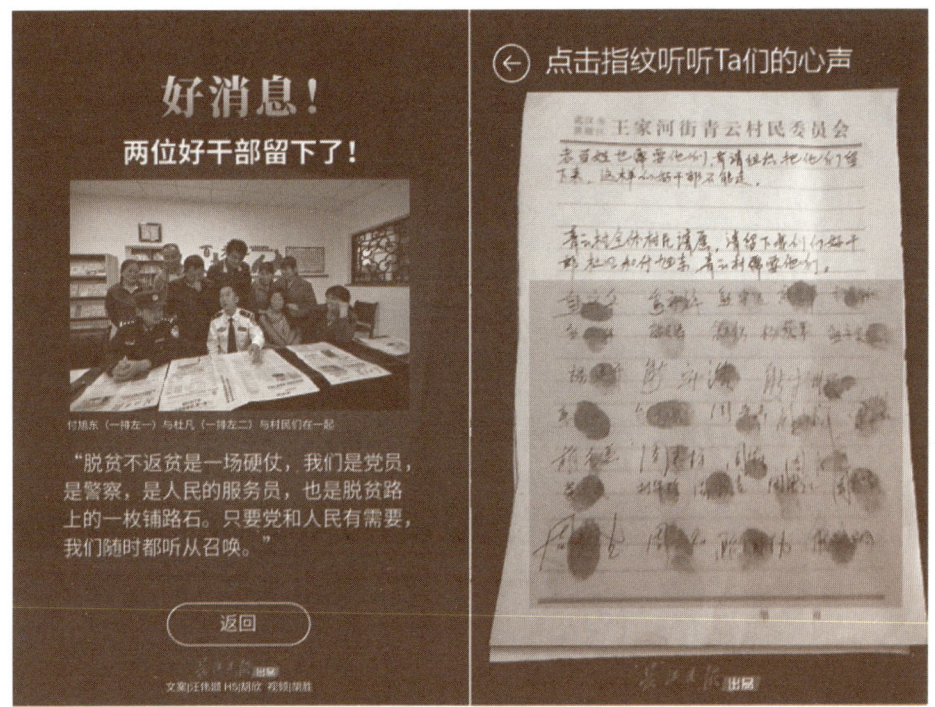

扫码参与互动

(作者:汪伟颋、胡欣、胡胜;编辑:张颖、查锴;原载 2019 年 6 月 13 日长江日报微信公众号;获第二十届中国新闻奖创意互动二等奖)

"东方之星"事件全球传播最广的照片

（一）

在第二十六届（2015年度）中国新闻奖评选中，长江日报记者陈卓的《夕阳之下，一如你从未离开》新闻摄影作品斩获二等奖。这件作品获奖，具有标志性意义：这幅作品是"东方之星"沉船事件中全球传播最广的一张照片，仅网上阅读就过亿次，国内外数十家媒体大幅刊发。作品有悲壮的仪式感，散发出强烈的人文情怀，在灾难性事故报道中体现记者作为和媒体责任，传递了生命至上的国家形象。

这届中国新闻奖一共评出新闻摄影获奖作品11件（含国际传播1件），一、二、三等奖分别为1件、4件（含国际传播）、6件。一等奖作品为新华社集体拍摄的《我们的队伍向太阳——中国首次以盛大阅兵纪念抗战胜利70周年》，在二等奖作品中，《夕阳之下，一如你从未离开》排名第一。与其他获奖的新闻摄影作品均由中国新闻摄影学会组织初评并推荐参评中国新闻奖不同，这件作品是清华大学新闻与传播学院经过初评后向中国记协推荐参评中国新闻奖的。

清华大学新闻与传播学院报送《夕阳之下，一如你从未离开》作品参评中国新闻奖时，列出的理由共有6点：

1. 及时充分利用新媒体，使新闻作品的传播实现裂变效应，仅长江日报新浪微博阅读量就达到1.2亿次。

2. 国内国际数十家媒体用大幅、头版刊发。国内权威的专业报纸《人民摄影》《中国摄影报》综合比较了全国"东方之星"救援的照片，分别采用该作在头版、大幅刊发了这张照片。

3. 国际著名通讯社路透社、美联社、法新社纷纷转发（经英文版《中国日报》转载后），《华尔街日报》《洛杉矶时报》等多家国外主流媒体头版大幅刊发。

4. 新闻核心刊物《中国记者》杂志得知这一照片的新闻传播效果后，作为成功案例约稿分享经验，在 2015 年 7 月号杂志上以《地方媒体如何运用互联网思维报道重大突发事件——〈长江日报〉沉船事件报道的启示》为题，显著位置刊发。

5. 该作品的广泛传播效应已在国内媒体界及学术界产生了很大反响，已然成为一个传播事件，许多专家都把该事件作为传播范本案例加以应用。

6. 这是一次传统媒体利用新媒体实现裂变式传播的经典案例，该作实现了新闻作品传播价值的最大化，为新闻作品的最重要的属性——传播，做了最好的注解！

对一件参评作品能总结出 6 点理由，说明作品确实有价值和意义。清华大学新闻与传播学院的初评评语是：经我院评奖专家委员会投票评选，认为该作品选题重大、制作精良，视觉效果震撼，彰显了新闻媒体和新闻工作者的人文情怀，传播效果与社会效果良好，因此一致同意报送该作品参评中国新闻奖。①

（二）

2015 年 6 月 1 日 21 时 32 分，重庆东方轮船公司所属"东方之星"号客轮由南京开往重庆，当航行至湖北省荆州市监利县长江大马洲水道时翻沉，造成 442 人死亡。经国务院调查组调查认定，"东方之星"号客轮翻沉事件是一起由突发罕见的强对流天气——飑线伴有下击暴流——带来的强风暴雨袭

---

① 《〈夕阳之下，一如你从未离开〉中国新闻奖新闻摄影参评作品推荐表》，中国记协网 2016 年 8 月 30 日。

击导致的特别重大灾难性事件。①

为什么这幅"东方之星"沉船事件中全球传播最广的一张照片,会出自陈卓、出自长江日报?

2016年在第17个记者节到来之际,"看·见——长江日报十位青年摄影记者作品展"在华中科技大学图书馆正式开展。陈卓为现场观众讲述了"东方之星"扶正出水后救援人员集体静默照片的出炉过程。他说,"抢"出过亿点击量是偶然,也有必然,"拍得到首先要想得到"。②

2017年12月28日,在长江日报校园招聘会武汉大学专场上,陈卓再一次分享了这幅照片背后的故事。他说,2015年6月6日傍晚7时34分,在参与"东方之星"号游轮沉船事故报道中,为及时发稿,用手机拍摄的《夕阳之下,一如你从未离开》这幅照片传回报社后,通过长江日报新浪官方微博7点39分首发,之后短短的几小时就迅速传遍了全世界。在他看来,长江日报对这一事件的报道传播一度成为地方媒体拥抱互联网成功报道重大事件的经典案例,也被国内许多高校的新闻学院列为教科书式的案例教程。③

"如果你拍得不够好,是因为你离得不够近。"这句话出自20世纪最伟大的战地摄影师罗伯特·卡帕。他曾在西班牙内战时,拍下战壕中倒下的士兵;也曾奔赴上海,用镜头揭露日本侵华的罪行……"相机无法阻止战争,但能揭露战争"。

《夕阳之下,一如你从未离开》这幅照片成功的因素有很多,最基础的当数记者抵达了现场,并拍摄到了这个场景。

陈卓非新闻专业毕业生,因为大学老师赠送的一本摄影书,改行去当了记者。

---

① 刘志强:《"东方之星"号客轮翻沉事件调查报告公布》,《人民日报》2015年12月31日。
② 《最震撼大学生的20张照片,生活绝不止眼前的苟且!》,"长江日报最武汉"微信公众号2016年11月9日。
③ 明凌翔、刘派:《长江日报记者分享从业故事让大学生"梦想火花"迸发》,长江日报客户端2017年12月29日。

"东方之星"号客轮翻沉事件发生后,陈卓是如何获取线索又是如何抵达现场的呢?

2015年6月2日凌晨2时30分,还未入眠的陈卓突然看到手机新闻客户端弹出一则简讯:一艘载有400多名乘客的游轮在长江湖北石首①段遭遇龙卷风沉没。在读过简讯中的每一个字后,他立即拨通了部门领导的电话。所幸部门采访负责人周超因为工作还没睡,当陈卓告知他这则消息时,周超决定让陈卓立即动身赶往事发现场。②这体现出一个记者面对重大突发事件表现出的敏锐和果断。

陈卓的这种敏锐和果断在2008年的汶川大地震发生时亦是如此。那天,地震发生时,同事们一起往楼下跑的时候,陈卓已拿起相机开始拍片子了。到了楼下,他没怎么停留,径直到距离报社不远的家里收拾行装,准备出发。因为,他"已经预感到自己马上就要被报社派往地震灾区了,赶紧回家收拾一下,免得等会儿出差的命令下达了,我再回去收拾行囊,那样浪费时间"③。

2020年,新冠肺炎疫情发生后,陈卓也是"逆行者"之一。2月11日,接到报社的采访任务,陈卓到武汉市金银潭医院拍摄该院"渐冻人"院长张定宇。拍摄间隙,和该院宣传科工作人员聊天时,说起医疗行业里的夫妻职工,他便临时决定拍摄一个关于抗疫医护夫妻的组图故事。"以车为家的医护夫妻"的报道推出后,瞬间得到了"10万+"的点击,被多家主流媒体转载,医护人员的辛勤工作得到了社会各界的一致好评与关心。④2021年1月22日,央视电影频道出品首部抗疫题材纪录电影《武汉日夜》全国上映,里面部分镜头的素材,就是陈卓拍摄的。

2015年6月2日凌晨3时,陈卓与是石首人、武汉晨报摄影记者陈亮一

---

① 后确定为长江湖北监利段大马洲水域。
② 陈卓:《后会无期——"东方之星"号客轮救援采访手记》,《青年记者》2015年第19期。
③ 陈卓:《"80后",冲下灾区最前沿》,出自《我在现场——长江日报16位记者亲历汶川大地震口述实录》,武汉出版社2018年版。
④ 《长江日报社记者陈卓:拍摄10万+点击"以车为家的医护夫妻"背后的故事》,湖北传媒网2020年4月1日。

起自驾奔赴"东方之星"号客轮翻沉事件现场。

突发事件的突破能力，更加考验记者的能力和水平。去之前，他们并不清楚具体地点。能够在第一时间赶赴事发现场并拍摄，与陈卓多年采访消防战线积累的经验和人脉等亦有关系。

（三）

摄影记者应该是新闻事实的客观记录者，但是也要怀着爱心，关注人情冷暖，及时捕捉令人感动的瞬间。要想拍摄出富有人情味儿的照片，摄影记者首先要成为一个富有爱心的人。[1]

在 2008 年汶川大地震救援现场，当救援人员为被困的姑娘李月截肢时，本来可以拍摄整个截肢过程的陈卓，收起相机离开了，因为听着这个怀有芭蕾梦想的女孩一直在牵着救援人员的手央求着说"叔叔，别锯我的腿，我能坚持"……作为记者，陈卓感到的是心碎，他手指实在按不下快门。

放弃令人心碎的画面并非没有收获。陈卓拍摄的李月手握消防战士顽强求生的照片，在《长江日报》头版以罕见的大篇幅刊发后，国内外无数媒体转发。李月由此也一度成了"灾区生命"的代名词，在全国乃至世界范围内激起了巨大的爱的潮流。几个月后，北京残奥会开幕现场，当李月在舞蹈《永不停跳的舞步》中亮相时，陈卓的眼睛模糊了……这是他新闻摄影长卷中最悲壮也最壮美的一章。

能拍摄到《夕阳之下，一如你从未离开》的照片，是陈卓在事件现场坚守的成果。新闻摄影不单纯是记录，也不单纯是冰冷的镜头，同时能够体现记者的情感。

有人总结：大凡立得住、留得下的摄影作品，一定具有某些特殊的品质，传递的不仅仅是信息，还有意境、情感、倾向、思想，给人的不仅仅是一种视觉享受和冲击力，更有一种力透纸背的功夫。[2]中共湖北省委宣传部在《新

---

[1] 甄学宝:《新闻摄影：以内涵取胜》,《新闻战线》2014 年第 2 期。
[2] 余萍:《新闻摄影佳作的特质分析》,《传媒评论》2019 年第 3 期。

闻阅评》中评价：这张照片显示出强烈的人道主义和专业精神。① 对此，陈卓事后在采访手记中写道：

> 历经持续的救援努力后，2015年6月5日傍晚，风雨暂歇，沉没的"东方之星"被整体打捞出水。彼时，一抹夕阳挂在天边，勾勒出长江北岸这艘残破而又悲情的客轮的身影。
>
> 无法想象在那个狂风暴雨的夜晚，这艘船经历了怎样的苦难，冰冷的江水中，倾覆的那一刻，船上的人们经历了怎样的绝望、无助和痛苦。我站在长江北岸的大堤上，准备进船搜救的战士们肃立岸边，迎着那船那夕阳，此时此景，古人"夕阳西下，断肠人在天涯"的绝唱萦绕在我心头。我想，如果没有那一夜的暴风雨，船上"夕阳红"旅游团的老人或许正在欣赏这夕阳美景，可现在，他们再也看不到了。我拿起相机和手机，将眼前的画面定格在记忆里。

有人评价：夕阳中的"东方之星"出水照具有一种特殊的情感力量。夕阳下，扶正后出水的"东方之星"与现场集结的大量静默救援人员相互映衬，拍摄者所表达的情感，蕴含在了照片之中。由于视角独特，意境丰富，照片一经发布就在网友中间引发了强烈的共鸣，被称为"东方之星"救援报道中最具冲击力和打动人心的一张照片。②

如果记者内心深处没有人性关怀，没有感同身受的痛与爱，是拍不出这种"偶然"的。摄影记者不是拍照机器，一定是要有人文情怀的，要带着情感去拍照，这情感是文化储备、个人素养的积累，能在瞬息万变的时刻，捕捉到最打动人心的瞬间。自动自发、看似不假思索后的举动，却连着内心的情怀。只有这样拍出来的照片，才能打动自己，打动读者，才能有生命力。③

---

① 中共湖北省委宣传部新闻阅评组：《地方媒体参与国家叙事大有可为》，《新闻前哨》2016年第1期。
② 肖玉清：《灾难新闻中地方报纸的"视觉化"报道》，《新闻研究导刊》2016年第9期。
③ 王亚茹：《快速多渠道传播引发轰动 人性关怀职业操守见高下》，《记者摇篮》2015年第9期。

陈卓自己曾总结："新闻摄影之所以有如此魅力，正是因为它用最直观的印证和记录，呈现新闻的力量。所以不论是熙来攘往一如平常的街头，还是重大惨烈的新闻现场，除去常规的记录，我更希望找到的，是那些能温暖人心的细节和扣人心弦的瞬间，很多时候，当我按下冰冷快门的那一瞬，其实泪水早已模糊了取景框。"①

（四）

2014 年，中央全面深化改革领导小组发布了《关于推动传统媒体和新兴媒体融合发展的指导意见》，推动媒体融合发展正式成为国家战略。②2015年5月18日，人民日报社编撰的《融合元年——中国媒体融合发展年度报告（2014）》正式出版发行，时任人民日报社社长杨振武在座谈会上表示："面对新形势、新挑战，如果还按照传统的思维定式和运作方式来办媒体，肯定行不通。在融合状态下搞传播，要有本领恐慌的紧迫感，有不甘人后的使命感，必须及时掌握新思维、驾驭新载体、运用新手段。媒体融合是一场'转基因工程'，要把互联网的基因注入媒体，给媒体带来新的活力和发展动力。"③

媒体融合发展，是传媒领域一场重大而深刻的变革，对媒体的采编、传播和产品形态等产生深刻影响。2015 年 1 月，中国记协发布了《关于第二十五届中国新闻奖报送工作的通知》和《中国新闻奖评选办法》：为贯彻中央有关精神，推动新闻媒体全面增强现代传播意识、强化互联网思维，加快媒体融合与新媒体应用的步伐，检验应用成效，自 2015 年起中国新闻奖评选把媒体融合报道和应用新媒体传播方面的情况作为对参评作品的重要检验标准。④而借助微博、微信等第三方平台，及时、快速报道"东方之星"沉船事件，

---

① 陈卓：《追寻那些悲伤中的温暖》，《长江日报》2016 年 11 月 8 日。
② 梅宁华、宋建武：《中国媒体融合发展报告（2015）》，社会科学文献出版社 2015 年版。
③ 赵光霞：《〈融合元年——中国媒体融合发展年度报告（2014）〉出版座谈会举行》，人民网 2015 年 5 月 18 日。
④ 《始终坚持与时俱进　改进创新——第二十五届中国新闻奖评选推出新举措》，中国记协网 2015 年 3 月 4 日。

是长江日报融合发展史上积极拥抱移动互联网的一个标志性起点。

第一，记者稿件快速上网发布的标志性起点。移动互联网时代，快速发布对传播具有重要影响。2015年的"东方之星"沉船事件报道，是长江日报记者稿件快速上网发布的标志性起点。陈卓拍摄的"东方之星"被整体打捞出水的照片，从发稿到在长江日报微博上发出，前后仅5分钟，是媒体发布的"东方之星"被整体打捞出水的第一张照片，而且这张照片还是用手机拍摄的。

第二，记者与编辑前后方配合的标志性起点。移动互联网时代，内容要做到快速发布，离不开记者与编辑、前方与后方、发稿与审稿之间的密切配合。之所以能做到记者照片传回5分钟后就发出，是记者与编辑前后方密切配合的结果。长江日报微博发布时，照片所配文字是编辑拟的，主要是为了抢时间。如果等记者发回文字再发稿，时间上难免滞后。

第三，报网之间进行融合互动的标志性起点。"东方之星"被整体打捞出水的照片，在长江日报微博发布4小时，阅读量达到2000万。次日，《长江日报》头版以通栏的形式刊发了这张照片。《夕阳之下，一如你从未离开》的标题体现出一家大报的特有的人文情怀。与照片一起刊发的还有评论员文章《让阳光抚慰我们的哀伤》。此外，还刊登了包括人民日报微博账号的转发或跟评时的留言。移动互联网时代，发布才是内容传播真正的开始。网络上的反响，为报纸版面如何编排提供了参考。2015年6月6日《长江日报》头版是报纸网络进行融合互动的标志性起点。这天的头版，原先刊登在最下方的报纸出版地址等信息，也被罕见地挪到了二版刊发。

第四，记者对内容供给方式变化的标志性起点。通常情况下，摄影记者只负责拍摄照片，文字记者只负责采写文字，但在移动互联网时代，尤其是重大突发事件面前，摄影记者与文字记者的身份被打破了，拍照片的也在供给文字，写文字的也在供给照片，这在长江日报"东方之星"沉船事件报道中表现得尤为明显。文字记者和摄影记者的互联互通，文字记者可以用手机拍照片，摄影记者也可以口述现场救援情况由后方整理后发布，这不仅提升了报道的实效性，也锻炼了采编队伍的应变能力。文字记者拍摄的照片与摄影记者撰写的文字，在这次救援报道中都获得了广泛传播。①

第五，记者的潜能被充分激发的标志性起点。作为首次利用新媒体报道重大突发事件，长江日报"东方之星"沉船事件报道，也让一线记者的新闻生产能力得到激发和充分释放。纸媒因出版周期和版面字数限制等，记者采写的内容，无论是文字还是图片，都不大可能被全部采用，而新媒体客观上则不存在这一情况。新媒体平台上及时发布记者采写的大量图文，有利于激发和释放记者的新闻生产能力。长江日报新媒体平台一周内发布"东方之星"沉船事件报道图文稿件约200条，记者生产的图文，新媒体平台基本上都采用了。此外，新媒体平台上稿件的阅读数、转发数、评论数等直观评价传播效果的数据，尤其是稿件被大量转发、评论时，又进一步激发了前方记者的新闻生产能力。当长江日报的报道被反复传播时，报道团队和整个编辑部的士气得到很大提升。②

第六，网上传播效果得以绽放的标志性起点。传统的报业时代，评价传播效果多用多少家报纸转载来衡量；进入PC时代，开始用多少家网站转载来衡量。进入移动互联网时代之后，传播效果也更加精准，可以具体到用点击量来衡量，如通常所说的"10万+"。"东方之星"沉船事件报道是长江日报网上传播效果得以绽放的标志性起点，传播效果上是有据可查的创下的第一个过亿的点击量。这也更加坚定了新媒体报道不是纸媒报道的延伸，而是当下传播系统的核心环节，报纸只是输出的端口之一，不是唯一的认识。③有人评价：这一数字也创造了长江日报事件性新闻网络传播历史峰值，在国内传媒界亦属罕见。④图片报道是媒体应对突发事件的重要方式之一。长江日报"东方之星"扶正出水后救援人员集结静默的照片，无疑是借助网络实现多次传播的一次非常成功的案例，这也说明媒体融合背景下网络媒体传播的重要性。⑤

---

① 田飞、朱建华：《地方媒体如何运用互联网思维报道重大突发事件》，《中国记者》2015年第7期。
② 朱建华：《互联网＋新闻专业训练带来过亿阅读量》，《传媒评论》2015年第8期。
③ 田飞、朱建华：《地方媒体如何运用互联网思维报道重大突发事件》，《中国记者》2015年第7期。
④ 王亚茹：《快速多渠道传播引发轰动　人性关怀职业操守见高下》，《记者摇篮》2015年第9期。
⑤ 陈斌荣：《突发事件摄影报道的"冷思考"》，《新闻战线》2015年第11期（上）。

第七，突发事件舆论引导效果的标志性起点。"东方之星"翻沉事件，国内国际都十分关注，事件处理中没有出现大规模的网络传言，是个很值得研究的现象。这背后，主流媒体在新媒体平台上及时发布权威信息发挥了重要作用。主流媒体的有力存在，专业媒体人的职业能力，避免了自媒体唱主角，同时也避免了简单依靠"用户生产内容"带来的信息杂乱。①有人总结：在"东方之星"沉船事件中，报台网等传统主流媒体和其创办的新兴主流移动媒体互联互通，新闻信息一次采集、多种生成、多元传播，抢抓信息发布先机，化解稳定社会舆情，把握网上网下话语主动权，在自媒体、社交圈形成蝴蝶效应。互联网舆论生态趋于理性平和，人们更关注事实真相和救援进展。正能量的传播占据主导，谣言和攻击始终没有形成声势。②还有人指出：新媒体时代，是一个碎片化传播时代，短、平、快是其内容消费的主要法则。图片容易理解，适合分享，吸引眼球，在海量信息不断更迭的网络空间，能有利于抓住需要强烈感官刺激的受众。"东方之星"沉船事件发生后，网民们对事故原因、责任人、救援不力等质疑声此起彼伏，引发热烈的讨论。直到记者陈卓在长江日报微博上发布了用手机拍摄的船体扶正的现场照片，引发大量的转载和评论，网民情绪几乎一致地急转悲伤、哀悼。③这是突发事件舆论引导效果的标志性起点。

第八，地方媒体凸显内容为王的标志性起点。有人评价：在各路媒体云集之时，作为地方媒介的长江日报竟脱颖而出，捕捉到了这幅感动世界的珍贵图片，成为内容为王的典型示范。此事件说明，凸显内容为王策略，从快速反应、现场报道和精品传播等着手，地方传媒大有可为。④南昌日报社时任总编辑万利平认为：报纸的核心竞争力是其赖以生存和发展的关键要素。如果说现在正处于"纸媒寒冬"，那么对优质内容的坚守，并以此提升报纸核心竞争力、社会公信力和品牌影响力，就是传统纸媒人抵御寒冷的"火把"，

---

① 朱建华：《互联网＋新闻专业训练带来过亿阅读量》，《传媒评论》2015 年第 8 期。
② 李菁菁、梁延：《融媒体时代的突发事件传播》，《中国广播电视学刊》2015 年第 11 期。
③ 吴雨霜：《视觉传播时代图像的呈现方式及符号化功能》，《今传媒》2016 年第 7 期。
④ 谭必文：《地方媒体与新媒体"不对称"融合策略分析》，《中国报业》2016 年第 5 期。

也是我们迎接春阳的"希望"。①

第九，推进媒体融合创新发展的标志性起点。这体现在两点：一是自 2015 年 6 月起，记者在长江日报移动端首发的原创稿件，都要计算稿分；二是从 2015 年第二季度开始，长江日报新闻奖评选增设多媒体新闻奖，移动端首发的优秀作品均可参评。② 2015 年 6 月，长江日报社以编委会的名义出台了《新媒体内容考评暂行办法》。该办法不仅明确在新媒体平台上原创首发稿件要计算稿分，同时明确了计算稿分的两大基本原则，既要从关注度、丰富度、及时性、优良度四个方面计算内容质量分，也要依据点击量计算传播效果分。③ 多年来，传统纸媒都是以 24 小时为内容生产周期，导语通常是从"昨日"开始写起，上午外出采访、下午写稿、晚上发稿，这是记者多年以来养成的习惯。移动互联网时代到来，传播格局与形势发生了很大的变化。长江日报新闻业务评价改革的改变，对鼓励和引导记者转变内容生产习惯起到了积极的推动作用。这是推进媒体融合创新发展的标志性起点。

对当前的新闻摄影，有人直言：新闻摄影作品正在经历着一次漫长而又艰巨的转型——一方面，这些作品对美感效果的追求与日俱增，大有向艺术摄影靠拢的倾向；另一方面，从表义角度看，一些作品所传达的信息越来越模糊，直观性越来越低，让人深感晦涩。④ 南方周末图片总监、第二十九届中国新闻奖新闻摄影初评评委李楠认为：有观点的报道，有立场的照片，才是新闻摄影真正的生命力所在。

重温《夕阳之下，一如你从未离开》，这幅照片集合了重大、突发、现场、传播、融合等诸多特点，记者手机拍摄，后方快速发布，刷屏全网，这的确是移动互联网时代传统媒体利用新媒体实现裂变式传播的一个经典案例。

---

① 万利平：《用优质内容为传统纸媒保驾护航》，《中国报业》2016 年第 23 期。
② 李艳梅：《融合背景下新闻业务评价改革探索》，《青年记者》2019 年第 23 期。
③ 朱建华：《移动互联网时代媒体如何用好考评指挥棒》，《青年记者》2017 年第 28 期。
④ 晏旸：《论我国新闻摄影作品的艺术化倾向——以 58 届荷赛获奖作品为例》，《西部广播电视》2015 年第 22 期。

夕阳之下,一如你从未离开

2015年6月5日傍晚,倾覆沉没的"东方之星"在扶正后起吊出水,穿着防化服、即将入舱的搜救人员在岸边静默。

(作者:陈卓;编辑:田飞;原载2015年6月6日《长江日报》;获第二十六届中国新闻奖新闻摄影二等奖)

对一些突出问题进行曝光

（一）

第十六届（2005年度）中国新闻奖首次把网络新闻作品纳入了评选范围。13件获奖作品是从82件报送作品中评选出来的，其中获一等奖作品2件，二等奖作品5件，三等奖作品6件。按类别分，网络评论4件，网络专题8件，网络专栏1件；中央网络媒体选送的作品6件，地方网络媒体选送的作品7件。

时任中国社会科学院新闻与传播研究所网络与数字传媒研究室主任闵大洪，是中国新闻奖网络新闻作品复评召集人之一。他介绍，中国新闻奖增设网络新闻奖项有两个重要推动因素：一是一些省份早已进行网络新闻评奖，并纳入省记协主持的省新闻奖评选范围。如湖北是全国第一个进行网络新闻评选的省份，始于2000年。二是主持中国新闻奖评选的中国记协国内部多年来一直积极地推动此事。如国内部在2002年调研的基础上便提出了设立网络新闻奖的建议，并拟订了评奖方案。最重要的是自2000年以来，网络媒体快速的发展及其与日俱增的社会影响力，网络新闻纳入中国新闻奖的评选，正好比水到渠成。①

闵大洪认为，网络新闻奖与传统媒体新闻奖相比，有相同的地方，也可以说是完全一致的地方，这就是政治层面的导向原则，作品必须为全党全国工作大局服务，落实"三贴近"报道方针，社会效果好。在业务层面，则要求内容真实、时效性强、主题重大、策划到位等。与传统媒体不同之处，主

---

① 《闵大洪答中国新闻奖增设网络新闻奖评选采访》，人民网2006年8月8日。

要是能够较好地体现网络媒体自身的传播特点。

中国新闻奖增设网络新闻奖项，这对网络媒体而言，是否意味着和传统媒体平起平坐？闵大洪表示，网络媒体蕴藏的能量绝不是与传统媒体平起平坐的问题。

（二）

长江网成立于2002年8月，是经武汉市委、市政府决定，由湖北省政府新闻办申报，国务院新闻办批准的武汉地区唯一的综合性新闻网站，是全国重点地方新闻网站。2010年12月20日，根据市委决定，长江网整合进入长江日报报业集团，最大程度实现资源共享，深度融合，全面推进全媒体建设。2011年7月，长江日报报业集团新成立的武汉长江新媒体有限公司作为长江网的运营公司。历经多年发展，长江网已成为在互联网上提供以新闻信息为主的综合性多功能新型网络媒体。①

长江网成立以来，先后两次获得中国新闻奖，两次都是网络专题，一次是在第二十届评选中获二等奖的《暴走妈妈　割肝救子》，一次是在第二十二届评选中获奖的《治庸问责　武汉风暴》。《治庸问责　武汉风暴》属于典型的主题宣传。这说明，做好主题宣传报道，形式可以多样，网络专题是PC时代的方式之一。

2011年4月，武汉市掀起治庸问责风暴。治庸问责呈现出五大特点：一是以解决问题为导向的基本方向毫不动摇；二是以电视问政为平台的社会参与不断创新；三是以监督问责为手段的查处力度始终不减；四是以提能增效为目的的制度建设持续加强；五是以压实责任为重点的保障体系建设顺利推进。围绕问题整改，举办"电视问政"，以电视直播的形式集体接受市民代表和特约评论员的提问与评议，构建城市治理平台，全国多个城市来考察学习。②几个月后，湖北省委、省政府作出决定，在全省范围内推广武汉市掀

---

① 长江网简介 http://www.cjn.cn/jianjie/index.html。
② 唐煜等：《武汉治庸"风暴"力度不减　四年问责851名处级以上干部》，《长江日报》2015年4月7日。

起"责任风暴"、实施"治庸计划"、优化发展环境的经验,将治庸问责覆盖到每一个层次、每一个岗位、每一个干部。①

在这一背景下,长江网积极发挥主流媒体的影响力,第一时间制作推出《治庸问责　武汉风暴》专题报道,并不断丰富完善治庸问责报道贯穿全年,大力宣传武汉在新的历史阶段解放思想的重要举措,为武汉实现跨越式发展提供有力的舆论支持,在全国范围内掀起一股热潮。

(三)

《治庸问责　武汉风暴》专题下设23个栏目,对相关单位的工作进展和最新措施进行跟踪报道,第一时间发布相关信息。专题大力宣传该政策对武汉实现跨越式发展的重要意义,报道干部队伍作风存在的突出问题;大力宣传市委、市政府一系列政策措施以及取得的成效,追踪报道取得的成果和形成的声势与影响;大力宣传各区、各部门、各单位的贯彻落实情况;对一批正面典型进行了宣传,同时对一些突出问题进行了曝光;宣传社会各界对该项政策的热烈反响。在武汉市十二次党代会、2012年武汉两会期间,长江网的治庸问责报道、网友建言获得时任武汉市委书记阮成发、市长唐良智的肯定。②

专家评价:长江网制作推出《治庸问责　武汉风暴》专题报道具有四个特点。一是主题重大。系党委、政府、社会和百姓普遍关心的重大主题,具有较强的时效性和本地针对性。二是内容丰富,表现形式生动多样。综合运用消息、评论、侧记、图片、专访、视频等形式,全方位、多角度地反映武汉掀起"责任风暴",实施"治庸计划",优化发展环境的工作进展和成效。采用全媒体新闻操作模式,通过视频访问、独家评论、微博直播、论坛互动、报道整合等多种形式,积极推进治庸问责宣传报道。三是页面设计简洁,栏目设置清晰。在建立蓝色主色调的基础上,使用与之协调的暖色或中性色配

---

① 皮曙初、李鹏翔:《湖北:"治庸问责风暴"刮向全省每一个岗位每一位干部》,新华网2011年8月17日。
② 《〈长江网:治庸问责　武汉风暴〉中国新闻奖网络新闻作品初评结果公示》,人民网2012年5月4日。

合，用简练的色彩设计出简洁精美、具有鲜明个性的页面。页面布局紧密平衡，利用多种手段，体现网络媒体强大的互动性、海量性和时效性。四是社会效果明显。专题报道被全国多家媒体转载，受到网友的广泛关注，总访问量超过 1000 万人次，超过 5000 名网友为治庸献策。①

（四）

从 PC 时代到移动互联网时代，如何才能拿出好的网络专题作品呢？

在第二十八届中国新闻奖评选中，有 11 件网络专题类作品获奖。第二十八届中国新闻奖评委、兰州大学新媒体研究所所长王君玲认为：总体来看，网络专题类获奖作品在内容上聚焦国计民生重大议题、秉持正确的价值导向，并将上述议题与导向以网络新媒体的新兴技术和手段呈现并传播。媒体融合时代，受众转变为用户，不但其信息接触和接受的主动性增强，而且也能够随时参与到信息的生产和传播过程，并成为传播者。传播者和用户的关系趋于平等，而且传受双方的界限也趋于模糊，信息传播方式不再是由上而下垂直传播，而是置于互联网这个平台的互动传播。社交媒体的普遍使用使网络新社群广泛形成，更要求主流媒体的传播者在生产制作新闻作品时，考虑到用户的整体特征、群体旨趣、使用习惯和转发特点。②

第二十九届中国新闻奖网络类参评作品共计 53 件，最终有 25 件作品获奖。这届中国新闻奖评委、陕西新闻网（西部网）副总编辑徐芳清总结：整体而言，这届获奖作品精品多、质量高，充分展示了全国新闻工作者保持人民情怀，记录伟大时代，讲好中国故事，传播中国声音的工作成果，尤其是涌现出不少增强"四力"要求、体现"走转改"精神的优秀作品。除具备所有获奖作品共有的"题材重大，语言生动，时效性强，主题鲜明"等特性外，这届网络类获奖作品还突出表现在"更务实、重创新、影响大"几个方面。③

---

① 刚成：《点评〈治庸问责　武汉风暴〉》，出自《湖北省获中国新闻奖作品选评（2007—2012）》，中国和平出版社 2014 年版。
② 《第二十八届中国新闻奖网络专题作品评析》，中国记协网 2019 年 6 月 3 日。
③ 《第二十九届中国新闻奖解析　网络报道圆桌研讨》，《中国记者》2020 年第 1 期。

治庸问责　武汉风暴

扫码看专题

（主创：陈晓蓉、叶圣凡、李莉莉、金鑫、郝琦、张亮；2011年长江网专题；获第二十二届中国新闻奖网络专题三等奖）

全景式手法报道典型人物

人物报道的形式，除常见的通讯外，网络专题也是常见的形式之一，在第二十届（2009年度）中国新闻奖评选中，长江网获评二等奖的《暴走妈妈 割肝救子》就属于人物报道类的网络专题。

在长江网等媒体的大力报道下，割肝救子的武汉母亲陈玉蓉获评央视2009年度感动中国人物：这是一场命运的马拉松。她忍住饥饿和疲倦，不敢停住脚步。上苍用疾病考验人类的亲情，她就舍出血肉，付出艰辛，守住信心。她是母亲，她一定要赢，她的脚步为人们丈量出一份伟大的亲情。

网络新闻专题是网络媒体以互联网为平台，对某个关注程度较高的或持续时间较长的新闻事件、人物、现象、问题等进行的集合式的报道。网络新闻专题通常会运用消息、通讯、背景资料、评论等多种体裁，调用文字、图片、动画、音频、视频等多种表现形式，结合论坛、在线调查等互动手段，对某个新闻主题进行连续的、立体的、深入的报道，最终形成网络新闻专题的过程。而一个优秀的网络新闻专题的成功上线，需要策划、组织、设计、维护等各个环节、各个部门的默契配合和精心制作。为了达到最优化的传播效果，新闻前期策划成为重中之重，它是整个新闻专题的奠基石。网络新闻专题策划中最为重要的是对新闻价值的判断，即什么样的新闻事件才能成为专题的制作对象。[①]

2009年10月27日早上，长江网记者接到线索，第一时间赶到医院采访，14时30分第一篇文字报道发布。当天编务会决定制作专题进行报道。17时

[①] 李冬安、刘学峰：《网络新闻专题的策划与传播》，《阅读与写作》2011年第1期。

27 分,"暴走妈妈:暴走减肥只为割肝救子!感动江城!(全程报道)"上线。紧接着到家中采访、在医院视频报道手术全过程,等等,一直延续到 2010 年 2 月 11 日,报道才全部结束。这期间,中央电视台、江西电视台、北京卫视、山东卫视等电视媒体也加入其中进行采访报道。连续的报道,引来了网民持续的关注,感动、赞美、声援不断,热诚的社会捐款解了报道对象的燃眉之急,多种社会效益纷至沓来。① 应该说,长江网对"暴走妈妈"陈玉蓉割肝救子一事的新闻价值判断准确、行动迅速并做到了持之以恒。

"消息+通讯+评论"是传统典型报道的老三件,网络时代典型人物报道,用全景式再现的手法报道典型人物,能大大丰富和创新典型人物的报道视角和方法。例如,长江网对"暴走妈妈"陈玉蓉的报道,2009 年 11 月 3 日手术当天全程以图文的形式滚动发布手术流程,现场报道共 23 篇,12 月 2 日,用直播的形式访问陈玉蓉。《暴走妈妈 割肝救子》的网络专题共发布稿件 269 条,包括独家视频 14 个、照片 82 幅等,这么大的信息承载量是传统媒体无法达到的效果。②PC 时代的网络新闻专题,已经体现出了明显的媒体融合特性。

有人指出,武汉"暴走妈妈"陈玉蓉割肝救子一事,是媒体主动发起的感动社会大众的宣传战役,而打头阵、最活跃的媒体是长江网。长江网的网络专题《暴走妈妈 割肝救子》具有三个显著特色:一是最早报道"暴走妈妈",二是独家原创新闻多,三是温情互动。③

对《暴走妈妈 割肝救子》网络专题获中国新闻奖,时任长江网总编辑李冬安总结,网络媒体在重大典型宣传上大有可为,具体而言:一是对社会需要的主流价值要有敏锐的判断力;二是好标题和"关键词"是报道吸引网民的关键;三是全时、原创和独家是报道脱颖而出的利器;四是线上线下互动是报道扩大影响的重要环节;五是用新闻真实性彰显网络媒体公信力。④

---

① 宋兆宽、宋歌:《关于网络新闻专题若干问题的思考》,《传媒》2013 年第 8 期。
② 林清容:《网络时代典型人物报道的突破与创新》,《媒体时代》2011 年第 10 期。
③ 胡芹、傅洪波、金文兵:《典型宣传中的网络优势》,《新闻前哨》2010 年第 3 期。
④ 李冬安:《对主流价值要有敏锐的判断力》,《新闻前哨》2011 年第 2 期。

暴走妈妈　割肝救子

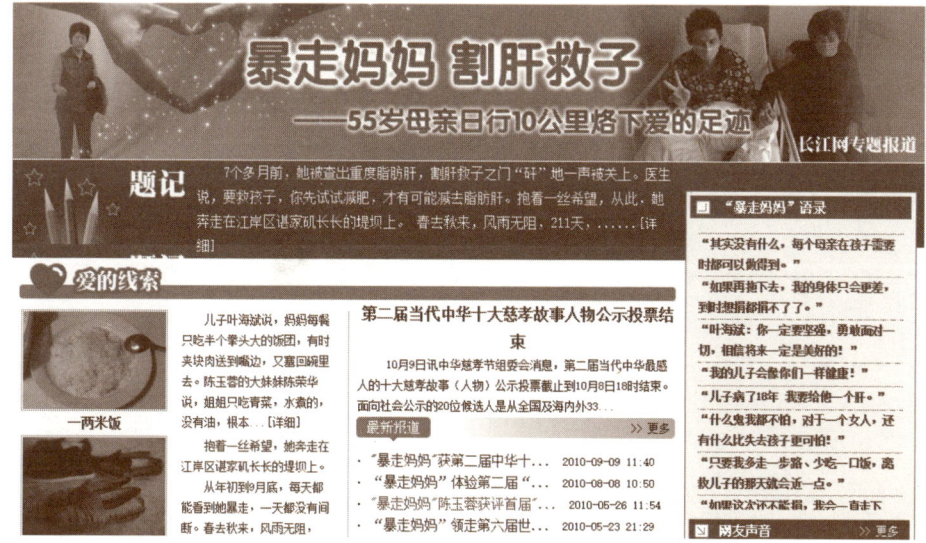

扫码看专题

（主创：李冬安、谢东虹、季亚明、翁沁薇、马遥遥、陈明；2009年长江网专题；获第二十届中国新闻奖网络专题二等奖）

第十辑

学习永远在路上

平时"写好"新闻，关键时写"好新闻"。只有平时多锤炼脚力、眼力、脑力、笔力，才能在面对有冲击中国新闻奖的题材时，既能抓得住，又能操作得好，否则即便好的题材在眼前，也可能无动于衷。

内容生产应把握好四种关系

——对一篇获奖作品的回顾与思考

长江日报报业集团稿件《学分不达标 华中科大18名本科生变专科生》，先后获评武汉新闻奖一等奖、湖北新闻奖一等奖，并获评第二十九届（2018年度）中国新闻奖文字消息三等奖。这篇稿件也是湖北省记协2018年唯一推荐参评中国新闻奖的文字类消息作品。回顾这篇稿件的生产过程，希望对媒体全面移动化如何把握好内容生产的关系提供一些借鉴。

一、"快"与"慢"的关系

长期以来，以报纸为代表的媒体，内容生产周期按天计算。记者上午采访、下午写稿，编辑晚上编稿，是报纸内容生产的常态。报纸经过印刷、投递等环节，送到读者手中，才算完成了一个完整的内容生产与传播过程。相对而言，这是一个比较缓慢的过程。

智能手机普及之后，媒体内容生产与传播出现重大变化。以报纸为例，记者采写的稿件，不再是第二天在报纸版面上与读者见面，而是第一时间通过媒体的"两微一端"进行发布和传播。这种变化具有划时代的意义。

随着5G时代的到来，媒体内容生产和传播开始从移动优先向全面移动化转变。媒体全面移动化主要体现在两个方面：一是移动端逐步成为传播载体的主流；二是视频等非文字成为传播的主要形式。媒体全面移动化之后，如何正确处理内容生产和传播的关系，变得更加迫切。

如何处理"快"与"慢"的关系，是媒体全面移动化面临的首要问题。

传播学上有个"首发效应",首发容易定调,先声往往夺人,这说明传播要注重时机与节奏。① 有的媒体在考评上特别注重稿件是不是做到了首发,如果不是,会有一定的处罚。

媒体生产的内容要做到快速发布,需要记者与编辑、前方与后方紧密配合。对媒体而言,不但要做到内容发布快,还要做到舆论引导准才行。但"快"与"慢"之间,往往存在矛盾。单纯追求发布速度的快,稿件质量就难免粗糙,有时可能还会出现事实不准、导向不正等问题。

一段时间以来,商业客户端出现的一些严重失实推送,缺乏严格审校流程、盲目抢发是重要原因。这为媒体单纯追求快敲响了警钟。数字时代是新闻传播大繁荣的时代,也是新闻传播大混乱的时代。② 全球出现的高质量新闻缺失现状,已引起了学界的关注。

《学分不达标 华中科大18名本科生变专科生》这篇稿件,首发于长江日报客户端。发表前,编辑与记者一起对稿件进行了完善,经过修改后的稿件,内容更丰富,也更具传播性。全面移动化,媒体在求快的同时,对有价值的稿件,适当慢一些,未必就是坏事。

近年来,慢新闻的思潮不断得到推进和实践,以快新闻著称的老牌媒体英国广播公司(BBC)也开始涉足慢新闻的生产,国内台湾地区的慢新闻杂志《眉角》、重庆慢新闻客户端以及东南商报慢新闻的探索都取得了较好的成效。③ 对一味求快的媒体,这种慢或许代表了内容生产的另一面。

二、"精"与"深"的关系

如果说快与慢还仅是指媒体内容产生与传播的速度,那么精与深侧重的就是媒体内容生产的质量了。

媒体全面移动化可以从三个方面把握"精"。一是记者精心采写。有的

---

① 杨振武:《把握好政治家办报的时代要求》,《人民日报》2016年3月21日。
② 胡钰、谢铭琪:《高质量新闻缺失:数字时代新闻伦理的最大挑战》,《青年记者》2019年第8期。
③ 李沅擎:《慢新闻:快时代传统媒体的转型与探索》,《出版广角》2019年第4期。

记者认为，稿件后面有编辑、主任等把关，即便有差错也没关系。这是一种错误的认识，必须摒弃。诚然，编辑、主任对稿件有把关的责任，但并不意味着记者可以漫不经心地写稿。记者是稿件的第一责任人，精心写稿是记者的本分。二是编辑精心编稿。编辑精心编稿与记者精心写稿同等重要，不少优秀作品同样凝聚着编辑的汗水和心血。编辑编稿，要能堵住各种差错。第二十五届（2014年度）中国新闻奖参评作品中，有168件作品因为各种差错被撤销参评资格，占到当年参评作品总数的19.6%。[①] 这对记者、编辑都是一种提醒。三是精心制作和发布。网络时代，标题变得越发重要，精心制作标题应该是编辑的基本功。内容的发布，既包括在移动端的发布，也包括在非移动端的发布。精心制作和发布，还包括切实把好稿件的真实性与导向观。

媒体全面移动化可以从三个方面把握"深"。第一，要深耕。这既是对记者的要求，也是对编辑的要求。记者和编辑在某一领域深耕，有利于积累人脉，有利于形成自己的观察与判断，不至于面对一个有价值的题材时茫然不知。现在，一些媒体内部人员流动过于频繁，这并不利于记者或编辑在某一领域深耕。长江日报报业集团近年的改革，原则之一就是在垂直细分领域进行深耕。《学分不达标 华中科大18名本科生变专科生》一稿的作者与编辑，都在教育领域深耕多年，此稿能多次获奖，有一定的必然性。第二，要深入。2018年8月，习近平总书记在全国宣传思想工作会议上强调，不断增强脚力、眼力、脑力、笔力，努力打造一支政治过硬、本领高强、求实创新、能打胜仗的宣传思想工作队伍。媒体人增强"四力"，需要不断深入才行。这种深入包含两层意思，一是要深入基层、深入采访现场，二是要深入学习习近平新时代中国特色社会主义思想。《学分不达标 华中科大18名本科生变专科生》一稿能多次获奖，与采编团队深入学习习近平总书记2018年全国教育大会上讲话精神密不可分。第三，要持续。全面移动化之后，碎片化传播变得越来越广泛，媒体持续地予以报道是深入的一种方式。《学分不达标 华中科大18名本科生变专科生》稿件刊发之后，团队还持续做了追踪报道，相继采写

---

① 唐绪军：《大处着眼 小处入手 为中国新闻奖评选当好参谋》，《新闻战线》2015年第11期。

了《华中科大18人本科转专科："游戏高手"哭了》《教育部司长：有些学生醉生梦死》等稿件。

在媒体内容生产和传播上，"精"与"深"的关系是辩证统一的。记者的深入、深耕是精心写作的基础。深入、深耕不仅是对记者的要求，也是对编辑的要求。只有记者与编辑、前方与后方都能准确理解与践行精与深的要求，才能生产更多有思想、有温度、有品质的作品。

三、生产与推广的关系

传统的报业时代，报纸生产的内容主要借助纸这一介质进行传播。技术是传播的手段与工具，它让优质内容走出报、刊、台，走进网、端、微，让主流价值传播得更广、更远、更精准。① 全面移动化之后，传统纸媒生产的内容，有了更广阔的传播空间，尤其是算法推荐在信息领域被广泛应用之后，内容的精准传播得以实现，"10万+""100万+"也不再是什么难事。

媒体全面移动化应重视对内容的推广。媒体把生产的内容放到微博、微信、今日头条等第三方平台上进行传播，这本身就是一种推广，但这在有些媒体内部至今还存在争论。"用得好是真本事"，习近平总书记2019年1月25日在十九届中央政治局第十二次集体学习时的讲话精神，值得深思。有些媒体在这方面的做法值得借鉴。比如，人民日报社坚持"互联网+"，把互联网作为平台，以互联网思维和互联网规律来谋划布局新闻舆论工作。"在开拓新兴舆论阵地、以主流价值影响网络舆论生态的过程中，我们深切体会到，对于新闻舆论阵地，必须抢先占领、积极利用，掌握主动权、打好主动仗。"② 人民日报社都能如此，其他媒体还有什么可顾虑的呢？

媒体做好内容的推广，除坚持"互联网+"、善于用好第三方平台外，还需要在人力配备上予以保障。人民日报海外版旗下的"侠客岛"，专职团队目

---

① 双传学：《全面把握媒体融合发展的辩证法》，《新闻战线》2018年第11期。
② 杨振武：《把握好政治家办报的时代要求》，《人民日报》2016年3月21日。

前共 12 人，其中有两人的岗位是"品推"。① "侠客岛"都这么重视推广，其他媒体更不能忽视对内容的推广了。

地方媒体做好内容推广，还要善于借助中央媒体。《学分不达标　华中科大 18 名本科生变专科生》一稿能在全国产生广泛影响，与人民日报客户端第一时间转载有直接关系，这是此事从地方走向全国舆论场的重要一环。这篇稿件产生的影响体现在这几个方面：一是人民日报、新华社、央视新闻等中央主要媒体的客户端、微博、微信等转发连创"10 万 +"；二是新浪网上网友跟评超过 10 万条；三是"本转专"话题一周三次登上热搜榜，微博上的话题点击量接近 1 亿人次；四是人民日报、光明日报分别发表"人民时评"和"光明时评"；五是"本转专"与"全国教育工作会"一起入选 2018 年度全国十大教育事件。

四、传播、新闻、宣传的关系

习近平同志在地方工作时就曾阐述：新闻学是一门学科，既要强调新闻工作的党性，"又不可忽视新闻工作自身的规律性"。担任总书记后，他多次强调，做好党的新闻舆论工作要"尊重新闻传播规律"。媒体全面移动化需要正确把握传播、新闻、宣传的关系。

传播力是引导力、影响力、公信力的基础。没有传播，一切也就无从谈起。媒体是专业的传播机构，传播应该是第一位的。媒体全面移动化，传播变得更加突出。但传播与新闻之间不能直接画等号。好传播并不等于就是好新闻。党和政府主办的媒体是党和政府的宣传阵地，必须姓党。这决定了媒体不能仅仅追求传播。媒体如果仅仅追求传播，无视传播可能产生的影响，那和自媒体单纯追求流量也就没有什么区别了。媒体追求的传播，应是具有一定积极意义的传播，是具有鲜明价值导向的传播。

党的新闻舆论和媒体的所有工作，都要体现党的意志、反映党的主张。

---

① 陈国权：《"侠客岛"的"内功心法"》，《中国记者》2019 年第 8 期。

这决定了媒体生产的内容,在追求传播、突出新闻的同时,还必须体现党的意志、反映党的主张。我国各级记协主办的新闻奖,实际上是传播、新闻、宣传的统一,只讲传播不符合宣传要求不行,只讲新闻不讲传播也不行。优秀的新闻作品,应该是传播、新闻、宣传的统一。

《学分不达标　华中科大 18 名本科生变专科生》从武汉新闻奖一等奖到湖北新闻奖一等奖,并获得中国新闻奖三等奖,这在某种程度上是传播、新闻、宣传的统一。知名高校学生因为学分不达标,本科生变成了专科生,事情本身具有很强的新闻性;经长江日报报业集团旗下媒体的持续报道,"本转专"取得了较好的传播效果,成为 2018 年全国十大教育事件;报道也在社会上产生了积极的宣传效果,"别在最好的年华里混日子""想混日子的大学生危险了""大学就该搞'严出培养'"成为社会共识。这篇报道,同时也体现了习近平总书记全国教育大会、纪念五四运动 100 周年的讲话精神。

总之,全面移动化之后,媒体内容生产和传播的节奏是越来越快,这对媒体人的要求也越来越高。这要求在内容生产上要把握好快与慢、精与深、生产与推广以及传播、新闻、宣传之间的关系。这四种关系是一个整体,相辅相成,贯穿于媒体内容生产与传播的全过程。

学分不达标

华中科大 18 名本科生变专科生

记者 10 月 11 日从华中科技大学获悉,该校 2018 年有 18 名学生因学分不达标从本科转为专科,其中 11 人已在 6 月按专科毕业。

"读了 4 年大学,拿不到学位证书的大有人在。"该校一名大四学生告诉记者,有些大学生脱离老师和父母管束,就像脱缰的野马,通宵打游戏、逃课,考试挂科的情况屡见不鲜。之前,该校对学分不达标的学生直接给予退学处理,遭到一些家长的不理解。

去年，该校出台了《普通本科生转专科管理办法（试行）》，明确规定未按要求完成本科学分的学生降为专科。据统计，华中科大的3万多名本科生中，在2017—2018学年，有210人因学分偏低受到黄牌警示，34人未达到培养计划学分最低要求受到红牌警示。

今年8月，教育部通知，要求高校切实加强学习过程考核，加大过程考核成绩在课程总成绩中的比重，严格考试纪律、严把毕业出口关，坚决取消"清考"制度。

华中科大史上首次因学分不达标降本科转专科，在学生中引发震动。校方介绍，该校的本科质量提升工程一直走在全国前列，之前已取消"清考"制度。

（作者：杨佳峰、王潇潇；编辑：朱建华、郑良中；原载2018年10月12日《武汉晚报》；获第二十九届中国新闻奖消息三等奖）

新闻创优要善于打"首字牌"

——几篇获奖报道带来的启示

（一）

在长江日报报业集团获中国新闻奖的作品中，把其中3件放在一起看，"全国首创""全国首份"共性特点之一是都突出了"首"。简言之，就是打的"首字牌"：

武汉晚报文字消息《8个全国首创开出医改好方子》在第二十一届（2010年度）中国新闻奖评选中获得三等奖；

长江日报文字消息《武汉出台全国首份"餐饮行业工资专项集体合同"范本　餐饮行业最低工资上浮30%》在第二十二届（2011年度）中国新闻奖评选中获得三等奖；

武汉晚报文字消息《水果湖派出所全国首创"拦截奖"》在第二十五届（2014年度）中国新闻奖评选中获得三等奖。

中国新闻奖历届获奖作品中，打"首字牌"的获奖作品并不少。以第二十九届（2018年度）中国新闻奖获奖作品为例，打"首字牌"的就有11件：

一等奖中有3件，分别为文字消息《浙江为"最多跑一次"改革立法　审议通过全国"放管服"改革领域首部综合性地方法规》（浙江日报）、广播消息《农民在国新办新闻发布会上唱主角——首个"中国农民丰收节"中外记者见面会》（邢台广播电视台）、广播直播《十三届全国人大一次会议首次举行宪法宣誓仪式现场直播》（中央广播电视总台央广）；

二等奖中有2件，分别为广播消息《浙江改革职业农民职称评审　首批49位新型职业农民评上》（浙江广播电视集团）、电视直播《新时代，共享未来——首届中国国际进口博览会直播特别报道》（上海广播电视台）；

三等奖中有6件，分别为文字消息《小岗村集体首次给4288位村民分红》（安徽日报）、文字消息《纪念马克思诞辰200周年的一份珍贵献礼　马克思原始手稿国内首次亮相》（新华日报）、文字消息《13名军长首次接受战役指挥能力大考》（解放军报）、新闻论文《提升党报"首位度"构建融合传播新格局》（新闻战线）、国际传播广播消息《福建首张台湾居民居住证今天在福州核发》（福建广播影视集团）、短视频新闻《福建首例空中转运救援重症婴儿》（新福建客户端）。

在地方新闻奖获奖作品中，打"首字牌"的获奖作品就更多了。以第三十七届（2019年度）湖北新闻奖为例：

一等奖中有4件，分别为文字消息《我国首条"地方主导"高铁张扬中国力量》（湖北日报）、文字消息《中国首款64层三维闪存芯片光谷量产》（湖北日报）、电视消息《中国首款64层三维闪存芯片正式量产》（湖北广播电视台）、电视消息《长江宜昌段首次拍摄到江豚与人同游》（宜昌三峡广播电视台）；

二等奖中有3件，分别为广播消息《浩吉铁路首辆万吨列车抵达襄州北站》（襄阳广播电视台）、广播专题《我国首部会计通史完稿——古稀教授手写300万字献礼建国七十周年》（武汉广播电视台）、电视消息《全球首发！武汉发出自动驾驶商用牌照》（湖北广播电视台）；

三等奖中有15件，分别为文字消息《我市开展农民技术职称评定工作试点　首批156名"土专家"诞生》（荆门日报）、文字消息《世界首例古代大熊猫全基因组成功测定》（中国地质大学报）、文字消息《全国首个"校园AI无人警局"落户江大》（江汉大学报）、文字消息《反向调查"求差评"荆门首开全省先河》（荆门晚报）、文字消息《全国首例乡镇金融工程小镇板块诞生》（黄冈日报）、网络及移动端文字消息《首发！#武汉发出首张自动驾驶商用牌照#》（长江日报微博）、文字消息《东风自动驾驶车RoboTaxi公开道路首秀》（东风汽车报）、广播消息《中国队在男子25米手枪军事速射团体赛中射落军运会首金》（武汉广播电视台）、广播消息《跨越5500万光年 人类首张黑洞照片曝光》（湖北广播电视台）、广播消息《新突破：全球人工环境中首次繁育出的二代江豚满百天》（武汉广播电视台）、广播消息《中国首条5G智能制造生产线在汉启动，湖北加快打造5G产业高地》（湖北广播电视台）、电视消息《我市首届"晒书节"在朱铺村举行》（大冶市融媒体中心）、短视频专题报道《直击首起长江非法采砂涉黑命案庭审现场》（无线荆州）、融合创新《十堰发出首趟高铁！时速310公里！全城沸腾》（十堰广电新闻客户端）、新闻论文《地方党报如何在重大主题宣传中发力——以三峡日报做好习近平总书记考察长江经济带"首站之行"宣传为例》（新闻前哨）。

（二）

有人把这类报道命名为"首例新闻"，指经记者独特视角所发现并报道的反映某一领域的新事物、新现象、新趋势、新规律的新闻。从哲学上讲，首例新闻是反映事物由量变到质变、经渐变而突变，进而引起事物性质发生根本变化的新闻。由于它是首次被发现和报道，故能引起广泛关注和传播，甚至能产生一定的轰动效应。①

无论新闻的定义随着时代如何变化，新闻的特性决定了"首字牌"报道往往具有独特的价值和意义，这也是各级新闻奖评选中频现"首字牌"报道的原因所在。至于是全省还是全国抑或全球首次、首个、首例，其价值和意

---

① 吴锋：《新闻报道中如何巧妙发现"首例新闻"》，《新闻采编》2004年第2期。

义也就有所不同。

有媒体人总结：注意力时代，新闻标题需要抓住读者的心理，标出"首例"、第一次发现、第一次提出，这些事实、观点、思想、方法、做法，读者会愿意看下去。①

中国新闻奖研究专家、中国人民大学新闻学院研究员刘保全总结的新闻标题制作技巧，其中一例就是标出"首例"来：标出"首例"，就是要将新闻事实中最具新意（第一次发现、提出）的事实、观点、思想、方法、做法，在标题中体现出来。②

这仅是从新闻标题的角度而言，获中国新闻奖的作品打"首字牌"更侧重的是其价值和意义。如果标题上能打出"首字牌"，内容确实又有价值和意义，那将是一件两全其美的事。

地方媒体在选推作品时从哪几方面入手，获奖的概率会大一些？连续多年担任中国新闻奖评委的李存厚总结：重大科技成果的报道，地方媒体争取独家首发，获奖的可能性更大。如青海电视台的消息《我国首次在青海高原冻土带成功钻获可燃冰》、《西安晚报》的消息《世界首例体细胞克隆山羊诞生》等都是反映我国重大科技成果，又都是地方媒体独家首发的报道。③巧的是，举例中所提的这两篇报道打的正是"首字牌"。

科技报道领域容易出现"首次""首例"，但并不意味着其他领域的报道就没有打"首字牌"的机会了。什么样的作品更有机会获奖？有人对第二十三届、第二十四届、第二十五届中国新闻奖获奖作品总结发现，事件重大是获奖作品的特征之一，"首次""首例""第一"正是事件重大的体现，除科技领域外，在政治、经济等领域也不鲜见，如在新华社获得第二十五届中国新闻奖二等奖的文字消息《中国首次以国之名公祭南京大屠杀遇难者》。④

---

① 周海：《注意力时代如何擦亮新闻的"眼睛"》，《新闻窗》2016 年第 2 期。
② 刘保全：《新闻标题制作常见的技巧》，《新闻实践》2007 年第 7 期。
③ 李存厚：《从中国新闻奖获奖作品及存在问题看评奖规则的新变化》，《新闻爱好者》2012 年 8 月刊（上半月）。
④ 应霁民：《什么样的作品更有机会获奖》，《传媒评论》2016 年第 3 期。

（三）

一份流传颇广的新华社禁用词网帖中提道：报道各种事实特别是产品、商品时不使用"最佳""最好""最著名""最先进"等具有极端评价色彩的词汇。① 这也提醒媒体人，新闻打"首字牌"必须要有权威依据才行，要把握好度。

对《长江日报》文字消息《武汉出台全国首份"餐饮行业工资专项集体合同"范本　餐饮行业最低工资上浮30%》，专家评价：新闻贵第一。这个"第一"，不仅在于第一时间，更在于"含金量"第一。武汉出台全国首份"餐饮行业工资专项集体合同"的消息，无疑是二者皆备。一是主题重大。劳资矛盾的焦点是职工劳动报酬权，武汉出台全国第一份餐饮行业工资专项集体合同，以集体合同的形式保障劳动者报酬权，成为创新社会管理方式的有力举措。二是典型示范。工会作为劳方代表，为维护职工报酬权与企业谈判，有力地体现了工会的职能，也体现了中国政治建设的进程，"武汉样本"在全国推广成为示范。三是时效显著。合同签订当年，武汉餐饮行业45万从业人员"加薪"，行业最低工资标准高于全市水平30%，这对改变靠人口红利换取发展的经济增长方式有着积极作用。此外，该消息写作精当，主题鲜明，文字精练，结构紧凑，材料运用疏密得当。②

说武汉出台"餐饮行业工资专项集体合同"范本是全国首份，依据何在？报道正文给出了依据："中华全国总工会集体合同部部长张建国昨日表示，这是全国第一份'餐饮行业工资专项集体合同'范本，对于规范餐饮行业劳动关系具有积极意义。"全国总工会的相关人士来给出评价，说这是"全国首份"，可信度比较高。

2014年前后，防范电信诈骗是一个全国性社会难题，受害者涉及社会各阶层，打击难度大，屡禁不绝。武汉水果湖派出所设立的"拦截奖"，是对破解这一难题的有益有效尝试，此举体现了公安执法为民的宗旨，融洽了警民

---

① 《新华社公布新一批禁用词》，中国文明网2018年8月31日。
② 刚成：《点评〈餐饮行业最低工资上浮30%〉》，出自《湖北省获中国新闻奖作品选评（2007—2012）》，中国和平出版社2014年版。

关系，构建了社会和谐。《武汉晚报》文字消息《水果湖派出所全国首创"拦截奖"》具有较高的社会价值。说水果湖派出所的这一举措是"全国首创"理由是否充分？这件作品在参评中国新闻奖时，推荐表中写道："通过公安系统内网及百度等搜索引擎了解到'拦截奖'确是全国首创。"这个解释如果不是写在推荐表中，而是通过权威人士之口说出并写入消息稿中，会更有说服力。

对《武汉晚报》的文字消息《8个全国首创开出医改好方子》，专家评价：此文鲜活，亮点有三：一是主题重大。2010年，在"十年医改基本失败"的宏观结论之后，国家进入被称为"新医改"的第四轮医改。医改千头万绪，归结于一点，是医院体制没有理顺——到底如何在救死扶伤与商品买卖之间找到结合点？武汉市商业职工医院用26年的实践回答了这个问题。二是标本奇特。武汉市商业职工医院在全国独一无二。26年前，它意外"断奶"，走上市场之路。为了活下来，他们不得不向病人"要饭"吃，视病人为衣食父母，又意外破解了看病难的问题。无意中的"改制"，既救了病人，也救了自己，成为医改背景下一个奇特的标本，并且26年实践使这个标本具有可复制性。三是写作严谨。当天以消息为核心，整组报道由5个版块组成，5个版块相互独立又相互支撑，从不同角度和层面烘托主题，既有现实感又有历史纵深感，写作精细严谨，文字优美感人。①正文对"8个全国首创"仅限于介绍，如果消息正文能有一个权威出处，会更有说服力。

（四）

打好"首字牌"有利于冲击中国新闻奖，但有人直言不讳地指出：在业界，看到"第一""首创""率先"等，往往异常兴奋。在无互联网时代，因信息传播滞后，较难佐证。如今，各地各行业发展，相互借鉴机会多。作为媒体记者编辑，要对各类所谓首创模式、举措，辩证识别。②

---

① 思浓：《点评〈8个全国首创　开出医改好方子〉》，出自《湖北省获中国新闻奖作品选评（2007—2012）》，中国何平出版社2004年版。
②《评议40件第二十九届中国新闻奖参评作品，事实不清多》，"老总签发单"微信公众号2019年8月11日。

《浙江日报》的文字消息《浙江为"最多跑一次"改革立法　审议通过全国"放管服"改革领域首部综合性地方法规》，在第二十九届中国新闻奖评选中获一等奖，"首部"的提法又有什么依据呢？导语中写道："全国人大常委会法工委行政法室主任袁杰评价说，《规定》在省级层面率先为实现'最多跑一次'提供了制度样本。"

如果没有过硬依据就提"首个""首次""首例"等，中国新闻奖审核或社会评议时很容易被揪出问题。中国社会科学院新闻与传播研究所研究员唐绪军连续多年担任中国新闻奖审核委员会主任。他在《第二十五届中国新闻奖申报作品指谬》一文中就列举了一作品用"首例"表述存在不妥：

【原文】"在这种敏感的案子里面，作出这样的裁决，我觉得是有效地、很积极地维护了我们国家的主权的行为。这个案子在历史上来讲，是作为一个今后人们会反复提到的很有意义的证据，证明了是我们中国始终对钓鱼岛进行管辖的，而不是日本单方面'管辖'的，所以意义重大。司法方面我所了解，这是中国第一例。"

【审核】这属于政治性差错。钓鱼岛自古以来就是中国的固有领土，我国长期以来都对它存在属人、属地管辖权。标题中"首例"行使司法管辖权以及之后采访对象所说的"日本单方面'管辖'"等表述易引起歧义。同时，将霞浦法院所裁决的这个案件定义为"国内首例对钓鱼岛海域行使司法管辖权案件"不妥。

把电信诈骗扼杀在最后一道关口

水果湖派出所全国首创"拦截奖"

昨天，三家银行的大堂经理从水果湖派出所所长刘继平手里领到了总共4000元的"拦截奖"。三位经理协助民警帮助市民避免损失165万元。

1月3日，83岁的张爹爹来到兴业银行水果湖支行，准备将150万元转给骗子提供的"安全账号"，汪经理及时发现了这个骗局并报警，最终成功拦下这笔巨款。

近年来，通过电话、短信等方式进行的诈骗活动非常猖獗。从攒了一辈子钱的空巢老人，到掌管家庭财权的中年妇女，再到涉世未深的大学生，总有市民中招，有的人被掏空了家底，更有人为此病倒甚至轻生。

去年2月27日，水果湖派出所为防止市民因电信诈骗蚀财设立了一个奖项，这个创意来自全国公安二级英模刘继平，并获得武昌区公安分局、水果湖街综合治理办公室的支持。不久，这项全国首创的奖项被市民亲切地称为"拦截奖"。

所谓"拦截奖"，是对及时制止、拦截电信诈骗案的见义勇为行为的专项奖励。奖励办法规定，发现在银行柜台汇款或者ATM机转账的受骗市民，并成功拦截的，分别给予当事人1500元、1000元奖励。对同一人多次拦截的，第三次之后每次奖励500元。奖励对象是银行工作人员或其他市民，民警除外。

当天，"拦截奖"的另外两名获奖者是汉口银行中北路支行经理汪莉、建设银行茶港支行经理张丽，他们分别领到了1000元、1500元。

截至目前，水果湖派出所已颁发"拦截奖"45次，共4万多元。

（作者：万勤、孙逊；编辑：范洪涛、秦性杰；原载2014年1月11日《武汉晚报》；获第二十五届中国新闻奖消息三等奖）

武汉出台全国首份"餐饮行业工资专项集体合同"范本

餐饮行业最低工资上浮30%

我市餐饮行业的45万职工工资有了标准。昨日，武汉市餐饮行业工资专项集体合同签订仪式暨工资集体协商工作推进会召开，今后我市区域内餐饮企业支付的劳动报酬，不得低于这一标准。

武汉餐饮业较为发达，全市有近4万家餐饮企业，国际连锁店占3.3%，国内连锁店占 6.5%，省内地区连锁店占 6%；中小企业占 84%；年产值 500 多亿元，常态从业人员 45 万余人，占全市从业人口的 20%。

然而，全市近 4 万家餐饮企业，只有 15% 左右有比较规范的制度管理，80% 以上业主只管大厨和服务总监等少数几个人。由于采取的是包干管理办法，职工的基本权利缺乏强有力的保障，工资收入的随意性大。

为改变这一状况，2010 年下半年，市总工会着手启动全市餐饮行业工资集体协商工作。今年 3 月 25 日，《武汉市餐饮行业工资专项集体合同（草案）》在本报进行了为期一周的公示，向全市公开征求意见和建议。

合同草案重点对工资分配制度、工资支付办法、最低工资标准、工资增长机制、加班工资、医疗待遇、工作时间和休息休假、女职工保护、职工保险、职工福利等涉及职工切身利益的问题给出了"说法"。其中餐饮行业最低工资比全市标准上浮 30%，今年员工工资涨幅不低于 9%。

中华全国总工会集体合同部部长张建国昨日表示，这是全国第一份"餐饮行业工资专项集体合同"范本，对于规范餐饮行业劳动关系具有积极意义。

（作者：宋兰兰、胡文辉；编辑：王南方；原载 2011 年 4 月 24 日《长江日报》；获第二十二届中国新闻奖消息三等奖）

8 个全国首创开出医改好方子

全国首家改制医院 26 年破解看病难

今年是新医改第二年。自 1984 年国家卫生部起草首个医改文件起，"看病难看病贵"一直是老病根。然而，武汉有家医院，26 年没要国家一分钱，却让普通老百姓看得起病，看得好病。

1984 年，全国经济体制改革，武汉市第一商业局撤销，下属武汉市商业职工医院失去财政拨款，成为全国首家因改制而"断奶"的国有医院。

商职只是一家二级医院，实力不算强，技术不算顶尖。为求活路，不得不向病人"要饭吃"。它要破解的是自己如何活下来，却在 26 年中创下多个

"全国第一",意外破解了看病难。

"断奶"当年,困难企业职工就尝到了到商职看病的便宜。它在全国率先推出"保险医疗",企业职工每年交 40~60 元,商职包干基本医疗。高峰时签约企业 175 家。

1996 年,它最早推出"分娩封顶价":顺产 800 元,剖宫产 1900 元。次年分娩人数 2718 人,一跃成为武汉市"接生状元",并连续蝉联 10 年。

1997 年,它最早推出"议价手术",医患讨价还价确定手术价格;最早在 40 余个病种中实行"单病种封顶价";最早对 110 多种检查费用优惠 10%。当年门诊量超过 40 万人次,其中 80% 以上是工薪阶层和下岗职工。

为方便看病,1984 年,它设立全国第一个门诊导医台。1996 年,它最早在每个病区设立"病人库房",外地病人可免费存放行李。1997 年,它率先取消挂号,检查科室 24 小时开放,病人来了随时找医生看病。

沿着这条"低价加贴心"的道路,病人如潮水般涌来。如今,商职日门诊量 1200 人次,住院量 560 余人,远远超出同级同类医院。

"谁让我治得起,我就找谁治。"昨日,在江西打工的武汉居民严飞从商职出院。半月前,他患胆囊炎需手术,辗转南昌和武汉多家大医院后,他选择了价格便宜 2/3 的商职。他说:"我也想用最好的药,住最好的病房,请最好的医生,但我是个打工的,只有 1 万块钱,我要的只是安全的、基本的治疗。"

(作者:田巧萍、鲁珊、彭学明;编辑:何健生;原载 2010 年 12 月 13 日《武汉晚报》;获第二十一届中国新闻奖消息三等奖)

参评中国新闻奖应把握的基本原则

——基于内容生产的角度

每一个新闻工作者心中,可能都有着一个中国新闻奖情结,毕竟中国新闻奖是全国优秀新闻作品最高奖,能获这个奖是对新闻工作者最好的肯定和嘉奖。山西日报记者张临山在获中国新闻奖一等奖前,其作品也被推荐参评中国新闻奖,遗憾的是因种种原因落选了。2016年11月底,张临山参加了中国记协组织的中国新闻奖获奖作品研讨和培训,让他有一种"拨云见日"之感,次年他领衔采写的通讯《别了,白家庄矿》获一等奖。[①] 这说明,如果掌握了经验和技巧,其实每名新闻工作者都有机会获中国新闻奖。

一、中国新闻奖是全国优秀新闻作品最高奖

各种新闻奖其实挺多的。《湖北省新闻系列专业技术职务任职资格申报评审条件(修订试行)》列出的就有中国广播电视协会各专业委员会评出的奖、全国党报新闻奖、全国晚报新闻奖、全国都市报新闻奖、中国地市报新闻奖。网上能检索到的"国字号"新闻奖有中国人大新闻奖、全国政协好新闻奖、全国政法优秀新闻作品奖、中国足球新闻奖、中国经济新闻奖等。这些新闻奖的"含金量"其实都不及中国新闻奖。

中国记协网站介绍:中国新闻奖是经中央批准常设的全国优秀新闻作品

---

① 朱建华:《好记者是奋斗出来的——与中国新闻奖获得者张临山的对话》,《武汉广播影视》2018年第11期。

最高奖，每年评选一次，设奖数额不超过 350 件。从这个介绍可知，中国新闻奖具有三个鲜明特点。一是地位高。这个奖是经中央批准的，是全国优秀新闻作品最高奖，这是其他新闻奖所不具备的。二是持续时间长。中国新闻奖是全国性新闻奖中历史最为悠久的奖项之一，自 1991 年启动评选以来，已有 30 年的历史。三是数量较为有限。自第二十八届增设媒体融合类别奖项后，每届总数才增至不超过 350 件，此前不超过 300 件，最初为 150 件。此外，中国新闻奖参评作品公示制度以及近年实施的审核制度，进一步提高了该奖的公正性和含金量。部分作品因为造假等原因被取消参评资格或获奖后又被撤销，进一步维护了中国新闻奖的权威性。

二、部分媒体和从业者频频斩获中国新闻奖

按照中国记协印发的《中国新闻奖评选办法》，经国家正式批准的报社（报业集团）、通讯社、广播电台、电视台以及新闻宣传主管部门和新闻单位主办的具有登载新闻业务资质的新闻网站（不含网络版、电子版）刊发的原创作品均具备参评条件。

不妨看一组数据：2017 年年底，全国共有 231564 人持有国家新闻出版部门发放的具有采访资质的新闻记者证；2018 年全国共出版报纸 1871 种；2018 年年底全国有广播电台、电视台、广播电视台等播出机构 2647 家，全国广播电视从业人员 97.90 万人；2018 年全国宣传工作会议上提出建设县级融媒体中心，而 2018 年全国共有县级行政区划单位 2851 个。全国符合中国新闻奖参评条件的媒体有数千家，全国新闻从业者有上百万人，全国每年生产的稿件不计其数，这样看来获中国新闻奖还真不是一件容易的事。

虽然获中国新闻奖很不容易，但一些媒体和个人又频频获奖。例如，黑龙江广播电视台已累计有 120 件作品获中国新闻奖，其中一等奖作品就达 32 件；新华报业一年 9 件作品获中国新闻奖；江西日报 9 年 10 获中国新闻奖一等奖；吉林朝鲜文报 9 年 7 获中国新闻奖；长江日报 5 年 11 获中国新闻奖；金华日报 7 年 8 获中国新闻奖。再如，黑龙江广播电视台的关中 12 次获中国

新闻奖；金华日报的何百林，虽然不是科班出身，但是2014年以来，采写的新闻作品连续4年获中国新闻奖，其中一等奖2件；之前在广西日报工作的周仕兴，单独采写的4件作品获中国新闻奖；山东广播电视台融媒体资讯中心记者李化成一年一举拿下两个中国新闻一等奖；暨南大学80后教授刘涛撰写的评论已4次获中国新闻奖，其中一等奖2件……如果说获1次中国新闻奖还属运气，频频获奖恐怕就不单是运气那么简单了。

三、冲击中国新闻奖应把握的三个基本原则

中国新闻奖的获奖作品，现在越来越多地呈现出大主题、大策划、大制作、大投入的特征。如果把"中国新闻奖"几个字拆开，可分为"中国""新闻""奖"。"中国"意味着作品要是大题材，体现的应是党和国家的大事；"新闻"决定了作品要有意思且有意义才行；"奖"可理解为是全国优秀新闻作品最高奖，必然要求作品过硬，要成为新闻界样本。

（一）作品过硬，经得起审核评议

从第二十四届中国新闻奖开始，中国记协在评选中首次增设审核环节。即参评作品在提交定评委员会之前，对申报材料进行审核并提出处理意见，为定评委员会确定参评资格、讨论评议作品提供参考。审核按照"一字一句、一分一秒，只辨是非、不论优劣"的原则，要让那些相形见绌的作品通过专业校对、专家审核挡在外面、淘汰出去，确保参加最后定评的作品至少应是合格品，从而为评委会奠定好中选优的基础。

当年，742件参评作品被查找出600多处差错或需要核实的问题，涉及近五成参评作品，87件作品被撤销评奖资格。其中不乏整体质量较高的作品仅因两个错别字或两处标点符号错误就被拿下。在如此严格的审核下，当年中国新闻奖空缺了21个奖项，其中有11个是网络类奖项。①

---

① 周玮、肖泰景：《中国新闻奖审核工作会侧记：为新闻奖的权威性把好关》，新华社2015年8月2日。

这为媒体和新闻从业者敲响了警钟，后来一些省级新闻奖评选之前也开始参照中国新闻奖进行审核，严把作品质量关。

对比可以发现，对差错作品能否获奖，中国记协公布的《中国新闻奖评选办法》其实有所松动。

2014年的评选办法规定，"错误在同一件作品中出现两次以上（含两次）的，不得获奖"。而2019年的评选办法中则规定，"同一件作品中出现5次以上（含5次）的差错，不得获一、二等奖"。实际情况，几年下来，参评作品的差错虽然有所减少，但情况仍不容乐观。

第二十九届中国新闻奖评选，提交给审核委员会的参评作品数为949件，审核认定362件作品中存在715处差错，有差错的作品占参评作品总数的38.15%，建议撤销参评资格的58件作品共有190处差错。有差错，但未达到差错数规定5处的，共有304件作品。

省级记协推荐参评中国新闻奖的作品，基本上都是获省级新闻奖一等奖的作品，但到了中国新闻奖审核环节，还存在这样或那样的问题，也再次说明，不少新闻作品本身还存在不足。这也警示媒体和新闻工作者，要斩获中国新闻奖，作品必须要过硬才行。

评委总结出了中国新闻奖参评作品文字表达的错误，主要集中在10个方面：事实有误、引用不准、字词误用、搭配不当、字词重复、生造词语、语句杂糅、句子成分残缺、数字单位缺失、标点符号使用不当。如果平时不能养成良好的写作习惯，缺乏精品意识，与中国新闻奖失之交臂的时候，则后悔晚矣。

一名从业十几年的党报记者撰文讲述自己错失中国新闻奖的经历时说，一处标点错误断送一次获奖机会，这个教训实在是深刻，"足以让我在今后的工作中时刻牢记：即使是一处小小的标点符号，也不能出现差错！"[①] 而一位中国新闻奖获奖作者在分享心得时则说，"在日常工作中坚持不懈写好每一篇稿件，不论事件大小，都按照新闻专业要求精心选择角度、琢磨标题、安排

---

① 常慕城：《我是如何与中国新闻奖"擦肩而过"的》，《新闻战线》2017年第1期。

结构、打磨字词"①。

(二) 内容有高度，属于重大题材

中共中央政治局委员、中宣部部长黄坤明在第二十九届中国新闻奖颁奖报告会上的讲话中提到，获奖的这些作品热情讴歌新时代、充分阐扬新思想，系列报道《新思想从实践中产生》、深度报道《新时代改革引领者习近平》、电视专题《十八洞村这五年》等，生动展现时代风貌，有力彰显思想伟力。这些作品弘扬改革精神、激发昂扬斗志，评论《创造历史的伟大变革》、通讯《关键抉择，必由之路》、政论片《必由之路》等，深情讴歌改革开放的伟大历程，揭示中国实现沧桑巨变的根本原因。②

多位中国新闻奖评委直言，重大题材、重大报道是新闻报道的重头，也是新闻评奖所青睐的。中央的重大决策部署、百姓瞩目的热点、经济社会发展的重大突破等，都是我们应予以重视，下大气力的题材。

聚集重大题材，并不是中央媒体的专利，地方媒体同样可以有所为。以媒体融合类一等奖作品为例，在第二十八届中国新闻奖评选中，地方媒体仅占 1/5，到了第二十九届，地方媒体占到了一半。文字作品，地方媒体获奖也占有较高比例。

在第二十九届中国新闻奖评选中，文字消息 21 件作品获奖，中央媒体 5 件，地方媒体 16 件；文字评论 13 件作品获奖，中央媒体 5 件，地方媒体 8 件；通讯和深度报道 31 件作品获奖，中央媒体 10 件，地方媒体 21 件；文字系列和连续报道 14 件作品获奖，中央和地方媒体各 7 件。

《城市党报研究》杂志 2019 年第 10 期的特别策划，推出的就是地方媒体获第二十九届中国新闻奖的创作经验谈。分析这些作品可以发现，共同特点之一是具有高度，属重大题材。例如，《武汉晚报》的获奖作品《学分不达标 华中科大 18 名本科生变专科生》和《盐阜大众报》的获奖作品《农民下

---

① 高海峰：《平时"写好"新闻 关键时写"好新闻"》，《城市党报研究》2019 年第 10 期。
② 黄坤明：《坚守初心 担当使命 满怀激情记录新时代讴歌新奋斗》，《新闻战线》2020 年第 1 期。

康全一家三代守护五条岭烈士墓 70 余载》，都是习近平新时代中国特色社会主义思想在基层的生动实践。前者是习近平总书记在 2018 年全国教育大会讲话精神的体现，后者体现的是总书记"我们要铭记一切为中华民族和中国人民作出贡献的英雄们，崇尚英雄，捍卫英雄，学习英雄，关爱英雄，勠力同心为实现'两个一百年'奋斗目标、实现中华民族伟大复兴的中国梦而努力奋斗！"的重要讲话精神。《定西日报》的获奖作品《"时光切片"见证一个家庭 40 年巨变》和《宁波日报》的获奖作品《致敬历史｜"世界第一大港"成长记》都属于改革开放 40 周年的题材。《江城日报》的获奖作品《丰满水电站原大坝开始爆破拆除》和《克拉玛依日报》的获奖作品《请放野生动物一条生路》都属于生态、环保、绿色发展方面的题材。《宝鸡日报》的获奖作品《留心比留迹更重要》则直指当前一些地方存在的形式主义。

内容有高度，题材也重大，但还需要好的角度和呈现。如何以小切口反映大主题，是斩获中国新闻奖的关键一环。第二十七届中国新闻奖一等奖获奖作品《别了，白家庄矿》就是一篇小切口反映大主题的新闻精品。该文以供给侧结构性改革为大背景，从全国煤炭"去产能"大潮中第一批关闭的百家矿的两对矿工父子入手，以"告白"为契机，以"新生"为内核，历史与现实交织呼应，将"去产能"的重大意义灌注于两对父子的感人故事中，以小见大，以人见事，以情动人，有亮度、有温度、有深度。新华社发通稿评价《别了，白家庄矿》："通过小切口反映大事件，小人物折射大时代，反映推动供给侧结构性改革的大主题。"

（三）新闻性强，既有意思又有意义

一篇作品新闻性是否强，时效性是否强是最基本的要求。消息作品应该是时效性最强的新闻体裁，但实际上，即便是获奖的消息作品，有些也存在着时效性差等不足。

无论是中国新闻奖评委，还是中国新闻奖的研究专家，都曾对中国新闻奖作品时效性不强提出批评。

第二十七届中国新闻奖评委、中国社会科学院新闻与传播研究所编辑室

主任、编审钱莲生直言，获一等奖的文字消息作品《折翼海天，用生命为航母事业铺路》，作为一篇军事题材的人物报道，所涉主题不可谓不大——中国航母，但是该作品的时效性不强——消息中的人物主体飞行员张超因飞机机械故障于 2016 年 4 月 27 日不幸牺牲，作品于 8 月 1 日才见报。①

中国人民大学新闻学院研究员刘保全对第二十八届中国新闻奖中 23 件文字消息获奖作品作了一个统计，多数作品时效性模糊或不强，如其中一件一等奖作品中使用的是"近日"；二等奖共 8 件，其中《苍南叫停大渔湾围垦工程》一文，使用的是"这些天"；《收养脑瘫儿 14 年，环卫工夫妇感动众人》一文，使用的是"今年夏天的一天"；《安徽阜南 8275 名学生今年"回流"乡镇学校》一文，使用的是"日前"；《等不是办法，干才有希望》一文，使用的是"如今"，占一半还多。② 这的确有些出人意料。

情况似乎正在发生变化。从第二十九届中国新闻奖文字消息 2 件一等奖获奖作品看，都具有较强的时效性，《福建日报》的《23 年圆梦，福建晋江水流进金门》和《浙江日报》的《浙江为"最多跑一次"改革立法》都是对前一天发生的新闻事实报道。移动互联网时代，传统的传播周期已被打破，文字类消息作品的评选范围不再局限于通讯社和报纸，而是放开到移动端刊发的原创消息，对时效性的要求也会更加严苛。

一位中国新闻奖评委指出的问题具有普遍性——不少新闻作品有武松缺老虎、有概念缺解释、有硬度缺温度、有意义缺意思。一位中国新闻奖评委在 2020 年新年来临之际与业内同行共勉时的话，为如何生产优秀的新闻作品提供了方法论——**文字报道要有画面感，视频新闻要有思想力，摄影作品要有纵深感，融合产品要有新闻性。**

中国新闻奖在某种程度上而言是新闻与宣传的统一，获中国新闻奖的作品既要有意思还要有意义才行。有意思，是从新闻的角度而言，所报道的事情比较新奇，能够引发受众的兴趣，能够获得较为广泛的传播；有意义，则是从导向和社会效果的角度而言，要求所报道的事情体现党的意志、反映党

---

① 《打开好消息写作之门的两把钥匙》，中国记协网 2018 年 1 月 9 日。
② 刘保全：《让消息弱项强起来》，《新传播》2019 年第 2 期。

的主张，符合社会主义核心价值观。对新闻工作者而言，要把有意义的新闻做得有意思，要把有意思的新闻做得有意义，真正做到入情、入理、入脑、入心，这有赖于脚力、眼力、脑力、笔力。

新闻工作者很多时候并不是为了获中国新闻奖而进行内容生产，很多中国新闻奖获得者当时在进行内容生产时也没料到这件作品日后能斩获中国新闻奖。每年获中国新闻奖的作品，只是全国众多优秀新闻作品中极其微小的一部分，可以说，即便掌握了冲击中国新闻奖应把握的三个基本原则，也未必就能获奖。平时"写好"新闻，关键时写"好新闻"。只有平时多锤炼脚力、眼力、脑力、笔力，才能在面对有冲击中国新闻奖的题材时，既能抓得住，又能操作得好，否则即便是好的题材在眼前，可能也会无动于衷。

第三十届《中国新闻奖评选办法》节选

1. 不得获一等奖的作品

（1）表述有错误的作品。

（2）存在使用成语不规范、词语使用或搭配不当、缩略词语不当、生造词语、指代不统一、数量单位缺失、前后表述不一致等情况的作品。

（3）广播作品现场音响和电视作品画面质量存在明显缺陷的作品。

2. 不得获二等奖的作品

存在词序错乱、成分缺失、指代不明、语句杂糅、归类有误等语法错误的作品。

3. 不得获奖的作品

同一件作品中出现5次以上（含5次）上述情况。

［第三十届《中国新闻奖评选办法》（记协发〔2020〕5号文）；原载2020年7月28日中国记协网］

后　记

驰而不息，久久为功。好新闻是什么？是策划、是发现、是采写、是编辑、是传播、是脚力、是眼力、是脑力、是笔力……在长江财经传媒研究院日常新闻业务研讨基础上成书的《好新闻的样子——中国新闻奖作品赏析》，是长江日报报业集团近年的业务文化建设成果之一。

"功成不必在我，功成必定有我。"一篇好的新闻作品，署名的可能就几个人，但背后参与并做出贡献的实际上远不止那几个人。从早年的全国好新闻奖到后来的中国新闻奖，很多人参与其中，但并没有出现在署名上。这种认识和境界已成为一种文化在长江报人身上得到了传承。

不忘初心，方得始终。1949年5月23日创刊的《长江日报》在《庆祝新武汉诞生》的代发刊词中立下铿锵誓言："本报是中国共产党中央华中局及中国人民革命军事委员会武汉市军事管制委员会的机关报，是华中和武汉人民的报纸，本报将为华中和武汉人民的利益坚决奋斗到底！"站在"两个一百年"的交汇点上，重温誓言，叩问初心，催人奋进。

凡是过往，皆为序章。传媒行业正面临着前所未有的大变局。答好媒体融合的时代答卷是一次大考。希望本书的出版，能激励新时代的新闻工作者，以内容建设为根本，不断守正创新，在前进的道路上取得更大成绩、创造更多辉煌。

学习永远在路上。从一个想法的产生到一本新著的面市，是一个漫长的孕育过程，也是一个不断学习、探究的过程。对于本书能够顺利出版，向所有给予关心、指导和帮助的同事和亲友们表示感谢，同时也向文中引文的原作者致以诚挚谢意、向应邀欣然作序给予鼓励和肯定的原国家新闻出版署副署长、人民日报社原副总编辑梁衡表示衷心感谢。所述不当、不足之处，还请大家批评指正。